Patrick Dennis

Darling!

Meine verrückte Tante aus New York

Roman

*Aus dem amerikanischen Englisch
von Thomas Stegers*

*Mit einer Betrachtung zu Patrick Dennis
von Paul Rudnick und einem Nachwort
von Michael Tanner*

Oktopus

Die amerikanische Originalausgabe erschien 1955
unter dem Titel *Auntie Mame. An Irreverant Escapade*
im Verlag Vanguard Press, New York.
Die deutsche Erstausgabe erschien 1957 unter dem Titel
Tante Mamy im Sanssouci Verlag, Zürich.

Für den Blick hinter die Verlagskulissen:
www.kampaverlag.ch/newsletter

Ein Oktopus Buch bei Kampa

www.kampaverlag.ch
www.oktopusverlag.ch
Covergestaltung: Lara Flues, Kampa Verlag
Covermotiv: © Lara Flues
Satz: Tristan Walkhoefer, Leipzig
Gesetzt aus der Stempel Garamond LT / 220130
Druck und Bindung: GGP Media GmbH, Pößneck
Auch als E-Book erhältlich
ISBN 978 3 311 30039 7

*Gewidmet den miserabelsten
Maschineschreiberinnen von New York –
V. K. und Mme. A*

Tante Mame
und der Waisenknabe

Den ganzen Tag über hat es geregnet. An sich macht mir Regen nichts aus, aber ausgerechnet für heute hatte ich versprochen, die Fliegengitter anzubringen und mit meinem Kind an den Strand zu gehen. Außerdem hatte ich mir vorgenommen, in dem Keller, den der Immobilienmakler als »Hobbyraum« bezeichnet hatte, ein paar schnörkelige Schablonenmuster an die Wände zu pinseln und mit dem Ausbau jenes Raums unter dem Dach anzufangen, den der Immobilienmakler als »Mansarde im Rohbau« bezeichnet hatte, »ideal geeignet als Gästezimmer, Spielzimmer, Atelier oder gemütliche Bude«.

Irgendwie wurde ich gleich nach dem Frühstück abgelenkt.

Es fing an mit einer alten Nummer des *Reader's Digest,* einer Zeitschrift, die ich selten lese. Ich brauche das nicht, weil ich jeden Morgen im 7:15-Uhr-Zug und jeden Abend im 8:03-Uhr-Zug die Leute über sämtliche Artikel reden höre. In Verdant Greens, einer Ortschaft, die aus zweihundert Häusern besteht, in vier verschiedenen Baustilen, schwört man allgemein auf den *Digest,* ja, man spricht über nichts anderes.

Die Zeitschrift übt jedoch auch auf mich diese sozusagen halsverrenkende Faszination aus. Geradezu gegen meinen Willen las ich etwas über die Gewalt an unseren Schulen, die Freuden der natürlichen Geburt, darüber, wie es einem Städtchen in Oregon gelang, einen Drogenring zu zerschlagen, und ich las etwas über jemanden, den ein berühmter Schriftsteller – ich habe vergessen, wer – für die außergewöhnlichste Persönlichkeit hält, die er je kennengelernt hat, für einen Menschen, den man nicht vergisst.

Das machte mich stutzig.

Ein Mensch, den man nicht vergisst? Wen konnte dieser Schriftsteller schon kennengelernt haben? Er hatte keine Ahnung, was das Wort Persönlichkeit überhaupt bedeutet. Woher auch? Er war ja meiner Tante Mame nie begegnet. Dennoch gab es bestimmte Parallelen zwischen seiner unvergesslichen Persönlichkeit und meiner. Seine unvergessliche Persönlichkeit war eine reizende kleine, alte Jungfer, die in einem reizenden kleinen Schindelhaus in Neuengland wohnte und eines Morgens die reizende kleine, grüne Haustür aufmachte, in der Hoffnung, draußen den *Hartford Courant* vorzufinden, und stattdessen einen reizenden kleinen Weidenkorb und darin einen reizenden kleinen Jungen fand. In dem Moment ließ ich den *Digest* sinken und dachte an die reizende kleine Dame, die mich aufgezogen hatte.

1928 erlitt mein Vater einen leichten Herzinfarkt und war für einige Tage ans Bett gefesselt. Neben den Schmerzen in der Brust entwickelte er ein gewisses kosmisches Bewusstsein. Sein Instinkt sagte ihm, dass er nicht bis in alle Ewigkeit leben würde. Da er nichts Besseres zu tun hatte, rief er seine Sekretärin an und diktierte ihr telefonisch sein Testament. Die Sekretärin tippte ein Original mit vier Durchschlägen, setzte ihren Topfhut auf und fuhr mit einem Yellow Cab in das Edgewater Beach Hotel, um sich die Unterschrift meines Vaters zu holen.

Das Testament war sehr kurz und sehr originell. Es lautete:

Im Fall meines Todes gehen alle meine irdischen Güter in den Besitz meines einzigen Kindes Patrick über. Sollte ich vor seinem achtzehnten Geburtstag sterben, bestimme ich hiermit meine Schwester Mame Dennis, wohnhaft Beekman Place 3, New York City, zu Patricks rechtmäßigem Vormund.

Er soll als Protestant erzogen werden und konservative Schulen besuchen. Mame wird verstehen, was ich damit meine. Alles Barvermögen und alle Wertpapiere, die ich hinterlasse, sollen von der Knickerbocker Trust Company, New York City, verwaltet werden. Nicht zuletzt Mame wird einsehen, dass das eine vernünftige Entscheidung ist. Andererseits erwarte ich auch nicht, dass sie sich wegen der Erziehung meines Sohnes ruiniert. Monatlich hat sie Rechnungen für Kost und Logis, Kleidung, Ausbildung, Arztbesuche etc. meines Sohnes vorzulegen. Jedoch bleibt der Trust Company das Recht vorbehalten, jeden Posten, der ungewöhnlich oder exzentrisch erscheint, infrage zu stellen, bevor sie meiner Schwester die Kosten erstattet.

Darüber hinaus vermache ich fünftausend Dollar ($ 5000) unserem treuen Dienstmädchen Norah Muldonn, damit sie sich an dem Ort in Irland, von dem sie immer gesprochen hat, wohl versorgt zur Ruhe setzen kann.

Norah rief mich vom Spielplatz herein ins Haus, und mit zitternder Stimme las mir mein Vater sein Testament vor. Er sagte, meine Tante Mame sei eine *eigentümliche* Frau, und in ihren Fängen zu sein, wünsche er keinem Hund, aber in der Not dürfe man nicht wählerisch sein, und Tante Mame sei meine einzige Verwandte. Die Sekretärin und der Zimmerkellner bezeugten das Testament.

In der Woche darauf hatte mein Vater vergessen, dass er krank war, und spielte Golf. Ein Jahr später fiel er in der Dampfsauna des Chicago Athletic Club tot um, und ich war Waise.

Von der Beerdigung meines Vaters habe ich nicht viel behalten, außer dass es sehr heiß war und in den Blumen-haltern der Pierce-Arrow-Limousine des Bestattungs-unternehmers echte Rosen steckten. Der Trauerzug setzte sich zusammen aus einigen großen, kräftigen Herren, die immerzu davon murmelten, dass sie mindestens neun Lö-cher schaffen wollten, wenn das hier erst vorbei sei, und natürlich aus Norah und mir.

Norah weinte viel. Ich nicht. In den ganzen zehn Jah-ren hatte ich kaum ein Wort mit meinem Vater gewech-selt. Wir trafen uns nur zum Frühstück, das für ihn aus schwarzem Kaffee, Bromo-Selzer und der *Chicago Tri-bune* bestand. Wenn ich doch einmal etwas sagte, hielt er sich den Kopf und ermahnte mich: »Halt die Luft an, Junge, dein alter Herr hat einen Kater«, was ich nie verstand, erst einige Jahre nach seinem Tod. Jedes Jahr zu meinem Geburtstag schickte er Norah und mich zur Vormittagsvorstellung, irgendeine harmlose Unterhal-tungsshow mit Joe Cook oder Fred Stone, oder zum Sells-Floto-Circus. Einmal lud er mich zum Essen ein, in ein Restaurant, das sich Casa de Alex nannte, zusammen mit einer schönen Frau, die Lucille hieß. Sie sagte ›meine Süßen‹ zu uns beiden und roch sehr gut. Ich mochte sie gern. Sonst bekam ich ihn kaum zu Gesicht. Ich verbrachte meine Zeit in der Humanistischen Höheren Lehranstalt für Knaben in Chicago oder mit beaufsichtigtem Spielen mit den anderen Kindern, die in dem Hotel wohnten. Manchmal tobte ich auch ganz einfach nur mit Norah in der Hotelsuite herum.

Nachdem er zur letzten Ruhe gebettet worden war, wie Norah sich ausdrückte, begaben sich die großen kräftigen Herren zum Golfplatz, und die Limousine brachte uns zurück ins Edgewater Beach. Norah setzte ihren schwarzen Hut und ihren Schleier ab und sagte mir, ich könnte meinen Serge-Anzug ablegen. Der Partner meines Vaters, Mr. Gilbert, und noch ein anderer Gentleman würden gleich kommen, und ich sollte hierbleiben, weil ich einige Schriftstücke zu unterzeichnen hätte.

Ich ging in mein Zimmer und übte auf dem Briefpapier des Hotels meine Unterschrift, und sehr bald tauchten Mr. Gilbert und der andere Mann auf. Ich hörte sie mit Norah reden, aber ich verstand nicht viel von dem, was da besprochen wurde. Norah weinte ein bisschen und sagte irgendetwas von einem lieben, herzensguten Herrn, der gerade erst unter der Erde sei und allzu großzügig. Der Fremde sagte, sein Name sei Babcock und er sei mein Treuhänder, was ich höchst spannend fand, denn Norah und ich hatten gerade einen Film gesehen, in dem ein ehrlicher Häftling während einer Gefangenenrevolte die Tochter des Direktors rettet und dieser sie ihm dafür zur Frau gibt; »zu treuen Händen«, wie es hieß. Mr. Babcock sprach von einem sehr ungewöhnlichen, jedoch wasserdichten Testament.

Norah sagte, sie verstehe nichts von Gelddingen, aber die genannte Summe sei bestimmt sehr viel Geld.

Mr. Gilbert sagte, ›der Junge‹ solle diesen Scheck im Beisein des Vertreters der Trust Company indossieren und er müsse notariell beglaubigt werden, und dann sei die ganze Transaktion erledigt. Für mich hörte sich das alles ziemlich unheimlich an. Mr. Babcock sagte, hm, ja, das stimme.

Norah weinte wieder und sagte, so ein großes Vermögen für so einen kleinen Jungen, und der Treuhänder sagte, ja, es sei eine stattliche Summe, andererseits, er habe auch Leute wie die Wilmerdings und die Goulds betreut, die *richtig* Geld hätten.

Wenn es gar nicht um richtiges Geld ging, fand ich, wurde hier ein ziemliches Brimborium veranstaltet.

Dann trat Norah in mein Zimmer und sagte, ich solle kommen und Mr. Gilbert und dem anderen Gentleman die Hand schütteln, wie »ein großer Junge«. Ich gehorchte. Mr. Gilbert sagte, ich nähme es »wie ein guter Soldat«, und Mr. Babcock, der Treuhänder, sagte, er hätte einen Jungen zu Hause in Scarsdale, der sei in meinem Alter, und er hoffe, wir würden einmal »dicke Freunde« werden.

Mr. Gilbert griff zum Telefon und bat, man möge nach einem Notar schicken. Ich unterschrieb zwei Papiere. Der Notar murmelte irgendetwas vor sich hin und stempelte die zwei Papiere ab. Mr. Gilbert sagte, damit sei das erledigt, und er müsse sich sputen, wenn er noch nach Winnetka kommen wolle. Mr. Babcock sagte, er wohne im University Club, und falls Norah noch etwas von ihm wolle, könne sie ihn dort erreichen. Wir schüttelten uns noch mal die Hand, und Mr. Gilbert wiederholte, ich sei ein »guter Soldat«. Dann setzten sie ihre Strohhüte auf und gingen.

Als wir beide allein waren, sagte Norah, ich sei ein braves Kind, was ich davon hielte, wenn wir jetzt hinunter in den Marine Room gingen und lecker zu Abend äßen und uns anschließend einen Vitaphone-Tonfilm ansähen.

Damit war mein Vater endgültig gestorben.

Ich hatte nicht viel Gepäck. Unsere Hotelsuite bestand aus einem großen Wohnzimmer und drei Schlafzimmern, die Möbel stellte das Edgewater Beach Hotel. Der einzige Nippes, den mein Vater besaß, war ein Paar silberne Herrenfrisierbürsten und zwei Fotografien. »Hat gelebt wie ein Arraba, dein Vater«, sagte Norah.

So gewöhnt hatte ich mich an die beiden Fotos, dass ich sie nie beachtet hatte. Eines zeigte meine Mutter, die bei meiner Geburt gestorben war. Das andere Foto stellte eine Frau mit blitzenden Augen dar, mit einem Schultertuch aus spanischer Spitze und einer Rose hinterm Ohr. »Ganz die Italljähnerin, wie die aussieht«, sagte Norah. Das war meine Tante Mame.

Norah und Mr. Babcock gingen die persönliche Habe meines Vaters durch. Er nahm alle Dokumente an sich, die goldene Uhr und die Perlenmanschettenknöpfe meines Vaters sowie den Schmuck, der meiner Mutter gehört hatte, um ihn so lange aufzubewahren, bis ich alt genug war, dass ich »etwas damit anfangen« konnte. Die Anzüge meines Vaters bekam der Zimmerkellner. Seine Golfschläger und meine alten Bücher gingen an die Wohlfahrt. Dann nahm Norah die Bilder von meiner Mutter und von Tante Mame aus den Rahmen und schnitt sie zurecht, dass sie in meine Gesäßtasche passten. »Damit du das Antlitz deiner Lieben immer an deinem Herzen trägst«, erklärte sie.

Es war alles getan. Bei Carson, Pirie, Scott's kaufte Norah mir einen Traueranzug aus leichtem Tuch und für sich einen ausladenden Hut. Mr. Gilbert und »die Firma« trafen alle Vorkehrungen für unsere Reise nach New York. Am dreizehnten Juni waren wir startbereit.

An den Tag unserer Abreise aus Chicago erinnere ich mich deswegen, weil ich noch nie so spät aufbleiben durfte. Die Hotelangestellten veranstalteten eine Sammlung und schenkten Norah einen maßgearbeiteten Reisekoffer aus Krokodilleder, einen Rosenkranz aus Malachitperlen und einen großen Strauß American-Beauty-Rosen. Ich bekam ein Buch, *Bibelgestalten, die jedes Kind kennen sollte – Altes Testament.* Norah führte mich durchs Haus, damit ich mich von allen Kindern verabschiedete, die im Hotel wohnten, und um sieben Uhr brachte der Zimmerservice – mit den besten Wünschen vom Koch – unser Essen hoch, das aus drei verschiedenen Desserts bestand. Um neun Uhr bat Norah mich, mir noch einmal Gesicht und Hände zu waschen, bürstete meinen neuen Traueranzug ab, steckte eine Sankt-Christopherus-Nadel an meine Unterhose, weinte, setzte ihren neuen Hut auf, weinte, nahm eine letzte kurze Inspektion des Zimmers vor, weinte und nahm in dem Hotelbus Platz.

Es war nicht schwer zu erkennen, dass eine Fahrt im Luxusreisezug für Norah genauso ungewohnt war wie für mich. Verschüchtert bewegte sie sich in unserem Abteil, und als ich den Wasserhahn am Waschbecken aufdrehte, kreischte sie kurz auf. Sie las mir alle Warnschilder laut vor, ermahnte mich, dem elektrischen Ventilator nicht zu nahe zu kommen und die Toilettenspülung nicht zu betätigen, bevor der Zug losfuhr. Das Beste sei es, die Toilette überhaupt nicht zu benutzen, führte sie aus – wer weiß, wer vorher darauf gesessen hätte.

Wir hatten einen kleinen Streit darüber, wer in der oberen Koje schlafen sollte. Ich wollte gerne, aber Norah war unerbittlich. Als sie beim Erklimmen des oberen Etagenbettes beinahe gestürzt wäre, freute ich mich hämisch, aber sie meinte, lieber würde sie zu Grunde gehen, als nach einer Leiter zu läuten und sich dem schwarzen Mann in ihrem Nachthemd zu zeigen. Um zehn Uhr setzte sich der Zug in Bewegung, und ich lag in meiner Koje und sah zu, wie die Lichter der South Side vor meinem Fenster vorbeiglitten. Ich war eingeschlafen, noch ehe wir Englewood Station erreichten, es war das Letzte, was ich von Chicago zu Gesicht bekam.

Es war schon ziemlich aufregend, sein Frühstück einzunehmen, während der schwere New-York-Central-Zug durch die Lande raste. Norah hatte ihre Ehrfurcht vor dem Reisen mit dem Zug verloren und unterhielt sich angeregt mit dem farbigen Speisewagensteward.

»Ja«, sagte Norah, »seit dreißig Jahren lebe ich in diesem Land. War noch ein Mädchen, als ich rübergekommen bin, über den großen Teich, und ganz schön grün hinter den Ohren. Bin dann – habe dann meine erste Stellung in Boston, Massachusetts, angetreten, das war in der Commonwealth Avenue – liebe Güte, wenn ich an die Treppe in dem Haus denke! – da war die Mutter dieses Jungen noch ein kleines Mädchen. Dann hat sie geheiratet, und sie hat mich mitgenommen, bis nach Chicago, so weit. Herrjemine, hatte ich eine Angst! Hab ernsthaft damit gerechnet, dass uns Indijaner überfallen. Iss schön deine Eier auf, mein Schatz«, sagte sie zu mir.

»Zuerst starb sie«, fuhr Norah fort, »und ich blieb, um mich um das Kind zu kümmern. Dann verschied Mista Dennis. Klapp, einfach so, im Schporrt-Klub. Und nun habe ich die traurige Pflicht, diesen armen kleinen Jungen zu seiner Tante Mame nach New York zu bringen. Stellen Sie sich vor, erst zehn Jahre alt, und haben tut er weder Vater noch Mutter.« Norah tupfte sich die Augen.

Der Steward sagte, ich sei sehr tapfer.

»Zeig ihm die Fotografie von deine Tante Mame, mein Schatz«, sagte Norah. Es war mir peinlich, aber ich fasste in meine Gesäßtasche und zog das an Carmen erinnernde Bild meiner Tante hervor.

»Sagen Sie, ist Beekman Place ein anständiges Viertel, in dem ein Kind aufwachsen kann? Der Junge kennt nur das Beste.«

»Oh, ja, Ma'am«, sagte der Steward, »eine sehr anständige Gegend. Mein Vetter hat eine Stellung am Beekman Place. Da wohnen fast nur Millionäre.«

Von ihrem gesellschaftlichen Erfolg beim Personal des New York Central angespornt, bestellte Norah noch eine Tasse Tee und bedachte die anderen Passagiere fortan mit herablassender Miene.

Den Rest des Vormittags verbrachten wir in unserem Abteil, das sich auf mysteriöse Weise von einem Schlafzimmer in eine Art Wohnzimmer verwandelt hatte. Norah betete ihren Rosenkranz und fing dann mit ihrer

Häkelarbeit an. Nach dem Frühstück hatte sie es fertiggebracht, sich sowohl vor dem Schlafwagenschaffner als auch dem Zugschaffner mit zunehmendem Hochmut darüber zu verbreiten, was für ein sagenhaft bemittelter kleiner Junge ich sei – »genau wie dieser König Soundso von Ruhm Änien« – der bei seiner Tante Mame wohnen werde, einer geheimnisvollen Frau mit Geld, die in einem Marmorhaus am Beekman Place logiere.

Es war sechs Uhr, als wir im Bahnhof Grand Central einfuhren. Trotz ihres affektierten Salonwagengetues von eben geriet Norah in dem Gedränge auf dem Bahnsteig unweigerlich in Angst und Panik.

»Gib mir deine Hand, Paddy«, kreischte sie, »und geh mir um Himmels willen nicht verloren in dieser ...« Der Rest der Warnung ging im Lärm unter. Mit der einen Hand an mich geklammert, die andere gegen die Geldbörse in ihrem Korsett gepresst, focht sie einen verlorenen Kampf gegen einen Mann mit roter Schirmmütze, der, ihre Proteste ignorierend, unser gesamtes Gepäck auf einen Handkarren warf und damit abzog. Norah und ich kamen im Laufschritt hinterher.

Nicht, dass er vorgehabt hätte, unsere Habe zu stehlen. Er rief vielmehr ein Taxi herbei und warf erneut unser Gepäck, diesmal auf den Rücksitz. Wir quetschten uns neben die Gepäckstücke in das Taxi, und noch ehe der Mützenträger seine ehrliche Dankbarkeit für die zehn Cent Trinkgeld, die Norah ihm zugesteckt hatte, zum Ausdruck bringen konnte, schlingerte das Taxi hinein in den Straßenverkehr.

»Bringen Sie uns bitte zum Beekman Place drei«, sagte Norah, »und glauben Sie ja nicht, ich wäre die Unschuld vom Land, die man erst mal rumkutschieren kann, um den Fahrpreis hochzutreiben.«

Es war immer noch hell draußen und sehr, sehr heiß. Ich weiß nicht, was ich mir von New York versprochen hatte, jedenfalls war ich enttäuscht. Es war kein bisschen anders als Chicago.

Auf der Park Avenue gab es einen Verkehrsstau, und Norah war außer sich, als sie sah, dass der Gebührenzähler fünf Cents extra berechnete, obwohl der Wagen stillstand. Die Third Avenue stimmte sie trübsinnig, trotz der vielen irisch klingenden Namen; die Second Avenue noch trübsinniger.

»Und wohin, wenn ich fragen darf, bringen Sie uns, guter Mann?«, herrschte Norah den Fahrer an.

»Wohin Sie sagten, Beekman Place drei.«

»Du lieber Himmel, besser als in einem Dubliner Slum sieht es hier ja auch nicht aus«, jammerte sie. Als das Taxi schließlich zum Beekman Place kam, war sie doch ein wenig erleichtert. »Hübsches Hüttchen«, bemerkte sie gönnerhaft. Das Taxi hielt vor einem großen Haus, das sich in nichts von den Häusern am Lake Shore Drive, in der Sheridan Road oder der Astor Street in Chicago unterschied.

»Nicht halb so prächtig wie das Edgewater Beach«, stellte Norah naserümpfend und mit einer dem Mittleren Westen geschuldeten Loyalität fest. »Raus mit dir, mein Schatz, und pass auf, dass du dir deine Frisur nicht versaust.«

Der Portier musterte uns, mehr als oberflächlich interessiert, und sagte frostig, wir hätten uns in den fünften Stock zu begeben.

»Komm mit, Paddy«, sagte Norah, »und dass du dich bei deine Tante Mame benimmst. Sie ist eine sehr ällegannte Lady.«

Im Aufzug warf ich kurz einen letzten Blick auf das Foto meiner Tante, nur so, damit ich mir ihr Gesicht merkte. Ob sie wohl eine Rose im Haar und ein Tuch aus spanischer Spitze trug? Die Aufzugtür öffnete sich, wir traten heraus, die Aufzugtür schloss sich, und wir waren allein.

»Heilige Muttergottes! Der Vorhof zur Hölle!«, rief Norah.

Wir standen in einem Vestibül, das pechschwarz gestrichen war. Das einzige Licht kam von den gelben Augen einer merkwürdigen heidnischen Gottheit mit zwei Köpfen und acht Armen, die auf einem Sockel aus Teakholz ruhte. Es machte nicht den Eindruck, als wohnte hier eine Dame, die spanische Spitze trug, ja, es machte nicht einmal den Eindruck, als wohnte hier überhaupt jemand.

Zwar war ich schon zehn Jahre alt, aber ich nahm Norahs Hand.

»Wie auf der Damentoilette im Oräntallischen Theater, so sieht das hier aus«, hauchte Norah.

Schwungvoll drückte sie auf den Klingelknopf. Die Tür öffnete sich, und Norah stieß einen leisen Schrei aus. »Gott, sei uns gnädig! Ein Chinese!«

Im Türrahmen stand grinsend, kaum größer als ich, ein winziger japanischer Hausdiener. »Sie wünschen?«, sagte er.

Mit schwacher, demütiger Stimme sagte Norah: »Ich bin Miss, das heißt, ich bin Norah Muldoon. Ich bringe den jungen Mister Dennis zu seiner Tante.«

Der kleine Japaner hüpfte wie eine mechanische Puppe rückwärts. »Muss Versehen sein. Will keine kleine Junge heute.«

»Aber«, erwiderte Norah mit mitleiderregender, weinerlicher Verzweiflung, »ich habe doch extra ein Telegramm geschickt, wir würden heute, am ersten Juli, um sechs Uhr ankommen.«

»Nicht wichtig«, sagte der kleine Japaner mit einem Achselzucken schönsten Ostküsten-Gleichmuts. »Junge hier, Haus hier, Madame hier. Madame hat gerade Gesellschaft. Egal. Kommen Sie herein. Warten Sie. Ich holen sie.«

»Sollen wir wirklich?«, flüsterte ich Norah zu. Ich warf noch mal einen Blick auf die schwarzen Wände und den Götzen und drückte Norahs raue alte Hand. Sie zitterte schlimmer als meine.

»Kommen Sie herein. Warten Sie«, sagte der Japaner mit einem finsteren Lächeln. »Kommen Sie herein«, wiederholte er. Es hatte eine hypnotische Wirkung.

Mit bleischweren Schritten betraten wir das Foyer der Wohnung. Auf verwirrende Art war es sogar noch angsteinflößender als die schwarze Eingangshalle. Die Wände waren in einem kräftigen Orange gestrichen. Durch den gelben Pergamentschirm einer riesigen japanischen Laterne aus Bronze schimmerte ein widerliches Licht. Zu beiden Seiten des Foyers befanden sich Tordurchgänge, verdeckt durch einen Wandschirm aus Papier, dahinter viele Leute, die viel Lärm machten.

Der Japaner deutete auf eine lange niedrige Bank, dem einzigen Möbelstück im Raum. »Hinsetzen«, zischte er. »Ich hole Madame. Hinsetzen.«

Hinter der Bank hing eine große Pergamentleinwand. Sie stellte einen Japaner dar, der sich mit einem Samuraischwert den Bauch aufschlitzte.

»Hinsetzen«, wiederholte der Hausdiener kichernd und verschwand hinter einem der Wandschirme.

»Barbarisch«, raunte Norah. Bedenklich knackten ihre Gelenke, als sie sich mit ihrer ganzen Leibesfülle auf der Bank niederließ. »Was hat sich bloß dein armer Vater dabei gedacht?« Das Getöse hinter dem Wandschirm schwoll an, Glas ging zu Bruch. Ich klammerte mich an Norah.

Unsere Kenntnisse über orientalische Ausschweifungen beschränkten sich auf das, was wir im Kino gesehen hatten – grässliche Folterungen; unschuldige Jungfrauen, die betäubt und verkauft wurden, gezwungen zu einem Leben, das schlimmer war als Hungerleiden am Jangtse; blutige Kriege zwischen den chinesischen Geheimbünden – doch Hollywood hatte unmissverständlich klargemacht, was passiert, wenn der Osten auf den Westen trifft.

»Paddy«, schluchzte Norah plötzlich, »man hat uns in eine Opiumhöhle gelockt. Man wird uns töten oder uns noch Schlimmeres antun. Wir müssen hier raus.« Sie erhob sich, zog mich mit sich, sank jedoch gleich wieder mit einem verzagten Stöhnen auf die Bank nieder.

In das Foyer kam jetzt eine japanische Puppenfrau geschlendert. Sie trug einen sehr kurzen Pony mit senkrecht heruntergekämmten Fransen oberhalb der schrägen Augenbrauen; ein langes Kleid aus bestickter goldener Seide lief hinten in einer Schärpe aus. Die Füße steckten in winzigen, mit Juwelen besetzten Pantöffelchen, an den Armen klapperten Reifen aus Jade und Elfenbein. Sie hatte die längsten Fingernägel, die ich je gesehen hatte, jeder war in einem zarten Grün lackiert. Zwischen ihren hellroten Lippen hing träge eine schier endlose Zigarettenspitze aus Bambus. Irgendwie kam mir die Frau bekannt vor.

Norah und mich betrachtete sie mit amüsiertem Erstaunen. »Oh«, sagte sie, »der Mann vom privaten Vermittlungsdienst hat mir nicht gesagt, dass Sie auch noch ein Kind mitbringen. Egal. Er sieht ja wie ein ganz manierlicher Junge aus. Wenn er ungezogen ist, können wir ihn immer noch aus dem Fenster in den Fluss werfen.« Sie lachte, wir nicht. »Sie wissen, was von Ihnen erwartet wird, nehme ich an. Leichte Sklavenarbeit in der Wohnung, und jeden Donnerstag haben Sie natürlich zu Ihrer freien Verfügung.«

Norah sah sie mit weit aufgerissenen Augen an, die Kinnlade hing herunter.

»Sie kommen ein bisschen spät«, sagte die orientalische Dame. »Ich hatte eigentlich damit gerechnet, dass Sie heute Abend dieser Meute aufwarten.« Sie deutete in die Richtung, aus der der Lärm kam. »Aber das ist nicht so tragisch. Ich werde Sie schon mit was Passendem ausstaffieren, wenn Sie keine Sachen dabeihaben.« Sie ging zurück zu der Lärmquelle. »Warten Sie hier. Ito soll Ihnen Ihr Zimmer zeigen. Ito! Ito!«, rief sie und rauschte davon.

»Heil'ge Muttergottes. Hast du gehört, was sie gesagt hat? Diese vielen Wörter! Wie eine richtige Chinesin mit ihrem Singsang. Was sollen wir machen, Paddy? Was sollen wir bloß machen?«

Ein finsteres Paar schlenderte durchs Foyer. Der Mann sah aus wie eine Frau, und die Frau war, abgesehen von ihrem Tweedrock, fast das Ebenbild von Ramon Novarro. »Du hast bestimmt auch schon gehört, dass sie die arme Miriam in die Wüste geschickt haben«, sagte der Mann.

Die Frau antwortete: »Wenn sie sie unbedingt berufsmäßig erledigen wollen, dann ist das genau der richtige Ort für die Schlampe, die Arme.« Sie lachte hämisch, und sie verschwanden hinter dem Schirm gegenüber.

Norah bekam Stielaugen, ich auch. Plötzlich gellte ein Schrei durch die Luft. Wir beide sprangen auf. Über den Lärm hinweg erhob sich eine hysterische weibliche Stimme. »Oh Aleck! Hör auf! Bitte. Du erschlägst mich noch!« Brüllendes Gelächter, dann wieder ein schriller Schrei. Norah packte mich am Arm und klammerte sich fest. Hinter einem Wandschirm tauchten zwei Männer auf. Einer hatte einen hellroten Bart. Sie trugen eine ganz in Schwarz gekleidete Frau, deren Kopf nach hinten übergekippt war, die Augen geschlossen, das lange Haar schleifte über den Boden. Norah schluckte. »Arme Edna«, sagte einer der Männer. »Mir tut sie nicht so leid«, sagte dagegen der Bärtige. »Heute Nachmittag noch habe ich zu ihr gesagt, Edna, habe ich zu ihr gesagt, du unterschreibst dein eigenes Todesurteil, wenn du zu Mittag dieses ganze Giftzeug trinkst. Um sieben Uhr bist du kalt wie eine Makrele. Und jetzt haben wir den Salat, umgekippt ist sie.« Norah bekreuzigte sich.

Ein erneuter Schrei und irres Gelächter. Der kleine Japaner kam hinter einem Schirm hervorgeschossen und hastete quer durchs Foyer, in der Hand ein großes Messer. Norah stöhnte.

»Heilige Maria, Muttergottes, beschütze uns«, betete sie. »Bewahre den kleinen Waisen und mich vorm Abschlachten und vor Schlimmerem in den Händen dieser chinesischen Kehlenaufschlitzer.« Inbrünstig fing sie an, ein langes Gebet zu murmeln, so unzusammenhängend, dass ich nur einige Wörter verstand, weiße Sklaven und Shanghai und Mord und Totschlag.

Wieder durchquerten die männliche Frau und der weibliche Mann das Foyer.

»… Und natürlich ›Der Tod kommt zum Erzbischof‹«, sagte er. »Haben Sie je etwas dermaßen Sensationelles erlebt?«

»Allmächtiger«, rief Norah, »ist denn hier nichts und niemand sicher vor diesem Sündenpfuhl!«

Wieder ertönte ein Schrei, und die hysterische Stimme flehte: »Nicht doch, Aleck! Das ist ja der reinste Mord!«

»Jetzt reicht's«, sagte Norah, packte meine Hand und zog mich von der Bank. »Wir müssen raus aus diesem Nest von Dieben und Mördern, solange wir noch Luft holen können. Lieber meine Jungfräulichkeit bewahren, als von dem Chinesen in die Sklaverei verkauft werden. Komm, Paddy, wir machen uns aus dem Staub. Gott steh uns bei.« Mit erstaunlicher Behändigkeit stürzte sie zur Tür, mich im Schlepptau.

»Stehen bleiben, bitte.« Wir waren wie versteinert. Es war der kleine Japaner, er grinste grotesk, das Messer noch immer in der Hand. »Hat Madame Sie nicht gefunden?«

»Hören Sie, Sir«, sagte Norah mit dem Mut der Verzweifelten, »ich bin nur eine arme alte Frau, aber ich bin bereit zu zahlen, wenn Sie uns laufen lassen. Auch wenn es nicht so aussieht, aber ich habe Geld dabei. Viel Geld. Fünftausend Dollar, außerdem mein gesamtes Erspartes.

Dafür lassen Sie das Kind und mich doch bestimmt laufen. Wir haben nichts Böses getan.«

»Oh nein«, sagte er mit einem unergründlichen Lächeln. »Nicht richtig. Ich hole Madame. Madame schon gefreut auf kleinen Jungen im Haus.«

»Eine Gemeinheit!«, stöhnte Norah.

Zweiter Auftritt der japanischen Puppenfrau. »Ito«, sagte sie. »Ich habe Sie schon die ganze Zeit gesucht. Das ist die neue Köchin, und ich möchte, dass Sie …«

»Nein, Miss Dennis«, sagte er, mit dem Finger wedelnd, »nicht neue Köchin. Neue Köchin in Küche. Das hier Ihr kleiner Junge.«

»Nicht doch!«, quietschte sie. »Dann müssen Sie Norah Muldoon sein!«

»Ja«, hauchte Norah, der es vor Erschöpfung fast die Stimme verschlagen hatte.

»Warum haben Sie mir nicht Bescheid gegeben, dass Sie heute kommen? Ich hätte doch niemals diese Party gegeben.«

»Ich habe Ihnen telegraphiert …«

»Ja, aber Sie schrieben am ersten Juli. Also morgen. Heute ist der einunddreißigste Juni.«

Hasserfüllt schüttelte Norah den Kopf. »Nein, Ma'am, heute ist der erste. Verflucht sei dieser Tag.«

Das Lamettalachen erstarb. »Das ist doch lächerlich! Das weiß doch jedes Kind: Dreißig Tage zählt der September, der April, der Juni und der … Meine Güte!« Für einen Moment herrschte Schweigen. »Ach, Darling!«, rief sie theatralisch. »Ich bin deine Tante Mame!« Sie schlang ihre Arme um mich und küsste mich, und ich wusste, ich war gut aufgehoben.

Als wir Tante Mames höhlenartiges Wohnzimmer, ausgestattet wie der Nachtclub in *Our Dancing Girls,* erst einmal betreten hatten, stellten wir beruhigt fest, dass die vielen Menschen eigentlich wie normale Männer und Frauen aussahen. Na gut, vielleicht sahen sie nicht alle so aus wie normale Männer und Frauen, aber wenigstens gab es keine bösen Orientalen, außer Tante Mame, die ihr Tuch aus spanischer Spitze abgelegt hatte und sich nun als Japanerin gab.

Die Gäste saßen auf den niedrigen japanischen Diwanen, standen auf der Terrasse oder schauten durch das große Fenster hinunter auf den schmutzigen Fluss. Alle redeten und tranken. Tante Mame küsste mich häufig und stellte mich vielen fremden Leuten vor, einem Mr. Benchley, der sehr nett war, einem Mr. Woollcott, der nicht nett war, einer Miss Charles und noch vielen anderen.

»Das ist der Sohn meines Bruders, und ab jetzt gehört der kleine Junge mir«, wiederholte sie andauernd.

Tante Mame sagte, ich sollte noch ein bisschen »die Runde machen«, danach könnte ich ins Bett gehen. Es täte ihr furchtbar leid, dass ihr wegen des Datums so ein alberner Fehler unterlaufen sei, aber jetzt sei sie mit einigen Leuten zum Dinner im Aquarium verabredet. Ich fand das einen seltsamen Ort, um sich zum Essen zu verabreden, aber aus Höflichkeit fragte ich sie, ob es Fisch zum Dinner gäbe, und alle brüllten vor Lachen.

Sie sagte, es sei bloß eine Flüsterkneipe in den Fifties, und ich tat so, als hätte ich verstanden.

Norah nahm mich an die Hand, und wir »machten die Runde«, aber ich knüpfte kein Gespräch mit anderen Gästen an. Sie benutzten alle so komische Wörter, zum Beispiel »Batik« und »Freud« und »Minderwertigkeitskomplex« und »Abstraktion«. Eine Dame mit roten Haaren sagte, sie hätte eine Stunde bei ihrem Arzt auf der Couch verbracht, und jedes Mal, wenn sie käme, berechne er ihr fünfundzwanzig Dollar. Norah geleitete mich in eine andere Ecke des Raums.

Der kleine Japaner reichte Norah ein Glas und sagte, es sei frisch gelöschte Ladung, und Norah sagte, sie vertrage keine geistigen Getränke – dabei war sie es, die mir immer wieder erzählte, sie sähe Geister und Gespenster –, aber diesmal würde sie sich einen Tropfen genehmigen. Sie wirkte ganz selig, urplötzlich, und kurz darauf bat sie Ito, ihr noch ein Schlückchen nachzugießen.

Wenig später brachen die Gäste auf. Eine Gruppe sagte, sie wollten heute Abend noch dem guten alten Texas einen Besuch abstatten, sie müssten frühzeitig da sein, wenn sie noch eingelassen werden wollten. Ich hatte immer gedacht, Texas sei ziemlich weit entfernt von New York.

Andere standen immer noch draußen in der Vorhalle herum und redeten über Dinge, die ich nicht verstand, *Lysistrata,* Netsuke und Lapislazuli, und über einen gewissen Karl Marx, den ich für einen Verwandten von Groucho, Harpo, Chico und Zeppo hielt. Dann trat Tante Mame in einem gelben Abendkleid auf, so eins, wie Bessie Love in *The Broadway Melody* trug. Vorne sehr kurz, hinten sehr lang, und japanisch sah sie auch nicht mehr aus.

»Gute Nacht, Darling«, sagte sie und küsste mich. »Morgen werden wir beide uns mal ausführlich miteinander unterhalten – aber nicht zu früh.« Die Tür fiel ins Schloss, und es war ruhig in der Wohnung.

Sanft nahm mich der japanische Hausdiener an die

Hand. »Du Hunger. Komm Abend essen«, sagte er freundlich. »Möchtest du vielleicht vorher auf die Toilette gehen, kleiner Junge?«

Mir wurde heiß und kalt, als ich es mit schrecklicher Gewissheit erkannte.

»Ich, ich war schon«, stotterte ich und sah mit Entsetzen einen dunklen Fleck sich auf meinem neuen sommerlichen Traueranzug ausbreiten.

2

Tante Mame
und die Kinderstunde

Der Artikel im *Digest* berichtet des Weiteren, dass die New-England-Jungfer den Findling, den man vor ihrer Haustür ausgesetzt hatte, zunehmend lieb gewinnt. Sie gewinnt ihn nicht nur lieb, mehr noch, sie begeistert sich für Fragen der Kindererziehung und Kinderpsychologie und solcherlei Dinge. Als der Zeitpunkt naht, da der Knabe eingeschult werden soll, kommt es zu schweren Differenzen zwischen Miss Unvergesslich und dem örtlichen Schulausschuss. Der Beamte, der Schulschwänzer verfolgt, ist Tag und Nacht hinter dem Jungen her, aber unsere liebe kleine Jungfer bleibt standhaft und setzt, ganz aus eigener Kraft, radikale Reformen im Schulsystem durch.

Na und? Das ist doch gar nichts. Tante Mame hatte auch originelle Vorstellungen, was das Seelenleben und die Erziehung von Kindern betrifft.

Wenn ich an Tante Mame zurückdenke, an den Wirbelwind, der sie 1929 war, dann muss ich sagen, dass sie die Aussicht, einen ihr völlig fremden zehnjährigen Jungen großzuziehen, sicher ebenso erschreckt hat wie mich, als ich mit großen Augen und verschüchtert zum ersten Mal der orientalischen Pracht ihrer Wohnung am Beekman Place gegenüberstand. Niemals jedoch hätte Tante Mame sich geschlagen gegeben. Meine Tante hatte etwas von dem aufmüpfigen Pfadfindergeist an sich, nach dem Motto: Denen werden wir's zeigen. Und obwohl ihre Ansichten über Kindererziehung vielleicht als ein wenig unorthodox bezeichnet werden könnten – was eigentlich für alle ihre Ansichten galt, egal über was –, funktionierte Tante Mames einzigartiges System auf seine zwanglose Art doch recht gut.

Unser erstes Gespräch fand an meinem zweiten Tag in New York um ein Uhr mittags in Tante Mames riesigem Schlafzimmer statt. Ich fühlte mich unverstanden, ungeliebt und unerwünscht und schrecklich einsam, während ich gelangweilt durch die große Maisonettewohnung schlenderte, nur Norah leistete mir Gesellschaft. Ito, der kleine japanische Hausdiener, kochte mir ein reichhaltiges Mittagessen und kicherte viel, aber sonst war nichts aus ihm herauszukriegen. Um ein Uhr war ich so frustriert, dass ich anfing, *Bibelgestalten, die jedes Kind kennen sollte – Altes Testament* zu lesen, da kam Ito in mein Zimmer und sagte: »Du jetzt Madame aufsuchen.«

Tante Mame empfing mich in ihrem Schlafzimmer in der oberen Etage. Es war ein gewaltiges Gemach mit schwarzen Wänden, einem weißen Teppich und einer goldenen Decke. Die einzigen Möbelstücke, die sich darin befanden, waren ein goldenes Bett von üppigem Format, das auf einem Podest stand, sowie ein Nachttisch. Die meisten Menschen hätte so ein Raum vermutlich depressiv gestimmt, nicht so Tante Mame. Sie war munter wie ein Vogel. Ja, in ihrem Nachtjäckchen aus rosa Straußenfedern sah sie sogar aus wie ein Vogel. Sie las Gides *Die Falschmünzer* und rauchte Melachrino mit einer langen Zigarettenspitze aus Bernstein.

»Guten Morgen, mein kleiner Liebling«, trällerte sie. »Komm her und gib deiner Tante Mame einen Kuss, aber sanft, mein Schatz, Tante Mame fühlt sich abscheulich.« Ich küsste sie so sanft ich konnte. »Das war lieb, Schatz. Eines Tages wirst du eine glückliche Frau noch glücklicher machen. Jetzt setz dich her zu Tante Mame aufs Bett – aber ganz behutsam, Schatz –, und wir verplaudern ein bisschen den Morgen. Damit wir uns kennenlernen.«

Morgens, das fand ich bald heraus, bedeutete ein Uhr mittags für Tante Mame. Frühmorgens, das war elf Uhr morgens, und neun Uhr morgens war mitten in der Nacht.

»Hat diese Reinheit morgens nicht etwas Herrliches!«, sagte sie mit schwungvoller Geste und streute dabei Asche über die schwarzen Seidenlaken.

»Also, Darling«, sagte sie, »wir müssen uns erst noch richtig miteinander bekannt machen. Ich hatte noch nie einen kleinen Jungen bei mir wohnen, und ... Hoppla, da kommt das Frühstück.«

»Also, wollen wir mal sehen«, sagte sie, hellwach. Sie kramte in dem Durcheinander von Papieren auf ihrem Nachttisch und fischte eine Abschrift des Testaments meines Vaters hervor, die sie mit etlichen Telefonnummern und hier und da mit einer Einkaufsliste verziert hatte. Auch einen gelben Notizblock und einen dicken schwarzen Bleistift zupfte sie hervor. »Ich bin also dein Vormund. So viel steht fest. In dieser Hinsicht gibt es keinen Klärungsbedarf. Dein Vater sagt weiter, du sollst als Protestant erzogen werden. Dagegen habe ich nichts einzuwenden, bestimmt nicht, obgleich es wirklich schade ist, dass dir dadurch die exquisiten Mysterien einiger östlicher Religionen vorenthalten werden. Was manche Dinge betrifft, war dein Vater allerdings schon immer ein Banause. Aber ich will nicht schlecht über meinen eigenen Bruder reden. In welche Kirche seid ihr gegangen, Darling?«

»In die Vierte Presbyterianische«, antwortete ich mit einem unguten Gefühl.

»Liebe Güte, Kindchen, soll das heißen, dass es in diesem Chicago vier presbyterianische Kirchen gibt? Na gut, egal. Irgendeine presbyterianische Kirche werden wir hier in der Nähe schon auftun.« Theatralisch verdrehte sie die Augen an die Decke. »Dein Vater hätte sicher keine Bedenken, wenn ich dich Monsignore Malarky vorstelle. Ein ganz reizender Mensch, sehr kultiviert, und Augen hat er, wie Saphire! Irgendwann nächste Woche kommt er mal zum Cocktail vorbei, aber er muss mir auf die Hand versprechen, dass er nicht mit dir fachsimpelt.«

Tante Mame kam wieder zur Sache, auf das Testament. »Damit wäre also deine religiöse Erziehung abgehakt. Kommen wir zur schulischen. Wie weit bist du mit der Schule, mein Schatz?«

»Fünfte Klasse, Humanistische Höhere Lehranstalt für Knaben, Chicago.«

»Fünfte Klasse! Lieber Himmel, bist du nicht gut genug für die erste Klasse? Auf mich machst du jedenfalls einen klugen Eindruck.«

Mit der Geduld eines Zehnjährigen erklärte ich ihr, dass fünfte Klasse fünfte Schulklasse bedeutete.

»Ach so, und wie weit ist man mit zehn Jahren?«

»In der fünften Klasse, aber ich war erst neun, als ich in die Klasse kam.«

»Dann bist du also doch frühreif.«

»Wie bitte?«, sagte ich.

»Frühreif, mein Schatz. Klug für dein Alter. Deinem Alter voraus in der Schule.«

»Ja«, sagte ich. »Das ganze Schuljahr über.«

»Das freut mich wirklich sehr, Darling!«, trällerte Tante Mame und kritzelte etwas auf ihren Block. »Wir waren schon immer eine intellektuelle Familie, obwohl dein Vater alles Mögliche unternommen hat, um diese Tatsache zu verschleiern.«

Sie widmete sich wieder dem Testament. »Dein Vater schreibt hier, du sollst eine konservative Schule besuchen. Das passt zu ihm. Sag mal, war dieses humanistische Dingsda konservativ?«

»Ich verstehe nicht, was du meinst«, sagte ich und wurde rot.

»War sie prüde? Langweilig? Zum Einschlafen? Muffig?«

»Ja, sie war sehr muffig.«

»Kommt ganz nach deinem Vater«, seufzte sie. »Übrigens kenne ich eine ganz himmlische neue Schule, die ein Freund von mir eröffnet hat. Eine gemischte Schule und absolut revolutionär. Der Unterricht wird nackt abgehalten, bei ultraviolettem Licht. Da hat man keine Hemmung mehr nach dem ersten Schuljahr. Dieser Mann ist ganz *au courant* mit dem Neuesten aus Wien, dieses tödlich langweilige Montessori-System ist nichts für ihn. Er arbeitet viel mit gegenstandsloser Kunst und Eurythmie und Gesprächskreisen, es gibt keine Bücher oder so was. Dahin würde ich dich gerne schicken. Es würde deine Libido gehörig aufmischen.«

Ich hatte keinen blassen Schimmer, wovon sie redete, aber es hörte sich an, als handelte es sich um eine sehr ungewöhnliche Schule, gelinde ausgedrückt.

Ihr Gesicht nahm einen zärtlichen, verträumten Ausdruck an. »Ich frage mich gerade«, sagte sie, »ob es nicht gut wäre, sich Ralphs Schule einmal anzusehen. Hast du viele Hemmungen? Was meinst du, Schatz?«

Vor Scham lief ich rot an. »Leider verstehe ich viele Wörter nicht, die du benutzt, Tante Mame.«

»Ach, Kindchen, Kindchen«, rief sie, und heftig wedelten die federbesetzten Ärmel übers Bett, »was machen wir denn nur mit deinem Wortschatz? Hat dein Vater denn nie mit dir geredet?«

»So gut wie nie«, gestand ich.

»Ein reicher Wortschatz ist das untrügliche Kennzeichen eines jeden Intellektuellen, mein Lieber. Also« – sie wühlte in dem Wirrwarr auf ihrem Nachttisch und zauberte noch einen Block und einen Bleistift hervor – »jedes Mal, wenn ich ein Wort benutze oder du ein Wort hörst, das du nicht verstehst, schreibst du es auf, und ich erkläre dir dann, was es bedeutet. Du merkst dir das Wort, und so hast du bald einen anständigen Wortschatz beisammen. Ach, wie aufregend«, schwärmte sie, »so einen jungen Menschen zu formen!« Wieder vollführte sie eine schwungvolle Geste, die diesmal verunglückte, denn sie schmiss die Kaffeetasse um, und ich notierte mir gleich sechs neue Wörter, die Tante Mame mich bat auszuradieren und gleich wieder zu vergessen.

Danach las Tante Mame weiter in dem Testament.

»Was die Erstattung durch diese Treuhandgesellschaft betrifft …«

»Wie schreibt man Erstatt…«

»Unterbrich mich nicht! Was die Erstattung durch diese Treuhandgesellschaft betrifft – natürlich bin ich willens und bereit, deinen Unterhalt zu bestreiten.« Ihre Augen verengten sich, und sie sah mich mit einem stechenden Blick an. »Bestimmt ist dir so eine menschliche Rechenmaschine an die Seite gegeben worden, die auf dein Geld aufpasst und mir vorschreiben will, wie ich dich zu erziehen habe.«

»Meinst du meinen Treuhänder?«

»Genau, mein Kind. Was ist das für einer?«

»Er trägt einen Strohhut und Brille und wohnt in einer Stadt, die Scarsdale heißt, und er hat einen Jungen in meinem Alter, und sein Name ist Mr. Babcock.«

»Scarsdale! Hätte man sich denken können.« Tante Mame notierte sich »Knickerbocker Trust« und »Babcock«. »Wie ich das so sehe, wird der die kommenden acht Jahre über für mich wohl eine *bête noire* sein. Ich trage die Verantwortung, er hat die Macht!«

»*Bête noire*, das heißt schwarzes Ungeheuer, nicht?« Eine ziemlich gewagte Charakterisierung von Mr. Babcock, wie ich fand.

»Darling!«, sagte sie strahlend und gab mir einen Kuss. »Dein Wortschatz entwickelt sich prächtig. Eigentlich sollten wir zu Hause nur Französisch sprechen.« Fortfahren tat sie allerdings auf Englisch. »Mr. Babcock knöpfen wir uns zu gegebener Zeit vor. In meinem Salon lernst du in zehn Minuten weiß Gott mehr fürs Leben, als du in zehn Jahren bei so einem Vater wie deinem gelernt hast. Kriminell, ein Kind so zu erziehen!« Sie sah auf die Uhr und wedelte mit den Federärmeln. »Ach, du liebe Güte. Ich muss unbedingt noch mit Vera shoppen gehen. Hast du nicht Lust mitzukommen? Außerdem finde ich, dass wir uns fürs Erste genug miteinander bekannt gemacht haben.« Sie musterte meinen schwarzen Traueranzug. »Um Gottes willen, Kind, du siehst ja aus wie eine kranke Vogelscheuche! Hast du nichts anderes zum Anziehen?«

»Doch«, sagte ich.

»Dann zieh dich um, wenn du mitkommen willst. Und vergiss dein Vokabelheftchen nicht.« Gehorsam begab ich mich zur Tür.

»Ach, übrigens, Kind«, sagte sie. Ihre Augen nahmen wieder den stechenden Blick an.

»Ja, Tante Mame?«

»Hat dein Vater jemals etwas gesagt – ich meine, dir von mir erzählt, bevor er starb?«

Norah hatte mir einmal gesagt, dass man umgehend in die Hölle kommt, wenn man lügt, deswegen schluckte ich und platzte heraus: »Er hat nur gesagt, du seist eine sehr eigentümliche Frau, und in deinen Fängen zu sein, wünsche er keinem Hund, aber in der Not dürfe man nicht wählerisch sein, und du seist meine einzige lebende Verwandte.«

Tante Mame schnappte nach Luft. »Diese Drecksau«, sagte sie gleichmütig.

Ich holte mein Vokabelheftchen hervor.

»Das Wort, mein Lieber, war Drecksau«, flötete sie. »Es wird DRECKSAU geschrieben, und es bedeutet: dein verstorbener Vater. Und jetzt raus hier, und zieh dir was Anständiges an!«

Meinen ersten Sommer in New York verbrachte ich damit, hinter Tante Mame herzutrotten, das Vokabelheftchen unterm Arm, jeden Nachmittag das »allmorgendliche Plauderstündchen« mit ihr abzuhalten und mich auf ihren literarischen Teegesellschaften, Salons und Cocktailpartys blicken zu lassen. Ich sagte allerdings nur etwas, wenn ich gefragt wurde.

Auch ihre Gäste benutzten viele neue Wörter, und als der Sommer vorbei war, hatte ich mir einen ansehnlichen Wortschatz angeeignet. Noch immer besitze ich einige dieser Listen mit Wörtern, die ich auf Tante Mames Soireen aufgeschnappt habe. Eine, vom 14. Juli 1929, beinhaltet so zufällige Begriffe wie: Tag der Bastille, lesbisch, Hotsy-Totsy-Club, Bandenkrieg, Es, Daiquiri – was ich allerdings falsch schrieb –, Relativität, freie Liebe, Ödipuskomplex – noch ein Wort, das ich falsch schrieb –, mobil, Strandhaubitze – und von da spielte meine Orthographie total verrückt –, narzisstisch, Biarritz, psychoneurotisch, Schönberg und nymphomanisch. Tante Mame erklärte mir alle Wörter, die ich ihrer Ansicht nach kennen sollte, und ließ mich sie dann in Sätze einbauen, die ich mit Ito übte, während er seine japanischen Blumengestecke herstellte und dabei kicherte.

Meine Fortschritte in jenem Sommer 1929 waren bemerkenswert, wenn auch sicher nicht im Sinn der üblichen Eltern- und Familienzeitschriften. Ende Juli wusste ich, wie man einen »lukullischen kleinen Martini« mixte, wie Mr. Woollcott sich ausdrückte, und ich hatte meine Angst vor Tante Mames besonders exaltierten Freunden verloren.

Tante Mame verbrachte ihre Tage in einer schwindelerregenden unaufhörlichen Abfolge von Shopping, Vergnügungen, Partys bei Freunden, Anproben der ausgefallensten Kleidungsstücke überhaupt – wenngleich ihre eigene Garderobe modisch nur schwer zu übertreffen war –,

Theaterbesuchen und Abstechern zu den kleinen experimentellen Bühnen, die in ganz New York wie Pilze aus dem Boden schossen, Einladungen zu Dinnern von diversen intellektuellen Gentlemen sowie Herumschlendern in Galerien mit schwer deutbaren Bildern und Skulpturen. Trotz ihres hektischen und oberflächlichen Lebens fand sie immer noch reichlich Zeit, sich meiner anzunehmen. Zu den meisten Ausstellungen, den Einkaufstouren mit ihrer Freundin Vera sowie zu allen Veranstaltungen, die Tante Mame für ein zehnjähriges Kind als »angemessen, stimulierend und erhellend« erachtete, wurde ich mitgeschleppt. Das betraf ein breites Spektrum.

Im Grunde lernten Tante Mame und ich uns innerhalb einer Zeitspanne schätzen und lieben, wie sie kürzer und schmerzloser nicht hätte sein können. Dass diese außergewöhnliche Frau mich anziehen würde, so wie sie Tausende andere in ihren Bann gezogen hat, war selbstredend. Schließlich war sie berüchtigt für ihren ungestümen Charme. Sie gab mir zum ersten Mal das Gefühl, eine richtige Familie zu haben. Aber allein schon die Tatsache, dass sie überhaupt für einen unbedeutenden, uninteressanten zehnjährigen Jungen sorgen konnte, erfreute mich immer wieder aufs Neue, wiewohl es mich erstaunte und mir ein ewiges Rätsel blieb. Dennoch bin ich das Gefühl nicht losgeworden, dass sie trotz ihrer großen Beliebtheit, ihrer Interessen, ihres ständigen Herumgerennes wahrscheinlich auch ein bisschen einsam war. Ihre Kritiker meinten, ich sei für sie einfach nur ein weiterer Klumpen Ton, den sie formen und modellieren und auf den sie nach Gusto einwirken konnte. Es stimmt, Tante Mame konnte nie der Versuchung widerstehen, sich in das Leben anderer Leute einzumischen. Dennoch bewahrte sie sich eine solide, verlässliche Unabhängigkeit. Für uns beide war es Liebe, und meine Erlebnisse mit ihr waren einzigartig.

Indes, recht bald senkte sich eine dunkle Wolke in Gestalt meines Treuhänders über unser Glück. Tante Mame und ich hielten gerade unsere »morgendliche Plauderstunde« ab. Wahre Muttergefühle hatten sie an dem Tag überkommen, und sie las mir Passagen aus *In einem anderen Land* vor, als ein Eilbrief der Knickerbocker Trust Company unser friedliches Stelldichein mit Hemingway erschütterte.

In dem Brief von Mr. Babcock stand, er habe sich schon seit Langem mit uns treffen wollen, aber die Geschäfte und so weiter und so weiter, und dann führen er und seine Familie in den heißen Sommermonaten immer nach Maine usw., usw., und gerade wären sie zurückgekommen, da sei sein Sohn an einer schweren Mandelentzündung erkrankt, bei der der Arzt usw., usw., aber jetzt, wo alles wieder im Lot usw., usw., und wir hätten doch so viel zu besprechen über Master Patrick usw., usw., ob Miss Dennis nicht mit Mr. Dennis nach Scarsdale kommen wolle, um einmal so richtig wie früher usw., usw., natürlich früh zu Ende, damit die Jungs auch ihren Nachtschlaf bekämen, usw., usw., die Züge vom Bahnhof Grand Central seien zwar nicht die allerbequemsten, aber usw., usw., und Tante Mame möchte den Termin bitte schön bestätigen.

Tante Mame seufzte, reichte mir den Brief und klingelte nach einem Whisky mit Zitrone. »Ach je, Darling«, rief sie, »das bedeutet das Ende. Dieser Treuhänder! Ich sehe es schon deutlich vor mir, so deutlich, wie ich dich jetzt sehe – ein scheußliches Komplott, damit er auftrumpfen und die Pläne, die ich mit dir habe, vereiteln kann.« Ich notierte »auftrumpfen« und »vereiteln« in mein Heft und versicherte ihr, eigentlich sei Mr. Babcock ein ganz netter, ruhiger kleiner Mann.

»Ach, Kindchen«, heulte sie auf, »diese grauen Mäuse, das sind die Schlimmsten. Die schlimmsten Gierschlucker.«

Ihrer lebenslangen Gewohnheit entsprechend, machte sie eine halbe Stunde lang theatralisches Getue, beruhigte sich anschließend wieder und entschied, sich der Herausforderung zu stellen. Mit ihrer aufgesetzten Bildungsbürgerstimme rief sie Mr. Babcock an und sagte ihm, wir beide freuten uns schon riesig, morgen mit seiner Familie in Scarsdale zu Abend zu essen, und er brauchte sich nicht die Mühe zu machen, uns vom Bahnhof abzuholen, da wir mit dem Auto kämen. Ach, war sie vornehm. Danach rief sie ihre beste Freundin Vera an und befahl ihr, alles stehen und liegen zu lassen und sofort herzukommen.

Tante Mames Freundin war eine berühmte Schauspielerin aus Pittsburgh, die sich mit solch ausgeprägter Mayfair-Eleganz ausdrückte, dass man kaum ein Wort verstand. Sie mochte Kinder nicht, was auf Gegenseitigkeit beruhte, aber da Tante Mame in ihr neues Stück investiert hatte, verhielt sich Vera mir gegenüber einigermaßen höflich.

Vera schwebte auf einer Wolke aus weißem Fuchspelz herbei, und sie und Tante Mame mimten erneut »Verzweiflung«. Zum Schluss kam Vera, die Vernünftigere von beiden, zur Sache. Sie bat Ito um eine Flasche Brandy und übernahm mehr oder weniger die Regie.

»Meine Liebe«, sagte sie, »du darfst dich nicht so gehen

lassen. Du bist vollkommen hysterisch. Du trinkst jetzt brav einen Schluck hiervon und beruhigst dich, während ich dir ein paar schlichte Wahrheiten sagen werde. Erstens hast du überhaupt nichts zu befürchten. Du siehst gut aus, kommst aus gutem Haus, bist intelligent, du hast Bildung, Geld und eine Position – einfach alles. Vielleicht bist du eine Idee zu extravagant für Scarsdale. Aber ich sage dir, meine Liebe, das ist nur eine Frage der Mäßigung – der vorübergehenden. Als ich die Lady Esme in *Eine Sommerlaune* spielte …«

»Sommerlaune«, kreischte Tante Mame, »hier geht es um *meine* Sommerlaune, und du kannst über nichts anderes reden als deine Triumphe! Sag mir, was soll ich machen?« Sie knabberte an ihren gold lackierten Fingernägeln.

»Was ich sagen wollte, meine Lie-hiebe«, fuhr Vera hochmütig fort, »als ich die Lady Esme spielte, ließ ich alle meine Kostüme bei Chanel nähen, und Coco hat zu mir gesagt, ›*Chérie*‹, – sie nannte mich immer *chérie* – ›*Chérie*‹, sagte sie, ›Kleider wirken auf die Stimmung, auf die Person – auf einfach alles.‹ Recht hatte sie. Erinnerst du dich an den letzten Akt, als ich die Treppe hinunterschreite, nachdem sich Cedric gerade erschossen hat? Ich wollte dazu Schwarz tragen, aber Coco meinte, ›*Chérie*, dazu musst du Grau tragen. Ein grauer Tag, eine graue Stimmung, ein graues Kleid, mit einem Hauch Zobel.‹ Nie werde ich vergessen, wie sich Brooks Atkinson über das Kostüm geäußert hat. Sieh an, schrieb er, es hebt diesen Schmachtfetzen auf eine Stufe mit Shakespeare.«

Mit dem Thema Kleidung hatte man immer Tante Mames ungeteilte Aufmerksamkeit, und umgehend erhellte sich ihre Miene. »Genau, Vera«, sagte sie gedehnt, »du hast ja so recht. Ich sehe es schon vor mir: den kleinen grauen Kimono mit der violetten Stickerei, und dazu vielleicht noch eine blutrote Kamelie über jedem …«

»Mame, meine Liebe«, sagte Vera taktvoll, »die Rede ist nicht von einem japanischen Kostüm für diese – diese Tortur. Du musst in Scarsdale als ein anderer Mensch auftreten – so jemand wie Jane Cowl. Ich hatte eigentlich ein ganz schlichtes Kleid im Sinn. Etwas Weiches, Vornehmes – und alles andere Schwarz. Verstehst du, was ich sagen will, meine Lie-hiebe? Du hast Kummer, trägst jedoch nicht unbedingt Trauer, aber etwas sehr Konservatives. So etwas flößt einem Treuhänder Vertrauen ein.«

Tante Mame war misstrauisch, aber interessiert, und während der Pegel des Brandys – angeblich von der *Île de France* an Land geschmuggelt – in der Flasche immer tiefer sank, schwang sich Vera mit ihrem bissigen Bild von der kleinen, ehrbaren, unverheirateten Tante zu immer gewagteren Höhenflügen auf. Tante Mame hatte einen Hang zum Dramatischen, und am Ende stöberten die beiden Frauen wie zwei junge Mädchen in ihrer Garderobe.

Während ich aus einem Buch von Elinor Wylie, *Angels and Earthly Creatures,* Gedichte laut vortrug und Veras Brandyglas nachfüllte, verwandelte sich ein altes Negligé aus grauem Chiffon in ein angemessen tristes Kostüm, welches, zusammen mit Veras großem schwarzem Hut, zart verschleiert, und einem Halsband aus tiefschwarzem Bernstein, Tante Mame die richtige Aura vornehmer Verzagtheit verlieh. Vera förderte außerdem noch einen falschen Zopf zutage, den Tante Mame mal auf einem Künstlerball getragen hatte. In sich geflochten, bildete er ein natürliches, wenn auch wackliges Krönchen auf Tante Mames Bubikopf. Um sechs Uhr war das Kostüm fertig, dann nähte Vera mir noch eine schwarze Armbinde, genehmigte sich den letzten Tropfen Brandy und kippte um.

Um neun Uhr am nächsten Morgen – mitten in der Nacht, wie sie sagte – war Tante Mame bereits aufgestanden. Sie sah blass und kränklich aus. In der Küche stellte Ito einen enormen Picknickkorb zusammen, Gurkensandwichs, Champagner und Mandelkuchen. Unten am Beekman Place glänzte unheilvoll Tante Mames Mercedes Benz. Tante Mame brauchte geschlagene zwei Stunden, um sich in ihren Trauerflor zu hüllen, aber sie sagte, es solle alles richtig passen, und obwohl es draußen über dreißig Grad war, legte sie sich, Veras sensationellen Erfolg als Lady Esme im Kopf, ihre Zobelstola um.

1929 brauchte man mit dem Zug etwas über eine halbe Stunde bis nach Scarsdale, jedoch mochte sich Tante Mame der strikten Zeiteinteilung der Eisenbahn nie unterwerfen. Der große Mercedes verließ Beekman Place daher acht Stunden, bevor man uns in Scarsdale erwartete, was vielleicht gar nicht so schlecht war, denn Ito war ein Sonntagsfahrer, bestenfalls, und keiner von uns hatte eine Ahnung, wo oder was Scarsdale war. Tante Mame saß angespannt auf dem Rücksitz, rückte ihr schlecht vertäutes Krönchen zurecht und zupfte an ihrem Zobel. Oft packte sie meine Hand und murmelte: »Ach, mein Lieber, was sollen wir bloß machen?« Das Auto war zwar geräumig, aber auf der Rückbank war es doch recht eng für uns beide, mit dem Picknickkorb, den mit Eis gefüllten Champagnerkühlern, diversen Straßenkarten – die meisten von anderen Landesteilen –, einer Pelzdecke für den Schoß, einem Gedichtbändchen, mit einer zärtlichen Widmung von Sara Teasdale für Tante Mame, und meinem Vokabelheftchen.

Ito, dessen Orientierungssinn noch weniger ausgeprägt war als Tante Mames, fuhr zuerst nach Long Island, dann nach New Jersey und erwischte schließlich doch noch die richtige Route. Nach einer ausgiebigen Mittagspause in Larchmont und einem kleinen Umweg über Rye steuerte Ito mit dem Wagen wieder unser Ziel an, und um halb vier kamen wir in Scarsdale an. »Oh Gott«, stöhnte Tante Mame, »drei Stunden zu früh!« Den restlichen Nachmittag verbrachten wir im Kino, ein Film mit Tom Mix. Ito und mir gefiel er gut, Tante Mame dagegen fand, es sei abstoßend, was man den Leuten so zum Fraß vorwerfe, und der Staat solle doch lieber Filme von zivilisierter Machart fördern.

Punkt halb sieben standen wir vor dem Haus der Babcocks. Es bestand zur Hälfte aus Fachwerk, in einem Stil, den Tante Mame »Pseudotudor« nannte. Sie wirkte jedoch sehr bedrückt.

Die Babcocks waren keine anregende Familie. Der Sohn, Dwight junior, trug Brille und sah aus wie ein in der Waschmaschine geschrumpfter Mr. Babcock. Mrs. Babcock trug auch Brille und unterhielt sich mit Tante Mame über Gartenpflege, Einkochen und Kinderpsychologie.

Einmal erwähnte Tante Mame den Namen Freud, aber besann sich dann eines Besseren. Der Rest der Unterhaltung mit Mrs. Babcock beschränkte sich auf ausdruckslose »Ja« und »Nein« und hin und wieder ein »Ach, tatsächlich?«.

Dwight junior zeigte mir seine Sammlung toter Schmetterlinge und erzählte mir alles Wissenswerte über seine Mandeln und dass es bestimmt ganz prima werde im St. Boniface-Internat.

Mr. Babcock sagte oft »Äh«, Limonade wurde gereicht, und schließlich bat das Hausmädchen zu Tisch.

Es war zum Ersticken in dem mit englischen Stilmöbeln eingerichteten Esszimmer der Babcocks, und das Essen, verbratenes Lamm, Kartoffelbrei, Kürbis, Rüben und Limabohnen – und das nach Itos leichter fernöstlicher Küche – lag mir wie ein Klumpen Zement im Magen. Im Verlauf einer der zahlreichen Gesprächspausen gingen mit Tante Mame die Pferde durch, und sie hielt einen langen und erstaunlich kundigen Vortrag über die Architektur der Tudorzeit, ein wahrlich faszinierender Diskurs, nur entlarvte er jedes Detail im Babcock'schen Esszimmer als Fälschung. Tante Mame jedoch war überaus charmant und führte sich auf wie jemand, dem man sein Kind anvertrauen würde.

Während man den vergammelten Salat zu sich nahm, sprach Mrs. Babcock über das Theater und dass sie Vera Charles förmlich vergöttere. Tante Mames warnenden Blick missachtend, sagte ich, Vera Charles sei Tante Mames beste Freundin und mache vermutlich gerade ein Nickerchen bei ihr zu Hause. Mrs. Babcock war hingerissen. »Sie muss ein wunderbarer, begnadeter Mensch sein«, sagte sie. »Ich möchte sie gerne einmal kennenlernen.«

Nach dem Abendessen sagten Mrs. Babcock und Dwight junior – was sicher sorgfältig einstudiert war –, dass sie jetzt aber unbedingt aufbrechen müssten ins Kino, ein Film mit Tom Mix würde gegeben. Tante Mame würgte, doch sie erhob sich elegant vom Stuhl und dankte ihrer Gastgeberin allzu herzlich für das herrliche Mahl. Der Sohn gab mir seine feuchte Hand und sagte, man sähe sich. Ich hoffte nicht.

Als wir allein waren, räusperte sich Mr. Babcock und sagte, jetzt sei es aber Zeit für »unsere kleine Unterredung«, dafür würden wir in sein Refugium gehen, damit das Hausmädchen nicht lauschen könne. Refugium – das hörte sich interessant an, aber es war bloß ein kleiner Raum voller Bücher über das Bankwesen, und darin war es noch stickiger als in den anderen Räumen im Haus.

Mr. Babcock holte Unmengen Papiere hervor und sagte, Tante Mame könne sich glücklich schätzen, so einen netten kleinen Jungen an der Seite zu haben, als Trost für den – äh – Verlust ihres Bruders. Tante Mame senkte andächtig den Blick. Dann sagte Mr. Babcock, er habe sich meine Zeugnisse angesehen, sie seien ja sehr gut, aber zu der Schulfrage kämen wir später. Tante Mame hielt sich im Zaum.

Danach holte er noch mehr Blätter hervor, voll beschrieben mit Zahlen. Er sagte, ich sei wohlhabend – wohlgemerkt, nicht reich, aber wohlhabend. »Braucht sich nie mehr Sorgen zu machen, woher das Essen auf den Tisch kommt, es sei denn, diese Bolschewiken übernehmen morgen die Regierung.« Er sagte, jeder Penny, den ich besäße, sei sorgfältig investiert, in gute, konservative sichere Aktien und Wertpapiere, und es sei keine gute Zeit, am Markt zu spekulieren. Er zeigte Tante Mame die Papiere, aber sie schien nicht sonderlich interessiert.

»Was nun unseren jungen Freund und seine weitere Schulbildung betrifft«, sagte er schließlich und raschelte dabei mit dem Papier. »Wie Sie wissen, war der verstorbene Vater des Jungen der Ansicht, dass es, äh, klüger sei, wenn ich – im Namen der Treuhandgesellschaft – die vollständige Entscheidungsbefugnis in dieser Angelegenheit bekäme.« Tante Mame richtete sich kerzengerade auf. »Aber, he, he, he, ich glaube nicht, dass es in dieser Hinsicht zu Reibungen kommen wird«, sagte er. »Sie scheinen mir eine ganz patente, vernünftige Person zu sein, Miss Dennis, und ich glaube, wir können uns auf Augenhöhe über dieses Thema verständigen.« Er holte ein dickes rotes Buch hervor, *Handbuch der Privatschulen*. Von diesem Moment an galt der Kampf offiziell als eröffnet.

Mr. Babcock machte den Anfang mit einigen Vorbemerkungen. Er sagte, er fände es das Beste, ich ginge auf eine gute Tagesschule in Manhattan, damit Tante Mame und ich so viel Zeit wie möglich zusammen verbringen könnten.

»Wunderbar«, sagte Tante Mame herzlich. »Ich hatte genau das Gleiche im Sinn.«

»Also«, sagte Mr. Babcock, »ich habe mir mal, äh, die Mühe gemacht, äh, Informationen über einige der besseren Knabenschulen in der Stadt einzuholen.«

Tante Mame fasste sich behutsam an den Hals und sagte: »Ich persönlich bevorzuge ja Gemeinschaftsschulen. Jungen und Mädchen im zarten Alter zusammenzutun, trägt erheblich zur Verminderung psychosexueller Spannungen bei, finden Sie nicht auch?«

Mr. Babcock war wie vom Donner gerührt, und Tante Mame, rasch wieder in ihre Rolle als unverheiratete Dame schlüpfend, ergänzte ihre Äußerung: »Sie verstehen, was ich damit sagen will. Ich meine, Männer und Frauen leben im richtigen Leben ja auch zusammen – heiraten sogar.«

»Ja, das verstehe ich«, murmelte Mr. Babcock, »das ist eine höchst interessante, äh, Theorie, Miss Dennis. Wahrscheinlich ist da einiges dran. Ich muss sagen, an die gemischten, äh, Institutionen hatte ich bislang nicht gedacht, aber die Buckley-Schule ist bekannt für ihre ausgezeichnete ...«

»Bevor wir zur Buckley-Schule kommen, würde ich Ihnen gerne, wenn Sie gestatten, eine Schule vorschlagen, die ein Freund von mir, Ralph Devine, gegründet hat. Ralph ist ein Scha... ein außergewöhnlich gebildeter Mensch. Er kann seinen Freud vorwärts und rückwärts herbeten, kennt Freud sogar persönlich, und er hat ein Erziehungsideal, das Froebel und Montessori um Generationen voraus ist. Das Prinzip dieser Schule ist wirklich revolutionär. Ralph ...«

Mr. Babcock hob eine Hand, als wollte er Verkehrspolizist spielen. »Das ist genau der Typ Schule, da bin ich mir absolut sicher, Miss Dennis, auf die Ihr verstorbener Bruder seinen Sohn bestimmt nicht geschickt hätte. Ausdrücklich erwähnt er in seinem Testament, dass es eine konservative Schule sein soll. Aber wie wäre es mit der Allen-Stevenson-Schule, wenn Ihnen Buckley nicht zusagt?«

»Oh nein, ich kenne einen abscheulichen kleinen Jungen, der auf diese Schule geht. Aber ich habe noch eine andere Idee, und dagegen können Sie unmöglich etwas einwenden. Es handelt sich um eine durchaus etablierte Schule, aber gemischt und modern. Ich meine die City-and-Country-Schule unten in ...«

»Die habe ich mir auch angesehen, Miss Dennis, und ich finde sie, äh, eine Idee zu experimentell. Aber es wäre da ja noch die Browning-Schule, die recht bequem zu …«

Tante Mame steigerte sich in eine Verzweiflung und einen Übereifer hinein, den zu fürchten ich seitdem gelernt habe. »Ach, Mr. Babcock, haben Sie schon mal an die Dalton-Schule gedacht? Eine herrliche Schule. Ich habe sowohl Miss Dickermann als auch Mrs. Roosevelt kennengelernt, und sie bewirken wahre Wunder bei …«

»Die Dalton-Schule ist mir bekannt«, sagte Mr. Babcock kühl. »Die vertreten einige radikale Ideen. Gefährlich radikal.«

»Wie wäre es mit Ethical Culture?«, sagte Tante Mame aufs Geratewohl.

»Meine liebe Miss Dennis, Sie wollen doch nicht im Ernst vorschlagen, den Jungen so einem Judenpack zu überlassen.« Tante Mames Kopfputz wackelte bedenklich. »Ich würde sogar«, fuhr Mr. Babcock selbstgefällig fort, »dieses ganze Gedankengut von der Westküste so weit wie möglich aus seinem Leben heraushalten. Allerdings gibt es dort die Collegiate Schule, und die soll hervorragend sein.«

Anderthalb Stunden hockte ich in dem kleinen, überhitzten Raum, während Tante Mame und Mr. Babcock über jede Schule in New York stritten – St. Bernard, Friends, Horace Mann, Buckley, die Hoffman Schule für individuelle Entwicklung, Poly Prep – und keiner wollte auch nur einen Zentimeter nachgeben. Tante Mame zitterte wie ein Schoßhündchen, während Mr. Babcock immer eisiger wurde. Der Streit hatte gerade seinen Höhepunkt erreicht, und ich musste um den Erfolg von Tante Mames Maskerade der Vornehmheit bangen, als verstohlen ein listiger Ausdruck über ihr Gesicht huschte. Plötzlich war ein Schluchzen zu vernehmen. Tante Mame verbarg das Gesicht in den Händen, und ein krampfartiges Beben erfasste ihren Körper. Mr. Babcock war wie versteinert, sodass die Lobeshymne auf den mathematischen Fachbereich der Browning-Schule aus seinem Mund erstarb. Auch ich war erschüttert. Es wurde still im Raum, Tante Mames Schluchzen ausgenommen. Mr. Babcocks Gesichtsfarbe nahm eine geradezu menschliche Blässe an. Tastend fuhr er mit einem Finger hinter seinen welken Kragen. »Bitte, Miss Dennis«, stammelte er, »äh, bitte, äh, also wirklich, ich wollte, ich wollte auf keinen Fall ...«

Glückselig hob Tante Mame die Augen, die erstaunlich trocken waren, wie mir auffiel. »Oh, Mr. Babcock«, stieß sie hervor, »nie werde ich mir verzeihen, dass ich mich wie eine dumme, dickköpfige Gans aufgeführt habe. Sie müssen mich für blöd und halsstarrig halten. Wie kann ich das je wiedergutmachen?« Sie tupfte sich die Augen mit einem Spitzentaschentuch, und seltsamerweise musste ich an Pola Negri denken, die ich vor nicht allzu langer Zeit in einem Stummfilm gesehen hatte. »Wer bin ich denn schon?«, sagte sie, feinfühlig schniefend. »Eine einfache, alleinstehende Frau, die nichts von Kindererziehung versteht und die es sich herausnimmt, mit Ihnen, einem Vater und Verwalter von Patricks Vermögen, zu streiten. Sie müssen mich für hasserfüllt halten.« Einnehmend senkte sie ihr Haupt, und die Füße schwenkten einwärts.

»Nun ja, Miss Dennis«, sagte Mr. Babcock aufmunternd. »Wenn Sie wirklich der Ansicht sind, auf der Dalton wäre der Junge besser aufgehoben ...«

Tante Mame hob matt ihr blasses Händchen. »Nein, nein, Mr. Babcock, ich war im Unrecht. Es ist raus, und ich bin froh, dass ich es gesagt habe. Ich war im Unrecht, und ich war töricht. Patrick soll auf die Schule gehen, die Sie vorschlagen. Beachten Sie mich einfach nicht weiter, auch wenn ich weiß, dass Sie mein unentschuldbares Verhalten am heutigen Abend niemals vergeben und vergessen werden.«

Mit einem Mal wurde Mr. Babcock aufgeschlossen. »Nun ja, ich kenne mich mit Frauen aus. Eunice – das heißt, Mrs. Babcock – und ich haben schließlich auch gelegentlich, äh, Meinungsverschiedenheiten. Das ist nur natürlich – Kampf der, äh, Geschlechter und so, hähä.«

Tante Mame lächelte und bekam höchst attraktive Grübchen in den Wangen.

»Selbstverständlich«, fuhr Mr. Babcock fort, »gibt es viele gute Schulen in New York – wobei eigentlich keine wirklich besser ist als die andere – trotzdem würde ich Buckley vorschlagen.«

»Kein Wort mehr, Mr. Babcock. Sie haben die richtige Wahl getroffen. Davon bin ich überzeugt. Die absolut richtige Wahl. Er wird auf die Buckley-Schule gehen und die Uniform mit Stolz tragen.«

»Es ist nur eine Mütze, keine Uniform in dem Sinn«, stellte Mr. Babcock missbilligend klar. »Aber es ist eine prächtige, äh, Schule, einfach prächtig. Sprösslinge der allerbesten Familien ...«

»Ja«, seufzte Tante Mame, »gesellschaftliches Ansehen ist wirklich entscheidend. Und jetzt«, ergänzte sie affektiert, »müssen wir gehen.«

»Dann stelle ich also einen Scheck auf die Buckley-

Schule aus, und Sie gehen mit dem Jungen dorthin und melden ihn an.«

»Großartig, so soll es sein«, sagte Tante Mame mit einem entwaffnenden Lächeln. »Komm, mein Junge, du sollst nicht zu spät ins Bett.« Sie rauschte zur Tür und drapierte Veras schwarzen Hut auf ihren künstlichen Zopf. »Gute Nacht, Mr. Babbit … es war ein reizender Abend und sehr informativ! Komm, Patrick.«

Die Wagentür wurde zugeschlagen, und Ito ließ mit einem Röhren den Motor an.

»Willst du mich wirklich auf diese … diese Schule schicken, von der er gesprochen hat, Tante Mame?«

»Keine Sorge, mein Schatz, keine Sorge. Tante Mame hat einen Plan.« Mit einem verzückten Seufzer zündete sie sich eine Melachrino an, während Ito den Wagen stur Richtung Connecticut lenkte.

Gleich nach Labor Day ging Tante Mame mit mir zur Buckley-Schule und meldete mich an. Mr. Babcock hatte meine Schulzeugnisse der Schulleitung übergeben, und es hieß, alles sei in bester Ordnung. Tante Mame kaufte mir so eine blaue Mütze, an der sie selbst Gefallen fand, und schickte mich zu einem Intelligenztest in der Nähe von Washington Square. Als ich nach Hause kam, traf ich sie in ein Gespräch mit einem hübschen blonden Mann vertieft an.

»Komm herein, mein Schatz«, trällerte sie, »ich möchte dir Ralph Devine vorstellen. Von nächster Woche an wirst du auf seine Schule gehen.«

»Und … und was ist mit diesem Buckley-Dingsda?«, stammelte ich.

»Entschuldigen Sie mich einen Augenblick, Ralph«, sagte sie. Sie zog mich zu sich und sah mich mit feierlicher Miene an. »Was Tante Mame getan hat, mein Schatz, mag vielleicht ein wenig, nun ja, nach Betrug aussehen, aber auch du wirst in deinem Leben noch die Erfahrung machen, dass es manchmal besser ist, nicht allzu ehrlich zu sein. Du und ich werden Mr. Babbitt einen kleinen Streich spielen, mein Lieber. Er wird glauben, du gehst auf die andere Schule, dabei wirst du in Wirklichkeit die allerherrlichsten und fortschrittlichsten Dinge mit unserem Ralph treiben. Das bleibt unser Geheimnis, mein kleiner Liebling, das brauchen nur wir drei zu wissen. Und dieser Mr. Hitchcock – oder wie er heißt – steht dumm da, was?«

Ich sagte, der würde sogar ganz schön dumm dastehen, was.

»Und jetzt lauf brav nach oben und nimm dir ein Buch zum Lesen, damit ich mich weiter mit Ralph unterhalten kann.«

»Mame«, sagte Ralph, als ich das Zimmer verließ, »geben Sie dem Kind etwa Bücher zu lesen?«

In der darauffolgenden Woche stand Tante Mame »mitten in der Nacht« auf und brachte mich zwei Straßen weiter zur Schule von Ralph. Sie war im obersten Stockwerk eines alten Speichers in der Second Avenue untergebracht. Wir hatten uns ein bisschen verspätet – Tante Mame verspätete sich regelmäßig –, und als wir ankamen, war der große Raum voller nackter Kinder aller Altersstufen, die herumrannten und laut kreischten. Ralph, im Adamskostüm, trat zu uns und schüttelte uns herzlich die Hand.

»Ist er nicht göttlich«, schwärmte Tante Mame. »Wie

53

ein Praxiteles. Ach, mein Lieber, du wirst dich hier pudel-
wohl fühlen.«

Eine kleine stämmige, flachsblonde Frau, ebenfalls
nackt, kam angelaufen und gab Tante Mame einen Kuss.
Die Frau hieß Natalie, sie und Ralph leiteten die Schule
gemeinsam.

»Und du, mein Schatz, gehst jetzt mit Ralph, und viel
Spaß. Wir sehen uns nachher zum Tee zu Hause.«

Tante Mame verabschiedete sich mit einem übermütigen
Winken, und ich stand allein da, als Einziger bekleidet.

»Komm herein und leg ab«, sagte Natalie, »und dann
schließ dich den anderen Kindern an.«

In Ralphs Schule kam ich mir immer wie ein gerupftes
Huhn vor, aber es war ganz angenehm, und ich musste nie
irgendwas tun. Es war ein großer, kahler, gekalkter Raum
mit einem beheizbaren Linoleumboden, Dachluken
aus Quarzglas und Ultraviolettstrahlern, die rundum in
Mannshöhe an der Wand verliefen. Es gab weder Stühle
noch Tische, nur einige Matten, auf die wir uns hinlegen
und schlafen durften, wenn uns danach war, und in der
Mitte des Raums ein großes weißes Gebilde, das aussah
wie das Hinterteil einer Kuh. In dieses Gebilde sollten wir,
wenn wir Lust dazu hatten, hineinkriechen, darin herum-
kriechen und obendrauf kriechen, und immer wenn eines
der kleineren Kinder anfing zu kriechen, haute Ralph
Natalie mit einem vernehmlichen Klatsch auf ihr breites
Becken und gluckste: »Ab zurück in den Mutterleib, was,
Nat?«

Es gab nur eine Gemeinschaftstoilette – »Hemmungen
im Keim ersticken« – und alle möglichen anderen progressiven Vergnügungen. Wir durften zeichnen oder mit

Fingerfarben malen oder etwas aus Knetgummi formen. Es gab »Angeleitete Gesprächskreise«, in denen wir uns unsere Träume erzählten und uns nacheinander sagten, was wir gerade dachten. Wenn man ungesellig sein wollte, durfte man ungesellig sein. Zu Mittag gab es rohe Möhren, rohen Blumenkohl – was bei mir immer Blähungen hervorrief –, rohe Äpfel und Ziegenrohmilch. Wenn mal zwei Kinder Streit hatten, ließ Ralph die ganze Angelegenheit im großen Kreis besprechen. Ich fand das ziemlich albern, dafür bekam ich viel Sonnenbräune ab.

Ich bin nicht so lange auf Ralphs Schule gegangen, um entscheiden zu können, ob sie mir guttat oder schadete. Meine Laufbahn an der Schule – und, was das betrifft, Ralphs ebenso – endete nur sechs Wochen, nachdem sie begonnen hatte.

In dem Irrglauben, ihre kleinen Jünger würden in der Schule tatsächlich arbeiten, setzten Ralph und Natalie einen Nachmittag »Schöpferisches Spielen« an, damit sie uns in vergnügter Geistesverfassung nach Hause schicken konnten. Es ging darum, dass alle Kinder, mit Ausnahme der ungeselligen, an einem Gruppenspiel teilnehmen sollten, das uns etwas über »Das Leben« beibringen sollte, welches uns draußen, jenseits der Schulpforten, erwartete. Manchmal spielten wir »Bauernhof« und widmeten uns den struppigen Avocadopflanzen, die Natalie ausgesät hatte. Ein anderes Mal spielten wir »Große Wäsche« und wuschen Ralphs gesamte Unterbekleidung. Eines der beliebtesten Spiele, jedenfalls bei dem jungen Gemüse, nannte sich »Fischfamilie«, und es hatte den Zweck, uns Kenntnisse über die Reproduktion bei den Lebewesen niederer Ordnung zu vermitteln.

Es war ein einfaches Spiel und eine ganz gute Übung. Natalie und die Mädchen hockten sich auf den Boden und taten so, als würden sie laichen, dann mischte sich Ralph unter sie, gefolgt von den Jungen, mit weit ausgebreiteten Armen und wedelnden Händen – »mit schwimmenden Bewegungen, mit schwimmenden Bewegungen« –, und befruchtete die Eier. Das löste jedes Mal Begeisterungsstürme aus.

An meinem letzten Tag bei Ralph hatten wir gerade eine halbe Stunde lang »Fischfamilie« gespielt. Natalie und die Mädchen lagen auf dem Linoleumboden, und Ralph führte die Jungen in den Schwarm Fischweibchen. »Schwimmende Bewegungen, schwimmende Bewegungen! Und jetzt! Achtung! Samen verspritzen! Samen verspritzen! Vergiss auch nicht das kleine Mutterfischchen da drüben, Patrick, verspritz den Samen, verspritz …«

Ein plötzlicher Würgelaut war zu hören.

»Mein Gott!«, keuchte eine vertraute Stimme.

Wir drehten uns um, und da stand, vollständig bekleidet und mit einer Miene wie der schlimmste wütende Hai im Becken, Mr. Babcock, mein Treuhänder. Mit einer einzigen raschen Bewegung entriss er mich dem Gewirr. »Verflucht noch mal! Zieh dich sofort an! Und beeil dich! Ich will mit deiner verrückten Tante reden, und du sollst dabei sein!« Er stieß mich in den Umkleideraum. »Und Sie, Sie elender Perverser«, brüllte er Ralph an, »Sie werden noch von mir hören!«

Noch ehe ich mein Hemd zugeknöpft hatte, zog mich Mr. Babcock am Ohr hinter sich her die Treppe hinunter und weiter so fast den ganzen Weg zu Tante Mame.

Wie es der Zufall so wollte, nahm Tante Mame, gehüllt

in eines ihrer exotischeren Gewänder, gerade einen Cocktail mit einem vornehmen litauischen Rabbi und zwei Tänzerinnen aus dem Ensemble von *Blackbirds* zu sich, als Mr. Babcock und ich in den Salon platzten.

»Bei Gott«, schrie er, »ich hätte es mir denken können! Versteht so wenig von Kindererziehung wie eine Dirne! Sind Sie denn völlig übergeschnappt?«

Mit einiger Anstrengung richtete Tante Mame sich auf. »Ich bitte Sie, Mr. Babcock, wovon reden Sie?«, sagte sie mit gespieltem Hochmut.

»Sie wissen sehr wohl, wovon ich rede, verdammt noch mal. Vor zwei Wochen habe ich in der Buckley-Schule angerufen, um zu fragen, ob dieser Bengel Lust hätte, mit meinem Sohn und mir zum Rodeo zu gehen. Seitdem versuche ich, ihn ausfindig zu machen. Jede noch so schäbige, dubiose Schule für Schwachsinnige in dieser Stadt habe ich abgeklappert. Und heute, heute habe ich ihn in der schäbigsten von allen gefunden. Splitterfasernackt, zusammen mit diesem widerlichen Kerl, der verspritzte gerade – oh Gott, mir fehlen die Worte!«

Würdevoll trat Tante Mame vor und holte einmal tief Luft, was ihren gelungeneren Schmähreden stets vorausging, aber diesmal hätte sie sich die Mühe sparen können.

»Morgen«, kreischte Mr. Babcock, »nein, heute Abend, jetzt sofort werde ich, ich höchstpersönlich, den Jungen ins Internat stecken. Ich hätte mir denken können, dass Sie ein falsches Spiel treiben, aber damit ist jetzt Schluss. Ich schicke den Jungen zur St. Boniface Academy, und da wird er bleiben. Die einzigen Gelegenheiten, an denen Sie Ihre lasterhaften Hände auf ihn legen können, sind Weihnachten und die Sommerferien, und ich wünschte innigst, es gäbe eine Möglichkeit, auch das noch zu verhindern. Und jetzt komm, ab marsch, marsch«, sagte er.

»Tante Mame«, rief ich und versuchte, zu ihr zurückzulaufen, aber er hielt mich fest.

»Komm sofort zurück, du kleine Ratte. Und wenn ich dir jeden einzelnen Knochen in deinem Leib brechen muss – ich bringe dich nach St. Boniface und mache aus dir einen anständigen gottesfürchtigen Christenmenschen. Komm, nichts wie raus hier, aus dieser – dieser Opiumhöhle.« Ein letztes Gezerre, und ab ging es mit mir zur St. Boniface Academy.

Tags darauf gab es eine Polizeirazzia in Ralphs Schule, und die Boulevardpresse, die gerade eine Flaute zwischen zwei Axtmorden durchlitt, startete geradezu einen Kreuzzug gegen jegliche fortschrittliche Erziehung. Über dezent retuschierten Fotos von Ralph, Natalie und der Schülerschar waren Titelzeilen nach dem Motto *Sexschule aufgeflogen* zu lesen, dazu Artikel von führenden Größen der Stadt sowie einem wütenden Kirchenmann, fast alle mit der einleitenden Frage: »Mutter, was bringt man deinem Kind bei?«

Der Tag danach war der 29. Oktober 1929. Die Börsenkurse befanden sich im freien Fall, und die Zeitungen hatten über dringlichere Themen zu berichten. Ich saß längst eingekerkert in der St. Boniface Academy, und die schneidende Stimme meiner Tante Mame war nur noch ein schwaches Flüstern in der akademischen Wüste.

3

Tante Mame im
Tempel des Mammon

Über der reizenden kleinen Jungfer im *Digest* braut sich schon bald ein Gewitter zusammen. Sie hat sich an ein sorgloses Leben mit Kind und Katze gewöhnt – da macht plötzlich die örtliche Bank dicht, und die Ersparnisse der armen alten Dame sind mit einem Schlag futsch. Nur eine jämmerliche Rente bleibt ihr, und die Zukunft sieht nicht rosig aus. Die Dame ist jedoch unverzagt, und sie stellt fest, dass sie einen guten Geschäftssinn hat.

Zunächst fängt sie an zu backen. Brot und Brötchen und Lady-Baltimore-Kuchen, und ehe sie sich versieht, wird daraus eine florierende Konditorei, und sie hat mehr Arbeit, als sie bewältigen kann. Danach nimmt sie ihr Hobby der Porzellanmalerei aus den Mädchenjahren wieder auf, und ihr Vergissmeinnicht-Muster wird der letzte Schrei – bei wem, verschweigt der Artikel. Schließlich wendet sich dieses kleine Energiebündel einer noch anderen Tätigkeit zu, sie knüpft Teppiche, webt Platzdeckchen und näht Patchworkquilts, und das Geld hört einfach nicht auf zu fließen.

Kein bisschen beeindruckt mich das. Tante Mame hat auch immer gesagt, sie hätte Geschäftssinn. Als der Börsenkrach ihr hart zusetzte, stürzte sie sich in weit mehr Unternehmungen als jener »Mensch, den man nicht vergisst«, und irgendwie hat sie uns beide auch gerettet.

Der September 1930 war außergewöhnlich warm, und der Tag, für den Tante Mame den schmerzlichen Termin mit ihrer Bank anberaumt hatte, war glühend heiß. Sie kam nach Hause, ließ den Fuchspelz mitten im Wohnzimmer zu Boden fallen, verlangte einen starken Drink und sank auf ihr »modernistisches« Sofa. »Patrick«, sagte sie hohl, »deine Tante Mame ist eine arme Frau. Ruiniert, ruiniert, ruiniert!« Mit einem schmachtenden Blick schaute sie hinaus auf die Straße und versuchte sich einige Tränen abzuringen. »Ich bin«, sagte sie theatralisch, »nur noch ein armer Schlucker.«

Die teure Maisonettewohnung hatte Tante Mame aufgegeben und sich in einem hübschen Kutscherhäuschen in Murray Hill niedergelassen. Sie hatte alles neu eingerichtet, hatte sich viele neue, längere Kleider gekauft und hatte mehrere Partys gegeben, um die neuen vier Wände einzuweihen und die alte Truppe, das, was von ihr übrig geblieben war, um sich zu scharen. Dann wurde ihr allmählich klar, dass Leben Geld kostet – selbst 1930, als alles billig zu haben war. Geld war jedoch ganz allgemein knapp, und Tante Mames Geld im Besonderen war noch knapper.

Jetzt war sonnenklar, dass sie nach ihrem heftigen Flirt mit dem Aktienmarkt und ihren immensen Ausgaben über genau viertausend Dollar Barvermögen und eine behagliche monatliche Rente von zweihundert Dollar verfügte.

»Allein der Gedanke, dass ich nach all den Jahren des Knauserns und Sparens jetzt das Kreuz der Armut tragen soll!«

»Nichts mehr auf der hohen Kante, liebe Tante?«, sagte ich und musste kichern, weil es sich reimte.

Sie sah mich scheel an. »Du hast gut lachen – du mit deinen elf Jahren und einem fest angelegten Vermögen, an das keiner rankann –, wo deine arme Tante Mame reif fürs Armenhaus ist. Wie, bitte schön, sollen wir mit lächerlichen zweihundert Dollar im Monat auskommen?«

Zweihundert Dollar waren im Jahr 1930 für Millionen von Menschen ein Vermögen. Mit einigen wenigen Einsparungen hier und da hätte Tante Mame sogar ein ganz gutes Auskommen gehabt.

»Tja«, sagte sie mit einem gequälten Seufzer, »du kannst dir denken, was das heißt. Es heißt, dass ich wieder arbeiten muss, nur, damit du weiter auf diese dämliche St.-Boniface-Schule gehen kannst.« Die Trust Company kam für meine Schulgebühren auf, aber es erschien mir klüger, das nicht zu betonen. »Andererseits«, fuhr sie fort, »habe ich mein ganzes Leben geackert und geschuftet. Daran bin ich gewöhnt.«

Auch das stimmte nicht ganz. Über einen Zeitraum von knapp sechs Wochen war Tante Mame als Revuetänzerin in dem Musical *Chu Chin Chow* aufgetreten, bis mein Vater das spitzkriegte und Druck vonseiten der Familie ausgeübt wurde. Seitdem hatte sie nie wieder eine Hand gerührt, außer um ihre berühmten Gin-Cocktails zu mixen.

»Genau, das ist die Lösung. Deine arme Tante Mame muss wieder arbeiten gehen – sich einen Job suchen, wo es schon Millionen Arbeitslose gibt –, damit wir uns über Wasser halten und weiterhin Kleider am Leib tragen können. Aber mach dir keine Sorgen, mein Schatz, Tante Mame wird schon was finden, und wenn sie putzen gehen muss.« Früh am Abend zog sie sich mit dem Anzeigenteil der *New York Times* zurück.

Am Tag darauf hielten wir wie üblich um ein Uhr unsere »Kleine allmorgendliche Plauderstunde« ab. Um meine Tante herum lagen verstreut Unmengen gelber Notizblätter, vollgekritzelt mit Namenslisten. »Willst du eine Party geben?«, fragte ich.

»Ganz sicher nicht!«, erwiderte sie schnippisch. »Das heißt, mal sehen – wenn ich mir ein Geschäft aufgebaut habe, dann gibt es vielleicht eine kleine Feier. Diese Namen hier, das sind alles wertvolle Kontakte, alles Freunde von mir, die gut situiert sind.« Selbstzufrieden raschelte sie mit der *New York Times*. »Von den Jobs in den Stellenanzeigen interessiert mich eigentlich keiner. Kellnerin, Verkäuferin, Aushilfe in der Fabrik, Stenotypistin – nichts dabei, für das ich mich erwärmen könnte. Nein, nein, mein Schatz, nicht, was man kann, bringt einen in dieser Stadt weiter, sondern wen man kennt. Und Verbindungen, die habe ich, weiß Gott. Wer weiß«, sagte sie, »bestimmt gibt es viele Firmen in New York, die mich mit Kusshand nehmen würden, wenn sie wüssten, dass ich dem Arbeitsmarkt zur Verfügung stünde. Deswegen habe ich schnell mal diese Liste mit den Namen einiger einflussreicher Freunde gemacht, um ihnen mein Interesse kundzutun.«

An diesem Tag tätigte Tante Mame viele lange und laute Telefonanrufe. Der erste galt ihrem Börsenmakler Florian McDermott. Ausführlich erzählte sie ihm die Geschichte ihres Finanzkollapses, obwohl es bei dem Mann, der weitgehend dafür verantwortlich zeichnete, eigentlich unnötig war, dermaßen in Details zu gehen. Sie fragte Florian, ob sein Büro nicht an einer geschäftstüchtigen Frau interessiert sei, die im Umgang mit großen Geldsummen geübt sei. Er erwiderte jedoch rasch, man würde gerade »Personal abbauen«, und schwatzte ihr einige Hundert »absolut todsichere« Aktien auf. Zwei Monate später teilte sich Florian eine Zelle mit einem berühmten Makler, den unter normalen Umständen kennenzulernen er sich vorher nie erträumt hätte.

Da alle ihre anderen Freunde aus der Finanzwelt ebenfalls »einsparten«, entschied Tante Mame, dass ihre Zukunft in der Kunst läge.

Am nächsten Tag speiste sie mit Frank Crowninshield zu Mittag und kam, die Zusage für einen Job als Werbetexterin bei *Vanity Fair* in der Tasche, überglücklich nach Hause. Das Gehalt betrug vierzig Dollar die Woche – genau die Summe, die sie Norah und Ito zahlte –, aber sie wusste, sie würde »sich hocharbeiten«. Als Berufskleidung, die sie im Büro der Zeitschriftenredaktion tragen wollte, bestellte sie mehrere adrette Kostüme und einige neue Hüte. Ich wurde ganz ins Internat gesteckt, und Tante Mame nahm ihr Berufsleben auf.

Im Herbst 1930 konnte ich nur auf Tante Mames Briefe zurückgreifen, die mir ein dramatisches – wenn auch voreingenommenes – Bild ihrer diversen beruflichen Unternehmungen vermittelten. Den Job bei *Vanity Fair* hatte sie nur einen Monat. Dann luden Mr. Crowninshield und Mr. Nast sie wieder zum Lunch ein und sagten, ihre Artikel seien ungenau, dabei durchaus geistvoll, und sowieso, sie würden ihr Personal abbauen. Als Trost bildeten sie ein ganzseitiges Foto von ihr in einem dreihundert Dollar teuren Jeanne-Lanvin-Abendkleid ab, das sie sich von dem Geld ihrer Abfindung und einem kleinen

Wettgewinn beim Pferdelotto kaufte. Mr. Crowninshield sagte noch, sie sei eine viel zu attraktive Frau, um frei herumzulaufen, und sie sollte heiraten und einen Hausstand gründen.

Ihr nächster Job hatte ebenfalls etwas mit Literatur zu tun, aber sie hatte ihn nicht mal so lange inne wie den ersten. Sie wurde Lektorin im Horace Liverights Verlag. Mr. Liveright war ein alter Bekannter von ihr, und obwohl er und Tante Mame immer wieder aneinandergerieten, hatten sie doch Hochachtung vor dem Verstand des anderen. Eines Abends jedoch ging Tante Mame in geselliger Runde aus und hatte die einzige Kopie eines packenden Manuskripts dabei, das nach Lebertran stank und von einem dänischen Forscher verfasst worden war. Irgendwo auf dem Weg zwischen Jack Delaney's und dem Cotton Club ging das Manuskript verloren. Es kam zu einem Prozess, und unschöne Worte fielen zwischen Tante Mame und Mr. Liveright. Ein Jahr darauf veröffentlichte ein aufstrebender Kleinverlag das überarbeitete Manuskript. Es verkaufte sich über einhunderttausendmal, und aus dem Buch entstand ein überaus erfolgreicher Dokumentarfilm. Tante Mame behauptete danach immer, sie könne einen Bestseller riechen.

Unverzagt wechselte Tante Mame hinüber zu einem anderen Zweig der schönen Künste – Inneneinrichtung. Niemand wollte bestreiten, dass Tante Mame Geschmack hatte, auch wenn er gelegentlich etwas bizarr ausfiel. Dennoch besaß sie gewisse Qualitäten, die im kommerziellen Ausstattungswesen wichtig sind: Sie hatte Charme, sie hatte Flair und Originalität, und sie kannte viele einflussreiche Leute. Daher war es nur logisch, dass Tante Mame an das auf Rokoko spezialisierte Atelier von Elsie de Wolfe und ihren lustigen Gehilfen geriet.

Mit ihrer ›Gefolgschaft‹, wie sie sich ausdrückte, und viel geistreichem Gerede über den Regency- und Directoire-Stil zog sie einen Job an Land, der nicht nur gut bezahlt war, sondern der auch großzügige Provisionen versprach. So bewandert Tante Mame in der ornamentalen Kunst Frankreichs auch war, ihr Herz schlug eher für das Bauhaus Dessau als für das Geschnörkel von Versailles.

Eine Zeit lang war sie in der Lage, ihre progressiven Impulse zu unterdrücken und mit den Mitarbeitern bei Elsie de Wolfe gleichzuziehen. Munter schwatzte sie über Wandleuchten in mattem Malergold und falsch gehenden Amor-Figurenuhren. Unter den aufmerksamen Blicken einer Aufseherin stattete Tante Mame ein Eingangsfoyer in der Fifth Avenue aus, ein Speisezimmer in Oyster Bay und ein Boudoir am Gracie Square, alle im Louis-Quinze-Stil. Im Alleingang dann richtete sie mit jeder Menge Empire-Nippes, den sie in der Avenue A aufgetrieben hatte, die Suite ihrer Freundin Vera im Algonquin ein. Pflichtschuldig wurden Zimmer und Bewohnerin in *Home Beautiful* abgelichtet, Miss de Wolfe schrieb Tante Mame einen überschwänglichen Brief, und ihre Einrichtungen im Empirestil waren gefragt wie nie, besonders unter Alkoholschmugglern, die die Einzigen waren, die sich teure alte Möbel leisten konnten. Zuerst schien Tante Mame selbst ein wenig erstaunt über ihren rauschenden Erfolg, doch nachdem sie die Einrichtung von drei, vier Wohnungen in Central Park West im Empirestil gemeistert hatte, gingen ihr die Karyatiden und Säulchen auf die Nerven, und sie bekam wieder Lust auf Modernes. Ästhetisch ein Fortschritt, finanziell eine Katastrophe.

Im Herbst, als eine gewisse Mrs. Riemenschneider aus Milwaukee, deren verstorbener Gatte in der Sparte »bierähnliche Getränke« wahre Wunder vollbracht hatte, auf sie aufmerksam wurde, witterte Tante Mame ihre große Chance. Mrs. Riemenschneiders Vorstellungen waren eine Nummer zu groß, jedenfalls für Milwaukee, weshalb sie sich auf New York und dort wiederum auf eine gesellschaftliche Stellung kapriziert hatte, die nur mit sehr viel Geld sowie mit all den Dingen, die über drei bis vier Generationen in einer Familie angehäuft werden, zu erreichen ist. 1930 war der Markt ein Käufermarkt, und Mrs. Riemenschneider hatte reichlich Bares, um sich den Weg nach oben zu erkaufen. Sie war kaum ein paar Stunden in New York, da hatte sie bereits eine schicke Stadtvilla in den East Sixties erworben und Tante Mame einen hübschen Scheck über einhunderttausend Dollar überreicht, damit sie das Haus »wie Fontäng blöh« ein-richtete. Mit diesen Worten brach sie zum Kleiderkaufen nach Paris auf, nicht ohne Tante Mame vorher die Zusage abgerungen zu haben, ihr Haus sei noch vor Weihnachten bezugsfertig.

Das Haus war Weihnachten fertig, und Tante Mame war mit der Welt fertig. Der Hang zur Dessauer Moderne war zu stark gewesen – fast so stark wie die Worte, die Mrs. Rie-menschneider bei ihrer Rückkehr fand, als sie feststellen musste, dass die Marmorfassade ihres verschnörkelten Häuschens entfernt worden, die meisten Wände herausge-brochen und die Räume mit rostfreien Stahlrohrmöbeln, Drahtskulpturen und der progressivsten kubistischen

Kunst vollgestellt waren, die sich mit Geld und Vorstellungskraft erschaffen lässt. Kurz vor ihrer Rückfahrt nach Milwaukee erwirkte Mrs. Riemenschneider eine einstweilige Verfügung gegen die Einrichtungsfirma, nicht nur, was die Rückzahlung ihrer einhunderttausend Dollar betraf, sondern auch die Wiederherstellung des ursprünglichen Zustands ihres Hauses.

Die Zeitungen bekamen Wind von der Sache und brachten die Geschichte groß raus. Tagelang häuften sich Alliterationen wie »bolschewistisches Barbarentum«, »manische Moderne« oder »kindische Kunst« in den Sensationsblättern. Ein geistreicher Leitartikler taufte Tante Mame »Mumpitz Mame«; zwei Kolumnisten verfassten Artikel, die mit dem Satz begannen: »Mein Junge ist in der vierten Klasse, und er kann besser malen als Picasso!« Und aus Elsie de Wolfs Atelier wurde Tante Mame rausgeworfen.

Aufgebracht und gedemütigt von, wie sie es nannte, der Ignoranz der Massen, war Tante Mame dennoch nicht bereit, ihren Kreuzzug für das Ultramoderne aufzugeben. Während der Auseinandersetzung hatte sie einige Verbündete gefunden, dazu gehörte ein dumpfer junger Bildhauer namens Orville, der auch eine eigene Töpferscheibe besaß und »die sensationellsten Keramikarbeiten« herstellte. Tante Mame beschloss daher, ihr Kapital zu nutzen und eine Geschäftspartnerschaft mit ihm einzugehen. Sie planten, eine Geschenkboutique zu eröffnen, die sich »dem Unerschrockenen, dem Experimentellen, dem Sensationellen, dem Neuen, dem Modernen verschreiben« würde, wie in ihrem Brief zu lesen war.

»Patrick, Darling«, fuhr sie fort, »der Laden wird anders

als alle anderen Läden in New York. Warte nur ab, du wirst schon sehen. New York wird Feuer und Flamme für uns sein!«

Tatsächlich war das Maison Moderne, wie das Etablissement sich nannte, anders als alle anderen Läden in New York, jedenfalls anders als alles, was ich bisher gesehen hatte. Es war in einer Zeile aus älteren Reihenhäusern in der East Fifty-fourth Street untergebracht. Das große Schaufenster war amöbisch geformt, die Eingangstür rund und likörfarben. Die Wände waren in einem gnadenlosen Rotviolett gestrichen, beleuchtet von einem Knäuel aus gemarterten Neonröhren und vollgestellt mit den seltsamsten Aschenbechern, Tellern, Keramikansteckern und anderen Dingen, die Tante Mame *objets d'art* nannte.

Das Maison Moderne eröffnete an dem Tag, an dem ich für die Weihnachtsferien nach Hause kam, und es zog scharenweise Menschen an. Nachdem sie den Anfangsschock verdaut hatten, meinten die meisten jedoch, sie wollten sich nur mal umschauen. Tante Mame war in ihrem Element, lief in ihrem Kittel und mit einer im Mundwinkel baumelnden Zigarette aufgeregt hin und her. Am ersten Tag erzielten sie einen Umsatz von knapp vierzehn Dollar und erhielten eine breite Berichterstattung in der Presse.

Tante Mame schienen die Gemeinheiten, die dort zu lesen waren, nicht zu stören. »Deswegen ist Publicity so wichtig, mein kleiner Liebling. So viele Zeitungsannoncen hätte ich nicht für fünfzigtausend Dollar kaufen können. Hast du schon gesehen, wie herrlich fotogen sich Orvilles Fötus-Sandwichteller in der *American* macht? Das ist kostenlose Werbung, mein Lieber. Solange über einen berichtet wird, braucht man sich keine Sorgen zu machen. Sorgen muss man sich erst machen, wenn nichts mehr über einen geschrieben wird.«

Vielleicht hatte sie ja recht damit, denn am Tag darauf drängten sich noch mehr Menschen in dem Raum. Tante Mame schlängelte sich, zwitschernd wie ein aufgekratzter Kanarienvogel, zwischen den Kunden hindurch, und zweimal bat sie mich, Kaffee zu holen, dreimal Melachrino-Zigaretten. Um ein Uhr war der Laden rappelvoll und das Geschäft lief so gut, dass sie nach Norah schicken ließ, damit sie die Kasse übernahm, während ich im hinteren Teil des Raums stand, bis zur Taille in Holzwolle, und Tante Mames abscheuliche Töpferware einpackte. Man konnte sagen, was man wollte, das Maison Moderne zog die Aufmerksamkeit der Leute auf sich.

Es war bereits nach sechs Uhr, als Tante Mame endlich den letzten Kunden hinauskomplimentierte und sich auf einen Haufen Holzwolle plumpsen ließ. »Ach! Was für ein Erfolg! Ein wahrer Erfolg!«, jubilierte sie. »Gib mir eine Zigarette, Darling. Tante Mame ist völlig erledigt!« Sie rekelte sich behaglich und stieß eine Rauchwolke aus. »Was glauben Sie, Norah, wie viel haben wir heute eingenommen? Hundert?«

»Oh, weit mehr«, antwortete Norah strahlend. »Ich würde sagen, fünf-, sechs-, siebenhundert.«

»Ist das nicht himmlisch!«, rief Tante Mame. Noch ein verzückter Zug an ihrer Zigarette, dann richtete sie sich kerzengerade auf. »Schreck, lass nach! Ich hatte doch Neysa McMein versprochen, auf einen Drink bei ihr vorbeizuschauen. Jetzt bin ich schon viel zu spät dran! Meine Güte, sie hat zugesagt, Entwürfe für uns zu machen, das habe ich ganz vergessen! Hör zu, mein Junge, hol mir meinen Mantel und ruf ein Taxi. Ich muss mich sputen!«

»Was soll ich mit dem ganzen Geld machen?«, fragte Norah.

»Lass es in der Kasse liegen. Ich schließe ab. Schnell, Patrick, besorg uns ein Taxi, ich setze euch beide zu Hause ab.« Sie verschloss die Tür, und wir rannten los.

Noch in derselben Nacht vernichtete eine, wie die Revolverpresse schrieb, »Feuersbrunst unbekannter Herkunft« fast den halben Häuserblock in der East Fifty-fourth Street. Drei Löschzüge waren im Einsatz, um den Brand zu bändigen, und was vom Maison Moderne übrig blieb, passte gut und gerne in einen der »sensationellen« Aschenbecher.

»Oh Patrick, warum setzt mir das Schicksal so zu«, greinte Tante Mame. »Mein schönes, neues mutiges Projekt, einfach so in Rauch aufgegangen. Gott sei Dank habe ich letzte Woche die erste Prämie an die Feuerversicherung gezahlt.« Geziert schnäuzte sie sich die Nase. »Verdammt noch mal«, sagte sie, während sie in eine leere Schale aus Kristallglas fasste, »gibt es denn keine Zigaretten mehr in diesem Haus? Sei brav und reich mir mal meine Handtasche.«

Munter weiterplappernd kramte sie in ihrer Handtasche aus Eidechsenleder. Plötzlich wurde Tante Mame ganz still und erbleichte. Aus dem Innern ihrer Tasche zog sie einen breiten weißen Umschlag, adressiert an die Feuer- und Seeversicherung in Hartford, Connecticut.

Nach dem kostspieligen Flammentod des Maison Moderne befand Tante Mame, es wäre wohl doch besser, für andere Leute zu arbeiten als für sich selbst. Damals zwang ihre Leidenschaft für ausgefallene Stoffe sie dazu, dass sie ihre Kleidung hauptsächlich bei Jessie Franklin Turner kaufte, einem Geschäft von bescheidener Größe, das sich an eine unbescheidene Klientel richtete. »So was von angenehm und intim«, schrieb Tante Mame in einem ihrer Briefe, »als wären die Kunden alte Freunde und Gäste – was sie ja im Grunde genommen auch sind.« Wegen Tante Mames aufgelaufener Schulden bei Mrs. Turner stellte diese sie als Verkäuferin ein – »eigentlich heißt das *vendeuse*, Darling«, schrieb sie mir.

Tante Mame arbeitete gern dort, umgeben von schönen teuren Kleidern, und fast jeden Abend kam sie mit einer neuen Kreation von Jessie Franklin Turner nach Hause. Im Winter des Jahres 1931 gingen die Geschäfte schlecht, doch Tante Mames Selbstvertrauen war nicht zu erschüttern.

Leider besaß meine Tante eine verhängnisvolle Freimütigkeit, die manche erfrischend fanden, andere abschreckte. Ihre einnehmende Aufrichtigkeit stellte ihr ein Bein, als Mrs. Turner eine Bemerkung mithörte, die Tante Mame einer launischen Matrone von furchterregendem Umfang gegenüber machte: »Ach, meine Gute, wir haben wirklich kein einziges Stück, das wir Ihnen anpassen könnten. Unsere Kleider stehen Ihnen einfach nicht – sie sind viel zu grazil geschnitten. Hören Sie auf meinen Rat und gehen Sie mal in die Abteilung Mode für Mollige bei Lane Bryant.« Ein hitziger Wortwechsel, und die Kundin stolzierte aus dem Laden, um ihn nie wieder zu betreten. Eine Viertelstunde später – nach einer kurzen Auseinandersetzung mit Mrs. Turner, die ihr mit

Nachdruck nahelegte, sie solle sich einen reichen Mann angeln, und zwar schleunigst, um die aufgelaufene Rechnung in ihrem Laden zu begleichen – tat Tante Mame es ihr gleich.

Tante Mames letzte Station in der Bekleidungsindustrie war Henri Brendel, bei dem sie, dank ihrer tollen Figur und einer langen Freundschaft mit Mr. Brendel, knapp über eine Woche als Modell für elegante Damenbekleidung arbeitete. An dem Tag, als ein schmutziger alter Herr von unbegrenzter Kaufkraft sie in ihr elegant geschwungenes Hinterteil kniff, kam es zu einer unschönen Szene, und man entledigte sich ihrer Dienste. Mr. Brendel schrieb Tante Mame einen anrührenden Brief, in dem er sagte, die ganze Sache täte ihm schrecklich leid, aber sie sei nun mal eine Lady und viel zu fein, um als Wäscheständer zu dienen. Hinzu fügte er noch, die beste Laufbahn für Tante Mame sei wohl doch die der Ehefrau.

Dennoch wollte Tante Mame unbedingt beweisen, dass sie als Frau in einer Männerwelt bestehen konnte. Eines Abends lernte sie im Twenty-one einen jungen Heißsporn aus einer alteingesessenen Familie in Baltimore kennen, der über Kapital verfügte, das er in eine kleine, aber feine Flüsterkneipe investieren wollte. Da er so gut wie niemanden in New York kannte und da Tante Mame so gut wie ganz New York kannte, überredete er sie, die Gesellschaftsdame für seine neue Unternehmung zu geben. Zuerst hatte Tante Mame ihre Zweifel, aber sie brauchte dringend Geld, und außerdem sollte es ja »nicht irgendeine verkeimte Abfüllstation werden, sondern eigentlich ein exklusiver Club mit erlesenen Mitgliedern, ein Ort, an

dem Damen und Herren wie zivilisierte Menschen mit-
einander trinken, vornehm speisen und ein, zwei Partien
Bridge oder so spielen können. Ein guter Dienst an der
Menschheit, wenn man so will.«

Gemeinsam fanden sie eine alte Villa in den Forties,
die für ihre Zwecke bereits ausgestattet war. In den
zurückliegenden zwei Jahren hatte das Etablissement
nacheinander Tony's, Belle's Bar Sinister, The Ole Plan-
tation, Tony's, Alt Wien, Paris bei Nacht – Pariser lacht,
im Volksmund –, Victor's Vesuvius, Chez Cocotte, York
House, Gay Madrid und noch einmal Tony's geheißen.
Tante Mame und der junge Mann ließen das Haus dennoch renovieren, nannten es Club Continentale und leg-
ten los.

Jeder, der Gelegenheit hatte, das Haus in Augenschein
zu nehmen, bestätigte, Tante Mame und der junge Gentleman aus Baltimore hätten alles wirklich überaus hübsch
hergerichtet. Die beiden verschickten gedruckte Einladungen und Mitgliedsausweise an die wichtigsten Personen aus dem Gesellschaftsregister und dem Bereich der
schönen Künste. Sie engagierten einen der beliebtesten
Barkeeper New Yorks, einen französischen Koch, ein un-
garisches Orchester, einen irischen Türsteher, einen italienischen Oberkellner und eine spanische Tänzerin mit dem
klangvollen Namen Euthanasia Gomez. Zur weiteren
Unterhaltung der Gäste wäre Tante Mame, auf Verlangen,
durchaus bereit gewesen, ein bisschen auf dem weißen
Flügel zu klimpern und einige leichte französische Weisen
zu singen. Dazu kam es nicht. In ihrem Eifer, alles nur
ja richtig zu machen, hatten Tante Mame und der junge
Mann vergessen, Schutzgeld an die Polizei zu zahlen. Das

Geschehen am Abend der feierlichen Eröffnung ließ sich an Glanz und Vornehmheit nicht mehr überbieten, da wurde der Club Continentale gestürmt, die Flaschen und Innendekorationen mit Äxten zerschlagen, und die sorgfältig ausgesuchten Mitglieder in eine Polizeiwache verfrachtet.

Als Nächstes gründete Tante Mame, dank der Großzügigkeit von Frank Case, als Angebot für die Gäste des Algonquin einen privaten Shoppingservice. Leider hatte das Algonquin 1931 nicht allzu viele Gäste, und die wenigen, die es gab, fanden Tante Mames Geschmack etwas zu exzentrisch und viel zu teuer. So verging das Frühjahr hauptsächlich damit, dass sie in der Lounge saß und mit alten Freunden schwatzte. Um keine Schulden zu machen, musste sie ihre Perlen und einen Saphirring verkaufen, und als ich über die Sommerferien nach Hause kam, war Tante Mame viel zu sehr von innerer Unruhe getrieben, um weiter zwischen den Topfpflanzen im Algonquin zu hocken.

Danach ging sie Klinken putzen am Riverside Drive, mit Haushaltswaren aus Aluminium, aber niemand kaufte ihr etwas ab, und an dem Tag, als der Verkaufsleiter sie verführen wollte, gab sie ihm eine Ohrfeige und wurde an die Luft gesetzt.

Im Juli arbeitete sie als Sekretärin eines Schnürsenkelherstellers – sie beherrschte kein Steno, dafür konnte sie schnell schreiben und saloppe Briefe auf der Schreibmaschine heraushauen. Nach drei Wochen hatte er immer noch nichts produziert – und sie kein Gehalt.

Im August schrieb Tante Mame ein dreißig Szenen umfassendes griechisches Drama, mit einem zweihundert

Mann starken Chor. Sie zeigte es Annie Laurie Williams, einer Agentin, die meinte, es hätte ein paar ganz gute Stellen, aber aufgeführt wurde das Stück nie.

Im September war Tante Mame, nach einigem Lügen, eines Morgens plötzlich als Telefonistin bei einer Versicherungsgesellschaft tätig. Beinahe hätte sie ihrem Leben mit einem tödlichen Stromschlag versehentlich ein Ende gemacht, und rechtzeitig zum Lunch war sie wieder zu Hause.

Dann folgte ein kurzer Ausflug in das Immobiliengewerbe. 1931 zog jedermann aus großen teuren Wohnungen aus und in kleine billigere ein, doch Tante Mame überredete einen Freund, eine große Wohnung zu kaufen, nur um dann feststellen zu müssen, dass das Haus leer stand und der unschuldige Kerl für die gesamten Betriebskosten aufkommen musste. Sie überließ ihm ihre Provision, damit er den Bankrott überlebte. Probleme mit ihrer eigenen Hypothek veranlassten sie dann, der Immobilienbranche ganz den Rücken zu kehren.

Zu dem Zeitpunkt, als für mich die Schule wieder losging, wurde Tante Mame von ihren Gläubigern regelrecht bedrängt. Sie musste sogar die Schmach erdulden, sich von meinem Treuhänder die Kosten für meinen Unterhalt erstatten zu lassen.

Ihre Briefe lasen sich wie Abschiedsbriefe. Anfang Oktober dann erhielt ich einen Brief, der von ihrem alten Kampfgeist zeugte:

Darling, Junge,
   stell Dir vor! Tante Mame geht zurück auf die Bühne!
Vera hat angerufen, und wir haben uns zum Lunch ge-

troffen. Ich habe ihr von meinem schrecklichen Pech erzählt, und wir erinnerten uns an die alten Zeiten, als wir beide als Revuetänzerinnen in Chu Chin Chow aufgetreten sind. Was haben wir damals bei der Zimmerverwechslung in dem Hotel in Indianapolis über den Hoteldetektiv gelacht!

Um es kurz zu machen: Vera tritt in einem neuen Stück auf, und sie hat mich für eine Nebenrolle vorsprechen lassen. Ich soll Lady Iris spielen, eine englische Aristokratin. So wären wir also wieder zusammen, wir Mädels, wie damals, wieder auf Tournee nach all den Jahren!
Und jetzt halt Dich fest, mein Schatz. Wir treten zuerst in Boston auf, Du kannst also das Comeback Deiner Tante Mame bei der Premiere miterleben. Kann es kaum erwarten. Jetzt aber schnell zur Probe!

Vera Charles war Tante Mames beste Freundin, jedenfalls meistens. Sie war keine große Schauspielerin, nicht mal eine gute, aber sie war ein großer Star. Vera war das, was man eine Frauendarstellerin nennt. Matineebesucher himmelten sie an.

Mr. Woollcott schrieb einmal über sie: »Vera Charles ist die einzige Schauspielerin auf der ganzen Welt, die ihre Kostüme häufiger wechselt als den Gesichtsausdruck.« Danach sprachen die beiden nicht mehr miteinander, aber er hatte recht. Immer spielte sie eine »wunderschöne Adelige« aus einem »nicht näher bezeichneten Königreich auf dem Balkan«, immer gab es einen »Gatten, der sie nicht verstand« und »einen anderen Mann«. Es war schlechtes Drama, aber großes Theater, und Busladungen schmachtender Hausfrauen kehrten, vollkommen aufgelöst, zurück nach Montclair, die Wangen noch feucht von Tränen der Liebe und des Neids.

Am Tag von Tante Mames Premiere entließ mich der Rektor aus dem Hockeytraining, und ich eilte nach Boston, wo Tante Mame im Ritz Quartier bezogen hatte. Sie lag gerade in der Badewanne, als der Page mich in ihre Suite einließ, und ich hörte sie singen: »Ich bin Chu Chin Chow aus Chi-na, Shanghai, China.«

Rosig und warm tauchte sie aus dem Bad auf. »Darling! Ich bin ja so froh, dass du gekommen bist! Pass auf, bring meine Frisur nicht durcheinander. Lauf schnell und hol Tante Mame eine Tüte Hustenbonbons. Ich lege mich solange in ein abgedunkeltes Zimmer, mit einem strengen Adstringens im Gesicht – für die Spannkraft –, entspanne meine Stimme und gehe noch mal meinen Text durch. Und kurz bevor ich ins Theater aufbreche, gibt's ein paar Löffel klare Brühe und etwas Melbatoast. Ha, diese Aufregung, wieder auf der Bühne zu stehen! Vera hat mir im letzten Akt eine hübsche kleine Szene mit ihr eingeräumt. Ach so, und ich darf mein Schmuckkästchen nicht vergessen. Bei der Kostümprobe habe ich in meinem Ballkleid schrecklich dürftig ausgesehen.«

Um sechs Uhr dinierten wir zu Abend, dann rief Tante Mame ihre Freundin Vera an, um ihr alles Gute zu wünschen. Um sieben Uhr kamen wir im Colonial Theater an, und ich hockte mich allein in die erste Reihe und wartete, bis sich das Haus mit erwartungsvollen Bostoner Matronen, ihren unwilligen Männern und respektlosen Harvard-Studenten füllte.

Endlich hob sich der Vorhang. Vera zog ihre altbekannte Show ab. Zwölf Minuten nach Beginn des ersten

Akts trat sie in einem herrlichen beigen Kostüm mit Marderfellbesatz mitten auf die Bühne und hielt gnädig inne, um die Ovationen entgegenzunehmen. Der erste Akt lief nach altbekanntem Rezept, doch Tante Mame erschien kein einziges Mal.

Zweiter Akt, Vera wieder mal großartig, in zartgrünem Samt, und als sie sich ein luftiges Negligé aus blauer Spitze anzog, stöhnten die Damen unter den Zuschauern erregt. Immer noch kein Anzeichen von Tante Mame.

Als sich der Vorhang zum dritten Akt hob, waren Vera und »der andere Mann« allein auf der Bühne. Der Applaus für ihr Abendkleid war ungeheuer. Hinter der Bühne sollte angeblich ein Fest im Gange sein. Schwungvolle Walzermusik und eine lebhafte allgemeine Unterhaltung waren zu hören, und plötzlich vernahm ich eine vertraute Stimme: »Ooh, Lord Dudley, noch etwas Champagner!« Außerdem schien da irgendwo fern ein Glöckchen zu bimmeln.

Vera blickte leicht irritiert, fuhr dann aber fort in ihrem Text. »Aber, Rrreginald«, sagte sie in ihrem unverständlichen Mayfair-Dialekt, »na hein, so etwas, einfach so zusammen davonzulaufen, das wä häre Wahnsinn, ganz wunderbar wa hansinnig.«

»Ooh, Lord Dudley«, hörte ich jetzt Tante Mames unmissverständlichen Ruf aus der Seitenbühne. »Die ganze Nacht könnte ich durchtanzen!« Wieder das seltsame Gebimmel. Es brachte einen Misston in die Geräuschkulisse der adligen Gesellschaft in dem Stück. Im zweiten Rang kicherte jemand.

Vera befingerte ihre stabile Frisur und setzte von Neuem an.

»Wöklich, Rrreginald, es wä häre der helle Wa han. Ich gehöre in eine Welt, Sie in eine ah handere. Föh kotze Zeit wä hären wir glöcklich, aber wir wörden uns selbst hassen – so gahar gögenseitig – föh das, was wir getan haben. Besser wir trö hönnen uns jetzt, solange wir die Ökstase, die wir örelbt haben, noch gönießen können. Kommen Sie. Halten Sie mich föst. Kössen Sie mich. Ein lötztes Mal, und dann auf Wieder sehen. Göschwind, Rrreginald, ich höhre schon die anderen kommen.«

Die Musik kam wieder in Fahrt, und viele festlich gekleidete Paare wandelten durch den Torbogen. Das Glockengebimmel wurde immer lauter, und ein roter Wirbelwind schraubte sich auf die Bühne. »Ooh, Lord Dudley«, rief meine Tante Mame, »Sie können ja himmlisch Walzer tanzen.«

Vera wich zurück. Das Gebimmel wurde eindringlicher, und mit einer Stimme, die man eher mit einem Megaphon in Verbindung bringt, brüllte Vera: »Ahh, kommt hörein, alle möteinander! Öch habe Öhnen etwas mit zu ta heilen.«

Die adligen Gäste traten vor und gruppierten sich kunstvoll Vera gegenüber. Das Gebimmel war zu einem wahren Geläut angeschwollen. Der zweite Rang brüllte vor Lachen. Ich starrte Tante Mame an. Sie sah reizend aus in ihrem hübschen, flammendroten Kleid, und auf die Handgelenke hatte sie aus siamesischen Tempelglöckchen gefertigte Armreifen gesteckt – ein Geschenk eines verflossenen Bewunderers.

Eine Welle der Heiterkeit erfasste das Orchester, und Vera war so aufgewühlt, dass sie ihren nächsten Einsatz verpatzte. Es war sowieso egal, denn das Gebimmel und das Gelächter hätten selbst ein Nebelhorn übertönt. Vera trat vor ans Rampenlicht und sagte ihren Satz noch mal auf, blies ihn hinaus bis unter die Decke. »Öch sagtöh, öch wörde Rrreginald doch nicht heiraten. Mein Pla hatz ist zu Hausö, bei Prinz Alexisss. Öch moss jätzt zuröck – zuröck in ma heine Wölt.« Dann wandte sie sich an Tante Mame und warf ihr einen Blick zu, der jeden bengalischen Tiger hypnotisiert hätte. »Lady Eirisss«, sagte Vera zu Tante Mame, »hätten Sö die Güte, nach meinem Pö hölz zu pimmöln?«

»Aber sicher, Prinzessin«, sagte Tante Mame und machte einen tiefen Knicks. Ihre siamesischen Armreifen dröhnten ohrenbetäubend.

Veras Wendung »nach dem Pelz zu bimmeln« war höchst unglücklich, aber der zweite Rang hatte seinen Spaß. Der Satz löste brüllendes Gelächter und reichlich Fußgetrappel aus.

Dann setzte wieder das Geläut ein, und Tante Mame, völlig durcheinander, trat, ein riesiges Chinchillacape auf dem Arm, auf Vera zu. Zwischen den Falten des Pelzes klang das Glöckchenarmband für den Moment gedämpfter, aber nur ein wenig gedämpfter, mehr nicht.

»Darf ich Ihnen behilflich sein, Prinzessin?«, sagte Tante Mame. Ihre Stimme schallte. Sie hielt ihr das Cape hin, das sich wie eine Jalousie entfaltete, und gab somit den Glöckchen wieder ihren vollen Klang zurück. Mit Schrecken merkte ich, dass Tante Mame Veras Cape falsch herum hielt.

»Völen Dank, Lady Iris«, donnerte Vera und warf sich das Cape um. Entsetzen machte sich auf ihrem Gesicht breit, als sich der Saum des Mantels um ihre Schultern legte und sie sah, dass der Kragen hinter ihr über dem Boden schleifte.

Ich selbst konnte mich eines hysterischen Lachens kaum erwehren, bis ich sah, dass Tante Mame an Veras Chinchillacape festhing. Vera trat vor, um ihren abschließenden Text zu sagen, und Tante Mame, auf geheimnisvolle Weise mit Veras Kreuz verbunden, folgte ihr. Dann begriff ich: Einer ihrer siamesischen Glöckchen-Armreifen hatte sich in dem Pelz festgehakt.

Vera tat noch einen Schritt vor, Tante Mame, unter bimmelnder musikalischer Begleitung, kam ihr nach.

Endlich blieb Vera regungslos stehen. »Loslassen!«, knurrte sie.

»Ich kann nicht, Vera«, presste Tante Mame hervor.

Das Publikum bebte vor Ausgelassenheit, Gejohle und Getrappel. Vera brüllte ihre allerletzte Zeile, während Tante Mame noch immer versuchte, sich loszureißen. Schließlich fiel der Vorhang und umhüllte sie beide – sich gegenseitig tretend und kratzend – in seine Bahnen aus staubigem Velours.

Diesen Abend werde ich mein Lebtag nicht vergessen. In ihrem rauen Dialekt als geborene Pittsburgherin bedachte Vera meine Tante Mame mit den übelsten Schimpfwörtern, die ich je gehört hatte, und vielen, die ich noch nie gehört hatte. Tante Mame war niedergeschmettert. Sie legte den Kopf auf die überhäufte Frisierkommode und bebte vor Schluchzen. »Ve – e – era«, jammerte sie, »das sind die einzigen Armreifen, die mir geblieben sind.« Vera keifte sie an wie ein Fischweib. »Du dreckige, billige Gesellschaftsschlampe. Willst du mir meine Premiere kaputtmachen. Ich hasse dich. Dich und deine Bande von

Nichtsnutzen.« Vera hörte nicht auf, sie anzuschreien, bis der Theaterleiter sie mit Gewalt aus dem Zimmer schob und er Tante Mame das Kündigungsschreiben auf die Frisierkommode knallte.

Tante Mame weinte noch lange, nachdem im Theater bereits alles dunkel war. Wieder und wieder sagte sie: »Aber es sind die einzigen Armreifen, die mir geblieben sind. Die einzigen Armreifen, die ich habe.« Als ich ihren alten Nerz um sie legte und sie, fast musste ich sie tragen, nach draußen zu einem Taxi und ins Ritz brachte, war es fast zwei Uhr. Hemmungslos schluchzend, gestattete sie mir, ihr beim Zubettgehen behilflich zu sein. Ich hatte ja keine Ahnung, dass ein menschlicher Körper so viele Tränen in sich bergen konnte, und als ich ihre Hand hielt, fühlte sie sich an, als würde sie brennen. Es wurde mir unheimlich, und ich rief den Hotelarzt.

Tags darauf fuhr ich mit Tante Mame den ganzen Weg bis nach New York in einem Krankenwagen zurück. Sie weinte immer noch und hatte hohes Fieber. Sie drückte meine Hand, dass ich schon dachte, meine sämtlichen Knochen wären gebrochen, und immer wieder seufzte sie: »Vera, ach, Vera, es sind die einzigen Armreifen, die mir geblieben sind. Alles andere ist weg. Es sind die einzigen Armreifen, die ich habe, Vera. Die einzigen.«

Daheim in New York steckte Norah sie gleich ins Bett, sie delirierte im Fieber. Wie viele andere Hausangestellte arbeiteten auch Norah und Ito in der Zeit nach der Weltwirtschaftskrise nur gegen freie Kost und Logis. Aber sie verehrten Tante Mame. Norah kam sogar für den Transport im Krankenwagen und für meine Rückfahrt zur Schule auf. Traurig stand ich in Tante Mames Schlafzimmer und drehte die St.-Boniface-Schulmütze in der Hand. Als ich ging, phantasierte sie immer noch und jammerte wegen der Armreifen. Norah setzte sich neben sie und streichelte ihre fieberheiße Hand. »Scht, scht, meine Gute, scht, scht. So eine hübsche Lady wie Sie, die braucht einen netten Mann. Jetzt schlafen Sie mal erst, meine Liebe, ruhen Sie sich aus, und danach suchen Sie sich einen guten treuen Mann.«

Ich machte mir große Sorgen um Tante Mame, sodass ich kaum lernen konnte. Zu Thanksgiving schickte sie mir eine kurze förmliche Mitteilung, auf der stand: »Ich habe eine Stellung bei der R. H. Macy Company angenommen. Ich soll Rollschuhe verkaufen, erst mal bis Weihnachten, und es gibt ausgezeichnete Aufstiegsmöglichkeiten. Der Personalchef hat mir gesagt, dass Macy sehr daran interessiert sei, besser gestellte Leute mit Collegeausbildung an sich zu binden.«

Von da an wurden ihre Briefe fröhlicher. Sie erzählte anrührende und lustige Geschichten aus der Spielzeugabteilung während des vorweihnachtlichen Hochbetriebs, über eine verwelkte österreichische Baronin, die Puppenmamas verkaufte, und über einen ehemaligen Professor am Massachusetts Institute of Technology, der Chemiebaukästen vorführte. Mädchenhaft verschämt gestand mir Tante Mame, die Einweisung in ihren neuen Job sei ein bisschen verwirrend gewesen, und das Verkaufsbuch ordentlich zu führen, mache sie noch mal wahnsinnig. »Aber«, so schrieb sie, »ich habe das perfekte System entwickelt. Ich versende alle meine verkauften Rollschuhe per Nachnahme. So ist es am bequemsten für mich, und auch für die Kunden ist es bequem, weil sie dann ihr hart verdientes Geld nicht gleich auf den Ladentisch legen müssen. Sie kaufen jetzt und bezahlen später – wirklich äußerst clever.« Dann schrieb sie noch, ihre Füße täten weh und dass sie immer Schwarz tragen müsse, fände sie auch nicht schön, aber die Arbeit mache Spaß, und sie freue sich schon darauf, mich in den Weihnachtsferien wiederzusehen.

Ich fühlte mich etwas einsam ohne Tante Mame, die den ganzen Tag über weg war, und wenn sie abends nach Hause kam, war sie blass und müde. Aber sie war sehr angetan von dem Warenhaus und ihren vielen Verkäufen per Nachnahme.

Es gab noch immer viele unbezahlte Rechnungen. An dem Samstag vor Weihnachten hörte ich ein Telefongespräch mit. Tante Mame weinte, und sie sagte: »... aber so viel Geld kann ich natürlich nicht vor Januar aufbringen. Wir würden sonst das Haus verlieren, so einfach ist das.« Später hörte ich, wie Norah ihr sagte, Shaffer bestünde auf einer Begleichung des gesamten Betrags vor dem ersten Januar, andernfalls würden sie klagen. Tante Mame weinte noch ein bisschen mehr und sagte: »Achtzehn Dollar die Woche und dieser kümmerliche monatliche Hungerlohn – ich kann Patrick nicht mal ein Weihnachtsgeschenk kaufen.«

Das war mir egal. Ich hatte mein ganzes Taschengeld gespart und mein Mikroskop verkauft, um ein Geschenk für Tante Mame zu kaufen. Das Desaster mit den Glöckchen noch im Gedächtnis, hatte ich den größten Armreif mit Strasssteinen erstanden, den man für zwölf Dollar kaufen konnte. Ich dachte mir, mit einem echten Nerz – auch

wenn er hinten in Gesäßhöhe schon etwas rissig war –
würde auch der Armreif echt aussehen, und Tante Mame
wäre wieder glücklich und zufrieden.

Das dicke Ende kam einen Tag vor Weihnachten. Gerade wickelte ich das Geschenk für Tante Mame ein, als
ich die Haustür ins Schloss fallen hörte. Dann hörte ich
Tante Mame in ihren hochhackigen Schuhen ins Wohnzimmer stöckeln, aber ich vernahm kein überschwäng-
liches »Juchhee!«.

Auf Zehenspitzen schlich ich mich ins Wohnzimmer,
und da hockte Tante Mame auf einem Sitzkissen, den
Nerz noch um die Schultern. Sie hatte das Gesicht in den
Händen verborgen und weinte leise.

»Tante Mame«, sagte ich, »warum bist du heute schon
früher nach Hause gekommen?«

»Ach, Patrick«, heulte sie, »ich bin ... ich bin gekündigt.
Macy hat mich rausgeworfen!«

Sie saß da im Wohnzimmer, schaukelte vor und zurück
und weinte hilflos, während ich mitfühlend neben ihr
stand.

»Patrick, Patrick«, seufzte sie. »Es war nicht meine
Schuld. Er ... er wollte die Rollschuhe nicht per Nachnahme geschickt bekommen.«

»Wer?«, fragte ich.

»Der Mann aus den Südstaaten.« Es schnürte ihr die
Kehle zu. »Er erschien mir erst so nett und freundlich, so
angenehm, und er sah gut aus. Und er bestellte zwanzig
Pa... Paar Rollschuhe. Und dann«, wieder unterbrach sie
sich, »und dann wollte ich sie ihm per Nachnahme schicken, aber er wollte das nicht. Er wollte sie gleich bezahlen und mitnehmen. Und ... und ich habe ihm gesagt, ich

würde mich nur mit Zahlung per Nachnahme auskennen. Und dann sagte er ... Ach, Patrick, er war reich, auch noch ... ein wunderschöner Kamelhaarmantel und ein Cavanaugh-Hut ... und er wohnte im St. Regis, und da hätten sie bestimmt die Ware per Nachnahme annehmen können ... Es waren nur einundfünfzig Dollar ...«

»Was ist denn passiert, Tante Mame? Was hat er gemacht?«

»Ach, Patrick, so ein netter Südstaatler, und er hat ganz viele Rollschuhe gekauft, und er erschien mir so warmherzig und freundlich, und ich sagte ihm, ich würde sie ihm per Nachnahme schicken, und dann sagte er, die Schuhe wären für ein Waisen... ein Waisenhaus, er wollte sie gleich mitnehmen, und dann sagte ich ihm, ich würde mich nur mit Zahlung per Nachnahme auskennen, und Miss Kaufmann war gerade auf der ... auf der Toilette und konnte mir nicht helfen mit dem ... mit meinem Verkaufsbuch, und dann sagte der Mann, vielleicht würde es mir weiterhelfen, wenn er den Beleg selbst ausschreiben würde, und ...« Wieder fing sie an zu weinen. »Dann kam er zu mir hinter die Theke und half mir mit dem Kassenbeleg, und ... ach Patrick, da habe ich erst mal gelernt, wie man eine richtige Barzahlung abwickelt ... und er war so angenehm, wir haben gelacht und die Rechnung geschrieben, und dann kam der Abteilungsleiter und sagte: ›Was ist hier los, Miss Dennis?‹, und dann fing der Mann aus den Südstaaten an zu lachen und erzählte ihm, wo das Problem war, und dann sagte der Abteilungsleiter, das sei ja un... unglaublich sei das ja, dass eine Angestellte von Macy nicht mal einen Kassenbeleg richtig ausstellen könne, und er fasste mich am Arm und schleppte mich zur Personalabteilung und sagte dort, ich sei die dümmste Verkäuferin in der ganzen Spielzeugabteilung.« Sie sackte in sich zusammen und weinte bitterlich.

»Erzähl weiter, Tante Mame. Was hat der Mann aus den Südstaaten gemacht?«

»Der … der war gar nicht dabei. So schnell hatte mich der Abteilungsleiter weggezogen. Dabei hatte ich das beste Verkaufsergebnis bei Rollschuhen erzielt.«

»Was haben sie denn nun mit dir gemacht, Tante Mame?«

»Sie haben gesagt, sie … sie wollten ein Ex… Exempel statuieren, und dann haben sie mich auf der Stelle ge… gefeu… gefeuert.«

Wegen der früh einsetzenden Dämmerung im Dezember wurde es immer düsterer im Wohnzimmer. Tante Mame hockte in ihrem dumpfen Elend, schluchzte leise und schaukelte vor und zurück. Um sechs Uhr kam Ito herein, um das Licht anzumachen, und um kurz nach sechs rauschte Norah herein und gab sich redlich Mühe, Tante Mame zu trösten, aber sie ließ sich zu nichts bewegen, sprach keinen Ton. Sie blieb einfach sitzen und weinte.

Ich fand, jetzt durfte man Tante Mame nicht allein lassen, man musste Angst haben, dass sie sich »etwas antat«, deswegen ließ ich mich betrübt in einer Ecke des Zimmers nieder. Der Nerzmantel war ihr von der Schulter gerutscht, und sie saß in ihrer schwarzen Verkäuferinnenuniform da, das Gesicht aschfahl, Tränen liefen ihr über die Wangen.

Da klingelte es an der Haustür. Sogleich kam Ito herein, überaus korrekt gekleidet, mit weißer Jacke. »Mister Burnside möchte Madame sprechen.«

»Ri... richten Sie ihm aus, ich sei nicht zu Hause«, sagte Tante Mame kategorisch.

»Ich richte ihm aus, Sie nicht empfangen, Madame, aber er meint, ist dringend. Er kommt vom Kaufhaus.«

Tante Mame blickte auf. »Oh«, sagte sie schnell, »dann muss ich ihn unbedingt empfangen. Vielleicht wollen sie mich ja wieder einstellen.«

Ito führte einen großen fremden Mann herein – sehr groß, sehr hübsch. Er trug einen Kamelhaarmantel und einen braunen Hut.

Tante Mame sah ihn ausdruckslos an – wie vom Donner gerührt. »Ach, Sie sind das! Reicht es Ihnen nicht, dass Sie mich um meinen Job gebracht haben? Wollen Sie mich noch mehr schikanieren? Mich vielleicht auch noch aus meinem Haus vertreiben?«

»Ich bitte Sie, Ma'am«, sagte der Fremde. »Ich habe das ganze Kaufhaus abgelaufen und versucht herauszubekommen, wer Sie sind und wie ich mit Ihnen in Verbindung treten kann. Als dieser Abteilungsleiterhansel wiederkam, habe ich ihn gefragt, wo Sie hingegangen sind, und er sagte, man hätte Ihnen gekündigt. Ich sagte, das sei ein Missverständnis. Und dann habe ich ihm auseinandergesetzt, das sei alles meine Schuld, und ich habe ihn nach Ihrem Namen gefragt, aber er meinte, die Namen der Aushilfen herauszugeben, das verstöße gegen die Prinzipien von Macy. Ich sagte, sie hätten kein Recht, eine nette Lady wie Sie einfach vor die Tür zu setzen. Ich habe ihm gesagt, ausdrücklich, ich habe gesagt: ›Ich habe mein ganzes Leben noch nie so viel Spaß beim Einkaufen gehabt wie hier.‹ Das Personalbüro wollte auch nicht damit herausrücken, wer Sie sind, aber dann habe ich eine alte

Dame gefragt, die Puppen verkauft, und die sagte, Sie hießen Miss Dennis. Ihren Vornamen kannte sie nicht, und wo Sie wohnen, wusste sie auch nicht, sonst hätte ich nicht so lange gebraucht. Ma'am, ich habe alle Dennis' im New Yorker Telefonbuch abgeklappert.

Ich bin die ganze Stadt mit einem Taxi abgefahren, Miss Dennis. Jetzt, da ich Sie gefunden habe – hätten Sie was dagegen, Miss Dennis, wenn ich das Taxi bezahle, damit der Fahrer nach Hause zu seiner Familie fahren kann?«

»Tun Sie sich keinen Zwang an«, sagte Tante Mame, ganz wie Jean Valjean, als er in der Kloake eingesperrt ist. »Sie haben mir so schon genug angetan.« Allerdings fiel mir auf, dass sie sich rasch die Nase puderte und sich mit einem Kamm durchs Haar fuhr.

Mr. Burnside kehrte zurück und legte den Mantel ab. »Ma'am«, sagte er und ging vor Tante Mame auf die Knie, »seien Sie mir nicht länger böse. Weil ich so ein schlechtes Gewissen habe, dass Sie Ihre Stelle bei Macy verloren haben, wollte ich Ihnen einen Posten bei den Dixie Belle Enterprises anbieten. Aber, Miss Dennis«, sagte er, sich anerkennend im Zimmer umschauend, »ich wusste ja nicht, dass Sie Geld haben. Eine Lady mit so einem hübschen Heim hat es nicht nötig, bei Macy's zu arbeiten.«

Tante Mame warf den Kopf in den Nacken und fing an zu lachen. Sie lachte und lachte, bis ihr Tränen übers Gesicht liefen. Mr. Burnside wurde vor Wut puterrot, und seine Augen funkelten.

»Wenn Sie mir bloß einen Streich spielen wollen, Miss Dennis, dann finde ich das alles andere als komisch. Ich laufe mir den lieben langen Nachmittag die Hacken wund, klappere in alphabetischer Reihenfolge die Vornamen von allen Dennis' ab, um Sie ausfindig zu machen, und dann …«

Tante Mame kramte in ihrer Handtasche. »Ja, Mr. Burnside«, gickerte sie hysterisch, »ich habe tatsächlich Geld. Hier ist mein ganzes Geld, alles, was ich habe, bis auf den letzten Cent. Ein Dollar, fünfunddreißig, sechsunddreißig … siebenunddreißig, achtunddreißig Cents.«

Norah zischte mir vom Flur aus zu. Sie winkte mich mit gekrümmtem Finger heran, und ich ging auf Zehenspitzen aus dem Zimmer. »Komm her, mein Schatz«, flüsterte sie, »Miss Mame empfängt einen Gentleman. Einen Gentleman aus den Südstaaten!«

Ich war oben und las Frank Bucks Bestseller *Bring sie lebend heim,* als Tante Mame hereinkam. Ihre Augen funkelten. »Ach, Darling, wir sind gerettet«, flüsterte sie. »Er hat mir eine Stelle bei den Dixie Belle Enterprises versprochen – das ist ein großer Ölkonzern. Ich soll als Empfangsdame arbeiten, und das Gehalt ist dreißig Dollar! Die Woche! Er ist sehr zuvorkommend. Er hat mich ins Armando zum Dinner eingeladen. Das ist bestimmt freundlich gemeint. Wirklich, er ist nett, und außerdem«, sie zuckte mit den Achseln, »ist es eine kostenlose Mahlzeit.«

Während sie in eines der noch unbezahlten Turner-Kleider schlüpfte, steckte ich ihr den mit Strass besetzten Armreif ans Handgelenk. »Frohe Weihnachten, Tante Mame«, sagte ich. Und dann fügte ich hinzu. »Er ist nicht echt.«

»Patrick, Darling, Darling«, rief sie, »das ist der schönste Armreif, den ich je gesehen habe.« Mit dem echten Nerz und dem echten zufriedenen Lächeln an ihr sah er wie das allerechteste Diamantarmband der Welt aus.

Am nächsten Tag war Weihnachten, und Tante Mame

strahlte übers ganze Gesicht – nur ein bisschen von einem Kater gezeichnet –, als sie mir einen Karton von Brooks Brothers überreichte. Er enthielt meinen ersten Anzug mit langer Hose. »Frohe, frohe Weihnachten, mein lieber Kleiner«, rief sie.

»Oh danke, Tante Mame!«, sagte ich. Später fiel mir auf, dass in ihrem Schlafzimmer eine Tiepolo-Zeichnung mit einigen nackten frommen Menschen darauf fehlte. Es war Tante Mames Lieblingsbild, aber sie kam mir ganz zufrieden vor.

»Patrick, Darling«, sagte sie, »du hast mich noch gar nicht nach dem Gentleman aus den Südstaaten gefragt.« Dann erzählte sie mir alles von sich aus. »Ein wunderbarer Mann. Wir sind ins Armando gegangen und haben Steak gegessen, und dann haben wir uns unendlich lange unterhalten. Geredet und geredet und geredet. Sein vollständiger Name ist eigentlich Beauregard Jackson Pickett Burnside, und er stammt – irgendwie – von vier konföderierten Generälen ab! Ja, ja, der galante, altehrwürdige Süden! Beauregard ist sehr liebenswürdig, ihm gehört eine große Ölgesellschaft, und er hat wunderschöne Wimpern. Übrigens kommt er zum Weihnachtsessen.«

Mr. Burnside schenkte mir zwanzig Dollar zu Weihnachten, gab Norah und Ito reichlich Trinkgeld nach unserem letzten Mahl auf Pump und lud Tante Mame zu einer Vorstellung mit Marilyn Miller ein.

Den Rest der Woche war Tante Mame meistens aushäusig. Jeden Tag lud Mr. Burnside sie zum Lunch ein, zum Tee, zum Dinner und ins Theater. Für den Silvesterabend hatte er einen Tisch im Central Park Casino reserviert, aber sie kamen nie dort an. Stattdessen fuhren sie mit einem Taxi nach Maryland, »Marry – land«, wie Tante Mame es später nannte.

Am Neujahrstag rief sie mich aus dem St. Regis an. »Patrick, mein lieber Kleiner«, sagte sie, »hier spricht Mrs. Beauregard Jackson Pickett Burnside. Komm her und iss mit mir und deinem Onkel Beau zu Mittag!«

4

Tante Mame
und die Südstaatenschönheit

In seiner Beschreibung jenes unvergesslichen Menschen
fährt der Artikel im *Digest* fort, die kleine Jungfer habe
regelrecht sportliches Talent besessen oder es jedenfalls in
Kürze entwickelt. Anscheinend sorgte sie sich um ihren
Findling, der zwar ein aufgeweckter Schüler und ihr und
ihrer Katze ein rechter Trost war, der aber dennoch keinen Vater hatte, ihn in die Mannestugenden einzuführen.
Schon befürchtete sie, er könne ein schwächlicher Stuben-
hocker werden, wenn sie keine Schritte unternahm. Daher
bestellte sie bei Spalding eine ganze Fuhre verschiedener
Sportausrüstungen und machte sich daran, ihm alles beizubringen, was er wissen musste. Es klappte vorzüglich,
und im Verlauf des Trainings eignete sich die alte Dame
selbst athletische Fähigkeiten an, ja, sie mauserte sich zu
einer so guten Sportlerin, dass sie auf der Danbury Fair
die Hälfte der Preise abräumte und den Rekord im Kugel-
stoßen der Damen für alle Zeiten brach.

Ich würde nicht ganz so weit gehen und behaupten,
Tante Mame hätte etwas Vergleichbares auf die Beine gestellt, dennoch erlangte auch sie in diesem Bereich einen
gewissen Ruf. In einigen Landesteilen spricht man noch
heute mit Ehrfurcht von ihren sportlichen Meisterleistun-
gen, nach ihrer Hochzeit mit Mr. Burnside.

Es gibt lieblose Menschen, die behaupten, Tante Mame hätte Mr. Burnside wegen seines Geldes geheiratet. Ich räume ein, dass die Tatsache, dass Mr. Burnside als der reichste Mann unter vierzig südlich von Washington D. C. galt, sie möglicherweise beeinflusst hat. Aber sie liebte ihn wirklich. Er war ihr Vater, Bruder, Sohn, ihr Weihnachtsmann und Liebhaber.

Ihr neuer Ehemann, Beau, gehörte zu dem Typ Südstaatler, der groß gebaut, herzlich, umgänglich und liebenswert war. Er stammte aus einer vornehmen, alten, verarmten Familie aus Georgia, schlug allerdings unter den Generalsnachfahren ein wenig aus der Bahn, da er nicht mit Jammermiene herumlief und der sorglosen Zeit im alten Süden nachtrauerte, bevor die verfluchten Yankees das Land und die Frauen schändeten. Beau hatte in die Hände gespuckt und stattdessen Sojabohnen und Erdnüsse angebaut, während die Nachbarsippe noch immer die dürftigen Erträge ihrer Baumwollanpflanzungen beklagte. Als er neunzehn Jahre alt war, war das Land der Burnsides frei von Schulden und Erosion und warf Gewinn ab. Während seines letzten Studienjahrs an der Georgia Tech brach er auf nach Texas, um dort die unfruchtbaren Ländereien abzuwickeln, die ein ausgewanderter Vetter hinterlassen hatte, entdeckte Öl auf dem Anwesen und war mit einundzwanzig Jahren Millionär. Was Onkel Beau auch anfasste, es verwandelte sich zu Gold; er selbst freute sich und staunte über sein fortwährendes Geschick am meisten. »Pures Glück, meine Süße«, sagte er zu Tante Mame. Abgesehen von der Freude, die es anderen bereiten konnte, bedeutete Geld ihm selbst wenig. Er war Liebling aller Wohltätigkeitsorganisationen des Landes, einziger Ernährer seiner uralten Mutter und eines trägen Packs von Verwandten, und leichtes Opfer für jeden, der, mit einer einigermaßen glaubwürdigen Geschichte von einem angeblich schweren Schicksal im Gepäck, ihn anpumpte.

Onkel Beau beglich Tante Mames gesamte Schulden, verkaufte ihr Kutscherhaus – eine anständige Frau wohnt nicht in Murray Hill, sagte er –, erstattete Norah ihr Erspartes und schickte sie mit einer hübschen Rente zurück nach County Meath. Tante Mame richtete er eine Zehn-Zimmer-Suite im St. Regis Hotel ein und ermunterte sie, unverzüglich ihr altes Ausgabenniveau anzustreben. Das ließ sich Tante Mame nicht zweimal sagen.

Sie blieb sich weitgehend treu, nur einige subtile Veränderungen fielen mir auf. 1932 war Romantik groß in Mode, aber Tante Mame setzte dem Ganzen noch eins drauf. Ihre Frisur war noch üppiger und bauschiger als bei anderen Frauen. In ihren Räumen standen immer Kamelien in Hülle und Fülle, ihre Kleider waren vornehmlich aus Organdystoffen, rüschenbesetzt, und unter ihren Röcken rauschte geradezu die Krinoline. Als Onkel Beau darauf bestand, dass sie sich porträtieren ließ, beauftragte Tante Mame einen Prominentenmaler statt einen der strengen Modernen, die ihren Salon frequentierten. Das fertige Bild machte den Eindruck, als sei es nicht mit einem Pinsel, sondern mit einer Spritztüte gemalt, und Tante Mame betonte immer wieder, wie schade es doch sei, dass Winterhalter nicht mehr lebe.

Ihre Aussprache wurde etwas breiter, weicher und war nicht mehr so abgehackt. Sie nannte mich jetzt häufig »mein Süßer« und benutzte die Redewendung »alle, wie ihr da seid«, egal ob sie mit einer oder mit mehreren Personen sprach.

Zu meinem dreizehnten Geburtstag schickte sie mir einen ganzen Sack voller Geschenke. Besonders heraus ragte ein wunderschöner antiker Satz fein ziselierter Spielsoldaten der Konföderierten Armee, den ich immer noch habe, ein dreibändiges Werk über General Lee und, ausgerechnet, eine vergilbte Erstausgabe von *Der kleine Colonel.* Ich ahnte, was auf mich zukam.

Im Juni des Jahres wechselte ich von der Hauptschule auf die Oberschule. Ich hätte es auch allein geschafft, aber Tante Mame schrieb einen überschwänglichen Brief, in dem sie ankündigte, dass sie und Onkel Beau mit dem Auto nach St. Boniface fahren wollten, um an der Zeremonie teilzunehmen. »Und noch etwas, mein Süßer«, schrieb sie, »ich habe eine Überraschung für dich. Du und dein Onkel Beauregard und ich, wir fahren nach Georgia, um den Sommer auf unserer alten Plantage zu verbringen und meine reizende liebe alte Schwiegermama zu besuchen. Entschuldige, aber ich bin in Eile, heute versammeln sich die ›Töchter der Konföderierten‹ hier bei mir.«

Auf der Festveranstaltung verkörperte sie den Triumph der holden Weiblichkeit des Südens. Sie trug ein weißes, gekräuseltes Gartenpartykleid, das aussah, als wäre es aus Zuckerwatte, dazu Spitzenhandschuhe, Spitzenhäubchen und einen Spitzenschirm, den sie auf kokette Weise schwang, und ein Schultertuch aus Spitze, das sie dauernd hinfallen ließ, damit die verpickelten Kavaliere von St. Boniface es für sie aufheben konnten. Ich gewann den Preis für den besten Aufsatz, und Tante Mame sagte anschließend zu meinem Englischlehrer: »Ich bin ja so stolz auf n Jungen, glatt platzn könnt ich. Aba was will man erwartn, bei dem Vater, einen der Gebild'sten bei uns daheim.«

In Onkel Beaus großem Dusenberg-Tourenwagen fuhren wir nach Georgia, hielten unterwegs mal hier, um uns irgendein berühmtes altes Denkmal anzusehen, mal da, um ein berüchtigtes altes Schlachtfeld zu besichtigen, auf dem unsere Jungs aus'n Südstaat'n gekämpft und für ihre Überzeug'en den Heldentod gestorben waren. In meinen Augen sah die Landschaft ziemlich öde aus, doch Tante Mame, die vorher bereits mal im Schlafwagen nach Palm Beach durchgefahren war, ließ sich lang und breit über das kultivierte gewachsene Erbe und die reiche Geschichte aus.

Als der Wagen vor dem Säulengang von Peckerwood, der Plantage der Burnsides, zum Stehen kam, trat ein freundlicher alter Majordomus zu uns, um das Gepäck ins Haus zu tragen, und eine riesenhafte farbige Frau, die der Werbung für Pfannkuchenmehl entsprungen zu sein schien, sagte ungefähr dreißigmal »Herrgottimhimmel«. Tante Mame war in ihrem Element.

Beaus Gewinne aus dem texanischen Ölgeschäft, dem kubanischen Zuckergeschäft, dem New Yorker Aktiengeschäft, dem kanadischen Bergbaugeschäft – alle hatten dazu beigetragen, die geschmackvollen Räume von Peckerwood in ihrer Vorkriegsherrlichkeit wieder aufleben zu lassen. Das Haus war mit Damasttapeten, Stühlen aus Rosenholz, Sheraton-Tischen und Kristalllüstern mit sturmfesten Lampenzylindern ausgestattet. Tante Mame meinte, es sei einfach »wun'ebar«. Man zeigte mir mein Zimmer, eine gewaltige Räumlichkeit mit einem Himmel-

bett, einer Chippendale-Doppelkommode und Schwing-
türen, die auf eine Veranda im ersten Stock hinausgingen.
Daneben befand sich ein echtes Yankee-Badezimmer aus
der Nachbürgerkriegszeit mit sanitären Einrichtungen
von Crane.

Tante Mame war leicht verstimmt, dass sie nicht auch im
Haupthaus untergebracht war, doch der Sohn wohnte mit
seiner Frau traditionell im Brautgemach, einem Cottage
hinter dem Buchsbaumlabyrinth im Garten. Ich glaube,
später war sie ganz froh darum.

»Beau, Süßer«, wiederholte sie ständig beim Auspacken
ihrer Leibchen, »wann lern ich denn nu dein niedliches
kleines altes Müttachen kenn?«

Bei aller Phantasie, aber Mrs. Burnside konnte man
weder niedlich noch klein nennen. Alt war sie allerdings,
und ich vermute, dass Gott in seinem unergründlichen
Ratschluss es für richtig gehalten hatte, sie zur Mutter
zu machen, obwohl ich mich, Lästerung riskierend, oft
gefragt habe, warum. Sie war gebaut wie ein General-
Electric-Kühlschrank und sah aus wie eine Kreuzung aus
Caligula und einem Kakadu. Mutter Burnside hatte glän-
zende Äuglein, eine herrische schnabelartige Nase, eine
fahle Haut und Mundgeruch. Sie trug eine steife schwarze
Perücke und ein steifes schwarzes Kleid, und den ganzen
Tag lang saß sie in einem abgedunkelten Salon, die wulstigen Hände – mit schmutzigen Diamantringen überkrus-
tet – vor dem wulstigen Bauch gefaltet. Sie war eine ver-
biesterte, verschlossene Frau; nur wenn sie sich anstrengte,
konnte sie sich über mehrere Themen unterhalten: a) ihre
hochrangigen Vorfahren, b) wie unverschämt die Neg'a
würd'n, c) die Yankees, d) wie nichtswürdig alle anderen

außer Mrs. Burnside waren, e) der beklagenswerte Zustand ihres Darms. Meistens aber saß sie nur mit schmallippiger Missbilligung des Geschehens da, der giftige Blick aus den schwarzen Augen umherhuschend wie der eines bösartigen alten Papageis.

Es gab noch einen anderen Bewohner des Herrenhauses von Peckerwood, Cousine Fan, die verarmteste von allen Verwandten. Sie war eine verblichene, schüchterne, geistesabwesende alte Jungfer, die für ihre Armut dadurch bestraft wurde, dass sie nach Mutter Burnsides Pfeife zu tanzen hatte. Eigentlich war Miss Fan ganz süß und mitfühlend, auf masochistische Weise. Sie hatte einen Intelligenzquotienten von ungefähr fünfunddreißig, und in der wenigen Zeit, die nicht damit ausgefüllt war, den dumpfen Launen von Mrs. Burnside zu gehorchen, tat sie »gute Werke« für die Schwarzen und betete zu einem vornehmen und stocktauben Gott der Episkopalkirche.

Nachdem ich auf dem Klo gewesen war und meine Sachen ausgepackt hatte, kratzte Miss Fan an meiner Schlafzimmertür. »Hallo«, flüsterte sie, »ich bin Miss Fanny Burnside, Beaus Cousine. Entschuldige, dass ich euch nicht unten an der Haustür begrüßt habe, als ihr ankamt, alle, wie ihr da seid, aber ich war gerade oben und gab Cousine Euphemia – ich meine, Miz Burnside – ihr Abführmittel. Du bist Miz Beaus Neffe, stimmt's?«

Ich sagte Ja und Guten Tag.

»Hast du Lust, nach unten zu kommen und dich ein Weilchen auf die Terrasse zu setzen? Miz Burnside wacht nie vor vier aus ihrem Nickerchen auf.«

Miss Fan und ich saßen in Schaukelstühlen, und endlich kamen Tante Mame und Onkel Beau aus ihrem Brautgemach herübergeschlendert. Tante Mame war beängstigend gut gelaunt, küsste Miss Fan mehrere Male und sagte Cousine Fanny zu ihr. Der alte farbige Diener brachte eine große Karaffe mit Bourbon und Coca-Cola, und Tante Mame wurde schrecklich leutselig auf der Terrasse. »Was soll ich sagn, Cousine Fanny«, kreischte sie, »süß sin Sie, wien Käferchen!«

Miss Fan kicherte nervös.

Es war nicht zu übersehen, dass Onkel Beau sehr stolz auf Tante Mame war. Sie nannte ihn ihr großes altes Lammkälbchen und drehte immerzu Strähnen seines rotblonden Haars zu Löckchen. Miss Fan gickerte ängstlich und sagte, sie freue sich sehr, dass der liebe Vetter Beau so ein nettes kleines Frauchen gefunden habe.

In dem Moment tönte von irgendwoher im Haus ein schreckliches Stampfen, und Miss Fan wurde aschfahl im Gesicht. »Gnade«, sagte sie, »hoffentlich hat unser Gerede Cousine Euphemia nicht gestört. Sonst wacht sie nie so früh auf.« Wieder das Stampfen, und Miss Fan eilte ins Haus.

Das Zusammentreffen von Tante Mame und ihrer Schwiegermutter war von homerischer Größe. Gerade schenkte Beau eine neue Runde Bourbon ein, da kam Miss Fan auf die Terrasse gehuscht. »Sie ist jetzt bereit, euch zu empfangen, alle, wie ihr da seid.«

»Oh, ich bin hin und weg, Beau, Süßer!«, schwärmte Tante Mame. »Kanns kaum erwartn!« Ich schon.

Zaghaft geleitete Miss Fan uns in den hinteren Salon, und dort thronte Mutter Burnside.

»Mutta, meine Liebe«, schrie Tante Mame und eilte zu ihr, um sie zu küssen. Genügte Mutter Burnsides beißender Mundgeruch nicht, weitere Intimitäten zu verhindern, so tat es ihre einleitende Bemerkung.

»Sie sehn älta aus, als ich dachte«, sagte sie.

Tante Mame wankte. Nie gab sie ihr wahres Alter an, und auf offizielle Dokumente schrieb sie immer nur »über einundzwanzig«, was nie jemand infrage zu stellen für nötig befunden hatte. Ich vermutete, dass sie zwischen fünfunddreißig und vierzig war, aber sie wirkte wesentlich jünger.

Mrs. Burnside bedachte Onkel Beau mit ihrem hasserfüllten düsteren Blick. »Ja, doch, Beauregard, du hast mir zu verstehen gegebn, dass deine Frau viel jünger is. Du siehst müde aus, mein Junge, ziemlich müde.« Beau küsste sie ehrerbietig auf die Stirn, dann stellte er mich vor. Ich nahm ihre wurstige alte Hand und machte meinen schönsten Tanzschulendiener.

»Bis ja ganz freunlich«, sagte sie, »fürn Yankee-Jung.«

Tante Mame hatte sich von dem anfänglichen Sperrfeuer erholt und machte einen zaghaften zweiten Versuch. »Was für ein wunder-, wunderschönes altes neoklassizistisches Haus, Mutter – äh, Mrs. Burnside.« Mir fiel auf, dass alle Spuren ihres Südstaatendialekts verschwunden waren.

»Uns gefällt es«, sagte Mrs. Burnside knapp, wandte sich dann wieder Beau zu und setzte zu einer langen Anekdote über ihre Gedärme an.

Das Abendessen war die reinste Trauergesellschaft.

Es gab dicke Suppe, fetten Schweinebraten, Röstkartoffeln, kandierte Bataten, Maisbrei, Maisbrot und einen gestürzten Ananaskuchen. Ich hatte anschließend schreckliche Albträume, und selbst Tante Mame musste ein leichtes Magenkneifen vor Übersäuerung eingestehen.

Nur sporadisch kam ein Tischgespräch zustande. Tante Mame ließ sich weiter tapfer über den Charme alter Häuser im neoklassizistischen Stil aus und den Einfluss von Virtruvius, der von Palladio, Castle, Jones, Adam und schließlich Thomas Jefferson weitergeführt worden sei. Beau stellte – wenig überzeugend – ungefähr sechsmal fest, wie gut es täte, wieder zu Hause zu sein. Miss Fan schnatterte viel, bis Mrs. Burnside mit einer Gabel heftig auf sie einstach und sagte, sie solle still sein. Dies sowie einige herkulische Rülpser waren ihre einzigen Beiträge zu dem Gelage. Nach dem Essen legte sie sich unverzüglich zu Bett, und Miss Fan trippelte hinter ihr her, um ihr beim Ausziehen zu helfen und ein Kapitel aus der Bibel vorzulesen. Tante Mames Besuch hatte keinen guten Anfang genommen.

Es war Beau, der schließlich das große Familientreffen anregte. Von sich aus hätte Mrs. Burnside ihrer neuen Schwiegertochter keinen Funken Beachtung geschenkt, doch da es allein Beau zu verdanken war, dass sie und die übrigen aristokratischen Verwandten nicht im Armenhaus residierten, willigte sie widerstrebend in seinen Wunsch ein, in seinem eigenen Haus sein eigenes Geld für seine eigene Frau ausgeben zu dürfen, und die Zusammenkunft des Clans wurde in Angriff genommen.

Am Sonntag darauf, als sich ihre neuen Verwandten massenhaft zu einem Grillfest versammelten, wurde die Braut offiziell präsentiert. Mittags kamen wir alle auf der Veranda zusammen. Tante Mame sah in ihrem gelb gepunkteten Schweizermusselin und dem großen Hut aus feinem Strohgeflecht bezaubernd und zierlich aus. Onkel

Beau, stolz wie ein Pfau, stand in seinem cremefarbenen Anzug neben ihr. Mrs. Burnside hatte sich für die nächste Eiszeit ausstaffiert. Sie saß in einem Schaukelstuhl, trug ein ausladendes schwarzes Seidenkleid, schwarze Stiefelchen, einen schwarzen Schal, eine schwarze Brille, einen schwarzen Sonnenschirm, schwarze Handschuhe und einen schwarzen Hut. Sie begrüßte mich mit einem melancholischen Rülpser und schickte Miss Fan nach der Arznei.

Dann trafen die Verwandten ein. Ein Auto nach dem anderen raste in die Einfahrt und parkte auf der Grasfläche. »Ruiniert den Rasen«, brummte Mrs. Burnside, und ihr Magen knurrte furchterregend.

Weder vorher noch nachher habe ich je so viele Südstaatler auf einem Haufen gesehen. Es schien mir unmöglich, dass sie alle aus einer Familie stammten, sogar aus einem County, aber so war es. Als Erste kamen Beaus Schwestern, Willie Mae, Sally Randolph und Georgia Lee, mit ihren Männern. Die Schwestern hatten es fertig gebracht, je sechs Kinder in die Welt zu setzen, alle waren unter fünf Jahren, und es gab jede Menge Begrüßungen und Küsse und »alle, wie ihr da seid«. Es waren keine sehr attraktiven Menschen, dennoch versprühte Tante Mame ihren Charme, Mrs. Burnside versprühte keinen. Mit jedem neuen Gesicht meldete ihr Verdauungstrakt beredten Protest an.

Immer mehr Verwandte kamen. Alle hatten zwei Vornamen, manche sogar zwei Nachnamen. Es gab ungefähr sechs Männer, die Moultrie hießen, vier, die Calhoun hießen, und acht mit Namen Randolph, und fast jeder und jede hatte irgendwo ein Lee im Namen untergebracht.

Um das Ganze noch verwirrender zu machen, hatte die Hälfte der Frauen männliche Namen. Es gab Damen, die hießen Sarah John, Liza William, Susie Carter, Lizzie Beaufort – Boh-fohr ausgesprochen –, Mary Arnold, Annie Bryan, Lois Dwight.

Um ein Uhr trieben sich über einhundertzwanzig Verwandte auf dem Gelände von Peckerwood herum, alle redeten, und alle redeten laut. Mrs. Burnside machte ihrer Ablehnung des Geschehens durch bombastische Blähungen Luft.

Noch immer trafen Verwandte ein. Beau war der Typ Mann, der überall gleichermaßen gut ankam, und da fast alle Gäste direkt oder indirekt von ihm unterstützt wurden, durfte man mit vollständigem Erscheinen der Sippe rechnen. Tante Mame war wieder in ihrem Element, und über Mrs. Burnsides Dauerbeschuss mit Darmwindböen hinweg konnte ich sie munter plappern hören.

Um Viertel nach eins liefen die Clay-Picketts ein, der pferdevernarrte Zweig der Familie. Alle trugen Reitkleidung, und sie kamen in Begleitung eines gefleckten Jagdhundes, der Mrs. Burnside sofort auf den Schoß sprang und damit einen wahren Darmsturmwind auslöste, den sich die alte Dame bestimmt für den Höhepunkt des Festes aufgehoben hatte. Ich wieherte los vor Lachen.

»Platz, Sir! Platz, sag ich!«, donnerte Van Buren Clay-Pickett und schlug dem Hund mit der Peitsche auf die Sprunggelenke, was bei Mrs. Burnside einen leisen feuchten Schluckauf hervorrief. »Tschuldge, dass wir so spät dran sin, Tante Euphemia, aber Sally Cato McDougall iss gestürzt. Sie wollte eine Hürde überspring, und wir glaum, sie hat sich das Schlüsselbein gebrochn. Bei

Fuß, Sir!«, blaffte er wieder den Hund an, der mittlerweile drei Kinder umgerannt hatte und gerade dabei war, am Fuß einer der sechs ionischen Säulen der Peckerwood-Residenz sein Geschäft zu verrichten. »Ihre Stute musste ich erschießen. Cousin Clyte und Alice Richard meintn, wir solltn Sally Cato besser zum Arzt bring, sie kommt aber gleich nach. Als Sally Cato wieder zu sich kam, sagte sie, es täte ihr schrecklich leid, dass sie nich zur Party kommn könnte. Platz, Sir. Verdammt noch mal – tschuldige, Tante Euphemia – Platz, hab ich gesagt!« Wieder war der Hund auf Mrs. Burnsides Schoß gehopst und vergrub seine Schnauze emsig in die Falten ihres schwarzen Seidenkleids. Wieder schlug die starke Hand des Reiters den Hund, und von Mrs. Burnside war ein herzzerreißendes Aufstoßen von seltenen Gnaden zu vernehmen. Ich musste schnell ins Haus, um nicht die Beherrschung zu verlieren. »Platz, Sir! Bei Fuß! Wehe!«

Als ich wieder nach draußen kam, war auch der Rest der Clay-Picketts eingetroffen – insgesamt neun, alle in Reitkleidung, Sportler vom Scheitel bis zur Sohle. Bourbon und Quellwasser flossen in Strömen, und Tante Mame hatte einen Kreis entzückter Bewunderer unter ihrer neuen Verwandtschaft um sich geschart. Mrs. Burnside schüttelte schlecht gelaunt den Kopf und warf sich das nächste Pfefferminzbonbon in den Mund.

Auf einmal zerriss lautes Hupen die Luft, und ein dunkelgrüner Packard Roadster glitt über die Einfahrt. Das Verdeck war heruntergeklappt, am Steuer ein farbiger Junge in dunkelgrüner Stallburschenlivree. Hinten, auf dem zusammengefalteten Verdeck, saß die schönste Frau, die ich je gesehen habe. Sie trug Reitkleidung, und ihr linker Arm steckte in einer notdürftig aus einem Seidentuch gebundenen Schlinge.

»Hallo, alle, wie ihr da seid«, rief sie mit heiserer Stimme. »Tut mir leid, dass ich mich verspätet habe. Mein Pferd ist mit einer Hürde zusammengestoßen.«

Es herrschte Schweigen, dann setzte Geraune unter den Verwandten ein. »Seh ich recht?«, schnatterte ein alter Onkel mit einem Hörrohr. »Wenn das nicht Sally Cato McDougall ist, die Kleine, die mit dem jungen Beau verlobt war.«

»Sei still, Onkel Moultrie«, schrie Willie Mae. »Du hass ja recht, es ist Sally. Wer hat die bloß eingeladn, das soll mir mal einer verratn, soll mir das mal einer.«

Es dauerte nicht lange, da wussten sie es. Mochten die Gliedmaßen noch so gebrochen sein, gewandt sprang die schöne Lady aus ihrem Auto und lief zu Mrs. Burnside. »Mrs. Burnside«, sagte sie mit reizender Stimme, »entschuldigen Sie, wenn ich zu spät komme, wo Sie sich doch extra die ganze Mühe gemacht haben, mich persönlich einzuladen. Der Arzt hätte mich am liebsten ins Bett geschickt, aber ich habe ihm gesagt, niemals würde ich mir Ihr Fest entgehen lassen, nicht für eine Million Dollar.«

Die alte Frau brach in herzliches Lachen aus.

»Willkommen auf Peckahwood, Sally Cato. Ohne Sie ist das Fest nicht vollständig.«

Onkel Beau sah verwirrt in die Runde.

»Meinen Glückwunsch, Beau Burnside!«, sagte die schöne Lady. »Wollen wir uns mal deine Braut ansehen, die du dir aus New York mitgebracht hast.« Sie schenkte Tante Mame ein zauberhaftes Lächeln und streckte ihr elegant die rechte Hand hin. »Guten Tag, Mrs. Beau. Ich bin Sally Cato McDougall. Da haben Sie sich einen ganz schön wilden Hengst geangelt, aber ich wette, eine Frau, die so gut aussieht wie Sie, wird ihn wohl zu bändigen wissen.«

Tante Mame strahlte vor Freude. »Aber Beau, warum hast du mir nichts von Miss McDougall erzählt? Sie ist einfach hinreißend!« Die beiden lachten vergnügt, und dann fingen auch die übrigen Gäste wieder zu plappern an – mit der lärmigen Erleichterung und dem Gefühl der Erlösung, die sich in einer Menschenmenge einstellt, wenn eine Katastrophe gerade eben noch abgewendet werden konnte.

Das Mittagessen wurde angekündigt, quittiert mit einem Rülpser von Mrs. Burnside, danach begann das eigentliche Grillfest.

Tante Mame hatte einen gesellschaftlichen Sieg bei der Verwandtschaft errungen. Alle hielten sie für die »allaschamanteste« Yankee-Lady, die sie je kennengelernt hatten, und so überschwänglich fiel ihr Lob aus, dass Mrs. Burnside für die nächsten drei Tage an ihr Bett gefesselt war. Tante Mame war hocherfreut über ihren Erfolg und ging voll und ganz darin auf, die vielen Einladungen dankend anzunehmen, die sie von diversen Verwandten erhalten hatte. Doch es war Sally Cato McDougall, die sie von allen aus Richmond County am einnehmendsten fand. Und einnehmend war sie. Die Tatsache, dass Sally Cato Onkel Beaus ehemalige Verlobte war und, abgesehen von einem viereckigen fünfkarätigen Diamanten, leer ausgegangen war, als Mame und Beau durchgebrannt waren, störte sie nicht besonders. Tante Mame war selbst mehrere Male verlobt gewesen, und sie verstand, dass solche

Dinge »eben passierten«. Von Sally Catos Existenz erfuhr sie erst auf dieser Grillparty, sie konnte daher schlecht das Gefühl haben, dass Sally Cato hinter ihrem Rücken ihr den Schatz weggenommen hatte.

Auch Sally Cato verhielt sich überaus liebenswürdig gegenüber Tante Mame, und nach einer Woche waren die beiden ein unzertrennliches Paar. Sally Cato war im Norden zur Schule gegangen und hatte gelernt, sich auf anständigem Englisch auszudrücken, sie war zweimal in Europa gewesen, und sie war die gebildetste Fünfundzwanzigjährige, die Tante Mame je kennengelernt hatte. Außerdem hatte sie eine unverblümte, ehrliche Art, die jeden bezauberte. In allem, was sie tat, war sie ausgezeichnet – Schwimmen, Tanzen, Autofahren, Golf, Tennis und Bridge, ihre Lieblingsbeschäftigungen jedoch waren das Reiten und die Jagd.

Am Tag nach der Grillparty hielt der grüne Packard Roadster morgens mit quietschenden Reifen vor dem Brautgemach, und Sally Cato, frisch und liebreizend, kam auf die Terrasse gesprungen, wo Tante Mame und ich gerade unsere allmorgendliche Plauderstunde abhielten. »Guten Morgen, alle, wie ihr da seid«, rief sie. »Entschuldige, wenn ich so hereinplatze, aber mit diesem blöden gebrochenen Arm kann ich nicht reiten, nicht schwimmen, ich kann gar nichts machen, außer rumsitzen und Trübsal blasen. Ich könnte brüllen vor Langeweile!«

Tante Mame, die sich in Peckerwood auch ein bisschen langweilte, wenn Onkel Beau nicht da war, begrüßte sie herzlich. Die beiden Damen unterhielten sich freundschaftlich, und schnell zeigte sich, dass es zwischen ihnen mehr Gemeinsamkeiten gab als mit Onkel Beau.

»So ist das eben, meine Süße, die beste Frau gewinnt«, sagte Sally Cato großmütig. Dann fuhr sie fort: »Sagen Sie mal, es muss doch ziemlich trostlos sein für Sie und den Jungen, wenn Beau tagsüber nicht da ist. Und ich, ich bin zu Hause so einsam, ich könnte sterben. Wie wär's, wenn Sie zum Lunch nach Foxglove kommen, alle, wie ihr da seid. Ich habe noch einen jüngeren Bruder, ungefähr in deinem Alter, Patrick. Er ist ein kleiner Satansbraten, aber wenigstens ist er ein erbaulicherer Anblick für euch beide als Mrs. Burnside und diese blöde Fanny.« Bereitwillig packte Tante Mame die Gelegenheit, ein wenig intellektuelle Gesellschaft zu genießen, beim Schopf, und zwanzig Minuten später kippten die beiden Frauen vertraulich ihren ersten Bourbon auf der Veranda in Foxglove.

Die McDougall-Plantage war mindestens so groß wie Peckerwood, und das Essen war um einiges magenfreundlicher. Zum Mittagessen kam einer der sonderbarsten Knaben, die ich je zu Gesicht bekommen hatte, hinter der Buchsbaumhecke angeschlichen und beäugte mich kühl.

»Ach!« Sally Cato fuhr zusammen. »Du bist das. Musst du dich immer so heranpirschen? Ich erschrecke jedes Mal. Patrick, das ist mein Bruder, Emory Oglethorpe. Stellt wenigstens keine Dummheiten an, ihr beide.«

Hätte man nicht gewusst, dass das Blut in Emorys Adern so blau war wie die Fahne der Konföderierten, man hätte ihn glatt für die Missgeburt irgendeines Unglücksvogels aus Georgia halten können. Er war klein und zäh, hatte einen unglaublichen rostbraunen Haarschopf und die größten und grünsten Augen, die ich je gesehen hatte. Obwohl nur ein halbes Jahr älter als ich, war mir Emory

Oglethorpe, was das Wissen um das Böse anging, ein halbes Jahrhundert voraus.

Sally Cato verwehrte ihm nach dem Lunch jeden Schluck Brandy und sagte, wir sollten jetzt gehen und spielen.

»Ich finde deine Schwester ziemlich nett«, fing ich an, um Konversation zu machen.

»Schön blöd, wennde das findest. Sally iss n durchtriebenes Biest allererster Güte!« Dann fragte er mich: »Willste ma meine Bude sehn? Wennde was abdrückst, zeig ich dir meine Bilder.« Am Ufer des Savannah River hatte sich Emory Oglethorpe eine hübsche kleine, rankenüberwucherte Hütte gezimmert. Der Raum enthielt einige Talglichter, zu Stühlen umfunktionierte Apfelsinenkisten und eine durchhängende Pritsche – der Konföderierten Armee, wenn mich nicht alles täuschte –, auf der er angeblich jede Menge schwarzer Mädchen verführt hatte.

»Ich besorg dir ne schokoladenbraune Negerbraut«, krächzte er böswillig, »wennde fünfzig Cents rüberschiebs. Die schärfste Muschi, wo's gibt. Gibt nichts Schöneres als n saftiges Stück dunkles Fleisch.«

Nach Zahlung von zehn Cents präsentierte er mir seine vollständige Sammlung pornographischer Fotos, Jahrgang 1900. Die Damen und Herren auf den Bildern wirkten irgendwie altmodisch, aber sie frönten sehr zeitgenössischen Dingen. Da die biologischen Gegebenheiten den Sex – und seine Variationen – auf etwa ein Dutzend verschiedene Handlungen einschränken, langweilten mich die Bilder recht bald, bis ich auf eins von Onkel Beau und Sally Cato McDougall in höchst intimer Stellung stieß. Erstaunt fuhr ich hoch.

»Reingelegt, wa?«, quäkte Emory Oglethorpe verzückt. »Sind nur aufgeklebte Fotos von ihrn Köppen. Aber so hammes die beiden bestimmt auch getriem. Hättes ma Sally Cato sehen solln, als die hörte, dass Beau eine ausm Norden geheiratet hat. Geplatzt wär die beinahe. Iss laut schimpfend durchs ganze Haus gerannt, und geschworn hatse, der dreckigen Yankeebraut würdese das Fell über die Ohrn ziehn, würdese. Dass ich son Gefluche auf meine alten Tage noch zu hörn kriege! Gefreut hat es mich trotzdem. Ich hasse die Frau. He, willstene Zigarette?«

Ich war entsetzt, aber es war eine Gratisinformation, an der ich nicht uninteressiert war, und ich heftete sie unter der Rubrik »Unbekanntes über bekannte Personen« ab.

Als Emory Oglethorpe und ich zurück ins Haus kamen, zeigte sich Tante Mame, unter dem Einfluss von alkoholischer und intellektueller Stimulans, recht aufgeschlossen und mitteilsam gegenüber Sally Cato. »... oh, Liebste«, sagte sie gerade, »ich bin ganz begeistert vom Reiten. Ich bin praktisch im Sattel geboren. Zu Hause in New York vergeht kaum ein Tag, an dem ich nicht ein bisschen ausreite. Mit den Vögeln aus den Federn und auf zu einem forschen Galopp durch den Central Park!« Mir fiel die Kinnlade herunter. Bestimmt hatte Tante Mame in ihrer Vergangenheit auf irgendeinem tristen Mädchenpensionat im Norden mal ein paar Reitstunden genommen, aber in all den Jahren, die ich sie nun kannte, hatte sie kein einziges Pferd auch nur angeguckt.

»Aber das ist ja ganz prächtig, Mame«, sagte Sally Cato. »Wirklich interessant. Ich muss Ihrem Cousin Van Buren Clay-Pickett Bescheid sagen. Er soll Ihnen zu Ehren eine große Jagd organisieren.«

»Ach, wie schade«, erwiderte Tante Mame hastig. »Ich habe meine ganze Reitkluft in New York gelassen.«

»Darüber machen Sie sich mal keine Sorgen. Ich habe etliche Stücke, die Sie tragen können. Welche Schuhgröße haben Sie?«

»Ungefähr sechsunddreißig«, sagte Tante Mame und schob ihre Füße unter den Stuhl.

»Wunderbar«, sagte Sally Cato. »Genau meine Größe. Ich könnte Sie sogar mit Reitstiefeln ausstatten.«

Tante Mame erbleichte, trotz Gesichtsbräune.

»Sie reiten doch hoffentlich im Herrensitz, oder nicht?«

Ein Hoffnungsschimmer leuchtete in Tante Mames Augen auf. »Nie! Damensitz – ausschließlich. Darauf hat Daddy, der Colonel, bestanden. Er meinte, es sei der einzig wahre Sitz für eine Dame – voller Eleganz. Natürlich war es töricht von ihm, weil heutzutage niemand mehr im Damensitz reitet, aber anders reiten kann ich nicht.« Sie endete mit einem Seufzer der Erleichterung, aber ihre Freude war nur von kurzer Dauer.

»Also nein! Das trifft sich doch großartig!«, sagte Sally Cato. »Ganz zufällig habe ich noch einen alten Champion-und-Wilton-Sattel, der völlig ausreicht, und eine Tracht aus Wollstoff. Wirklich, Sie haben unverschämtes Glück. Ich bin früher nämlich selbst im Damensitz geritten, aber jetzt reite ich nur noch im Herrensitz, es ist sehr viel sicherer. Ich gehe mal schnell ins Haus und rufe Van Buren Clay-Pickett im Gestüt drüben an. Sonst reiten wir bei diesem heißen Wetter nie aus, aber für Sie machen wir doch nur zu gerne eine Ausnahme.«

Die Suppe, die sie sich eingebrockt hatte, musste Tante Mame nun auch auslöffeln. Die Kunde von ihrem reiterischen Können verbreitete sich rasch übers Land, und bei fast jeder Familienzusammenkunft wurde als Zugeständnis an Tante Mame das Gespräch auf Kruppe und Widerrist, Dämpfigkeit und Spat gebracht.

Das ganze Land fieberte Tante Mames bevorstehendem Debüt auf dem Feld der Jagd entgegen, und Onkel Beau stolzierte herum wie eine aufgeblasene Kropftaube. Van Buren Clay-Pickett trieb einen alten gesprenkelten Fuchs auf, und die Jagd wurde auf den kommenden Sonntag angesetzt. Ich hatte keine Ahnung, wie Tante Mame sich verhalten würde, aber mit ihrem Erfindungsreichtum hatte ich nicht gerechnet. Zwei Tage vor der Jagd schminkte sie sich leichenblass, trug noch eine unkleidsame grüne Tönung auf und raunte Sally Cato McDougall verschämt etwas von einem delikaten, geheimnisvollen Frauenleiden ins Ohr. Die Jagd wurde um eine Woche verschoben.

Eine Atempause war gewährt. Nun suchte Tante Mame verzweifelt nach einer neuen und interessanten Krankheit, doch sie blieb von robuster Gesundheit. Zum Glück erlitt sie an dem Freitag vor der unglückseligen Jagd unter den Augen der Familie und Sally Cato einen echten Unfall. Tante Mame rutschte auf dem gebohnerten Parkett im Speisesaal von Peckerwood aus und verstauchte sich den Fußknöchel. Onkel Beau und Sally Cato rasten mit ihr zum Arzt, der ihr einen Verband anlegte und ihr riet, ein paar Tage langsamer zu treten. »Heißt das, dass ich am Sonntag nicht mitreiten kann?«, fragte sie.

»Völlig ausgeschlossen, Mrs. Beau«, sagte der Arzt. »Aber Sie können die Jagd ja in einem Auto verfolgen.«

Tante Mame seufzte glückselig und schloss die Augen.

Am Tag darauf kam Sally Cato zum Lunch zu Tante Mame, Beau und mir ins Brautgemach. Sally Cato tat sehr besorgt um Tante Mames verstauchten Fußknöchel. Ich hatte Tante Mame beim Üben einer komplizierten Tangoschrittfolge erwischt und wusste daher, dass es ihr eigentlich schon wieder besser ging, doch sehr überzeugend markierte sie Tapferkeit vor dem Schmerz. Nach dem Dessert rollte Sally Cato eine große und sorgfältig gearbeitete, von Hand gezeichnete Karte der Umgebung aus. »Mame, meine Süße, ich bin todunglücklich, dass Sie Sonntag nicht mitreiten können. Alle würden Sie liebend gern auf einem Pferd sehen, ich ganz besonders.« Ihr Ton gefiel mir nicht. »Ich weiß, wie gerne Sie mit auf die Jagd gekommen wären, und der Arzt hat gesagt, Auto fahren dürften Sie. Deswegen bin ich bis in die Puppen aufgeblieben und habe Ihnen diese Karte gezeichnet. Also, hier, an dieser Stelle, fängt die Hetzjagd an, und normalerweise läuft der Fuchs dann in diese Richtung ...« Sally Cato hatte eine kunstvolle und detaillierte, maßstabsgetreue Zeichnung des Richmond-County-Jagdreviers angefertigt, und sie erklärte alles ausführlich.

Onkel Beau bekam feuchte Augen vor Bewunderung. »Meine Güte, Sally, gibt es eigentlich irgendetwas, was du nicht kannst? Das ist das schönste Werk der Kartographie, das ich je gesehen habe.« Und weiter, Tante Mame zugewandt: »Natürlich kennt Sally Cato die Gegend wie ihre eigene Westentasche. Sie könnte blind durchreiten. Nie hätte ich gedacht, dass sie sich solche Mühe machen würde, nur, damit sich unsere neue kleine Braut ganz wie zu Hause fühlt.«

Am nächsten Morgen erschollen Hufgetrappel und Rufe, »Alle, wie ihr da seid«, draußen in der Einfahrt von Peckerwood. Onkel Beau sah sehr hübsch aus in seinem roten Jagdrock neben einem großen Pferd, und sechsmal fragten ihn Teilnehmer der Jagdgesellschaft: »Tutes nich gut, nach deiner Stutenschau in Nuh Jork ma wieder aufm richtigen Pferd zu sitzen, Porecart?« Die fröhliche Reiterschar hörte sich an wie eine einfältige Varietétruppe, aber sie sahen schick aus in ihren Jagdröcken.

Enttäuschtes Raunen war zu hören, als Tante Mame, geziert an einer Elfenbeinkrücke humpelnd, in einem schmucken bunt karierten Reitkostüm erschien. Sally Cato schwang sich auf das Aufsteigtreppchen und sagte: »Meine lieben Jagdfreunde, leider habe ich eine schlechte Nachricht für euch alle. Mrs. Beau hat sich vorgestern hier auf Peckerwood den Fußknöchel verstaucht, und Doc hat ihr das Reiten verboten. Aber sie ist eine so begeisterte Reiterin und eine so glühende Freundin der Jagd, dass sie uns in ihrem Auto folgen wird. Sie wird also bis zum Ende mit dabei sein, wenn wir Beute machen.« Gedämpfter Beifall brandete auf.

Emory Oglethorpe McDougall, der in Reitkleidung wie ein krummer Jockey aussah, machte sich an mich heran. »Eher würdich mich auf ne Karte vonner Hölle verlassen als auf eine, die Sally Cato gezeichnet hat. Wennde klug biss, dann sag deiner Tante Mame, dasse besser die Biege machen soll.«

»Du bist ja verrückt«, sagte ich.

»Wennde meins«, sagte er. »Dummheit gehört bestraft.«

Mit erstaunlicher Behändigkeit sprang Tante Mame in Beaus offenen Dusenberg. Ich begleitete sie, um die unzähligen Gatter für sie zu öffnen und wieder zu schließen, die die Lehm- und Schotterstraßen versperrten, die sich durch die Landschaft wanden. Tante Mame hatte das Autofahren nie richtig beherrscht, aber nachdem wir zuerst einige Pferde verschreckt hatten, schlingerten wir in einer blauen Abgaswolke davon. Während wir hinter der Meute herrollten, drückte Tante Mame zärtlich mein Knie und sagte: »Ach, Darling, ich bin ja so dankbar, dass ich mir den Knöchel verstaucht habe. Vielleicht lassen sie ja mit ihrem Pferdefimmel nach. Natürlich war es lieb von Sally Cato, dass sie diese wunderschöne Landkarte für mich gezeichnet hat. Ich hoffe nur, mir wird nicht schlecht, wenn sie nachher den armen kleinen Fuchs töten.«

Mit größter Anstrengung schaffte es Tante Mame schließlich, den Wagen in die richtige Richtung zu lenken, und die Jagd ging los. Fast eine geschlagene Stunde lang zockelten wir über rote Lehmstraßen, bogen mal in diesen Weg, mal in jenen. Gelegentlich verloren wir die Meute aus den Augen, dann tauchte sie wieder auf. Hunderte Male sprang ich aus dem Wagen, um schief in den Scharnieren hängende, halb zersplitterte alte Gatter aufzustoßen und sie wieder zu schließen, sobald der Wagen hindurchgezockelt war. Mit der Karte hatte es etwas höchst Bemerkenswertes auf sich, denn immer hatten wir einen Vorsprung vor der Jagdmeute. Sally Cato musste ein fast hellseherisches Wissen besessen haben, wann der Fuchs sich wo befinden würde. Die Straßen waren in einem schrecklichen Zustand, voller Staub oder mit tiefen Furchen. Tante Mame fuhr wie ein aufgescheuchter Hase, und ich wurde ordentlich durchgerüttelt. Tante Mame sah ein bisschen verängstigt aus, aber ein paar Mal rief sie: »Heißa, da sind sie ja.« Ein anderes Mal rief sie: »Ho!« Ich hatte nicht die geringste Ahnung, warum sie so brüllte.

Nach ewig langem Holpern und Schlingern erreichten wir den schlimmsten Abschnitt von allen. Der Weg verlief in tiefen Lehmfurchen oberhalb einer abschüssigen Wiese. Weder Reiter noch die Hundemeute waren zu sehen. Tante Mame hielt den Wagen an und beschäftigte sich mit ihren Schminksachen. »Erbarmen«, sagte sie, »jetzt haben wir sie aus den Augen verloren.«

Plötzlich dröhnendes Hufgetrappel und Hundegebell. Ein kleiner dunkler Fuchs fetzte den Hügel hinunter, dicht gefolgt von der Meute. »Da kommen sie, Tante Mame!«, schrie ich. Sie liefen direkt auf uns zu. Tante Mame fiel der Lippenstift aus der Hand. Jetzt tauchten auch die Pferde auf dem Kamm auf. Hektisch versuchte Tante Mame, den Wagen anzulassen, ein Stottern und Keuchen, aber nichts bewegte sich. Sie versuchte es erneut, die Meute schloss immer dichter auf, die Pferde trappelten den Hang hinunter.

»Der Schlüssel, Tante Mame!«, rief ich.

»Ach so, ja«, sagte sie verwirrt. Der Fuchs war ganz nah. Tante Mame steckte den Schlüssel ins Zündschloss, und der Wagen machte just in dem Moment einen Sprung nach vorne, als eine kleine, schwarze, pelzige Kanonenkugel den Weg kreuzte. Bremsen quietschten, und ich wurde nach vorne gegen die Windschutzscheibe geschleudert. Dann brach die Hölle los. Wie eine Lawine gingen Hunde, Pferde und Reiter auf uns nieder. Fast drei Dutzend Reiter wurden abgeworfen, und zwei große Braune rammten den Dusenberg, so schwer, dass der vordere Kotflügel und die Motorhaube ersetzt werden mussten. Ein drittes Reittier steckte halb auf dem Rücksitz, halb draußen und wieherte zum Steinerweichen. Unterm Strich wurden an dem Tag mehr Pferde erschossen als in der Schlacht von Gettysburg, und als die Liste der menschlichen Opfer bekannt gegeben wurde, kamen sechs gebrochene Fußgelenke, vier Armbrüche, eine Beinfraktur – komplizierter Bruch –, drei Gehirnerschütterungen, eine verrenkte Hüfte und zahllose Prellungen und Schürfwunden zusammen. Die Reiter, die in der Lage waren, auf eigenen Beinen zu stehen und zu sprechen, gingen wutentbrannt auf den Wagen los, und Tante Mame fiel auf der Stelle in Ohnmacht. Ich wurde geradezu hysterisch, doch ich konnte noch hören, was Emory Oglethorpe McDougall mir ins Ohr brummte: »Was habbich dir gesagt?«, und sah noch das kalte, triumphierende Lächeln in Sally Catos Gesicht. Wie angekündigt, war Tante Mame bis zum Ende mit dabeigeblieben, als die Beute gemacht wurde. Der Fuchs lag tot unterm Auto.

War Tante Mame bereits vor der verhängnisvollen Fuchsjagd das Gesprächsthema Nummer eins im Land, so war sie jetzt sozusagen das Schreckgespenst der Reiterfreunde. Emory Oglethorpe gab mir deutlich zu verstehen, dass man jetzt von ihr sprach als »dieser verfluchten durchgeknallten Yankeefrau, die unsere Pferde getötet hat«. Weit und breit wurde über nichts anderes mehr geredet, und täglich flöteten zögerliche Stimmen durchs Telefon, es täte ihnen leid, aber sie könnten heute leider nicht zum Lunch ins Brautgemach kommen, oder das kleine Dinner, das sie Tante Mame zu Ehren geplant hätten, müsste leider auf unbestimmte Zeit verschoben werden. Nachdem sie zwei Wochen lang unangefochten die County-Königin gewesen war, war Tante Mame jetzt ungefähr so beliebt wie General Sheridan.

Mutter Burnside schien sich rasch zu erholen, nachdem sie vom Abstieg ihrer Schwiegertochter erfahren hatte, und sie kam nun sogar jeden Abend zum Dinner nach unten. Zwischen Pfefferminzbonbons und bombigen Blähungen erfreute sie uns mit Erinnerungen nach dem Muster: »Geschwärmt habe ich als junge Braut fürs Reiten, geschwärmt. Geliebt habe ich es, geliebt. Ich war eine richtige Diana, war ich.« Beau saß verstockt da, wirkte verbissen und verlegen. An einem Abend waren Mutter Burnsides Erinnerungen an Feld und Flur und ihre Flatulenzen besonders unangenehm. Miss Fan hielt Tante Mame ein Taschentuch hin und flüsterte: »Schenken Sie ihr keine Beachtung, Miz Beau, die Jagd war ihr ein Gräuel, und geritten ist sie erbärmlicher als ich!« Miss Fans verdruckste Besorgtheit tröstete Tante Mame wenig. Sie war *Persona non grata* in der gesamten Gesellschaft, und sie bekam es zu spüren. Die Einzige, die weiter freundschaftlich zu ihr hielt, war Sally Cato McDougall.

»Mame, meine Süße«, sagte sie, »weinen Sie doch nicht so. Es war nicht Ihre Schuld. Solche Unfälle kommen eben vor. Wenn die anderen zu engstirnig sind, um zu vergeben und zu verzeihen, dann sollen sie sich zum Teufel scheren. Auf eins können Sie sich verlassen: Ich bin immer noch Ihre Freundin.«

Tante Mame war Sally Cato äußerst dankbar. Sie sahen sich täglich, und Sally Cato war tatsächlich der einzige Mensch, der nett zu ihr war. Selbst Onkel Beau erschien ein wenig steif in Tante Mames Gegenwart.

Während Tante Mame in strikter Purdah lebte, traf

ich mich oft mit Emory Oglethorpe. Er brachte mir das Rauchen, Tabakkauen und Trinken bei, einen scheußlichen Löwenzahnwein, den er selbst braute. »Haste mir nicht geglaubt, was, als ich dir sagte, Sally Cato würde deiner Tante das Fell übade Ohrn ziehn, was? Mann, ey, die wusste vorher, ihr würdet genau dann übba das Feld fahrn, wennde Meute kommt. Die kennt die Gegend wie ihre eigene Wespentasche. Hättesse mal brülln hörn vor Lachn und so, als die ganzn Pferde die Reiter abgeworfn ham und über das Auto von deine Tante rüber. Ich fand auch, das sah lustig aus, sah das doch. Keine Sorge, Sally Cato kriegt ihrn Beau wiedda, und wennse Tante Mame pengsöhnlich umbring muss.« Er gluckste bösartig. »Sally Cato hat noch niene Wette odern Rennen odern Mann in ihrm Leben verlorn, hat die, und das soll auch so bleim. Willste die restlichen Luckies ham?«

Allmählich war ich überzeugt, dass Emory Oglethorpe recht hatte, obwohl ich mir kaum denken konnte, dass Sally Cato sich zu so etwas Unwürdigem herablassen würde.

Noch am selben Abend konnte ich Emorys Einschätzung seiner Schwester plötzlich etwas abgewinnen. Sally Cato, der absolute Liebling von Mrs. Burnside, aß in Peckerwood mit uns zu Abend. Sie sah wie eine Südstaatenbraut aus, sehr romantisch, sehr schön, in weißer Spitze, und sie war die Eleganz in Person. Tante Mame, die am Nachmittag im Kaufhaus J.B.White vor aller Augen brüskiert worden war, wirkte dagegen müde, schlimmer noch, sie sah alt aus.

Mutter Burnside war an jenem Abend ungewöhnlich redselig, und auf ihre verblümte Art tobte sie sich gründlich an Tante Mame aus. Sie redete nur über Sally Cato, über nichts anderes. Sally Catos Schönheit, ihre Jugend, ihr Reichtum, ihre vornehme Herkunft, ihre Haltung im Sattel, wie herrlich sie auf dem letzten Jägerball ausgesehen habe, wie gesund und stark sie immer erschien, eine typische, charmante, strahlende Vertreterin des Südens. »Ne echte Tochter unseres County, durch und durch. Eine blaublütige Blume des Altn Südens und unserer glorreichn Gemeinde, wo jede Familie ihre reichn altn Traditionen hegt und pflegt und wo seit dem Bürgerkrieg kein Fremdling je Zutritt bekommen hat.«

Tante Mame schützte eine Migräne vor und verschwand gleich nach dem Abendessen. In letzter Zeit plagten sie öfter Migräneanfälle, und Beau sagte: »Was, schon wieder?«

Ich ging früh auf mein Zimmer. Es war heiß und schwül, und ich konnte nicht einschlafen, deswegen steckte ich mir eine von Emory Oglethorpes Zigaretten in den Mund und trat auf die Veranda im ersten Stock. Die Zigarette blieb jedoch unangezündet zwischen meinen Lippen baumeln, denn unter mir sah ich die glühenden Enden von zwei anderen Zigaretten, und ich vernahm Sally Catos Stimme, leise und eindringlich. »Ach, Beau«, sagte sie, »ich weiß, dass Mame gut ist. Glaub mir, ich liebe sie genauso wie du. Aber ist sie auch die Richtige für dich? Ehrlich, Beau, ich will doch nur, dass du glücklich bist. Das war ein harter Schlag für mich, als ich hörte, dass du sie geheiratet hast, statt mich. Aber Schwamm drüber. Mame ist eine großartige Frau, aber trotzdem, Beau – passt sie hierher?«

»Mame ist eine Yankee«, sagte Beau steif, »die haben eben andere Sitten als wir.«

»Ach, Beau, das ist mir doch alles klar. Immerhin bin ich

ihre einzige Freundin. Aber ich frage mich immer wieder, ob sie dir auch die Familie, das Heim und die Kinder geben kann, die zu unserer Tradition hier im Süden gehören. Kann sie das?«

»Ich wüsste nicht, warum sie das nicht könnte«, sagte Beau mit leisem Zweifel in der Stimme.

»Na gut, Beau, eins weißt du jedenfalls: Ich will nur, dass du glücklich bist. Ich muss morgen wegen der Jagdprüfungen früh aufstehen, deswegen verziehe ich mich jetzt. Willst du mir nicht einen Kuss zum Abschied geben, ganz wie in alten Zeiten?« Die Zigaretten fielen ins Gras, und das Reden fand ein Ende. Die beiden standen da, im Schatten, irgendwie umschlungen, und rührten sich sehr lange nicht.

Deprimiert wandte ich mich ab, und im Herumdrehen streifte etwas Flaumiges mein Gesicht. Vor Schreck brachte ich keinen Ton heraus. Dann umfasste eine knochige Hand meinen Arm, und eine Stimme flüsterte: »Komm her, mein Kind.« Es war Miss Fan.

Sie geleitete mich in ihr stickiges kleines Zimmer. »Gib mir eine Zigarette«, hauchte sie. »Ich weiß, dass du welche hast. Ich habe sie in deinem Kleiderschrank gesehen.«

Schweigend rauchten wir. Sie beherrschte es besser als ich.

»Bestimmt hast du sie gehört – Beau und diese, diese grässliche Sally Cato.«

Ich nickte.

»Verstehst du jetzt? Begreifst du jetzt, warum du deine Tante von hier wegbringen musst – und Beau auch?«

Wie benommen hüpfte mein Kopf auf und ab.

»Weiß der Himmel, ich bin nur eine alte Jungfer – eine

bessere Hausmagd, die vierundzwanzig Stunden am Tag nach der Pfeife von diesem abscheulichen alten Weib tanzen muss. Eigentlich geht es mich ja überhaupt nichts an, aber Miz Beau ist die einzige Person in diesem verfluchten County, die mich wie ein menschliches Wesen behandelt. Und Beau ist auch ein netter Mensch. Deswegen musst du die beiden von hier wegbringen, bevor es zu spät ist. Bevor diese widerliche Alte und Cato, das kleine Luder, alles vermasseln. Jeden Tag hör ich die beiden oben im Schlafzimmer irgendwelche Pläne aushecken, und noch einen Plan und noch einen Plan. Verstehst du, Kind, was ich meine? Begreifst du? Bring deine Tante von hier weg. Schnell, bevor die beiden sie fertigmachen. Und jetzt mach, dass du ins Bett kommst, Kind. Ach ja, lass die Zigaretten hier.«

Am nächsten Tag versuchte ich, stümperhaft und vielleicht etwas barsch, Tante Mame vor Sally Cato zu warnen, aber ich versagte so kläglich, dass sie mich zornig anfuhr. »Was!«, schrie sie und richtete sich kerzengerade auf.

»Ich sagte, ist dir jemals der Gedanke gekommen, Tante Mame, dass Sally Cato vielleicht doch nicht deine Freundin ist. Schließlich war sie mal mit Onkel Beau verlobt, und es war sie, die die Karte gezeichnet hat, die dazu geführt hat, dass die Pferde getötet wurden, und Emory Oglethorpe meint ...«

»Emory Oglethorpe sagt«, äffte sie mich nach. »Emory Oglethorpe meint ... Kümmert es irgendeinen Menschen, was dieser glubschäugige Bengel sagt? Aber was dich betrifft, schäme ich mich – jawohl, in Grund und Boden schäme ich mich, dass ein Neffe von mir so kleinmütig und kleingeistig und durchtrieben sein kann, um so einen schmutzigen bösen Gedanken auch nur für eine Sekunde zu denken. Allein die Vorstellung!« Im selben Moment schwebte Sally Catos Packard Roadster in die Einfahrt. »Da kommt Sally Cato ja. Ich werde dich nicht in die Verlegenheit bringen, sie sehen zu müssen. Raus hier, und komm erst wieder, wenn du wie ein Gentleman denken und sprechen kannst. Sally Cato ist die einzige wahre Freundin, die ich hier habe, und ich will kein Wort mehr über sie hören. Und jetzt verschwinde.«

Niedergeschlagen trottete ich davon. Was am Abend zuvor geschehen war, hatte ich nicht erwähnt, da ich Tante Mames Gefühle nicht verletzen wollte. Sie liebte Onkel Beau sehr – sie musste ihn über die Maßen lieben, sonst hätte sie das Leben in Peckerwood nicht ertragen.

Als Sally Cato wieder weggefahren war, erschien Tante Mame jedoch auf einmal ganz nervös und aufgeregt und rief mich ins Brautgemach. »Patrick, oh, Patrick«, seufzte sie, »was soll ich nur machen?«

»Wie meinst du das?«

»Gerade war Sally Cato hier. Sie plant schon wieder so eine furchtbare Jagd. Sie hat gesagt, ich müsste den Leuten hier beweisen, was für eine wunderbare Reiterin ich sei, nur so könnte ich mich rehabilitieren. Jetzt muss ich reiten. Ach, Patrick, mein ganzes Gerede, dass ich Pferde liebe und so weiter, das stimmte ja alles gar nicht. Ich kann Pferde nicht ausstehen.«

»Warum gibst du nicht zu, dass du nur Spaß gemacht hast, Tante Mame?«, sagte ich mit einer gewissen kindlichen Naivität. »Dann können sie schlecht erwarten, dass du dich auf ein Pferd setzt.«

»Was? Um noch mehr zum Spott der Leute zu werden als jetzt schon? Dann lieber gleich tot!«

»Genau das könnte aber passieren, wenn du bei dieser Jagd mitmachst.«

»Lieber sterbe ich im Sattel«, sagte sie heldenmütig und schauderte.

»Kopf hoch, Tante Mame. Du kannst dich immer noch erkälten oder dir vor der Jagd noch mal den Knöchel verstauchen.«

»Sie soll schon morgen stattfinden, um sechs Uhr in der Früh!«

Onkel Beau war an dem Abend auf einer Versammlung der Grundbesitzer, und Tante Mame und ich speisten schweigend im Brautgemach. Tante Mame versuchte sich an den *Fleurs du Mal,* da fuhr der Kombi aus Foxglove vor. Emory Oglethorpe sprang aus dem Wagen; er trug eine große Schachtel, ein Paar Reitstiefel, einen Zylinder und einen Damensattel aus Leder. »Abend«, grummelte er mit seiner Reibeisenstimme, »Sally Cato hat mir gesacht, ich soll deiner Tante Mame diese Pferdeklamotten hier vorbeibringn. Oh, Mann, wennde Sally Cato sehn könntes, den reinsten Freudentanz führtse auf im Stall. Se sacht, se schwört, deine Tante Mame würd noch Höhrn und Sehn vergehn. Nimmt alle Wetten auf die Jachd an, bis Hundert zu Eins. Das Pferd, das se für deine Tante Mame ausgesucht hat, kommt morgn innem Transporter her. Sach deiner Tante Mame, se soll sich liebern Bein brechen, bevor se sich noch das Genick bricht. Also dann. Auf mich wartetne leckere Schlitzäugige in meiner Hütte.«

Das Reiterzeug aus schwarzem Tuch, das ich für Tante Mame ins Haus trug, fühlte sich an wie ein Leichentuch. Tante Mame war bestürzt und fing an zu zittern. »Mein Gott, Sally Cato hat die ganze Ausrüstung geschickt.«

Dann sah sie den Damensattel. »Und auf diesem Leisten-riemen soll ich reiten?« Sie fing an zu weinen, und als ich hinüber ins Haupthaus ging, schluchzte sie immer noch leise in ihr Kissen.

Als ich am nächsten Morgen fertig angezogen war, hörte ich draußen in der Einfahrt lauten Hufschlag. Das gesamte County – außer denen, die sich noch von Tante Mames letzter Vorstellung auf dem Gebiet der Jagd erhol-ten – hatte sich auf Peckerwood versammelt. Sogar einige Leute aus South Carolina waren gekommen. Sie alle schie-nen nicht ganz so wohlwollend wie das letzte Mal, und es lag eine bösartige, verschwörerische Atmosphäre in der Luft.

Tante Mame und ich führten nicht gerade Modelle der Haute Couture spazieren. Ich hatte eine abgelegte Kluft von Emory Oglethorpe McDougall an, der fast einen ganzen Kopf kleiner war als ich. Tante Mame, jedenfalls von bestimmten Blickwinkeln aus betrachtet, sah immer-hin fesch aus in Sally Catos Reitkostüm aus feiner Wolle, und ihre Miene unter dem hohen Zylinder war täuschend heiter. Die Jacke jedoch spannte hier und da ein wenig, dort schlabberte sie, und der Rock war ausgebeult. Die Stiefel Größe fünfunddreißig müssen eine Qual gewe-sen sein. Tante Mame rauchte Kette und trank mehrere Schlückchen aus einem kleinen silbernen Flachmann. Sie gab sich Mühe, unbeschwert und fröhlich zu erscheinen, aber sie sah angespannt aus, und alle Reiter beäugten sie misstrauisch.

Sally Cato kam auf einer schönen stattlichen Stute anga-loppiert, nach ihr trafen Emory Oglethorpe und ein Last-wagen aus Foxglove ein. Aus dem Laderaum des Wagens war ungeheuer lautes Trampeln und Stampfen zu hören, und mit sehr viel Mühe gelang es schließlich zwei Stallburschen, das größte, bösartigste Pferd, das ich je gesehen hatte, die Ladeklappe hinunterzugeleiten.

Sally Cato küsste Tante Mame herzlich. »Wie – ungewöhnlich Sie heute Morgen aussehen, Mame, meine Süße«, sagte sie. »Entschuldigen Sie mich einen Moment, meine Liebe, ich will nur rasch ins Haus, Mrs. Burnside begrüßen.«

Keine Minute später war sie wieder da. Ich schaute hoch zur Veranda im ersten Stock, dort stand Mutter Burnside mit einem komischen, wenig freundlichen Ausdruck im Gesicht. Sally Cato huschte hinüber zu Tante Mame. »Das ist das Pferd, das ich extra für Sie ausgesucht habe, Mame, meine Liebe«, sagte sie mit einem verschlagenen Lächeln. »Es heißt *Lightning Rod,* und es ist ein wahrer Blitzableiter, zahm wie ein Lämmchen.«

Lightning Rod war ein irisches Jagdpferd, siebzehneinhalb Handbreit hoch, ein Wallach, der sich wohl nie mit einem zölibatären Leben abgefunden hätte. Er sah Tante Mame aus blutunterlaufenen Augen an und scharrte wie wild mit den Hufen. Sally Cato strich ihm über die Schnauze. »Ein ganz Lieber bist du, nicht? Ganz lieb.«

Emory Oglethorpe schloss zu mir auf. »Ein ganz Schlimma. Das schlimmste, bösartigste Stück Pferdevieh in Richmond County. Hätte vor zwei Jahrn erschossn gehört, das Biest, als er Onkel Grady beinah totgetrampelt hätte. Meint jedenfalls der Tierarzt. Der verfluchte Klepper iss wahnsinnig, seitdem tobt er sich auf der Weide aus. Brauchte sechs Nigger gestern Nachmittag, um ihn einzufangn.«

Sally Cato klatschte in die elegant behandschuhten Hände und sagte: »Alle mal herhören, bitte. Wir haben heute die besondere Ehre, mit einer der berühmtesten Kunstreiterinnen New Yorks, Mrs. Beau Burnside, auf die Jagd zu gehen.« Sie zwinkerte schadenfroh, aber es geschah nicht rasch genug, und Tante Mame blieb es nicht verborgen. Tante Mame bekam große Augen. Unter den Reitern brach gedämpft verhohlene Belustigung aus. Lediglich Beau tat unschuldig.

Ich saß bereits im Sattel auf einem spastischen alten Gaul, da führten die drei Stallburschen Lightning Rod zur Aufsteighilfe, und Tante Mame kletterte mit Schwung auf den Rücken des Pferdes. Ich schickte ein Stoßgebet zum Himmel, und ich sah, dass sich auch Tante Mames Lippen bewegten.

Auf dem Weg hinaus ins Feld versuchte ich die ganze Zeit, so dicht wie möglich bei Tante Mame zu reiten, doch Lightning Rod hatte die böse Angewohnheit, nach hinten auszutreten, sodass sie die Straße fast für sich allein hatte. Ich konnte nur hoffen, dass sie sich bei einem Sturz nicht allzu schwer verletzen würde. In einigermaßen gemütlichem Passgang gingen wir dahin, obwohl ich den untrüglichen Eindruck hatte, dass alle Hunde, die meisten Menschen und einige Pferde Lightning Rod irritierten und nervös machten. Endlich gelangten wir an den Ausgangspunkt der Jagd. Lightning Rod wieherte gespenstisch und bäumte sich auf. Tante Mame blieb im Sattel, erstaunlicherweise. Einige Mitreiter schienen beeindruckt.

Sally Cato grinste nur höhnisch.

Als die Jagd beginnen sollte, kam der Kombiwagen aus Peckerwood aufs Feld gerast, am Steuer ein verängstigter

Schwarzer. Miss Fan sprang aus dem Wagen und schrie: »Stehen bleiben! Das Pferd ist wahnsinnig!« Zu spät. Der Fuchs war losgelassen worden und rannte wie wild über die Weide, die Meute bereits auf seiner Fährte; gleichzeitig machten Cousin Van Buren Clay-Pickett und Tante Mame den Anfang, und die Jagd hatte begonnen. Jetzt ließ sie sich nicht mehr aufhalten.

Ich war mir sicher, dass Tante Mame die Klugheit besitzen würde, sich einen hübschen Hügel mit weichem Gras auszusuchen, auf dem sie sich abwerfen lassen konnte, aber das ließ sie bleiben. Stattdessen galoppierte sie auf Lightning Rod wie eine Wahnsinnige Cousin Van Buren hinterher. »Alle Achtung. Miz Beau hat aber n gutn Sitz!«, rief jemand. Ich drehte mich um, weil ich sehen wollte, wer dermaßen geistesgestört sein konnte, und zufällig erhaschte ich den gemeinen Ausdruck auf Sally Catos Gesicht.

Wir galoppierten los und ließen die arme Miss Fan unverständliches Zeug hinter uns herbrüllen. Mein alter Gaul taugte nur zum Schleppschritt, aber wenigstens hielt er lange genug mit der Gruppe mit, sodass ich noch sehen konnte, wie Tante Mame und Lightning Rod über eine gezackte Steinmauer hinwegsegelten, an der zwei andere nachfolgende Reiter stürzten. Tante Mame hatte ihren Zylinder verloren, ihr Haar flatterte im Wind, aber sie hielt sich gut.

»Gesehn, wie sie die Mauer genomm hat?«, rief jemand. »Diese Yankeedame hat Stil. Erstklassige Reiterin. Allererste Klasse!«

Wir ritten etwas über eine Stunde, donnerten über den federnden Boden, streiften niedrig hängende Zweige und sprangen über trübe Bäche, dass es nur so spritzte. Die meiste Zeit war Tante Mame außer Sicht, und selbst Onkel Beau und Sally Cato war es nicht möglich, mit ihr Schritt zu halten. Einmal machte sie mit Lightning Rod sogar einen Umweg durch ein Futtermaisfeld, und trotzdem gelang es ihr ohne Probleme, den Jagdführer wieder einzuholen. Ein anderes Mal stürmte das Pferd mitten in einen alten Schuppen hinein und auf der anderen Seite wieder heraus, Tante Mame noch immer obenauf. Ein Gegackere und Gekreische, Hühner flatterten in alle Richtungen. In einer Momentaufnahme sah ich sogar eine alte Henne, vermutlich zahmer als die anderen, auf Tante Mames Schulter thronen, aber der ungeheure Fahrtwind vertrieb sie wieder, hilflos schlug sie mit den Flügeln in der Luft.

Als Lightning Rod in ein Waldstück abtauchte, verlor ich Tante Mame erneut aus den Augen, doch bald erschien sie wieder, auf dem Kopf eine Art Lorbeerkranz, und sie hielt nicht einmal die Zügel.

»Sieht se nich aus wie ne echte griechische Göttin?«, schrie einer der gebildeteren Cousins.

»Ich werd nich mehr«, brüllte ein anderer, »dabei hält sie sich nicht einmal fest. Wenn das nicht alles schlägt.«

Dann übernahm Tante Mame wieder die Führung und verschwand außer Sicht.

Schließlich erklommen wir ein Hochplateau, von dem aus man eine etwas tiefer gelegene, ausgedehnte Grasniederung überblicken konnte, die abrupt an einer hohen Deichmauer entlang des Savannah River endete. An dieser Stelle musste auch die Jagd ihr Ende finden, es sei denn, dem armen Fuchs gelang es, die zwei Meter hohe Mauer zu überwinden.

Mittlerweile waren der Fuchs, die Meute, Van Buren Clay-Pickett und Tante Mame so weit voraus, dass es keine Hoffnung mehr gab, sie jemals einzuholen, nur Beau und Sally Cato McDougall hatten sich in wilder Aufholjagd bis auf einige hundert Meter an sie herangemacht. Plötzlich sprintete Lightning Rod noch schneller vor, und alles deutete darauf hin, als wollte er Cousin Van Buren noch überholen.

»Begreif einer die Jagdmethode von die Yankees«, rief einer der Männer. »Issdoch gefährlich, wenn sie am Master vorbeiziehn tut.«

»Iss nich ihre Schuld«, schrie ein anderer Reiter. »Kommt, weil das verrückte Pferd von der McDougall, auf dem sie sitzt, mit ihr durchgeht.«

»Heiliger Strohsack, Sie haben ja recht!«

Am liebsten hätte ich die Augen fest zugekniffen, aber die Szene vor mir übte eine schreckliche Faszination aus. Als ich die Augen wieder aufschlug, war Lightning Rod nicht nur am Master vorbeigezogen, sondern auch an der Meute, schließlich sogar am Fuchs selbst. Er war nur wenige Meter von der hohen Deichmauer entfernt, und noch immer preschte er vor.

»Oh Gott, der macht aus der Yankeebraut noch Kleinholz!«

»Moultrie! Ich kann nicht hingucken!«, kreischte die Frau neben mir und fiel auf ihrem Pferd in Ohnmacht.

Mit Tante Mame noch immer fest im Sattel, stürmte Lightning Rod auf die Deichmauer zu. Plötzlich lösten sich seine Hufe vom Boden und er setzte zum Sprung über die Mauer an, aber sie war zu hoch für ihn. Seine Riesenbrust stieß gegen die Krone, und mit einem dumpfen Aufprall, der in ganz Richmond County zu hören war, fiel das Tier nach hinten. Tante Mame jedoch war nicht aufzuhalten. In hohem Bogen flog sie über die Mauer und tauchte dahinter ab. Es folgte ein schrecklicher Aufklatsch, dann Stille. Noch eine Frau fiel in Ohnmacht, aber niemand beachtete sie. Hals über Kopf rasten wir anderen hinunter zur Grasniederung und sahen gerade noch Tante Mame aus den Fluten des Savannah River auftauchen.

Im selben Moment hoppelte ein klappriger alter Chevrolet über die Wiese und bremste ruckartig ab. Ein kleiner, vor Wut platzender Mann sprang aus dem Wagen und rannte zu dem Knäuel aus keuchenden Pferden. Es war der Tierarzt des County. »Schönen Morgen auch«, rief er. »Die letzte halbe Stunde bin ich dieser arm klein Lady hinterhergefahrn. Die erstaunlichste Reitkünstlerin, die ich je gesehn habe. Wieso se nicht zu Tode gekomm ist, werd ich wohl nie erfahrn. Dachte mir schon, dass ich das Pferd doch kenne, und jetzt stehts fest. Das iss der verrückte Lightning Rod von Sally Cato McDougall.« Seine zornigen Augen suchten Sally Cato. »Sally Cato«, schrie der Tierarzt. »Schon vor zwei Jahrn hab ich Ihnen gesagt, das Pferd iss wahnsinnig, hab ich gesagt. Ich habe Ihnen befohln, dass Pferd erschießen zu lassen!« Er sah herab zu Lightning Rod, der sich vor Schmerz aufbäumte. »Dann muss ich das wohl selbs erledign.« Er zog eine 45er Automatik aus seinem Halfter. »Einklich sollte ich Sie erschießen, Sally Cato. Einen Menschen auf diesem Pferd reitn zu lassn – selbst eine noch so hervorragende Reiterin wie diese kleine Lady hier – ist gleichbedeutend mit Mord, ist das. Jawohl, vorsätzlicher Mord, schlicht und ergreifend. Ihr Name sollte aus jeder Jagdgesellschaft im County gestrichn werden, jawohl.« Mit einem Schuss erlöste er das verletzte Tier von seinem Leiden, und Tante Mame brach in Tränen aus.

Onkel Beau hob Tante Mame – nass, schmutzig und zerkratzt, wie sie war – hinauf auf seinen Sattel, umarmte sie, küsste sie und nannte sie in einem fort seine kleine Yankeewalküre.

Die übrige Jagdgesellschaft war ganz geblendet von Tante Mames Ruhm, und als wir zurück zum Feld ritten, wo für das Reiterfrühstück ein Pavillon aufgebaut war, fiel mir auf, dass niemand gesteigerten Wert darauf legte, auch nur in der Nähe von Sally Cato zu reiten. Einmal lenkte Sally Cato ihr Pferd hinüber zu Onkel Beau. »Beau«, sagte sie flehentlich, »ich kann dir alles erklären …« Beau bedachte sie mit einem niederschmetternden Blick und galoppierte los, die Arme zärtlich um Tante Mame geschlungen.

Das Jagdfrühstück war eine Sensation. Alle redeten über Tante Mames großartige Haltung im Sattel. »Mame, der Weidmann«, wurde sie getauft, und alle brachten ihr immer wieder einen Trinkspruch als die größte Reitkünstlerin aus, die je den Boden von Richmond County betreten hat. Tante Mame betrank sich gepflegt mit Bourbon, und als ich endlich mal in ihre Nähe kam, drückte sie mich an sich und flüsterte: »Patrick, mein Schatz, sag – lebe ich noch? Ich habe meinen Schenkel so fest in den Damensattel gedrückt, ich dachte, ich würde nie herunterfallen.«

Cousin Van Buren Clay-Pickett war gerade auf das Buffet gesprungen, um für den kommenden Sonntag eine Jagd anzukündigen, als ein Western-Union-Bote mit einem Telegramm für Tante Mame angeschlurft kam. Es lautete:

Sofortige Rückkehr nach New York dringend erbeten
Als Jurorin für internationale Pferdeshow
Ein begeisterter Fan besteht darauf das Komitee

»Ach, herrje«, rief Tante Mame gereizt und kippte rasch ein volles Glas Bourbon. »Wie langweilig! Aber nach Hause fahren müssen wir sowieso. Auf, auf zu neuen Siegen.«

5

Tante Mame
und die Literatur

Jene unvergessliche Jungfer war auch nicht ohne literarisches Talent. Der Artikel hob hervor, dass sie früher
kurze Texte über sich und ihren Alltag geschrieben hat,
einfach so, aus Spaß. Sie zeigte sie ihren Freunden und
überließ den einen oder anderen gelegentlich der Lokal-
zeitung zur Veröffentlichung. Diese kleinen Essays, hieß
es, seien Meisterwerke. Sie waren sogar so gut, dass Verleger aus New York der alten Dame die Tür einrannten und
sie anflehten, ihnen die Gunst zu gewähren, etwas von ihr
drucken zu dürfen.

Ich persönlich finde nicht, dass man damit hausieren gehen sollte, bedenkt man, dass Tante Mame einen Verleger,
einen Agenten und eine Sekretärin hatte, noch bevor sie
auch nur eine einzige Zeile zu Papier gebracht hatte.

Tante Mames literarische Karriere wurde eher aus therapeutischen Gründen aufgenommen, um die tiefe Depres-
sion zu verarbeiten, in die sie als Witwe gestürzt war. Ihr
Eheglück als Mrs. Beauregard Burnside hätte bis ans Ende
ihrer Tage halten können, wenn nur Onkel Beau länger
durchgehalten hätte.

Beau war charmant, viril, hübsch und reich, außerdem übertrieben großzügig. Aus Anlass ihres ersten
Hochzeitstages kaufte Onkel Beau Tante Mame einige

Geschenke, die sie immer an ihn erinnern sollten: eine Rolls-Royce-Limousine, einen Zobelpelz, einen Ring mit einem ungeschliffenen Smaragd und eine große alte Villa am Washington Square, um all die Möbel unterzubringen, die sie im Laufe der Zeit erworben hatte. Am Tag der Einweihungsfeier – dreizehn Monate nach ihrer Hochzeit –, traf Onkel Beau ein poetisches Ende. Ein Pferd im Central Park trat ihn gegen den Kopf. Eine Stunde später war er tot.

Tante Mame wurde wahnsinnig vor Kummer. Während der Beerdigung und noch den ganzen nachfolgenden Winter hindurch weinte sie ununterbrochen und wurde ständig ohnmächtig. Nach einiger Zeit wurde sie immerhin nicht mehr ohnmächtig und weinte nur noch. Abgesehen von ihrer immensen Trauer interessierte sie sich für nichts – nicht mal die Tatsache, dass sie die neuntreichste Witwe in New York war. Zu guter Letzt nahm sich ihre alte Freundin Vera Charles ihrer an.

Vera war, ehelich betrachtet, in England auf eine Goldader gestoßen, als sie dort den Ehrenwerten Basil Fitz-Hugh heiratete. Der Ehrenwerte Basil war nicht nur reich, er war auch literarisch gebildet, er kannte sogar Virginia Woolf. Vera jedenfalls entschied, dass Tante Mame einen radikalen Tapetenwechsel brauchte. Sie verfrachtete sie nach Europa und hielt sie dort über zwei Jahre fest, während mich Mr. Babcock in St. Boniface und öden Ferienlagern kaltstellte.

Niemand jedoch kann ewig trauern, am wenigsten Tante Mame. Schließlich kam sie doch nach Hause, in modischer Witwenkleidung, mit vielen signierten Fotografien von europäischen Schriftstellern – die ihr alle geholfen hatten, die Tränen zu trocknen – und einem starken Verlangen nach einem »neuen Ventil«.

Ich war sechzehn und musste plötzlich feststellen, dass ich in die Höhe geschossen war, über eins achtzig Meter groß. Von den Schuluniformen passte mir keine einzige mehr, und so verbrachte ich die letzten Tage meiner Sommerferien auf dem Anprobepodest eines Schneiders stehend und ließ alle meine alten Hosen und Jacketts verlängern, um meinen Mitmenschen den Anblick jedes noch so geringen Stücks Wade oder Unterarm zu ersparen. Als die Änderungen fertig waren, blieb mir nicht mal mehr eine ganze Woche freie Zeit, bevor die Kirchenglocken von St. Boniface mich rufen würden zu einem weiteren Jahr mit Makkaroni und Tadeln. Ich hatte gehofft, Tante Mame würde die Gelegenheit nutzen und mich ins Theater ausführen und noch einiges andere mit mir unternehmen, was Spaß machen würde. Leider hatte ich mich geirrt.

Als ich die große Villa am Washington Square betrat, hörte ich eine scharfe Stimme sagen: »Das *Ladies Home Journal* würde solche Geschichten niemals abdrucken, Mrs. Burnside.«

Auf Zehenspitzen ging ich ins Wohnzimmer und sah Tante Mame dort in einem strengen schwarzen Kostüm sitzen, in der einen Hand einen Martini, in der anderen eine dicke schwarze Hornbrille. Auf ihrem Schoß lag ein Stapel Blätter, und sie unterhielt sich mit zwei Frauen, die ich noch nie gesehen hatte. »Für Hollywood wäre das natürlich ein gefundenes Fressen«, fuhr sie fort. »Erst dachte ich, die Rolle passt zu Claudette oder vielleicht noch zu Irene, aber jetzt habe ich entschieden, dass ich sie selbst spiele. Wer sollte sie sonst spielen – wenn selbst ich schon nicht ich selbst sein kann?«

»Allzu weit im Voraus würde ich erst mal nicht denken, Mrs. Burnside«, sagte die kleine rothaarige Frau unsicher.

»Nein, Mame«, sagte die andere Frau. »Elizabeth hat recht. Wirklich, zuerst müssen Sie etwas zu Papier bringen, das Sie einem Verleger vorweisen können. Filmrechte, Serienrechte und diese Dinge müssten erst einmal warten.«

»Oh, darüber brauchen Sie sich keine Sorgen zu machen, meine Lieben«, flötete Tante Mame. »Meine Sekretärin ist oben und tippt schon an meinem …«

Auf Zehenspitzen verließ ich den Raum wieder.

Oben ging ich in das Zimmer, das eigentlich immer mir gehört hatte. In der Zeit, als ich es bewohnte, war es nie besonders aufgeräumt. Doch jetzt sah es einfach verboten aus. An den Wänden Aktenschränke aus Metall, außerdem zwei große Schreibtische, drei Telefone, stapelweise Nachschlagewerke und überall verstreut Zettel und Blätter. Ein Diktaphon quäkte, und eine etwas zerzauste Frau haute auf eine Schreibmaschine ein. Ich schlich mich aus dem Zimmer und ging in Tante Mames Salon. Viel besser war es da auch nicht. Hier lagen auf jeder freien Fläche Ballettprogramme, stapelweise Fotos und alte Ausgaben der *Buffalo Evening News* herum. Hier und da fanden sich auch Papierschnipsel mit Notizen etwa folgenden Inhalts: »von der Razzia im Nightclub erzählen« oder »Dr. Cornell und Daddys Gicht erwähnen«. Ich steckte mir eine von Tante Mames Zigaretten an und setzte mich, vollkommen verwirrt. In dem Moment hörte ich, wie die Haustür geöffnet wurde. »Also, ciao, ihr Lieben. Für mich heißt es jetzt, zurück in mein Écritoire und bis in die Puppen gearbeitet. Ich rufe Sie morgen früh an, Mary. Wir Buffalo-Girls müssen doch zusammenhalten, was? À bientôt!« Die Haustür wurde geschlossen, und ich sah, wie die beiden Frauen im Taxi zusammensackten.

Eine Sekunde später gab es helle Aufregung in meinem ehemaligen Schlafzimmer. »Also, Agnes, meine Liebe«, sagte Tante Mame, »sind Sie vorangekommen?«

»Oh ja, ich glaube, sogar sehr weit, Mrs. Burnside. In so einer hübschen Umgebung hatte ich noch nie eine Stellung, und die Arbeit ist ja so interessant. Ach Gottchen, als ich noch bei der Prudential-Versicherung gearbeitet habe, mussten wir immer nur endlose Formschreiben tippen, und Miss Montgomery, die die Aufsicht hatte, guckte uns ständig über die Schulter, und die Nachhilfeklasse in der Abteilung Stenographie war einfach nur schrecklich, und ...«

»Sehr schön, Agnes«, unterbrach Tante Mame. »Und hat der Koch Ihnen etwas Anständiges zu Mittag gebracht?«

»Ach Gottchen, ja, Mrs. Burnside. Es gab Kraftbrühe und Lammkeule und kleine *petits pois* Erbsen und ...«

»Ganz wunderbar, meine Liebe. Und jetzt werde ich Ito Bescheid sagen, er soll Sie heimfahren.«

»Oh, Mrs. Burnside ...«

»Keine Widerrede, Agnes, decken Sie die Schreibmaschine ab, und Ito wird Sie nach Kew Gardens entführen. Tragen Sie noch etwas Lippenstift nach, und dann machen Sie, dass Sie fortkommen.«

»Gottchen, Mrs. Burnside, meine Mutter würde sterben, wenn ich mich schminken würde.«

»Wie auch immer. Sie haben den ganzen Tag hart gearbeitet. Nun gehen Sie schon nach Hause.« Tante Mame platzte in den Salon und schlang ihre Arme um mich. »Darling, mein Junge! Mein schöpferisches Verlangen lässt mir keine Ruhe. Ich fiebere vor Anspannung! Ich weiß, ich nehme mich zu hart ran, aber das liebe ich doch gerade.«

»Wovon redest du überhaupt?«, fragte ich.

»Wovon wohl, Darling? Von meinem Buch natürlich!«

»Was für ein Buch? Wer sind diese fremden Frauen?«

Im selben Moment schaute schüchtern die junge Frau, die ich eben an der Schreibmaschine hatte sitzen sehen, zur Tür herein. »Also dann, gute Nacht.«

»Ach, Agnes, kommen Sie doch herein und sagen Sie meinem Neffen Guten Tag. Sie werden ihn bereits kennen, Sie haben ja heute Nachmittag an dem besagten Kapitel gearbeitet.«

»Ach Gottchen, ist das der Junge, den Sie in einem Weidenkorb vor Ihrer Haustür gefunden haben, Mrs. Burnside?« Ich staunte nicht schlecht.

»Genau der, meine Liebe. Patrick, darf ich dir meine Sekretärin, meine rechte Hand, meine strengste Kritikerin – meine Alice B. Toklas vorstellen? Miss Gooch, liebe Agnes, das ist mein Neffe Patrick.«

»Sehr erfreut«, sagte sie und machte einen kleinen Knicks. Ich war viel zu verblüfft über das, was ich eben gehört hatte, um Miss Gooch gebührend wahrzunehmen, aber, nur der Vollständigkeit halber sei es gesagt, es gab auch nicht allzu viel wahrzunehmen. Miss Gooch gehörte zu dem Typ Frauen, die fünfzehn oder fünfzig sein mochten, und es wäre keinem Menschen aufgefallen. Sie hatte farbloses Haar, eine farblose Haut und farblose Augen. Sie trug eine randlose Brille und eine weiße

Angora-Baskenmütze. Die übrige Kleidung bestand aus einem weißen Strickpullover, einer lachsfarbenen Kunstseidenbluse mit Puffärmeln, Seidenstrümpfen und flachen College-Schuhen mit Fußbett.

»Guten Tag«, sagte ich.

»Ihr zwei beide werdet euch prächtig verstehen, da bin ich mir ganz sicher«, sagte Tante Mame. »Und jetzt gehen Sie brav, Agnes. *À demain!*«

»Auf Wiedersehen«, sagte Miss Gooch und verschwand.

»Weißt du, mein lieber Kleiner: Dieses arme Kindchen – sie ist gerade neunzehn Jahre alt – kann nicht nur wie ein Engel Schreibmaschine schreiben, sie beherrscht auch noch Kurzschrift, ich weiß nicht, wie viel tausend Wörter pro Minute, und außerdem unterstützt sie ganz allein eine schwer arthritische Mutter und eine behinderte Schwester.«

»Was du nicht sagst«, entgegnete ich. Dann wandte ich mich ihr zu und sah sie an. »Was soll diese Geschichte, dass du mich in einem Weidenkorb gefunden hast?«

»Ach, Darling, du weißt doch, dass wir Schriftsteller gelegentlich übertreiben müssen, um dramatische Spannung zu erzeugen. Deswegen habe ich gesagt, dass man dich in einem Korb vor der Tür zu meinem Cottage ausgesetzt hat.«

»Ich war zehn Jahre alt, und dein kleines Cottage war am Beekman Place. Was schreibst du da überhaupt? Wer waren diese Frauen? Wozu brauchst du eine Alice B. Toklas?«

»Ach, mein lieber Kleiner«, sagte Tante Mame und legte sich auf die Chaiselongue, »eigentlich sollte es eine Überraschung für dich sein, bis du meinen Namen ganz oben auf der Bestsellerliste stehen siehst, aber jetzt muss ich es dir wohl gestehen. Ich schreibe meine Memoiren.«

»Warum?«

»Warum? Weil ich ein interessantes Leben hatte und, wie Lindsay – mein Verleger – neulich zu mir sagte, als Mary Lord Bishop und ich bei ihm waren, um den Vertrag zu unterschreiben …«

»Lindsay wer?«

»Lindsay Woolsey. Er will mein Buch veröffentlichen. Ach, mein lieber Kleiner, ich kann dir gar nicht sagen, wie gut es das Schicksal mit mir meint.«

»Wie gut meint es das Schicksal denn mit dir?«

»Letzte Woche spaziere ich die Madison Avenue entlang, und da sehe ich doch ein Gesicht, das kommt mir bekannt vor, und ich denke noch: ›Die sieht genauso aus wie Bella Shuttleworth aus der Delaware Avenue in Buffalo‹, da sagt dieses Gesicht: ›Bist du nicht Mame Dennis aus der Delaware Avenue in Buffalo?‹ Wir fielen uns in die Arme, wie zwei Freundinnen, die sich aus den Augen verloren hatten – und so war es ja auch – und sind gleich ins Plaza gegangen, um darauf anzustoßen. Wir kamen ins Gespräch, redeten über die alten Zeiten der Delaware-Avenue-Abtrünnigen, was für einen Spaß wir immer hatten, wenn wir aus Miss Rushaways Schule in der Nähe vom Soldier's Place entwischt sind, und Bella meinte, sie würde gerne eine Dinnerparty für die Ehemaligen von Buffalo geben, die jetzt hier in der Stadt wohnen, das würde bestimmt lustig. Und so kam es. Aber eins sage ich dir, Bella hat ganz schön zugelegt!«

»Erzähl weiter«, sagte ich.

»Sie hat also ihr Dinner gegeben, sehr schön. Hammelrücken. Zäh. Und es waren da Mary Lady Bishop – die du heute gesehen hast –, die eine wichtige Literaturagentin ist, und Lindsay Woolsey und seine Frau – ein kleines verhuschtes Mäuschen – und noch einige andere. Bella hatte noch versucht, Kit Cornell einzuladen, aber die hatte eine schlimme Erkältung und konnte nicht kommen, *malheureusement.* Es war ein schrecklich lustiger Abend, und ich glaube, ich hatte zu tief ins Glas geschaut, jedenfalls habe ich Lindsay erzählt, was ich alles so gemacht habe, seitdem ich aus Buffalo weg bin, und er zeigt sich recht amüsiert, und plötzlich sagt er: ›Warum schreiben Sie nicht ein Buch darüber, Mame?‹ Und dann sagte Mary Lord Bishop noch: ›Ja, genau. Warum eigentlich nicht?‹ Und dann dachte ich schließlich selbst, ja, verdammt, wieso nicht? Wir haben über nichts anderes mehr geredet, über die schönen Stunden, die wir zusammen mit den Jungs im Saturn Club hatten, und Lindsay Woolsey sagte: ›Mame, Sie haben das Zeug, unser Buffalo bekannt zu machen!‹ Und Mary Lord Bishop sagte, selbst wenn es schon bekannt wäre, wäre doch jedes Buch aus meiner Feder sicher höchst ungewöhnlich, und sie als Agentin würde mich gerne vertreten. Tja, und dann haben wir drei die Köpfe zusammengesteckt und sind auf die Idee gekommen, das Buch *Buffalo Braut* zu nennen. Ist das nicht süß?«

»Niedlich.«

»Ich verfolge die Idee ja erst seit einigen Tagen, aber du hast ja gesehen, wie begeistert Mary und Elizabeth heute Nachmittag waren. Mein Leben, ausgebreitet in Zeitschriften, Zeitungen, als Film und in Gott weiß wie viel Sprachen übersetzt.«

»Das wird bestimmt spannend«, sagte ich.

»Spannend? Oh Darling, ich krieg kaum Luft, so elektrisiert bin ich von dem Ganzen. Und jetzt muss ich mich umziehen.«

Ich hörte Tante Mame singen, »Buffalo Braut, willst du nicht ausgehen, heute Abend, ausgehen, heute Abend, ausgehen, heute Abend«, und da wusste ich, dass sie ein neues Projekt in Angriff genommen hatte.

Während der letzten Ferientage, die ich zu Hause verbrachte, schuftete ich schwer für Tante Mames literarische Laufbahn, sodass St. Boniface – die Gebete und alles andere – mir auf einmal ganz nett erschien. Ständig hielt sie Miss Gooch und mich auf Trab. Ich musste in die Stadtbücherei, um einige historische Daten zu recherchieren, und als ich sie fragte, ob sie sich an die Ermordung von Präsident McKinley auf der Panamerika-Ausstellung in Buffalo erinnern konnte, wies sie mich aus dem Zimmer. Fast war ich froh, als ich für ein weiteres Schuljahr nach St. Boniface zurückkehrte.

Während des Winterhalbjahrs schrieb Tante Mame fast täglich, nur diktierte sie jetzt die meisten Briefe Agnes Gooch in die Maschine. Jeder Brief war eine Lobeshymne auf ihr eigenes literarisches Talent. War sie mal zu beschäftigt, um selbst zu schreiben, übernahm Agnes Gooch diese Aufgabe und schrieb miserable Briefe über Tante Mames Fortkommen. Außerdem häkelte sie mir einen naturfarbenen Tischläufer für mein Zimmer in der Schule und schickte eine Schachtel sandigen Fondant, den ihre Schwester gekocht hatte.

Bei all dem Aufhebens, das Tante Mame von ihrem Buch machte – nicht eine Zeile habe ich von *Buffalo*

Braut, Untertitel, *Die Geschichte einer modernen George Sand, mit eigenen Worten erzählt,* gelesen, und auch sonst niemand. Anfang November kam ein schweres Paket mit einem Stapel Manuskriptblätter, eine der vielen Abschriften, die die unermüdliche Agnes Gooch getippt hatte. Es ließ sich nicht bestreiten, dass das Buch von Tante Mame dick war, es umfasste knapp neunhundert Seiten – dass es auch ein gutes Buch war, ließ sich schwer behaupten, selbst wenn man Tante Mame noch so gerne hatte. Ohne Zweifel, sie war eine faszinierende Gesprächspartnerin, kannte viele interessante Leute und hatte einen erlesenen Geschmack, was ihre eigene Lektüre betraf; ihr Prosastil jedoch war der eines begabten Amateurs, ein wenig zu blumig, ein wenig zu frei und nicht selten unfreiwillig komisch. Außerdem war sie als ehemalige Zeitungsredakteurin übertrieben gewissenhaft und hatte über einige ihrer engsten Freunde mehr als das Nötigste berichtet. Man brauchte keine hellseherischen Kräfte, um vorauszusagen, dass sie, mochte sie noch so reich sein, als armer Schlucker dastünde, wenn die ersten Verleumdungsklagen eintrudeln würden. *Buffalo Braut* war unterm Strich ein zwar interessantes, aber missratenes Buch. Gerade wollte ich mich daranmachen, ihr ein freundliches, aber unehrliches Glückwunschschreiben zu schicken, da erreichte mich ein Telegramm. Es lautete:

Komm nach Hause – ich sterbe
Tante Mame

Als ich das Haus am Washington Square betrat, begrüßte mich eine schmallippige und noch blassere Agnes Gooch.

»Gottchen, Patrick, bin ich froh, dass Sie gekommen sind. Die arme Mrs. Burnside verlangt seit drei Tagen nach Ihnen.« Unheilvoll sah sie mich durch ihre Brille an und schniefte. »Seit Mittwoch war ich nicht zu Hause, meine Schwester Edna muss die ganze Hausarbeit alleine erledigen, und Muttilein …«

»Was ist mit Tante Mame?«, fragte ich sie.

»Ach, Patrick! Ihr Buch – ihr Verleger hat es abgelehnt.«

»Das ist alles?«

»Aber es ist wirklich schlimm. Sie sitzen gerade oben – Mr. Woolsey, ihr Verleger, und ihre Agentin, Mrs. Bishop. Die beiden haben mir – streng vertraulich – gesteckt, dass sie ihr einen ›Berufsschreiber‹ besorgen wollen. Ach, sie ist sehr gekränkt, und Muttilein und Edna und ich fanden das Buch einfach wunderschön. So wie Kino. Dieser Berufsreimer, oder wie das heißt, soll jetzt gleich kommen. Sie ist ja so froh, dass sie in dieser Krise wenigstens einen geliebten Menschen wie Sie um sich hat.«

Ich lief nach oben und hörte schon auf der Treppe Stimmen aus Tante Mames Schlafzimmer. Alle redeten auf einmal, aber Tante Mame war die lauteste. »… und Sie, Mary Lord? Was meinen Sie damit, mein Buch hätte nicht den richtigen Ton?«

»Tante Mame«, sagte ich, »da bin ich!«

»Darling«, rief sie vom Bett aus und breitete mit einem theatralischen Wedeln der bortenverzierten Chiffonärmel ihrer Bluse die Arme aus. »Da bist du ja endlich. Steh mir bei. Diese Literaturgeier lassen kein gutes Haar an meinem Lebenswerk. Komm her, setz dich neben mich aufs Bett, damit ich von deiner Kraft zehren kann.«

»Wirklich, Mame, finden Sie nicht, dass Sie ein klein wenig übertreiben?«, sagte Mary Lord Bishop verständlicherweise. Mrs. Bishop versuchte, ihre beeindruckende Seelenruhe wiederzuerlangen, aber die Mühe war vergeblich.

»Wirklich, Mame«, sagte Mr. Woolsey, »durch Ihre Ausfälle gegen Mary und mich wird *Buffalo Braut* auch nicht lesbarer oder verkauft sich besser.« Mr. Woolsey, normalerweise eher durchtrieben und diplomatisch, zeigte erste Anzeichen der Ermüdung. »Wir drei sind doch erwachsene Menschen und können über alles reden.«

»Ja, ja«, tobte Mame, »natürlich können wir reden. Reden, reden, immer nur reden, zu was anderem sind Sie anscheinend gar nicht mehr fähig. Sie haben mich dazu überredet, dieses Buch zu schreiben, und jetzt wollen Sie es mir wieder ausreden, weil es zufällig das Ergebnis ernsthafter literarischer Erwägungen ist. Eins sage ich Ihnen, Lindsay Woolsey, meine Überzeugungen können Sie mir nicht ausreden, und das wird auch sonst keinem gelingen, der mit den ganzen anderen Parvenüs von Buffalo in der Linwood Avenue aufgewachsen ist.«

»Mame, bitte«, schmeichelte Mr. Woolsey, »wir haben *Buffalo Braut* nicht abgelehnt. Wir sind nur der Meinung, dass Sie etwas Hilfe von außen benötigen. Wir halten das immer noch für eine großartige Idee.«

»Ja, Lindsay«, sagte Mrs. Bishop aufgeregt, »beinahe glänzend, aber wie so viele Ama – ich meine, neue Autoren, braucht Mame etwas redaktionellen Beistand, der ihr über die schwierigen Stellen hinweghilft. Ich glaube, wenn wir einen erfahrenen Autor fänden, der hier und da ein Wort hinzufügt, ein paar kluge Kürzungen vornimmt ...«

»Genau«, sagte Woolsey, »Kürzungen sind von entscheidender Bedeutung.«

»… aber natürlich vollkommen anonym bleibt, nur im Hintergrund, um ein Auge auf …«

»Ach so!«, brüllte Tante Mame, »jetzt soll mir also auch noch der letzte Rest meiner Selbstachtung genommen werden. Man will mir einen Berufsschreiber an die Seite stellen – irgend so einen unsäglichen Schmierfink, der den Sinn meines Lebens und meine Gesinnung entstellen und verdrehen soll.«

»Mame«, sagte Mrs. Bishop geduldig, »es soll kein Berufsschreiber sein. Er hätte eher die Funktion eines Lektors …«

»Man könnte sagen, ein literarischer Berater – was meinen Sie, Mary?«

»Wer?«, fragte Tante Mame misstrauisch.

»Also, Elizabeth und ich kennen einen besonders talentierten jungen Mann, der so etwas schon häufiger gemacht hat und der bestens geeignet wäre, Ihr Buch zu überarbeiten. Gestern habe ich ihn getroffen und ihm Ihr Manuskript gezeigt, und Mr. O'Bannion fand das Material wirklich packend.«

»Ach. Wirklich?«, sagte Tante Mame und kam aus ihrem Schmollwinkel.

»Ja. Tatsächlich. Er sagte, Sie besäßen die allererstaunlichste Erfindungsgabe.«

»Das hat er gesagt?«, fragte Tante Mame. »Wie heißt der doch gleich?«

»Brian O'Bannion. Er ist ein …«

»Oh Gott, verschont mich!«, stöhnte Tante Mame. »Ich sehe ihn schon vor mir – einer von diesen typischen bierseligen irischen Tenören mit losem Mundwerk und schnurriger Schlagfertigkeit.«

»Das ist wirklich unfair ihm gegenüber«, sagte Mrs. Bishop unerschütterlich. »Er ist sogar ein ziemlich guter Dichter. Von ihm stammt der Band *Die verwundete Tulpe*, der bei …«

»Auch noch ein Warmer«, murmelte Tante Mame.

»Außerdem hat er solche Überarbeitungen schon häufig gemacht, er kennt den Buchmarkt, und er hat ein untrügliches Gespür für …«

»Sie müssen verrückt sein, wenn Sie glauben, ich ließe so einen nachtblinden, zwitterhaften Verseschmied mit blutleerem irischem Witz in meinen Memoiren herumfuhrwerken. Lieber spüle ich mein Buch die Toilette hinunter, als mich der stumpfsinnigen und beschämenden Prozedur …«

Miss Goochs formlose Gestalt erschien im Türrahmen. »Mrs. Burnside? Mr. O'Bannion ist da.« Wir vier schauten auf, und da stand Mr. O' Bannion.

Tante Mame verschlug es vor Staunen die Sprache. Ihren Schilderungen nach hatte ich einen kleinen, verschrumpelten Iren erwartet. Brian O'Bannion war stattdessen das, was auch als White Irish bezeichnet wird. Um die dreißig, groß und sehr schlank. Er hatte sehr weiße Haut und pechrabenschwarze Haare, kurz und lockig. Seine Augen waren türkisblau, beschattet von dichten, schwarzen Wimpern, und in dem Moment, als ich ihn sah, musste ich an einen siamesischen Kater denken. Er hatte sich in schlichtem wie scheußlichem Tweed kostümiert, mit dicken Wildlederflicken an den Ellbogen und einem locker über eine Schulter geworfenen Trenchcoat. Anmutig verlagerte er, im Türrahmen stehend, das Gewicht und schenkte Tante Mame ein langsam sich entfaltendes, trauriges Lächeln, zeigte eine Reihe regelmäßiger Zähne, während der intensive Blick aus seinen blauen Augen nach vorne strebte – wenn man so sagen darf – und Tante Mame sanft berührte.

Tante Mame schluckte, dann fingerte sie an ihrem Bettjäckchen herum. Sie lächelte äußerst charmant und sagte: »Kommen Sie doch herein, Mr. O'Bannion. Wir haben gerade über Sie gesprochen.«

Mr. O'Bannion ging – stahl sich, wäre vielleicht der passendere Ausdruck – ins Zimmer, und wieder dachte ich an eine Katze, die sich an ihre Beute heranpirscht. Während Mary Lord Bishop den Leibeigenen ihrer Agentur vorführte, griff sich Tante Mame rasch ihre Schminkdose, warf einen kritischen Blick in den Handspiegel und sagte dann gnädig: »Setzen Sie sich hierher, Mr. O'Bannion, wo ich Sie sehen kann. Es ist überaus freundlich von Ihnen, einem richtigen Dichter, mir bei meinem naiven Geschreibsel ein wenig behilflich zu sein.« Wieder verschlang er sie mit heißem Blick, und sie räusperte sich. »Was meinen Sie«, sagte sie, sein Lachen erwidernd, »glauben Sie, dass Sie und ich weit kommen werden? Ich meine natürlich mit dem Buch.«

Mr. O'Bannion setzte wieder sein sanftes, trauriges Lächeln auf und sagte mit tiefer einschmeichelnder Stimme: »Wir beide werden etwas Wundervolles erschaffen, davon bin ich überzeugt.«

Noch am selben Nachmittag wurde ich mit der Nachricht, Tante Mame befände sich auf dem Weg der Besserung, nach St. Boniface zurückgeschickt.

In den nächsten vier Wochen hörte ich kein Wort mehr von Tante Mame, und als ich wieder was von ihr hörte, war jedes zweite Wort Brian. »… Brian und ich kommen gerade von einem kurzen Spaziergang durchs Moor von Oyster Bay heim. So wie Brian habe ich meine besten Gedanken auch immer draußen an der frischen Luft …«, oder »… Mitternacht ist vorbei, und Brian und ich sitzen gerade am Kamin und lesen Yeats und schauen zu, wie der Rauch aus Brians Pfeife quillt …«, oder »… heute wie ein Pferd geackert. Das Zusammensein mit Brian hat mir eine völlig neue Sichtweise auf meine Mädchenjahre vermittelt. Ich kann dir gar nicht sagen, was es bedeutet, einen Mann um sich zu haben, nach all den Monaten mit dieser langweiligen Agnes.« Allmählich dämmerte es mir, sogar aus der Ferne.

Auch Miss Gooch machte es sich zur Gewohnheit, mir zu schreiben, auf eigene Faust. Immer wieder betonte sie, Tante Mames Memoiren, in Zusammenarbeit mit Brian, machten nur ganz allmählich Fortschritte, aber was bislang entstanden sei, sei höchst spannend. Von Tante Mame schrieb sie nicht ganz so überschwänglich, aber für Brian O'Bannion hatte sie nur Lob übrig. Gottchen, sie könne die Weihnachtsferien kaum erwarten, wenn sie und Tante Mame und der nette O'Bannion und ich alle zusammen wären und ein flottes Quartett bilden würden. Wobei, das sagte sie nicht. Für meinen Teil konnte Weihnachten noch lange warten, aber schließlich kam es doch.

»Missy Burnside mit dem Iren weg, und Missy Brillenschlange oben«, empfing mich Ito an der Haustür.

Miss Gooch war tatsächlich oben, und ich fand sie in Tränen aufgelöst vor, in Brians Gedichtbändchen *Die verwundete Tulpe* vertieft. »Was haben Sie denn?«, fragte ich sie.

»Gottchen«, sagte sie, ließ *Die verwundete Tulpe* zu Boden fallen und erhob sich taumelnd aus ihrem Sessel. »Ich wusste nicht, dass Sie schon so früh ankommen würden.« Sie schniefte grauenvoll. »Bitte, entschuldigen Sie. Wo habe ich nur mein Taschentuch hingelegt?«

Ich hielt ihr meins hin. »Hier«, sagte ich. »Putzen Sie sich die Nase.«

»Haben Sie vielen Dank. Bitte verzeihen Sie meinen albernen Gefühlsausbruch, aber Bri – ich meine Mr. O'Bannions Gedichte sind so wunder-wunderschön, dass ich …«

Unten hörte ich die Haustür ins Schloss fallen und Tante Mames Stimme. »Darling? Bist du da?«

Als ich die Treppe hinunterschritt, sah ich, dass bei Tante Mame eine Veränderung eingetreten war. Sie hatte ihren zweitteuersten Nerzmantel in einen Wendemantel umarbeiten lassen: außen irisches Homespun, Nerz auf der Innenseite. Sie trug ein Kostüm aus Homespun, derbe Straßenschuhe und einen zwei Meter langen Eton-Schal, und sie stank nach Torf.

»Wie läufst du denn rum?«, sagte ich geradeheraus.

»Oh, Brian und ich sind ein bisschen durchs Moor gestapft, wir haben nachgedacht.« Brian schenkte mir einen einladenden Blick und sein trauriges Lächeln. Er trug grauen Tweed, die erste Herrenweste im Tattersall-Muster, die ich je außerhalb eines Theaters gesehen hatte, und eine Trinity-College-Krawatte (Dublin). »So sieht ma sich widda, Paddy.«

»Wird Zeit für den Tee, Darlings«, trällerte Tante Mame.

Brian schlich sich davon, zur Toilette. Tante Mame wandte sich mir zu und gab mir einen Kuss. »Ach, mein Lieber, es ist gut, dass du Weihnachten zu Hause bist,

wenn deine Tante Mame so beschäftigt ist – so schöpfe-
risch, so produktiv, ach, so glücklich, durch und durch
glücklich.«

Ich war verlegen und fragte sie: »Wie kommst du mit
dem Buch voran?«

»Oh Darling«, sagte Tante Mame, »ich habe das Gefühl,
dass ich in diesen wenigen Wochen mit Brian ungeheuer
viel gelernt habe. Was war ich für ein Amateur. Ich habe
geglaubt, man müsste sich auf die Musen stürzen. Aber
jetzt stelle ich fest, was das Schreiben doch für eine tiefe
und exquisite Erfahrung ist.«

»Wie viel habt ihr schon geschafft?«

»Beinahe zwanzig Seiten.«

»Erst zwanzig Seiten?«, sagte ich.

»Patrick, bitte«, sagte Tante Mame, »du verstehst nicht
im Geringsten, wie der kreative Prozess wirklich vonstat-
tengeht. Neunundneunzig Prozent der Arbeit ist Gedan-
kenarbeit, und der liebe Brian hat mein Gehirn wieder
zum Leben erweckt!«

»Oh?«

»Ja, Darling.« Sie senkte die Stimme. »Und noch etwas,
Patrick. Du musst Brian kennenlernen. Du sollst ihn so
gut kennen, wie ich ihn kenne – beinahe jedenfalls. Du
magst ihn doch, oder? Und, Darling«, fuhr sie fort und
gab mir einen Kuss auf die Stirn, »wenn er jemals das Alter
erwähnt, ich meine, dich fragt, wie alt … na ja, du weißt
schon; dann sag ihm, ich sei fünfunddreißig und du seist
zwölf. Hach, er ist so männlich«, flüsterte Tante Mame
und packte meinen Arm, als Brian den Raum betrat. Mir
schwante nichts Gutes.

Der Tee und das anschließende Abendessen waren

höchst ungewöhnliche Ereignisse, milde ausgedrückt. Es war interessant und erschreckend zu beobachten, wie Tante Mame und Agnes Gooch sich wegen Brian zum Affen machten. Agnes mit ihrer blässlichen Haut, dem glatten, glanzlosen Haar, dem ausgebeulten Bouclé-Strickkleid in leicht unpassendem Blauton, der peinlichen Direktheit, mit der sie Dinge zur Sprache brachte, war bemitleidenswert in ihrer Rolle als die arme schlichte Tippse, die einen hübschen Mann anschmachtete, der zehn Jahre älter war als sie. Während Tante Mame mit ihrem perfekten Körper, dem herrlich frisierten Haar, der tadellosen Figur, den leuchtenden Augen, der makellosen Kleidung mit dem genau passenden Schmuck, dem beiläufigen, unbeschwerten Charme, grotesk war in ihrer Rolle als die reiche, anspruchsvolle, alternde Schönheit, die einen hübschen Mann anschmachtete, der zehn Jahre jünger war als sie.

Tante Mame bekam ich während der Feiertage nicht häufig zu Gesicht, aber sie setzte alles daran, dass ich Brian umso häufiger sah. Sie stieß uns ins kalte Wasser, wenn man so will – es geschah gegen meinen Willen und, ganz sicher, auch gegen seinen. Eines Tages, während sie sich ihr Haar frisieren ließ, nötigte sie ihn geradezu, mich auf einem kleinen Spaziergang durch den Central Park mitzunehmen. Ins Gedächtnis eingeprägt hat sich mir von diesem Tag nur, dass mir unbehaglich zumute war. Was an Brians Fischgrätenmuster-Tweed lag und an der Tatsache, dass er sich buchstäblich die Lippen leckte, als er unweit der Seventieth Street einem Kinderwagen schiebenden hübschen Kindermädchen über den Weg lief. Ein anderes Mal entschied Tante Mame, Brian und ich sollten unserer beiderseitigen Gesellschaft inmitten der mittelalterlichen Pracht der Cloisters frönen. Es wurde ein trostloser Nachmittag. Meine Füße taten weh, in den Cloisters roch es wie im Umkleideraum der St. Boniface Academy, und Brian, statt die von unbekannten italienischen Nonnen fein ausgemalten Jungfrauen zu bestaunen, lief geifernd hinter zwei ziemlich grell aufgedonnerten Jungfrauen vom Hunter College her, die sich ihm – mit lockendem Gegickser – zwischen den Steinsärgen aus dem zwölften Jahrhundert entzogen. Ich bekam eine Ahnung von Brians außergewöhnlicher Anziehungskraft, aber so, wie Frauen nie verstehen, was die Männer in den Begehrteren unter ihren Schwestern sehen, vermochte auch ich nicht zu erklären, was Brian anzubieten hatte. Nicht nur, dass er keine siebzig Kilo wog, er war außerdem ein Lüstling, ein Betrüger, ein Lügner, und was noch schlimmer ist, ein unendlicher Langweiler.

Die restlichen Ferientage verbrachte ich in der gleichermaßen uninspirierenden Gesellschaft von Miss Agnes Gooch, die dreimal am Tag sagte: »Gottchen, ein Wahnsinn, wie schnell so ein Jahr vergeht. Es kommt mir vor, als hätten Muttilein und Edna und ich erst gestern unsere Weihnachtsgeschenke ausgepackt – wir heben die Bänder immer fürs nächste Jahr auf und bügeln sie –, und jetzt ist es schon wieder so weit!«

Weihnachten war recht lustig, und Tante Mame gab sich ganz irisch, genauer gesagt nordirisch, und sie übertraf sich selbst. In jedem Kamin brannten Weihnachtsscheite, bis es so warm war, dass wir alle Fenster aufreißen mussten. Brian schlich herein, ganz in Glenurquhart-Plaid, und Agnes, nach einem herrlichen Weihnachtsmorgen mit Muttilein und Edna, fuhr mit der U-Bahn aus Kew Gardens her. Sie strahlte in einem Kleid, das sie selbst genäht hatte, aus ausgesucht unansehnlicher senffarbener Wolle, mit einer Perlenstickerei über der Brust, und für jeden brachte sie selbst gebastelte Geschenke mit. Mir überreichte sie einen gestrickten Schal in den Farben der St. Boniface Academy, und Tante Mame bekam ein Nachtjäckchen aus Angora. Für Brian hatte sie Pantoffeln mit Kleeblättern und seinen Initialen bestickt, und Brian belohnte sie mit einem so umwerfenden Lächeln, dass sie weich wurde in den Knien.

Tante Mame gab Agnes einen Kuss, einen schlichten weißen Briefumschlag und eine Bahn hellgrünes Homespun, was angesichts der Handarbeiten, die Agnes produziert hatte, ein schrecklicher Fehler war.

Tante Mame gab Brian einen Kuss, einen schlichten weißen Umschlag – dicker als der für Agnes – und einen schnittigen Bentley-Zweisitzer, der keck draußen am Straßenrand lungerte. Brian verschlug es die Sprache, selbst sein Lächeln erstarb.

Mir gab sie einen Kuss, einen schlichten weißen Umschlag, zwei Tweedjacketts, die ›tweedier‹ nicht sein konnten, ein Paar robuste Straßenschuhe, die so schwer waren, dass ich sie kaum heben konnte, eine Tattersall-Weste und eine Schachtel mit sieben Pfeifen, die mit »Sonntag«, »Montag«, »Dienstag«, »Mittwoch«, »Donnerstag«, »Freitag« und »Samstag« gekennzeichnet waren – kurzum: alles, was ich brauchte, den Bentley ausgenommen, um als Brian O'Bannion junior durchzugehen.

Brian schenkte uns dreien je eine signierte Ausgabe der *Verwundeten Tulpe*. Danach gab es ein schwer verdauliches Abendessen, und Tante Mame meinte, sie fände es wunderbar, wenn ich Agnes in die Radio City Hall ausführen würde, wo wir einen rasend spannenden Film sehen und uns außerdem die ganz, ganz herrliche Weihnachtskrippe anschauen könnten.

Obwohl ich Agnes um einiges lieber mochte als Brian, fand ich ihre an sich gesunde Geschwätzigkeit ebenso ermüdend wie seine ungesunde Schweigsamkeit. Dennoch, sie meinte es gut, was man von ihm nicht unbedingt behaupten konnte. Die ganze Taxifahrt über plapperte Agnes über Gottchen, was Brian doch für ein lieber, süßer Mann sei und wie gerne sie ihn mal mit zu sich nach Hause zu Muttilein und Edna nehmen würde, damit er mal etwas zwischen die Rippen bekäme; und Gottchen, was für ein wunderschönes Weihnachtsfest es gewesen sei, und ob ich nicht auch fände, weiße Weihnacht sei doch viel gesünder, weil es alle Erreger niederstrecke.

Da Weihnachten war, lud ich Agnes nach der Vorstellung zu einem Drink ins Algonquin ein. Die verstaubte Vornehmheit der Algonquin-Lounge beeindruckte sie einigermaßen, und sie war heilfroh, dass die Gäste zum Zwecke des Trinkens gepflegt in Sesseln und auf Sofas herumsaßen. »Gottchen«, sagte sie, »ist das kultiviert hier. Wie in einem richtig schönen Zuhause und nicht wie im Wirtshaus.« Dreimal sagte sie mir, dass Muttilein strikt gegen Alkohol sei, und ich musste versprechen, dass ich ihr nachher für die Rückfahrt nach Kew Gardens Sen-Sen-Bonbons kaufen würde. Dann bestellte sie etwas, das sich Pink Whiskers nannte und den Kellner erbleichen ließ.

Ihr Drink sah irgendwie eklig aus, aber sie trank ihn betont affektiert, zog ihre Handschuhe dabei nicht aus und spreizte wunderbar den kleinen Finger. Sie stieß leise auf und sagte etwas Kryptisches über den Gay White Way und die Four Hundred.

Ich war mit den Gedanken völlig woanders, doch urplötzlich wurde ich in die Gegenwart zurückgerufen. Agnes knallte ihr Glas hin und sagte schrill: »Oh Baby, das macht Laune! Mir ist ganz heiß. Ich will noch einen!« Und dann, aus unerfindlichen Gründen, fügte sie hinzu: »Hossa!«

Der Kellner sagte: »Weiß Ihre Tante, dass Sie ausgegangen sind?«

»Wissen Sie«, sagte ich, »Miss Gooch ist die Alice B. Toklas meiner Tante.«

»Natürlich, guter Mann«, sagte Agnes und kicherte. »Machen Sie sich nicht lächerlich.« Dann zog sie die Nase kraus und fügte hinzu: »Sie sind süß.« Ich hatte gerade noch Kraft, einen neuen Drink für Agnes zu bestellen.

»Ich verstehe nicht viel von Alkohol, und für so eine dumme Kuh wie mich schmeckt das meiste nach Medizin, aber Phyllis, ein Mädchen bei der Prudential, die hat mir von diesen Pink Whiskers erzählt, die ihr Freund immer für sie bestellt hat. Der machte in Eisenwaren. Ich fand den Namen so putzig, ich dachte, ich probiere mal einen.«

Der zweite Pink Whiskers kam, und kaum hatte der Kellner das Glas serviert, da hatte Agnes es auch schon wieder geleert. Ich fand, ihre Freundin Phyllis hätte ihr ruhig auch sagen können, dass es beim Trinken nicht auf die Geschwindigkeit, sondern auf Ausdauer ankommt.

»Gottchen, ich fühle mich so jung und unbeschwert und glücklich und zufrieden, ich könnte glatt tanzen!« Und dann wieder: »Hossa!«

»Agnes«, sagte ich rasch, »ich glaube, es gibt gar kein Orchester im Algonquin.«

»Ich muss mal eben für kleine Mädchen«, kreischte Agnes. Dann beugte sie sich vor und biss mir ins Ohrläppchen. »Seien Sie ein braver Junge und bestellen Sie mir noch einen Pink Whiskers.«

Diese an Dr. Jekyll und Mister Hyde erinnernde Verwandlung von Miss Gooch erschütterte mich dermaßen, dass ich nur auf die Glocke für die Bedienung hauen und den nächsten Pink Whiskers bestellen konnte. Der Kellner sah mich streng an und sagte: »Wenn es nicht für Ihre Tante wäre, würde ich der Dame nichts mehr servieren. Das sind die Schlimmsten, dieser Typ Lehrerin.«

Agnes kam schneller zurück, als mir lieb sein konnte, die Nase, von zu viel Puder, in Gänze in fahles Weiß getaucht. »Sie sind süß«, sagte sie und ließ sich auf dem Sofa nieder.

Aufgeschreckt, versuchte ich das Thema zu wechseln. »Sagen Sie mal, Agnes«, fing ich an, »wie geht es eigentlich mit dem Buch voran? Wann sind Tante Mame und Brian damit fertig, was glauben Sie?«

Sie setzte ihre Brille ab und knallte sie so fest auf den Tisch, dass ich verstohlen hinuntersah, ob sie sie auch nicht zerbrochen hatte. »Hören Sie«, fauchte sie, »wenn Sie mit Brian in einem Raum eingeschlossen wären, hätten Sie es auch nicht eilig, wieder herauszukommen!«

Meine spontane Antwort: »Um Gottes willen, natürlich!«, schluckte ich hinunter.

Sie schnaubte und setzte ihre orangefarbene Schottenmütze ab, sah mich dann lange intensiv an. Ihre Augen, ganz und gar nicht farblos, waren von einem tiefen wunderbaren Grau, und sie waren riesig groß. Ihr Haar hatte sich ein wenig gelöst, und selbst mit ihrem weißlich gepuderten trotzig in die Mitte des fahlen Gesichts gepflanzten Zinkens sah sie – für einen Augenblick – fast schön aus. »Jetzhörnsemazu. Mrs. Burnside kann ihre Augen nicht von Brian lassen. Das ist widerlich. Schrecklich. Sie ist so alt, sie könnte seine Mutter sein …«

»So weit würde ich nicht gehen«, erwiderte ich aus Loyalität.

»Und … ach, ich liebe ihn so!« Agnes sackte laut schluchzend zusammen, nur kurz unterbrochen von der Äußerung: »Bestellense noch einen Pink Whiskers.« Dann taperte sie wieder hinüber zur Damentoilette.

Die Heimfahrt war ein Albtraum. Agnes hatte einen Narren an mir gefressen, stöhnte aber: »Brian, Brian, Brian, ich liebe dich, ich will dich.«

»Soll ich Sie zu einem Hotel fahren?«, fragte der Fahrer, als wir die Fifth Avenue erreichten.

»Ja, um Himmels willen, ja, machen Sie schon!«, stöhnte Miss Gooch.

»Fahren Sie zu der Adresse, die ich Ihnen genannt habe!«, brüllte ich den Fahrer an.

Plötzlich drehte Agnes mir den Arm um und zerrte mich hinunter zu sich auf den Sitz. Erst kürzlich hatte mir jemand ziemlich eindeutig einen Kuss geraubt, eine hagere Brünette von Miss Walker's. Agnes' Alma Mater dagegen, das Lillian Rose Dowdey Institut für angewandte Bürotechnik, bot anscheinend Dinge in seinem Lehrplan an, gegen die die Girls von Miss Walker's blass aussahen. Ich weiß nicht, wo oder ob Miss Gooch das Liebesspiel gelernt hatte, auf jeden Fall hatte sie einige äußerst fortschrittliche Ideen.

Ich trug Agnes ins Haus, brachte sie in Tante Mames Gästezimmer, wo sie immer schlief, wenn sie in der Stadt blieb.

Mit recht viel Gezerre, wobei mehrere ihrer liebevoll gesetzten Nähte platzten, zog ich ihr das Wollkleid aus und warf sie aufs Bett, band die Gesundheits-Halbschuhe auf und nahm ihr die Brille ab. Ihr Haar sah eigentlich recht hübsch aus, als es lose aufs Kissen fiel. Überhaupt war mir nie aufgefallen, was für eine klasse Figur Agnes hatte. Sie lag ausgestreckt da, im Schein der Lampe, sternhagelvoll, gar nicht mal übel, dann schlug sie plötzlich die hübschen Augen auf und klimperte mit den Wimpern. »Nimm mich«, stöhnte sie, als ich sie mit der Steppdecke zudeckte, »nimm mich, Brian, um Himmels willen, nimm mich endlich.«

Am nächsten Morgen nahm ich allein mein Frühstück ein, da schlurfte Agnes herein. Ich brauchte sie nicht zu fragen, wie es ihr ging.

»Go-Gottchen«, sagte sie, »ich muss mich für mein Benehmen gestern Abend entschuldigen. Wahrscheinlich habe ich was gegessen, was ich nicht vertrage. Sagen Sie, habe ich gestern Abend irgendwas getan oder etwas gesagt, was nicht, äh, damenhaft ist?«

Nur um ihr zu beweisen, dass es noch immer Kavaliere gab, antwortete ich: »Glauben Sie mir, Agnes, Sie haben sich tadellos benommen.«

»Ach, da bin ich aber froh.« Rasch entschuldigte sie sich.

Brian traf gegen elf Uhr ein, und Tante Mame, in ihrem

Kostüm im Hahnentrittmuster und im Invernessmantel entfernt an Sherlock Holmes erinnernd, kam die Treppe heruntergetänzelt. »Auf, auf«, trällerte sie, »zur Jungfernfahrt im neuen Auto. Wird das ein Vergnügen! Patrick, mein lieber Kleiner, sei ein Engel und frag Ito, ob unser Picknickkorb fertig ist.«

Draußen war es feucht, und es herrschte strenge Kälte. »Wollt ihr an so einem Tag etwa mit offenem Verdeck fahren?«, fragte ich.

»Selbstverständlich, Darling! Eine kurze schnelle Fahrt durchs Moor, da kommt das Blut in den Adern in Wallung. Du musst wissen, wir Kelten sind abgehärtet!«

Selbst leicht fröstelnd, sah ich zu, wie Tante Mame und Brian abfuhren. Dann ging ich nach oben und empfahl Miss Gooch einen Eisbeutel.

Wenig später, ich zog mich gerade um, weil ich tanzen gehen wollte, kamen Tante Mame und Brian wieder nach Hause. Tante Mame sah schrecklich fiebrig aus. Offenbar war die Fahrt durchs Moor ihrer Gesundheit nicht förderlich gewesen, sie kauerte vor dem Kamin und trank heißen irischen Whiskey. Ihre Augen glänzten unnatürlich, und als ich mich zu ihr hinunterbeugte, um ihr einen Kuss zu geben, fühlten sich ihre Wangen brennend heiß an.

Am Tag darauf war Tante Mame mit einer, wie der Arzt sich ausdrückte, Erkältung, die fast an eine Lungenentzündung grenzte, ans Bett gefesselt.

Die arme Tante Mame bot einen erbarmungswürdigen Anblick. Ihr Gesicht war auf den doppelten Umfang angeschwollen, die Augen tränten herzzerreißend, die Nase war puterrot, und jeder Satz wurde durch heftige Husten- und Niesanfälle unterbrochen. Zwei Tage verbrachte sie stöhnend im Bett, während Miss Gooch sprungbereit wachte.

Brian kam jeden Morgen ins Haus, doch Tante Mame lehnte es ab, ihn zu empfangen. »Er darf mich nicht so sehen, Agnes«, stöhnte sie jedes Mal, begutachtete sorgenvoll ihre Nase und nieste. Sie nieste noch einmal, betrachtete wieder ungläubig ihr Spiegelbild und drehte sich in ihrem goldenen Bett auf die Seite.

Agnes lief im Haus umher, machte Besorgungen, führte Telefonate und füllte den Wasserkessel in Tante Mames Zimmer nach. Unten in der Bibliothek unternahm Brian einen wenig ernst gemeinten Versuch, an *Buffalo Braut* zu arbeiten. Meistens ging er nur auf und ab. In allem erinnerte er mich an einen Hengst, der den Winter über in einer Box eingesperrt ist. Die Mahlzeiten mit Brian und Miss Gooch waren eine Tortur. Agnes wurde mit jedem Tag ein bisschen blasser, ein bisschen gekonnt koketter, und Brian zappelte mit jedem Tag nervöser herum, bis ich drauf und dran war, ihm Salpeter in die Suppe zu streuen, wie es der Koch in St. Boniface machte.

Tante Mame ging es zunehmend besser, aber der Arzt empfahl ihr, noch mindestens eine Woche im Bett zu bleiben. Das jedoch versetzte sie in helle Aufregung, denn sie hatte sich sehr auf die Silvesterparty gefreut, die ihr Verleger feiern wollte.

»Ach, Patrick, Darling«, schäumte sie, »womit habe ich dieses grausame Schicksal verdient? Seit Monaten habe ich mir vorgenommen, auf Lindsays Party zu gehen, und jetzt darf ich nicht hin. Heulen könnte ich vor Wut. Ich habe ein Anrecht auf das Fest bei Lindsay, schließlich bin ich eine seiner Autorinnen. Wichtige Leute aus der ganzen Literaturszene kommen zu der Party, um mich kennenzulernen, über mein Buch zu sprechen – und wo bin ich? Ich liege hier im Bett und leiste meinen Papiertaschentüchern und dem Wasserkessel Gesellschaft. Dabei hatte sich Brian so auf das Fest gefreut.«

»Kann Brian nicht alleine gehen?«

»Ach, der Arme ist doch so schüchtern. Ohne mich, der ihn überall vorstellen würde, hätte er keinen Spaß.« Da war ich mir nicht so sicher.

»Ach je, Tante Mame, das ist ja schlimm«, sagte ich und ging nach unten, wo Brian vor lauter Mit-den-Füßen-Scharren ein Loch in den Teppich im Salon wetzte. Miss Gooch, die verführerisch auf dem Sofa saß und mit den Wimpern hinter der Brille klimperte, ignorierte er dabei geflissentlich.

Der Tag von Lindsay Woolseys Silvesterparty kam, und Tante Mame war noch immer ans Bett gefesselt.

Schlimmer noch, ihre Agentin rief um die Mittagszeit an und sagte, sie hoffe, dass Tante und Brian auf jeden Fall abends zur Party kämen, denn ein wichtiger Produzent von MGM habe großes Interesse an *Buffalo Braut* bekundet und sie wisse aus Erfahrung, Tante Mame könne ihn mit ihrem Charme bestimmt zu einem Kauf der Rechte an dem Buch bezirzen – vorzugsweise ungelesen.

»Ach, Mary«, jammerte Tante Mame, »es ist wirklich zu dumm, aber ich kann nicht kommen. Ist das nicht furchtbar!«

Gestotter am anderen Ende, und dann sagte Tante Mame: »Mary, ich kann doch Brian nicht alleine hinschicken. Erstens ist er schrecklich schüchtern, und dann ist der arme Junge doch die Unschuld in Person, du glaubst es nicht! Er hat so gar nichts von meiner Geschäftstüchtigkeit. Er käme sich verloren vor.«

Wieder Geplapper am anderen Ende, dann sagte Tante Mame: »Nein, Mary, das kommt gar nicht infrage. Wenn ich es Ihnen doch sage – ich kenne sonst keine ungebundene Frau, jedenfalls keine, der ich trauen würde.«

Mrs. Bishop redete weiter, dann sagte Tante Mame: »Das Problem lässt sich nicht lösen, Mary. Ich kenne keine alleinstehende Frau, die ich jetzt, um elf Uhr, erreichen könnte. Sie müssen eben ohne mich ...«

Bis heute weiß ich nicht, welcher Teufel mich ritt, aber als ich die arme Agnes, traurig und tugendhaft, auf der Chaiselongue sitzen und einen Sesselschoner häkeln sah, hatte ich plötzlich eine Eingebung. »Wie wär's mit Miss Gooch, Tante Mame?«, fragte ich.

»Sei nicht albern«, sagte Tante Mame. Doch dann blickte sie hinüber zu Agnes. Es war der Blick, mit dem eine besorgte Mutter ein Kindermädchen ansieht, das sie soeben eingestellt hat, damit es sich um ihr Problemkind kümmert – erleichterte Zustimmung. »Warte mal eine Minute, Mary«, sagte Tante Mame in den Hörer. Dann wandte sie sich an Agnes. »Agnes, meine Liebe, haben Sie heute Abend schon etwas vor?«

»Ach Gottchen, Mrs. Burnside, was soll ich schon vorhaben. Silvester trinken Muttilein, Edna und ich immer Ginger Ale und essen Ednas Brownies. Dann stellen wir immer das Radio an und hören die Übertragung der Silvesterfeier aus einem der großen Hotels in New York. Eine Stunde später wird aus Chicago übertragen, dann aus Denver, und dann schließlich aus dem Coconut Grove in Kalifornien. Letztes Jahr war sogar Gary Cooper ...«

»Dieses Jahr habe ich etwas anderes mit Ihnen vor. Hallo, Mary? Keine Sorge. Meine Sekretärin kann für mich einspringen.«

»Ach Gottchen, ich hab doch nur mein Organdykleid, und es bleibt auch keine Zeit mehr, um noch was zu nähen ...«

»Das könnte durchaus vorteilhaft sein, Agnes«, sagte Tante Mame. »Ich habe tonnenweise Kleider, in die Sie hineinpassen. Mary? Der Sieg ist nicht mehr fern! Agnes kann unser Schäfchen Brian hüten. Mit ein bisschen Staffage kriegen wir schon was Passendes für sie hin. Ich schicke die beiden zuerst ins Theater, und dann sind sie gegen elf Uhr bei Ihnen ... Ja, Ihnen auch ein frohes neues Jahr. Auf Wiederhören.« Sie legte auf.

»Agnes«, sagte Tante Mame und sah sie mit glänzenden Augen an, »legen Sie Ihre Handarbeit beiseite und kommen Sie her. Wir dürfen keine Minute verlieren.«

»Oh, Mrs. Burnside, niemals könnte ich ...«

»Ziehen Sie sich aus, Agnes.«

»Aber, Mrs. Burnside, Patrick ist ...«

»Möchten die Damen, dass ich das Zimmer verlasse?«, fragte ich.

»Ganz und gar nicht. Bei so einem Unternehmen bin ich auf jede Hilfe angewiesen, die ich kriegen kann. Wenn wir eine neue Agnes erschaffen wollen, brauche ich außerdem den kritischen Blick eines Mannes. Stellen Sie sich nicht so an, Agnes, nun steigen Sie schon aus Ihrem Sackkleid, und hoppla, wenn ich bitten darf.«

Schüchtern legte Miss Gooch ihr dunkelblaues Kleid ab.

»Vielleicht ein bisschen breit gebaut«, stellte Tante Mame mit dem kritischen Ton eines Pferdehändlers fest,

»aber das kriegen wir mit einem guten Hüfthalter schon hin. Meine Güte, Agnes, Sie haben wirklich eine ganz schöne Brust. Wo haben Sie die bloß in all den Monaten versteckt? Gehen Sie in mein Ankleidezimmer, öffnen Sie die dritte Tür, und bringen Sie ein paar meiner Abendkleider.«

Jungfräulich in ihrem weißen Slip und den orthopädischen Schuhen marschierte Miss Gooch aus dem Zimmer und kehrte mit einem Arm voll edler Abendkleider zurück.

»Legen Sie sofort dieses rote Kleid beiseite, Agnes!«, prustete Tante Mame aus den Tiefen ihres Papiertaschentuchs. »Sie müssen über das Kleid hinauswachsen, nicht umgekehrt. Nein, meine Liebe, in diesem limonengrünen Kleid sehen Sie aus wie eine Gelbsüchtige. Ich glaube, wir bleiben doch lieber bei Schwarz, damit kann man nie was falsch machen. Hier, das hier, das eng anliegende Patou-Samtkleid, das ist gut. Sie haben eine hübsche Figur, Agnes – wenn man das Kleid hier und da ein bisschen aufschürzt –, und es gibt keinen Grund, sich dafür zu schämen. Kommen Sie, steigen Sie hier mal hinein. Patrick, Junge, ich bitte dich, mach ihr die Verschlüsse im Rücken zu. Wo bleibt deine gute Erziehung?«

Selbst mit dem weißen Slip, der über dem Bund des schwarzen Abendkleides ragte, sah Agnes ziemlich gut aus, wenn man Gesicht und Frisur mal außer Acht ließ. Sie hatte beachtliche Proportionen.

»Ja«, sagte Tante Mame streng und zündete sich eine Kool an. »Das ist es. Das ist das richtige Kleid. Und jetzt ab, marsch, marsch, in die Badewanne mit Ihnen. Herrje, wenn wir doch nur Ihre Haut ein bisschen auffrischen könnten. Ein guter Arzt könnte da Wunder bewirken. Aber für solch drastische Maßnahmen ist es jetzt etwas zu spät. Gehen Sie in mein Badezimmer, da finden Sie eine Lydia-van-Rensselear-Gesichtstönung. Schmieren Sie sich ordentlich damit ein. Es brennt vielleicht einige Zeit auf der Haut, aber wer schön sein will, muss leiden. Patrick, lass Agnes eine volle heiße Wanne ein und schütte reichlich Van-Rensselear-Orchideenöl hinein. Und noch etwas, Agnes, rasieren Sie sich um Gottes willen Ihre Achseln. Sie sehen ja aus wie King Kong.«

Ich hörte Agnes vor Schmerz von der brennenden Tönungscreme im Badezimmer wimmern, doch außer der Ermahnung »Halten Sie die Klappe, Agnes!«, achtete Tante Mame nicht weiter darauf.

Nach einer Weile tauchte Agnes wieder auf, flammendrot wie ein Kanonenofen. Sie hatte die Brille vergessen.

»Meine Güte, Agnes«, rief Tante Mame entzückt, »sie haben ja wunderschöne Augen! Lassen Sie die Brille einfach ab – am besten für immer!«

»Aber ich kann mit dem rechten Auge nichts erkennen, Mrs. Burnside, und …«

»Dann gucken Sie eben nur mit dem linken. Ach, und Ihr Haar – ich würde es so gerne abschneiden!«

»Oh, Mrs. Burnside, ich kann auf meinem Haar sitzen!«

»Lächerlich! Wer will schon auf seinem eigenen Haar sitzen! Aber gut, wenn Sie es nicht geschnitten haben wollen, bitte. Es würde wirklich apart aussehen. Kommen Sie her. Halten Sie doch mal still!«

Das Unternehmen dauerte über sechs Stunden, und bei jedem Tupfer mit der Puderquaste, bei jeder mit der

Pinzette ausgezupften Augenbraue und jedem Strich der Wimperntuschebürste quengelte und jammerte Agnes.

Es war fast acht Uhr, als die Transformation abgeschlossen war. Agnes stand würdevoll, wenn auch ein bisschen wacklig, auf Tante Mames hochhackigen Pumps. Immer wieder warf sie verstohlen ungläubige Blicke in den Spiegel, und da sie ihr Bild nicht genau erkennen konnte, bestätigten Tante Mame und ich ihr mehrere Male, dass sie eine Wucht sei. »Also, Agnes«, sagte Tante Mame, »Sie sehen hinreißend aus. Sehr kultiviert. Wenn Sie nun auf die Party gehen, dann möchte ich nicht, dass Sie dort die Naive spielen. Geben Sie sich soigniert. Erzählen Sie bloß keinem, dass Sie aus Kew Gardens sind, erzählen Sie auch keinem etwas über Muttilein und Edna – obwohl es zweifellos lautere Charaktere sind. Das Beste wird sein, Sie reden so wenig wie möglich. Überlassen Sie das Reden Mary Lord Bishop, dafür bekommt sie ihre Provision. Sie brauchen nur elegant und intelligent auszusehen, und wenn der Mann von MGM sich nach meinem Buch erkundigt – unserem Buch –, dann sagen Sie, es sei einfach wundervoll und auf dem besten Weg, ein Kultbuch zu werden. Ist es ja jetzt schon. Sie brauchen einzig und allein auf Brian aufzupassen.«

Als der Name Brian fiel, wurde mir flau im Magen.

»Tante Mame«, stotterte ich, »vielleicht wäre es ratsamer, wenn sich Mrs. Bishop diesen Filmfritzen allein vornimmt. Silvester bedeutet Mrs. Gooch und Edna doch sehr viel, und du und Brian und ich, wir könnten doch auch hierbleiben und Platten hören und …«

»Hast du den Verstand verloren, mein Junge?«, fragte Tante Mame mich nachsichtig. »Es ist entscheidend für

Brians Laufbahn und meine, dass er ausgeht und wichtige Leute in der Literaturszene kennenlernt. Dafür ist Agnes ja da: sich um Brian zu kümmern, wenn ich mal nicht kann. Außerdem war das ja deine Idee.«

»Ach, Mrs. Burnside«, jammerte Agnes, »ich kann das nicht machen. Ich bin ja jetzt schon ganz nervös, gleich kriege ich Schweißausbrüche.«

»Bitte verschonen Sie mein Abendkleid, Agnes Gooch. Sie brauchen nur etwas, um die Nerven zu beruhigen. Bring uns doch mal den Champagner, Patrick. Der wird uns allen guttun.«

Mir stockte das Blut in den Adern. »Ich glaube nicht, dass es ratsam wäre, wenn wir jetzt noch etwas trinken, Tante Mame. Agnes hat gestern …«

»Dass *du* mit *meinem* Champagner so geizt, ich muss schon sagen. Also los, jetzt gehorch schon, und keine Unverschämtheiten mehr.«

»Mrs. Burnside, ich sollte wirklich nichts mehr trin…«

»Tante Mame«, rief ich, »wenn Agnes nichts trinken will, dann will ich auch …«

»Betrachten Sie es als Medizin, Agnes. Das Zeug wird Sie entspannen.«

Zwar konnte man Tante Mame kaum des Understatements bezichtigen, aber hiermit hatte sie ein klassisches Beispiel geliefert.

Um Miss Gooch Gerechtigkeit widerfahren zu lassen, trank Tante Mame das erste Glas Champagner, als wäre es Schierling, und sagte etwas über Perlen, die in der Nase kitzelten. Endgültig verließ mich der Mut, als Tante Mame darauf bestand, dass sie noch ein zweites Glas trank.

In dem Moment klingelte es an der Tür. Ich schaute aus dem Fenster und sah Brians eleganten Bentley unten stehen.

»Oh Agnes«, rief Tante Mame mädchenhaft, »kommen Sie, wir wollen Mr. O'Bannion überraschen. Er glaubt ja immer noch, ich würde mit ihm auf die Party gehen, aber dann wird Patrick Sie ankündigen, und Sie rauschen herein. Schnell, verstecken Sie sich in meinem Ankleidezimmer. Hier, nehmen Sie ein Glas Champagner mit.«

Ich hatte das Gefühl, der Untergang des Abendlandes stünde kurz bevor.

In Abendgarderobe sehen Männer immer gut aus, aber Brian war wirklich umwerfend. Als er Tante Mame dekorativ aufgestützt in ihrem goldenen Bett sah, leuchteten seine siamesischen Augen vor Verlangen, dass mir schlecht wurde.

»Und … und das Theater … die Party?«, sagte er. »Bist du noch nicht fertig?«

»Ach Brian, Darling«, schmollte Tante Mame, »der Arzt will mich nicht gehen lassen, deswegen schicke ich einen Ersatz.«

»Einen Ersatz?«, sagte er. »Wen?«

»Oh«, rief Tante Mame, jetzt geradezu kindisch, »es ist jemand, den du kennst. Ein sehr nettes Mädchen. Agnes!«

»Doch nicht … Agnes?« Die Kateraugen verdüsterten sich, und Brian sah aus, als hätte man ihn soeben erdolcht.

»Nun ja«, säuselte Tante Mame, »es ist nicht haargenau die gleiche Agnes. Patrick, führ die neue Miss Gooch herein!«

Etwas hölzern stieß ich die Tür zum Ankleidezimmer auf und heraus trat Agnes. Sie sah sagenhaft aus, nur ihre

Augen waren irgendwie glasig. Allerdings hatte ich da Brians Blicke noch nicht wahrgenommen – seine hellblauen Stielaugen waren furchterregend.

»Ist sie nicht reizend, Brian?«, trällerte Tante Mame. Er schluckte schwer, und seine rosa Zungenspitze huschte über die Lippen.

»Nun aber los, ihr beiden. Amüsiert euch gut. Tschühüs, und viel Spaß.«

Agnes stand schon an der Tür, drehte sich noch einmal um und sah unbestimmt ins Zimmer. Sie schloss die Augen, lächelte geheimnisvoll und sagte: »Hossa!«

Die Haustür fiel ins Schloss, und Tante Mame sagte: »Wieder ein Problem gelöst. Sah Agnes nicht umwerfend aus? Hätte ich nie gedacht, dass ein solches Potenzial in dieser Person steckt. Armes Mäuschen. Ich habe mich wirklich schwer ins Zeug gelegt für sie. Aber eigentlich, Darling, ist das bei so einem Mädchen wie Agnes vergebliche Liebesmühe.«

»Was meinst du damit?«, sagte ich.

»Du weißt schon. Sie ist lieb, aber sie hat kein Feuer. Das Mädchen hat schlicht keinen Sextrieb«, sagte sie. »Nun ja, sind wir beide also allein an diesem Silvesterabend in New York. Wir wär's mit einem kleinen Tête-à-tête? Ich wollte dich sowieso etwas fragen. Schür das Kaminfeuer an und geh, hol noch eine Flasche Champagner, dann machen wir es uns richtig gemüt…« Sie nieste und schlug anmutig ein Papiertaschentuch auf.

»Silvester«, fing sie verträumt an. »Ach, die vielen Erinnerungen! Wie du weißt, haben dein Onkel Beau und ich Silvester geheiratet – heute vor drei Jahren.« Sie schnäuzte sich die Nase, vor Rührung oder weil sie erkältet war.

»Was hatten wir für einen Spaß, als der gute Beau noch am Leben war, nicht, Darling?«

»Ja, kann man wohl sagen«, erwiderte ich ehrlich.

»Die letzten beiden Jahre waren schrecklich hart für mich – Witwe, einsam und allein in der großen, weiten Welt.«

»Ich weiß.«

»Natürlich habe ich dich, und ich habe das Haus, und ich habe mehr Geld, als ich brauche, aber das ist nicht das Gleiche, nicht, Darling?«

»Nein«, sagte ich. »Ich hatte Onkel Beau wirklich gern.«

»Alle hatten ihn gern. Ein feiner Vertreter seiner Gattung. Diese großen braunen Augen und diese Büschel rotblondes Haar auf seiner Brust. Ach«, seufzte sie, »über ihn reden bringt ihn uns auch nicht zurück. Verstärkt nur den Kummer. Und trotzdem spüre ich diese schmerzliche Leere – hier«, sagte sie und wies auf ihre wohlgeformten Brüste, »die Sehnsucht nach so jemandem wie dem guten Beau.«

Ich wusste, was jetzt kam, und ich wollte es nicht hören.

»Du möchtest doch auch gerne mal nach Irland, oder, mein Schatz?«

»Nicht unbedingt.«

»Wirklich nicht, Darling? Dieses viele Grün, der frische federnde Torf, die musikalische Sprache, die Pferdeschauen, das Abbey Theatre, geistreiche Unterhaltungen mit A. E. und Synge.«

»Die beiden sind tot.«

»Gut, dann eben mit anderen geistreichen Iren. Und würdest du nicht auch gern dein ehemaliges Kindermädchen wiedersehen – Flora?«

»Norah.«

»Also, Darling. Brian und ich überlegen, ob wir im Sommer nach Irland fahren. Und wir beide möchten, dass du mitkommst – ein Familienausflug sozusagen.«

»Familie?«

»Eine Hochzeitsreise à trois.«

»Soll das heißen, dass du Brian heiraten willst?«

»Eigentlich ja, Darling. Fast zwei Jahre habe ich um den guten Beau getrauert, und jetzt habe ich einen Punkt in meinem Leben erreicht, an dem das Gefühl stärker wird, dass ich einen neuen Beau brauche.«

»Du weißt genau, dass Brian nicht im Mindesten an Beau heranreicht.«

»Darling«, sagte sie verlegen, »ich brauche jemanden, der sich um mich kümmert, und um Brian muss sich auch jemand kümmern. Er ist so schüchtern.«

»Brian ist ungefähr so schüchtern wie Jack the Ripper.«

»Wie meinst du das?«, fragte sie angespannt.

»Genau so, wie ich gesagt habe.«

»Patrick, Darling, verstehst du dich denn nicht mit Brian?«

»Verstehen schon. Ich verachte ihn.«

»Oh, dann ist ja alles gut. Ich dachte schon … Was hast du gerade gesagt?«

»Ich sagte, ich verachte ihn. Er ist ein gemeiner Heuchler, er hat die Moral einer Ziege, und er ist der schlimmste geile Bock, der in New York herumläuft …«

»Ich werd dir gleich …«

»Er hat so ungefähr alles flachgelegt, was sich auf zwei Beinen halten kann, und er wird weiter so machen. Seit Monaten nimmt er dich aus, und du merkst nicht einmal, dass er bisher nicht eine einzige Zeile von deinem blöden Buch umgeschrieben hat.«

»Jetzt pass aber mal auf, Freundchen ...«

»Passt zu dir, sich auf so eine männliche Nutte einzulassen, die gern mal ein Auge riskiert, die mindestens zehn Jahre jünger ist als du und die sich nur aus zwei Gründen für dich interessiert – wobei Geld der eine Grund ist.«

»Du ... du widerliches Scheusal! Wie kannst du es wagen, so über einen wachen Geist wie Brian zu sprechen, du ...«

»Und was am schlimmsten ist: Er ist der langweiligste Mensch, der mir je untergekommen ist.«

»Raus hier! Raus aus meinem Zimmer, du Judas! Raus! Raus! Raus!«

»Ich gehe ja schon, keine Sorge.«

»Nie wieder sollst du einen Fuß hier reinsetzen. Ich will nichts mehr von dir sehen und nichts mehr von dir hören und kein Wort mehr mit dir reden.«

Gerade hatte ich die Tür zugeknallt, da zersprang ein Champagnerglas an der Wand.

Ich war so wütend darüber, dass sie ein Glas nach mir geworfen hatte, dass ich die Tür noch mal aufstieß und rief: »Schon deswegen hoffe ich, dass du ihn heiratest. Würde dir ganz und gar recht geschehen!«

»Mach, dass du rauskommt, du niederträchtiges verleumderisches Biest. Brian liebt mich! Und sobald ich wieder aufstehen kann, heirate ich ihn.«

Ich stapfte auf mein Zimmer und ließ mich aufs Bett fallen.

»Patrick, Darling. Wach auf. Wach auf, mein Lieber, ich brauche dich.« Ich schlug ein Auge auf und sah Tante Mame über mir.

»Geh weg«, brummte ich. »Du hast gesagt, du willst kein Wort mehr mit mir reden.«

»Darling, ich meine es ernst. Agnes … Brian … sie sind nicht gekommen.«

»Wie spät ist es überhaupt?«, fragte ich, ins Lampenlicht blinzelnd.

»Es ist fast sechs Uhr morgens.«

»Meine Güte, wir haben Silvester. Natürlich sind sie da nicht zu Hause.«

»Patrick, mein Lieber, versteh doch. Sie sind gar nicht erst auf die Party bei Lindsay gegangen. Ich habe mir solche Sorgen gemacht, dass ich Mary Lord Bishop angerufen habe – musste aus dem Bett geholt werden und so –, und sie sagte, sie hätte die beiden gar nicht gesehen. Oh Darling. Ich habe solche Angst. Das Auto war schuld. Es war ein Fehler, ihm das Auto zu schenken. Er fährt wie ein Wahnsinniger.«

Auf einmal wusste ich, was passiert war.

»Gott sei Dank ist Agnes bei ihm. Brian ist manchmal so närrisch, aber Agnes ist ein gutes, vernünftiges Mädchen. Wenn ihnen bloß nichts Schreckliches passiert ist. Und jetzt steh auf und hilf mir.«

Nacheinander rief Tante Mame alle Krankenhäuser New Yorks an, und mit jedem Mal wurde sie hektischer, während ich mürrisch versuchte, wach zu bleiben. Dann rief sie Lindsay Woolsey an, Mary Lord Bishop – ein zweites Mal an diesem Morgen – und die meisten ihrer Bekannten. Um acht Uhr hatte Tante Mame die Mediziner- und

Literatenwelt New Yorks aus dem Bett gescheucht, um neun Uhr wusste sie nicht mehr weiter, da klingelte es an der Haustür.

Sie legte das Nachtjäckchen um, flog die Treppe hinunter und riss die Tür auf. Für einen Moment herrschte Stille, dann hörte ich sie kreischen: »Oh, mein Gott!«

Ich lief die Treppe hinunter in die Eingangshalle, wo sie mit einem gelben Telegramm in der Hand stand. Ich nahm es ihr ab und las:

Das Feuer in mir war zu stark Stopp
Brian und ich sind durchgebrannt Stopp
Um Verständnis und Vergebung und Ihren Segen bittet Ihre Sie liebende
Agnes Gooch

Schweigend schritt Tante Mame die Treppe hoch, ich folgte ihr. Sie ging zu ihrem Schreibtisch und nahm das Manuskript von *Buffalo Braut*. Sie trug es zum Kamin und warf es auf den Feuerrost. Dann legte sie das Nachtjäckchen, das Agnes ihr genäht hatte, dazu. Die Flammen loderten hoch. Leicht fröstelnd stieg sie wieder ins Bett und wies mir den Polsterstuhl daneben an. Sie köpfte die letzte Flasche Champagner, goss zwei Gläser ein und reichte mir eins.

»Frohes neues Jahr, Darling«, sagte sie.

6

Tante Mame,
die barmherzige Schwester

Die alte Jungfer aus dem Artikel im *Reader's Digest* genoss auch einen gewissen Ruf als Amme. Das heißt, Amme wäre übertrieben, aber sie meisterte die Aufgabe, diesen Findling großzuziehen, so hervorragend, dass andere junge Mütter sich an sie wandten und sie in Sachen Schwangerschaft und Kindererziehung um Rat baten. Und das, obwohl die gute Frau selbst wohlgemerkt nicht einmal verheiratet gewesen war. Doch stets, so hieß es in dem Artikel weiter, war sie bereit gewesen, alles stehen und liegen zu lassen und jemandem beizuspringen.

Ich muss sagen, das finde ich nicht ganz fair. Zunächst einmal war ich zehn Jahre alt und längst über das Flüssignahrungs- und Windelstadium hinaus, als ich in Tante Mames Fänge geriet. Wäre ich jünger gewesen, wer weiß, was sonst alles nicht passiert wäre.

Tante Mame war jedoch nur allzu gerne bereit, ihr eigenes Leben hintanzustellen und sich eines anderen Menschen anzunehmen, und obwohl sie nie ein eigenes Kind gehabt, geschweige denn Kinder um sich gehabt hat und Kinder eigentlich auch gar nicht leiden konnte, fühlte sie sich durchaus in der Lage, eine junge Frau während der Schwangerschaft zu begleiten.

Ich hätte nie gedacht, je wieder von dem glücklosen

Brian O'Bannion und der noch glückloseren Agnes Gooch zu hören, aber da hatte ich mich geirrt. Anderthalb Jahre später drangen Agnes, höchstpersönlich, und Brian, in Vertretung, in mein Leben und meine schulische Laufbahn ein. Es war mein letztes Jahr an der St. Boniface Academy in Apathy, Massachusetts, und ich zählte die Tage, an der die Abschlussfeier mich aus diesem düsteren Institut entlassen würde. Im Frühjahr jedoch, an einem kühlen Nachmittag, als wir gerade von der Kirche zum Sportplatz marschierten – in St. Boniface wurde nicht zu Fuß gegangen, es wurde marschiert –, hörte ich aus einem Gebüsch ein Zischen, und ich drehte mich um und schaute nach. Alle anderen hatten es auch gehört und drehten sich um und schauten nach. Es war Ito. Seine Hand schoss hervor, steckte mir einen von Tante Mames großen blauen Umschlägen zu, dann tauchte Ito wieder in der schützenden Farbenpracht der Forsythie unter.

In den Umkleideräumen verdrückte ich mich rasch auf die Toilette, knallte die Tür zu und riss den Umschlag auf.

Darling, mein lieber Junge –
  Du musst sofort kommen! Ich brauche dich. Ich warte auf dich, in Tarnkleidung, in Ye Olde Greene Shutters Sweete Shoppe.
  Beeil dich!
Tante Mame

Ich wartete so lange, bis die Klassenkameraden hinaus auf die Aschenbahn getrabt waren, dann rannte ich weg, überwand die Mauer und lief durch die Nebenstraßen des Städtchens zu dem Tea Room.

Ye Olde Greene Shutters war der Treffpunkt der vornehmeren Damenwelt von Apathy, die sich dort jeden Nachmittag versammelte, um eimerweise Tee und Butterscotch Sauce zu vertilgen. Es war gerammelt voll, als ich kam, aber es war nicht schwierig, Tante Mame auszumachen. Sie saß in einer düsteren Ecke, trug ein hautenges schwarzes Kostüm, einen großen schwarzen Hut mit ausladendem Schleier, dunkle Brille und ein Cape aus schwarzer Breitschwanzschafswolle. Zwischen all den schäbigen bedruckten Seidentüchern und Bernsteinketten um sie herum hätte sie, selbst barfuß bis zum Halse, auffälliger nicht sein können. Ich trat an ihren Tisch. »Tante Mame ...«

»Oh, mein lieber Kleiner«, hauchte sie heiser, »deine Zielstrebigkeit macht noch jede Tarnung zunichte. Hättest du nicht etwas eher kommen können?«

»Was ist los, Tante Mame?«, fragte ich sie. »Was machst du hier in Apathy, und wozu diese Tarnung?«

»Mein Kind, ich bin im Auftrag der Barmherzigkeit unterwegs, und ich brauche deinen starken Arm und deinen jungen agilen Verstand.«

»Eigentlich solls du die Schule nicht schwänzn, Jungchen«, sagte der Kellner, »aber was darfsen sein?«

»Ein Cheeseburger und eine Malzmilch mit Schokolade«, sagte ich.

»Nichts da«, sagte Tante Mame. »Bringen Sie mir die Rechnung. Wir gehen gleich.«

Nach der strengen Diät aus wässrigen Eintöpfen und Salpetersuppen war ich leicht verstimmt, aber zu neugierig, um zu streiten. »Was ist los, Tante Mame?«, fragte ich. »Was ist passiert?«

Sie setzte ihre dunkle Brille ab und sah mich durchdringend an. »Es geht um Agnes Gooch. Was habt ihr dieser armen unschuldigen Jungfrau bloß angetan?«

»Ich soll der was angetan haben? Die Brillenschlange habe ich seit Ewigkeiten nicht mehr gesehen …«

»Ich meine nicht dich persönlich«, erwiderte Tante Mame verärgert, »ich meine – euch Männer! In Besonderheit diesen vulgären, prätentiösen Gossendichter Brian O'Bannion. Dieses Ungeheuer! Die arme kleine Agnes erst missbrauchen und sie dann auf Gedeih und Verderb einer strengen und grausamen Welt ausliefern!«

»Langsam, langsam«, sagte ich. »Was ist denn eigentlich passiert?«

»Das Unvermeidliche eben! Das Schwein hat die arme Agnes in dem Auto, das ich ihm gekauft habe, nach Kalifornien entführt, hat sie geschwängert, und dann hat er sie sitzen lassen, ohne einen Cent.« Mehrere Frauen stierten zu uns herüber.

»Kindisch«, sagte ich und fügte hinzu: »Bitte nicht so laut.«

»Kindisch, allerdings. Glaubst du, ich würde nur so aus Spaß mitten während der Saison New York den Rücken kehren und mit Sack und Pack in dieses kulturlose Nest ziehen? Wie ein verwundetes Tier kam Agnes angekrochen. Ich war der einzige sichere Hafen im Sturm des Lebens. An ihre puritanische Familie konnte Agnes sich natürlich nicht wenden.«

Mir blieb das Herz stehen. »Wa-was hast du da gerade gesagt? Von wegen, mit Sack und Pack hier herziehen?« Eine schreckliche Erkenntnis dämmerte mir. »Wo steckt Agnes jetzt?«

»Im Old Coolidge House.«

»Im Old Coolidge House? Mitten hier in Apathy?«
Meine Frage war gänzlich überflüssig. Natürlich musste
Tante Mame, unter dem Mantel der Verschwiegenheit,
versteht sich, das einzige Hotel in der Stadt aussuchen,
das ein Heiligenschrein der historischen Gesellschaft von
New England war, die Versammlungsstätte der Vereini-
gung der Töchter der Amerikanischen Revolution, des
Rotary Clubs, der Wach- und Schließgesellschaft und des
Schulaufsichtsrats der St. Boniface Academy.

»Selbstverständlich mitten hier in Apathy. Ich habe
eine recht komfortable Hotelsuite gemietet. Ich musste
der armen Agnes helfen, damit sie ihr Kind bekommen
kann, und ich musste einen Ort suchen, an dem uns keiner
kennt.«

»Mit anderen Worten«, sagte ich gefasst, »von den fünfzig Bundesstaaten unseres Landes und dem Bundesdis-
trikt musstest du dich ausgerechnet für Massachusetts
entscheiden. Und von den tausenden Orten in Massachusetts musste es ausgerechnet der sein, in dem ich zur
Schule gehe.«

»Aber natürlich, mein lieber Kleiner«, sagte sie mit auf-
reizender Logik. »Ich wusste, dass du es als deine Pflicht
ansehen würdest, der armen, bedrängten Agnes beizu-
stehen.«

»Nur hast du die arme, bedrängte Agnes gleich neben
meiner Schule untergebracht. In diesem Hotel trifft sich
die halbe Stadt …«

»Ich wollte natürlich, dass es zentral gelegen ist. Deswegen habe ich es ja ausgesucht – damit du mir zur Hand
gehen kannst, wenn es so weit ist, ein neues Lebewesen

auf die Welt zu bringen und das arme, geknickte Pflänzlein wieder aufzupäppeln.«

»Das bringt mich in Teufels Küche, Tante Mame. In wenigen Wochen bin ich vielleicht endlich raus aus diesem grässlichen Loch, aber wenn die erst mal herausgefunden haben, dass …«

»Unsinn. Wie sollen die das denn herausfinden? Wir sind gestern Abend bei Dunkelheit angekommen. Die Zimmer habe ich sogar unter falschem Namen gemietet, und ich habe einen Arzt aus Boston engagiert, der die Diskretion in Person ist. Es kann sich nur noch um wenige Wochen handeln, bis das Kind auf die Welt kommt, ich vermache Agnes etwas Geld, bringe sie irgendwo unter, und dann –«, sie machte eine Pause – »habe ich mir überlegt, dass wir zwei, du und ich, eine kleine Reise unternehmen. Ich hatte an Europa gedacht, den ganzen Sommer über. Hättest du Lust?«

»Nach Europa?«, lechzte ich.

»Jawohl, mein Lieber, nach Europa«, sagte sie hinterhältig. »Unter einer Bedingung. Dass du mir dabei hilfst, Agnes aus diesem Elend herauszuholen. Abgemacht?«

Ich wusste, dass ich einen verhängnisvollen Fehler beging, aber die Aussicht auf Froschschenkelsuppe in Paris nach der Salpetersuppe in St. Boniface war unwiderstehlich. »Abgemacht«, sagte ich zähneknirschend.

»Gut. Und jetzt auf zu Agnes.« Tante Mame bezahlte die Rechnung mit einem Fünfzigdollarschein. Sie schlang den Schleier um den Kopf und schlich sich mit einer solchen Haltung des Geheimnisumwobenen davon, dass ich förmlich spürte, wie sich alle Augenpaare in unsere Rücken bohrten.

Ihr Rolls Royce stand draußen, die Fenstergardinen waren vorgezogen, am Steuer saß Ito. Eine Menge Schaulustiger hatte sich versammelt, und sie starrten hinter uns her, wunderten sich und kratzten sich am Kopf, als wir davonfuhren. Tante Mame, die sich zurücklehnte und hinter den Gardinen rauchte, ahnte zum Glück nicht, wie gut sie wirkte. Ich dagegen schon. Zunächst einmal war in Apathy noch nie ein Rolls Royce oder ein Japaner gesichtet worden. Darüber hinaus verfügte St. Boniface über ein Spitzelsystem in der Stadt, dagegen sah der russische Geheimdienst blass aus. Wenn die Lehrer nicht in den Schulräumen Streife liefen, verrichteten sie ihre geheimdienstliche Tätigkeit in der Stadt. Aus einer Entfernung von drei Häuserblocks entdeckte ich den Englischlehrer, den Tennistrainer und den Anstaltsgeistlichen. Der Geistliche lüpfte sogar seinen Hut und verbeugte sich, als die große, schwarze Limousine mit den vorgezogenen Gardinen vorbeifuhr.

Ich hatte solche Angst, außerhalb des Schulgeländes erwischt zu werden, dass ich auf Tante Mames Gerede gar nicht achtete. Hauptsächlich schwatzte sie irgendwelches Zeug über Mutterschaft, über die Schönheit und die Mysterien der Schwangerschaft und über die Gemütsruhe während der Wartezeit. Als ich sie fragte, woher ausgerechnet sie so gut Bescheid wüsste, sagte sie, ich solle nicht frech werden und Agnes habe sich sehr verändert.

Natürlich hatte ich meine Bedenken, das Old Coolidge House zu betreten, aber Tante Mame wurde langsam unruhig und schubste mich durch den Eingang. Vor mir stand der Zimmerwart, ein bezahlter Informant von St. Boniface. Als er den Blazer meiner Schuluniform erkannte, fragte er mich gleich, ob ich einen Passierschein hätte, der mir erlaubte, mich außerhalb des Campus aufzuhalten. So eine Schule war das! »Selbstverständlich hat er einen!«, schnauzte Tante Mame ihn an und zerrte mich so schnell die Treppe hoch, dass er gar nicht mehr dazu kam, mich zu bitten, ob er ihn mal sehen dürfe.

Agnes persönlich öffnete uns die Tür zu ihrer Suite und schloss gleich wieder hinter uns ab. Tatsächlich, Agnes hatte sich sehr verändert, aber irgendeine mysteriöse Schönheit vermochte ich an ihrem Zustand kaum zu erkennen. In erster Linie war sie einfach nur ungeheuer dick. Außerdem hatte sie sich nie ganz von jenem Gastspiel in der Welt der feinen Mode erholt, das sie an jenem verhängnisvollen Silvesterabend in New York, als sie mit Brian durchgebrannt war, gegeben hatte. Nur hatte sie jetzt die Ateliers von Paris mit der Häkelnadel von Kew Gardens vertauscht, sodass sie wie eine Kreuzung aus Halbweltdame und Wäschebeutel aussah. Agnes hatte sich ihre Umstandskleidung selbst genäht. Und sie hatte sich angewöhnt, viel Make-up aufzutragen, aber sie machte es schlecht. Wie blind herumtastend, ohne ihre biedere Brille auf der Nase, grell gekleidet und dirnenhaft geschminkt, sah sie ganz und gar nicht wie die geheimnisvolle Schöne aus, die Tante Mame mir angekündigt hatte, sondern wie eine »gefallene Frau«, die den gängigen Preis für Lust und / oder Unvorsichtigkeit bezahlte.

Ich konnte auch keine Anzeichen einer Vergeistigung oder von Gemütsruhe in ihr erkennen. Sie neigte schon immer dazu, sich selbst zu bedauern, auch ohne Berechtigung – jetzt hatte sie allen Grund dazu, und sie triefte geradezu vor Selbstmitleid. Sie schlang ihre Arme um mich und weinte herzerweichend, wobei die dick aufgetragene Wimperntusche in trüben Rinnsalen über das Rouge ihrer Wangen lief. Ihr gesamter Wortschatz schien nur aus Begriffen wie »törichtes Mädchen«, »Dummkopf«, »Dirne« oder »entehrte Frau« zu bestehen. Ich wüsste nicht, als was ich es sonst bezeichnen sollte, aber Agnes war ein Wrack.

Während Agnes Selbstbezichtigung betrieb, legte Tante Mame einen Teil ihrer Tarnung ab, fuhr sich einmal durchs Haar, ließ sich auf das Empiresofa im Empfangszimmer fallen, klingelte nach unten und bestellte Erfrischungen – Eierlikör für Agnes, für mich Tee und sich selbst einen Cognac. »Putzen Sie sich die Nase, Agnes«, sagte Tante Mame barsch, »und hören Sie auf zu heulen. Sie wissen doch, dass mich das aufregt. Also, mein lieber Kleiner, da wären wir. Du siehst, es wird alles ganz einfach sein. Wir sind, für jeden sichtbar, eine hübsche saubere Kleinfamilie, geachtet und geehrt.«

Nach diesen Worten brach Agnes vollends in Tränen aus. »Hören Sie auf damit, Agnes!«, sagte Tante Mame. »Das tut weder Ihnen noch dem Baby gut. Sie werden noch dehydrieren, wenn Sie so weitermachen. Also, wie gesagt«, wandte sie sich wieder an mich, »da wären wir also – eine geheimnisvolle Witwe, ihre Schwiegertochter und ein Diener, alle wohnhaft im Old Coolidge House, bis zum Zeitpunkt der, äh, Niederkunft. Selbst wenn die Leute hier auf uns aufmerksam werden sollten – was höchst unwahrscheinlich ist –, brauchen wir uns nicht zu sorgen. Wir sind absolut unabhängig hier. Die Mahlzeiten lassen wir aufs Zimmer kommen. Einmal die Woche reist der Arzt aus Boston an. Um dir Nachrichten schicken zu können und für kleine Ausflüge mit dem Auto haben wir Ito. Und Agnes kann ihre Spaziergänge, täglich vier Meilen, jeden Abend nach Einbruch der Dunkelheit machen. Wir brauchen also nichts zu tun außer abzuwarten, bis, äh, ihre Zeit gekommen ist. Wie du siehst, mit etwas Geld und umsichtiger Planung fügt sich alles ganz einfach zusammen.«

»Na, das ist ja wunderbar«, sagte ich. »Aber hättest du das alles nicht auch woanders so einrichten können, in einer Hotelsuite in – Cleveland, von mir aus, oder Milwaukee oder Dallas. Das sind doch alles viel interessantere Städte, und außerdem sind es Orte, an denen ich nicht zu finden bin.«

»Aber begreifst du es denn immer noch nicht – ich brauche dich doch, mein lieber Kleiner.«

»Wozu – wenn ihr so unabhängig seid? Was kann ich schon tun – außer mich in der Schule in eine heillose Lage bringen?«

»Du kannst vier Dinge tun«, sagte Tante Mame finster.

»Und … die … wären?«, fragte ich. Mir gefiel ihr Ton nicht.

»Zunächst einmal kannst du Besorgungen machen. Es gibt so viele Sachen, die ich brauche, und ich vermute, auch eine werdende Mutter kann so einiges gut gebrauchen. Du kennst dich in dieser Stadt aus, ich nicht. Außerdem könnte es gefährlich für mich werden, wenn man mich hier sieht …«

»Gefährlich? Für dich?«, sagte ich. »Wenn du auf die St. Boniface Academy gehen und dir jedes Mal, wenn du dich am Hintern kratzt, einen Tadel einhandeln würdest, dann wüsstest du, wie gefährlich es ist, wenn man gesehen wird …«

»Patrick! Achte auf deine Wortwahl! Denk an den pränatalen Einfluss! Die Besorgungen wären also das Erste, was du machen könntest. Zweitens könntest du für mich Einkäufe in Boston erledigen. Das Essen hier ist jämmerlich – für Agnes reicht es, aber ich leide darunter. Ito kann man in einer fremden Stadt nicht trauen, du kannst also morgen mit dem Auto zu S. S. Pierce fahren und mir eine Kiste …«

»Ich kann nicht mit deinem Auto fahren, ich habe nicht mal einen Führerschein.«

»Natürlich kannst du Auto fahren. Ich habe es dir doch selbst beigebracht. Und wenn du vorsichtig fährst – was ich stark hoffe –, dann wird auch niemand nach deinem Führerschein fragen. Ich habe auch nie einen besessen, und sieh mich an, ich lebe noch.«

»Ich will meine Abschlussprüfung bestehen, Tante Mame. Die werden mich hochkant rauswerfen, wenn das auffliegt …«

»Natürlich willst du deine Abschlussprüfung bestehen. Bildung ist eine feine Sache. Und jetzt zu Aufgabe Nummer drei: Ich brauche dich als vierten Mann beim Bridge. Ich bringe Agnes gerade Culbertson bei. Es tut ihr gut. Es bringt sie auf andere Gedanken.«

»Andere Gedanken?«, stöhnte Agnes.

»Seien Sie still, Agnes. Ja. Sonst ist sie eine brave, fleißige Schülerin. Ito spielt Sims, gar nicht mal so schlecht, wenn er nur mit dem Gekicher aufhören und sich auf das Spiel konzentrieren würde. Dich brauche ich, um die Runde komplett zu machen.« Sie steckte eine Zigarette in ihre Spitze und trank geziert von ihrem Cognacglas. »Den wichtigsten Dienst allerdings, den du leisten kannst …« Sie machte eine Pause.

»Wa-was wäre der?«, fragte ich misstrauisch nach.

»Die wichtigste Aufgabe, die ich für dich vorgesehen habe, ist es, Agnes spazieren zu führen.«

»Was soll ich tun?«

»Agnes spazieren führen. Jeden Tag, nach Einbruch der Dunkelheit, vier Meilen. Der Arzt sagt, es muss sein. Sie wiegt einfach zu viel. Agnes, das Dummerchen, sagt, ihre Füße würden ihr wehtun, ich würde eher sagen …«

»Ihre Füße würden auch wehtun, wenn sie den ganzen Weg von Carmel, Kalifornien, bis …« Wieder brach Agnes in Tränen aus und flüchtete ins Schlafzimmer.

»Da siehst du, was du angerichtet hast!«, fuhr Tante Mame mich an. »Ach, ihr seid doch alle einer wie der andere! Arme kleine Agnes! Geht allein zu Fuß den ganzen Weg von Kalifornien bis hierher, und du willst sie nicht mal auf ihrem Abendspaziergang begleiten.«

»Siehst du nicht, dass das alles vollkommen verrückt ist, was du hier veranstaltest?«, sagte ich. »Du hast alles Geld der Welt. Du könntest Agnes in der besten Privatklinik unterbringen und dort mit den Ärzten und Schwestern in Ruhe abwarten und dafür sorgen, dass alles gut verläuft. Und? Tust du das, was am vernünftigsten ist? Nein! Du schleppst sie in dieses gottverlassene Nest, setzt sie direkt der Schule und Dwight Babcock junior vor die Nase. Du kennst dich kein bisschen mit Kindern aus, ich noch weniger, erwartest aber, dass ich aus diesem Schulgefängnis ausbreche und dich von vorne und hinten bediene: nach Boston fahre, Pastete und Trüffel einkaufe, den vierten Mann beim Bridge abgebe, Besorgungen mache und auch noch jeden Tag mit Agnes Gassi gehe wie mit einem …«

»Paris«, sagte Agnes. »Paris, Rom, London, Wien, Cannes, Nizza, Monte Carlo, Venedig ...«

Ich unterbrach meine Tirade. »Und wie soll ich der Schule entkommen, Tante Mame? Ich werde dort auf Schritt und Tritt ...«

»Unsinn, mein Lieber«, sagte sie leichthin und kippte ihren Cognac. »Jeder kann entkommen, wenn er wirklich will. Bei Miss Rushaway habe ich kaum eine Nacht im Schlafsaal verbracht, und am Smith war ich immer bis in die Puppen unterwegs. Ich habe einfach nur den stummen Diener für die Uniform aus dem Schrank genommen, ihn in mein Bett gelegt und bin am Regenrohr heruntergerutscht ...«

»Zufällig habe ich keinen stummen Diener in meinem Kleiderschrank. Ich habe nicht mal einen Kleiderschrank. Nur der blöde Babcock junior, der mich bespitzelt und ...«

»Neapel, Capri, Mailand, Firenze – so heißt Florenz, mein Lieber –, Deauville ...«

»Tante Mame, ich kann ja nicht mal das Hotel betreten ohne einen Passierschein. Du hast doch gesehen, wie der Zimmerwart ...«

»Das habe ich schon bedacht, Patrick. Siehst du das aufgerollte Seil mit den Knoten drin? Nein, da drüben am Fenster. Ich habe nämlich festgestellt, dass das hier in dieser Provinzherberge als Feuerleiter benutzt wird. Du brauchst dich nur unter mein Fenster zu stellen und zu pfeifen, und ich lasse das Seil für dich herunter, damit du heraufklettern kannst. Wenn du wieder gehen darfst ...«

»Das ist zwei Stockwerke hoch!«

»Ausgezeichnetes Training für Arme und Schulter, Darling.«

»Ich habe mir schon so viele Tadel eingehandelt, dass der Fluraufseher ...«

»Antwerpen, Brüssel, Ostende, Athen ...«

»Tante Mame, ich ...«

»Also dann, bis morgen, Darling. Drei Uhr, und keine Sekunde später. Hier, ich lasse das Seil für dich herunter.« Damenhaft trippelte sie zum Fenster.

Mit Schwung setzte ich mich aufs Fensterbrett und schaute hinunter. »Ach, übrigens«, sagte ich, »für den Fall, dass ich Kontakt mit euch aufnehmen muss – unter welchen Namen seid ihr hier eigentlich gemeldet?«

»Ach so, ja«, sagte sie. »Gut, dass du fragst. Für mich selbst habe ich mir was sehr Kluges einfallen lassen. Ich habe meinen Namen von Burnside auf Burns verkürzt, und meinen Mädchennamen benutze ich als Vornamen. Ich heiße also Mrs. Dennis Burns.«

»Und Agnes?«

»Agnes? Ach so, ja, Darling. Als wir uns eintrugen, kam ich einfach auf keinen passenden Namen für sie, deswegen habe ich den erstbesten genommen, der mir einfiel.«

»Und welcher war das?«

»Mrs. Patrick Dennis.«

In null Komma nichts war ich unten auf dem Boden.

Die nächsten drei Wochen waren die Hölle für mich. In der Schule lebte ich wie ein Verschwörer, außerhalb der Schule wie ein Flüchtling. Es war alles andere als ein Kinderspiel, aus St. Boniface abzuhauen. Abgesehen von den Anwesenheitsappellen tagein und den Schlafzimmerkontrollen tagaus, gab es auch ein hoch kompliziertes Spitzelsystem vonseiten der Lehrer und eine sogenannte Schülerpatrouille, ein halb offizielles Organ, das sich aus den unbeliebtesten Mitschülern zusammensetzte, begierig, noch die kleinsten Verstöße zu melden. Ein Jahr an der St. Boniface Academy, und man war fit für ein Leben in einem Polizeistaat.

Babcock junior war auch ständig um einen herum. Seit meinem ersten Tag in St. B. teilten wir ein Zimmer, nicht, weil wir uns gut leiden konnten, sondern weil sein Vater, mein Treuhänder, mich unter Beobachtung haben wollte. Er hätte keinen besseren Informanten finden können als seinen Sohn. Junior war ein Speichellecker und ein Tugendbold, ein Feigling, eine Klatschbase und ein Betrüger. Er litt unter periodisch auftretender Bindehautentzündung und lebenslänglicher Akne. Er roch wie ein vergammelter Putzlappen, und er schnarchte. Eins allerdings muss ich zu seinem Vorteil sagen, er hatte einen gesegneten Schlaf. Das erleichterte es mir enorm, mich nachts davonzuschleichen.

Meine Pflichten entwickelten sich zu einer Art Routine. Nachdem ich zuerst einen Schulkameraden dazu überredet hatte, bei dem Anwesenheitsappell auf dem Sportfeld für mich zu antworten, schlich ich mich für gewöhnlich jeden Nachmittag um drei Uhr davon. Ich begab mich zum Hotel, erklomm das Seil zu Tante Mames Suite und erledigte die jeweiligen Besorgungen, die sie mir auftrug. Für die größeren Einkäufe fuhr ich zweimal die Woche nach Boston. Das Auto erregte ungefähr so viel Aufsehen wie eine Dampfpfeifenorgel, aber ich hatte eine Vorsichtsmaßnahme getroffen und mich ebenfalls getarnt – Tweedjackett, einen flachen Herrenfilzhut und eine Krawatte zum Anklipsen von Filene –, damit man mich nicht schon aus der Ferne an der St.-Boniface-Mütze, dem Schulblazer und der Krawatte erkannte. Hinzu kam eine dunkle Brille. Tante Mame befand, ich sähe unsäglich billig darin aus, warum ich mich nicht bei J. Press mit etwas Schickerem eingekleidet hätte. Immerhin war es mir gelungen, an der Frau des Schulleiters vorbeizugehen, ohne dass sie mich erkannte.

In einem Punkt hatte Tante Mame recht: Es war sehr einfach, nachts auszubüchsen. Vor meinem Fenster stand ein Baum, und ich brauchte nur auf Juniors asthmatisches Schnarchen zu warten, meine Zivilkleidung aus dem Versteck zu holen, ein Kissen so zu formen, dass es aussah, als läge ich im Bett, und zu türmen.

Das Einzige, was mir ein schlechtes Gewissen bereitete, war Mr. Pugh. Er war Fluraufseher, und er war der einzige Mensch an der ganzen Schule, der zumindest den Anschein erweckte, als hätte er etwas für Kinder übrig und unterrichtete gern. Er war ein langer, schlaksiger, etwas verklemmtverstaubter Kerl um die vierzig, mit einem Adamsapfel, groß wie ein Entenei, und einer wahren Leidenschaft für Poesie, Kunst und Musik, Natur und Kinder. Vielleicht hört er sich nach dieser Beschreibung nicht ganz sympathisch an, aber auf seine etwas spröde Art war er ein ziemlich netter Kerl. Er war freundlich und verständnisvoll, sanft und still, und nie bekamen wir bei ihm einen Tadel, nur wenn es absolut unumgänglich war. Ich wusste, wenn sie mich schnappten, war auch der gute alte Pugh in der Bredouille. Dennoch, die Treue zur Familie – und eine Europareise – standen an erster Stelle.

Gegen zehn Uhr abends kam ich meist beim Old Coolidge House an, stellte mich unter dem Fenster auf und pfiff. Das war das Signal für Agnes, in ihre Wanderschuhe zu steigen und sich auf den Weg zu machen. Agnes bot auch vorher schon keine anregende Gesellschaft, auch wenn sie nur über die Arthritis ihrer Mutter, ihre Schwester Edna und Kew Gardens und die Versicherungsgesellschaft sprach. Jetzt redete sie nur darüber, dass man sie betrogen hatte; dass sie für den Rest ihres Lebens als Sünderin gebrandmarkt sei; dass die unschuldige kleine Seele unter ihrem Herzen – Agnes' eigene Worte – das Zeichen unehelicher Geburt tragen müsse; dass Brian O'Bannion kein Gentleman sei – ein hübsches Understatement, wie ich fand. Und dass ihr die Füße wehtaten. Ein-, zweimal, wenn ich einen Lehrer aus meiner Schule sah, unterwegs zum örtlichen Puff oder einer Bar oder dem Hotel, musste ich Agnes ins Gebüsch zerren, aber im Großen und Ganzen zeichneten sich unsere Spaziergänge nur durch ihre Eintönigkeit aus.

Wieder zurück im Hotel, kletterte ich das Seil hinauf, und wir spielten Bridge zusammen – versuchten es wenigstens, während Agnes wimmerte und Ito kicherte und sich viel zu sehr auf das seelische Reizen verließ. Tante Mame sorgte noch für eine gut gefüllte Bar in Reichweite des Bridgetisches – das gebe dem Ganzen so einen gediegenen Rahmen, behauptete sie –, obwohl sie die Einzige war, die überhaupt etwas trank.

Gegen zwei Uhr morgens wurde ich entlassen, durfte das Seil hinuntergleiten, zurück zur Schule trotten, die Mauer überwinden, den Baum erklimmen und mich zu Bett begeben. Da der Tag in der St. Boniface Academy für alle morgens um sechs Uhr mit einer kalten Dusche und Gymnastik begann, musste ich mit maximal drei Stunden Schlaf auskommen. Mehr als einmal nickte ich während des Unterrichts ein und bekam einen Tadel und musste eine Strafpredigt über mich ergehen lassen, ich solle mich an die Spielregeln halten. Aber der Mensch gewöhnt sich an alles, und die Aussicht, St. B. für immer hinter mir zu lassen und den Sommer in Europa zu verbringen, wirkten wie ein Amphetamin.

Nachdem ich einige Wochen mehr Zeit außerhalb als innerhalb des Schulgeländes verbracht hatte, ohne dass etwas Schlimmeres passiert wäre, als dass ich bei Vergil einschlief, merkte ich, wie leicht es eigentlich war, zu entkommen, und ich bedauerte, dass ich nicht schon viel früher auf die Idee gekommen war, ein abwechslungsreicheres und erfüllteres Leben zu führen. Das Glück war mir so lange treu, dass ich sogar etwas unvorsichtig wurde. An dem Abend, an dem ich beim Bridge mit Reizen dran war und einen Groß-Schlemm machte, das Gebot doppelte, Rekontra gab – verwundbar also –, war es bereits später als vier Uhr, als ich zurück in die Schule kam. So hundemüde war ich, dass ich mir nicht einmal die Mühe gab, meine Tarnkleidung unter der Matratze zu verstecken, und als ich durch das Sechs-Uhr-Geläut geweckt wurde, stand, in seinem schmuddligen Baumwoll-flanell-Schlafanzug, ungläubig auf mein Tweedjackett und meinen Binder herabblickend, niemand anders als Babcock junior vor mir.

»Wo hast du die denn her?«, wollte er wissen.

»Was?«

»Die Klamotten. Unpassende Kleidung, das sind mindestens fünfzig Tadelpunkte. Darüber solltest du dir im Klaren sein.«

Mit einem Handstreich fegte ich Juniors Brille vom Nachttisch und schob sie mit dem Fuß unters Bett. »Meine Fresse, wo hast du bloß wieder dein Nasenfahrrad gelassen, Jury«, sagte ich. »Du siehst ja schon Gespenster.«

Als er seine Brille gefunden hatte, lag meine Tarnkleidung an ihrem Platz unter der Matratze, und ich trug stattdessen wieder meinen St.-Boniface-Blazer. »Mensch, Junior«, sagte ich, kaum waren seine trüben Augen wieder hinter dicken Linsen auf mich gerichtet, »man muss sich ja Sorgen um dich machen. Du hast Halluzinationen. Geh mal zu Onkel Doktor auf die Krankenstation und lass dich untersuchen.«

Junior war zwar nicht sehr helle, andererseits auch nicht blöd. Er sah mich komisch an und begab sich unter die kalte Dusche. In Zukunft musste ich vorsichtiger sein.

Besser wäre es gewesen, ich hätte noch am selben Tag mit dem Theater Schluss gemacht. Es war ein herrlicher Frühlingsabend – Sterne und der Mond leuchteten taghell, und die Grillen auf den Wiesen zirpten wie verrückt –, viel zu schön, um ihn mit einem Mädchen wie Agnes zu vergeuden, die weit im neunten Monat war. Aber Dienst ist Dienst. Grimmig trabte ich die Straße entlang, Agnes hatte sich untergehakt und watschelte in einem schrillen, kirschroten, mit einem schmuddeligen Sträußchen künstlicher Callablüten verzierten Umstandskleid neben mir, als ich das unverkennbare Dröhnen des Autos des Direktors vernahm.

Jeder in Apathy konnte die Rostmühle meilenweit gegen den Wind heraushören. Dr. Cheevey, der Direktor von St. Boniface, hatte den Nash 1926 erstanden, und er war viel zu geizig, ihn gegen ein neues Auto in Zahlung zu geben oder mal in den Rat eines Fachmanns zu investieren. Stattdessen ließ er uns Tadelpunkte abarbeiten, indem wir seinen Wagen waschen oder den Motor neu einstellen durften, sodass der Nash nach zehnjähriger Pflege durch seine Schüler eher wie ein Mähdrescher und nicht wie ein Auto klang.

Agnes und ich näherten uns gerade einer Kurve, als ich die Schrottbüchse hörte, und nach dem Radau, den sie machte, musste sie ein ziemliches Tempo draufhaben. »Entschuldigen Sie, Agnes«, sagte ich, »aber wir müssen uns mal eben verdrücken.«

Während Agnes über ihren Zustand jammerte, half ich ihr, höflich, wie ich war, hinunter in den Straßengraben zu steigen. Dann setzte ich selbst zum Sprung an, doch in dem Moment bog der Wagen um die Kurve. Irgendwie verlor ich den Halt und stürzte kopfüber in den Graben. Ich landete weich, und ein grässliches, lang gezogenes »Uff!« war zu hören, genau in dem Augenblick, als der Nash vorbeifuhr.

»Agnes!«, rief ich erschrocken. »Ist Ihnen auch nichts passiert? Sind Sie verletzt?«

»Sie haben mich überhaupt nicht verletzt, Patrick«, wimmerte sie. »Ich bin hier drüben, an dem Durchlass. Gottchen, ich bin so oft verletzt worden in meinem Leben, da wäre es jetzt auch egal, ob ich tot bin oder nicht. Erst dieser Brian, der mich weggelockt hat, und ...«

»Patrick!«, keuchte eine Stimme. »Patrick Dennis!«

Ich schaute unter mich, zu Boden, und da war Mr. Pugh.

»Mister Pugh!«, stieß ich hervor und fuhr einigermaßen geistlos fort: »Was machen Sie denn hier?«

Er war dermaßen schockiert, dass er sogar eine Antwort hervorbrachte. »Ich bitte Sie, Patrick, hier nebenan ist ein Sumpf, wo ein bestimmtes Nachtschattengewächs …« Plötzlich stutzte er. »Und was«, sagte er, »was machen Sie hier?«

Vage hoffte ich, mich durch einen Bluff zu retten. Angesichts meiner Überrumpelung – ich hatte ihm das Fernglas aus der Hand geschlagen, das Vogelbestimmungsbuch, das Handbuch der wild wachsenden Blumen New Englands, seine Taschenlampe, die mit Kakao gefüllte Thermoskanne – und der Tatsache, dass auch ich ihn erwischt hatte an einem Ort, wo er nicht hätte sein dürfen, standen meine Chancen fünfzig zu fünfzig. »Ach, Mr. Pugh«, fing ich an, »es war so ein lauer Abend, und ich bin ein großer Vogelfreund, und da dachte ich, vielleicht sehe ich ja eine Baltimore Goldamsel oder …«

»Oh, Patrick, helfen Sie mir. Ich habe solche Angst«, wimmerte Agnes.

Mr. Pugh warf einen Blick hinüber zu Agnes, die, überlebensgroß, im hellen Mondlicht stand, dann schaute er mich an und sagte kühl: »Und wer ist das?«

»Och, die da? Das ist nur Agnes. Ja, sie ist die Alice B. Toklas meiner Tante, und gerade wollte ich …«

»Ich«, sagte Agnes laut und vernehmlich, »bin Mrs. Dennis Patrick.«

Die folgenden Stunden möchte ich nicht noch einmal durchmachen, und wenn man mir Europa zu Füßen legen würde. Mr. Pugh kletterte aus dem Graben und brachte Agnes und mich in Windeseile zurück zum Hotel. Agnes protestierte unentwegt, man habe ihr einen Spaziergang von vier Meilen verordnet, und wir seien gerade mal anderthalb gegangen. Ich protestierte, es sei alles ganz anders, als es den Anschein habe, und ich flehte Agnes an, endlich damit aufzuhören und zuzugeben, wer sie wirklich sei. Leider hatte Tante Mame sie viel zu sehr indoktriniert, und um nichts in der Welt hätte sie ihren wahren Namen preisgegeben. »Ich bin Mrs. Patrick Dennis«, wiederholte sie hartnäckig.

»Das stimmt nicht, Mr. Pugh«, sagte ich. »Ihr Name ist nicht Mrs. Patrick Dennis. Ich bin nicht verheiratet mit ihr, und ich werde sie auch niemals heiraten. Ich bin mit niemandem verheiratet. Ich bin nur zufällig …«

Er sah mich mit einem vernichtenden Blick an, während Agnes ins Haus huschte, dann packte er mich am Arm und brachte mich zurück zur Schule. Die halbe Nacht verbrachte ich in seinem Zimmer und versuchte, ihn zu überzeugen. Ich gestehe freimütig, dass die wahre Geschichte, an einem Stück erzählt, wenig plausibel klang, doch gegen fünf Uhr morgens hatte ich Mr. Pugh immerhin so weit, dass er zwar seine Meinung, ich sei ein Schänder unschuldiger Jungfrauen, nicht gänzlich revidierte, den Versuch, meine Aussage zu erschüttern, jedoch aufgab. Er gab mir Kakao zu trinken, versprach, nichts von alldem weiterzusagen, vorerst, und brachte mich auf mein Zimmer.

Am nächsten Tag kam ich mir vor wie ein Zombie, und gegen drei Uhr konnte ich es kaum abwarten, in die Stadt zu gehen und Kriegsrat mit Tante Mame zu halten. Die letzte Stunde hatten wir bei Mr. Pugh »Englische Lyrik des neunzehnten Jahrhunderts«. Kaum erklang das Pausenzeichen, um uns auf den Sportplatz von St. Boniface zu entlassen, da kam Mr. Pugh auf mich zu und bat mich, nach dem Unterricht zu bleiben.

»Und jetzt, junger Mann«, sagte er, »werden Sie und ich in die Stadt gehen, um diese geheimnisvolle Verwandte von Ihnen zu besuchen und jene unglückliche Frau, die – vielleicht, vielleicht auch nicht – Ihre Frau und die Mutter Ihres Kindes ist.«

»Mr. Pugh ...«, hob ich verzweifelt an.

»Kommen Sie«, sagte er streng.

Tante Mame war eine sehr dynamische Frau, jedenfalls behauptete das jeder. Sie konnte der charmanteste Mensch sein, und es gab praktisch keine Situation, der sie nicht gewachsen war. Allerdings hatte sie gerne etwas Vorbereitungszeit, um voll und ganz in der Rolle aufzugehen, die sie zu spielen gedachte. Dies eingedenk, wollte ich sie vorwarnen, was auf sie zukommt. Unterwegs sagte ich sogar: »Ich springe mal eben hier ins Lokal und rufe meine Tante an, Mr. Pugh. Dann kann sie schon mal Tee oder irgendwas für uns bestellen.«

»Das ist nicht nötig, Patrick. Unser Gespräch wird nur von kurzer Dauer sein. Ich muss heute Nachmittag Klassenarbeiten korrigieren, und Sie, Sie sollten zwischen den Mahlzeiten in der Schule nichts essen.«

Sehnlichst wünschte ich mir, Tante Mame und Agnes wären unterwegs, aber das große alte Auto parkte vor dem Old Coolidge House. Die Fenster in Tante Mames Zimmer standen offen, und ich hörte die etwas modernere Musik von Paul Hindemith auf ihrem Reisegrammophon spielen.

»Ohne Passierschein darf ich das Hotel nicht betreten, Mr. Pugh«, sagte ich verzweifelt. »Meine Tante hat die Zimmer 3-A-B-C und D. Ich klettere das Seil hoch und ...«

»Unsinn, Patrick. In Begleitung eines Lehrers dürfen Sie überallhin. Kommen Sie.«

Als wir in das oberste Stockwerk gelangten, hatte sich Tante Mame Hindemiths Symphonische Metamorphosen leid gehört und spielte jetzt Bessie Smiths »Bed Empty Blues«. Behutsam klopfte ich an die Tür. »Ja!«, rief sie. Ich machte die Tür auf und trat ein.

»Darling ...«, rief sie. Dann sah sie Mr. Pugh, und die Worte blieben ihr im Hals stecken.

Man kann nicht sagen, dass Tante Mame darauf vorbereitet war, die Rolle meines Vormunds zu spielen. Sie trug Shorts und ein Trägerhemdchen, und sie hatte Unmengen von Lydia van Rensselears Essence of Youth aufgetragen. Das Haar war mit einem roten Gummiband zusammengebunden, und sie lag auf dem Boden und vollführte etwas, das obszön anmutete, in Wahrheit jedoch nur eine Übung zur Kräftigung der Gesäßmuskeln und der Schenkel war. Neben ihr stand eine halb leere Flasche Champagner, und im Zimmer verstreut lagen französische Schundromane, diverse Modezeitschriften und sechs Bände Gibbon. Im Augenblick jedoch war mir eine »flotte« Tante immer noch lieber als gar keine.

»Tante Mame«, sagte ich, »das ist ...«

»Sie wagen es, mein Zimmer zu betreten?«, sagte Tante Mame kühl und sah glatt durch mich hindurch. »Ich muss Sie bitten, das Zimmer auf der Stelle zu verlassen, andernfalls sehe ich mich genötigt, die Geschäftsleitung zu verständigen.«

Jetzt meldete sich Mr. Pugh zu Wort. »Wollen Sie damit zum Ausdruck bringen, Madam, dass dieser junge Mann hier, äh, nicht Ihr Neffe ist?«

»Ich habe ihn noch nie in meinem Leben gesehen«, sagte sie.

»Tante Mame«, beschwor ich sie, »du musst Mr. Pugh die Geschichte mit Agnes erklären. Sonst fliege ich von der Schule. Er weiß Bescheid. Er …«

»Bitte, junger Mann, gehen Sie. Sofort. Sie leiden offenbar unter der Einbildung, dass wir uns kennen. *Au contraire.* Ich bin eine alleinstehende Witwe, und ich wohne hier mit meiner Schwägerin und einem Kammerdiener.« Hatte Tante Mame sich erst einmal in eine Rolle vertieft, dann kostete sie sie voll aus.

»Mr. Pugh«, sagte ich, »das ist meine Tante Mame. Sie heißt Mrs. Beauregard Burnside. Wirklich, glauben Sie mir.«

»Der arme Junge braucht dringend psychologische Hilfe«, sagte Tante Mame, stand vom Boden auf und gebot so viel Würde, wie unter den besonderen Umständen möglich. »Ich bin Mrs. Dennis Burns, und mein Vorname ist Arabella …«

In diesem Moment platzte Agnes, die an der Tür gelauscht hatte, tränenüberströmt ins Zimmer. »Es stimmt, Mrs. Burnside. Patrick ist aufgeflogen. Jetzt weiß alle Welt, dass ich eine Schlampe bin.«

Es blieb Tante Mame nichts anderes übrig, als aufzugeben. Sie bat Mr. Pugh, Platz zu nehmen, goss ihm ein Glas Champagner ein und zog sich kurz zurück, um sich in ein sittsames, schwarzes Gewand zu hüllen. Innerhalb einer Stunde hatte Tante Mame ihm die ganze Geschichte, mit nur wenigen Ausschmückungen versehen, erzählt, während Agnes fortwährend in ein zerknülltes Taschentuch schluchzte und über ihr Versagen jammerte.

Gegen seinen Willen und wider bessere Einsicht wurde der gute alte Pugh in die Verschwörung mit hineingezogen, nur damit ich, sollte ich entdeckt werden, keinen Ärger bekam. Er gewöhnte sich an, jeden Abend nach der Schlafzimmerkontrolle in mein Zimmer zu schleichen und mit mir aus dem Fenster zu entwischen, während Junior schnarchte. Dann begleitete er Agnes und mich auf unserem Spaziergang, kam mit zurück ins Hotel, trank ein Glas, höchstens zwei, und spielte ein paar Robber Bridge. Danach kehrten wir heimlich zurück zur Schule. Als Lehrer durfte er sich abends auch nicht außer Haus aufhalten, aber eigentlich wurde es sogar ganz lustig mit Mr. Pugh als Begleiter. Agnes, bei der Dichter offenbar tatsächlich ein leichtes Spiel hatten, trug er Gedichte vor und heiterte sie ein wenig auf, indem er ihr sagte, Leonardo da Vinci, Alexander Hamilton und Lucrezia Borgia und viele andere berühmte Leute seien auch unehelich geboren.

Mangel an Schlaf und Lerneifer führten dazu, dass meine schulischen Leistungen anfingen zu leiden, und eines Abends bestand Mr. Pugh darauf, Agnes alleine auszuführen. Er hielt mich an, in Tante Mames Salon zu bleiben und für eine Klassenarbeit in Geschichte zu pauken. Ich kam nicht sehr weit mit meiner Arbeit. Nachmittags hatte mich Tante Mame nach Boston geschickt, um neue Bartók-Platten zu kaufen, und sie musste sie unbedingt bei voller Lautstärke hören.

»Ach, mein lieber Kleiner«, sagte sie und goss sich etwas zu trinken ein, »ein beschaulicher Abend daheim, *à deux* –

die Gelegenheit, mal ein bisschen zu plaudern und den wirklich hinreißenden Meistern der Moderne zu lauschen. Natürlich ist Musiktherapie wichtig für die werdende Mutter, schon wegen des starken pränatalen Einflusses, aber Glasunow und Meyerbeer, so hübsch ihre Musik ist, habe ich schon ein bisschen satt.«

»Ja, Tante Mame«, sagte ich, gähnte und beschäftigte mich wieder mit Premierminister Disraeli und Queen Victoria.

»Apropos hübsch, Darling, ist dir aufgefallen, wie nett sich Agnes heute Abend zurechtgemacht hat?«

»Hm«, sagte ich. Das war mir nicht aufgefallen, bemerkt hatte ich nur, dass sie statt ihrer üblichen Reuige-Sünderin-Kluft ein einfaches, dunkelblaues Umstandskleid angezogen hatte. Außerdem hatte sie sich nicht so zugekleistert wie sonst. Ich widmete mich wieder Disraeli.

»Ich habe Agnes heute Abend auch geschminkt«, zwitscherte Tante Mame, drehte den Plattenspieler auf und fuhr mit der Hand durch mein Haar. »›Agnes‹, habe ich zu ihr gesagt, ›Kosmetik soll verschönern, nicht verschlimmern‹. Möchtest du zur Abwechslung mal Bloch hören, mein Lieber?«

»Nein, danke.« Disraeli, Queen Victoria, Gladstone und Beaconsfield, alle schwammen zusammen mit Napoleon, Wellington und Antonius und Kleopatra durcheinander im Suezkanal.

»Weißt du, was ich glaube? Ich glaube, unsere Agnes mag Mr. Pugh sehr gern, und Mr. Pugh mag Agnes sehr gern.«

»Hm-hm«, sagte ich und versuchte vergeblich, mich zu konzentrieren.

Die Unterhaltung fand ihr Ende, als wir Agnes die Treppe hinaufpoltern hörten. Sie lachte – zum ersten Mal, seit sie in Apathy weilte. »Oh Mr. Pugh«, sagte sie, »noch nie hat jemand Grays *Allergie* so schön aufgesagt, dass man es richtig versteht.«

Die St. Boniface Academy war eine ziemlich alte Schule, für amerikanische Verhältnisse, und man gab viel auf Tradition. Gerne und häufig verwendete man britische, lateinische oder einfach nur altertümliche Ausdrücke, zum Beispiel alte Herren für Ehemalige, Füchse für neue Schüler, Prokurator für Aufsichtführender, Studentenzimmer, Spielplatz statt Sportplatz, Master, Refektorium, Greensward für Rasen und Gemeinschaftsraum statt Aufenthaltsraum. Es gab auch althergebrachte Riten, wie zum Beispiel die Kissenschlacht der neunten Klasse, Unterweisung der Füchse, Beichtgericht, Tag des Tadels – die allesamt fälschlich als festliche Ereignisse bezeichnet wurden, in Wahrheit aber nur Dr. Cheeveys beträchtlichen Sadismus kaschierten. Einer der unangenehmsten dieser Festtage schimpfte sich Vater-und-Sohn-Tag, eine noch junge Tradition, der Anfang Mai begangen wurde. Er bot solchen Vätern, die alte Herren waren, die Gelegenheit, ihre St.-Boniface-Blazer über ihre Dickbäuche zu spannen und sich gönnerhaft gegenüber den Vätern aufzuführen, die nicht auf St. Boniface gewesen waren und folglich besser gekleidet und gebildeter waren, wenn auch *déclassé*. Eine urkomische Veranstaltung, dieser Vater-und-Sohn-Tag! Man errichtete einen Maibaum, es gab Turnvorführungen, Staffelläufe, Moriskentänze, aufgeführt von sechs bedauernswerten Knaben aus den unteren Klassen, und die Väter, die auch alte Herren waren, sangen ein Medley aus St. B.-Songs, während die Väter, die keine alten Herren waren, dumm herumstanden und aussahen, als würden sie alles geben für einen Drink.

Am Vater-und-Sohn-Tag war ich immer dankbar, dass ich Waise bin, aber man stelle sich vor – es wollte mir nie einer glauben. Die wenigsten Jungen in meiner Klasse hatten Eltern, die während der ganzen Zeit verheiratet blieben. Einer brachte es sogar auf fünf verschiedene Väter, auf der Abschlussfeier würde er seinen sechsten kennenlernen. Ich jedoch war der Einzige, der überhaupt keinen Vater hatte. Allerdings gab es da immer noch Mr. Babcock, der im Hinblick darauf, dass mein Vermögen in der Trust Company blieb, mich am Vater-und-Sohn-Tag mit Junior unter seine Fittiche nahm. Die gefürchtete Einladung wurde eine Woche vorher von Junior überreicht.

»Mein Vater hat geschrieben«, sagte Junior eines Morgens.

»Ach ja?«, sagte ich und gähnte.

»Er möchte, dass du am Vater-und-Sohn-Tag wieder sein Gast bist, da du ja keinen Vater hast.«

Meine wahren Empfindungen konnte ich schlecht ausdrücken, deswegen antwortete ich: »Ja, gerne.«

»Mummy kommt auch«, sagte Junior.

»In Männerkleidung?«, fragte ich.

»Nein, sie will mich besuchen.«

Ich verstand nicht, warum.

»Daddy sagt, du möchtest ihnen bitte Zimmer im Old Coolidge House reservieren.«

Mir blieb das Herz stehen. »Im Old Coolidge House?«, hauchte ich. Mein Verstand arbeitete wie rasend. »Meine Güte, Junior, wozu die Geldverschwendung? Sie könnten doch auch bloß für einen Tag kommen und abends wieder nach Hause fahren. Du weißt doch, wie gerne dein Vater Geld spart.«

»Nein«, sagte Junior, der wieder auf den Brief seines Vaters verwies. »Daddy schreibt, der Verwaltungsrat würde an dem Abend zusammenkommen, und dann wäre es zu spät, um noch nach Scarsdale zurückzufahren. Er schreibt, du sollst zwei Zimmer reservieren, und möglichst bald, bevor das Hotel ausgebucht ist …«

»Meine Fresse, Junior«, sagte ich, »warum wollen sie unbedingt in so einer Absteige wie dem Coolidge House logieren? Warum nicht im Longfellow Inn oder bei Mrs. Abbot oder in Marbelhead oder vielleicht gleich in Boston im …«

»Nein«, sagte Junior unerschütterlich, »Daddy will im Old Coolidge House wohnen. Ihm gefällt das Old Coolidge House.«

»Warum?«, fauchte ich ihn an. »Hat er da mal eine Blondine vernascht?«

»Wenn sich Daddy am Vater-und-Sohn-Tag schon deiner annimmt«, sagte Junior, »dann könntest du wenigstens … Sag mal, was ist eigentlich los mit dir in letzter Zeit? Immer bist du müde, beim Sport sehe ich dich auch nie, und unter den Augen hast du schreckliche Ringe. Machst du nachts irgendwas?«

Ich schluckte. »Meine Güte, Junior …« Dann begriff ich, was er meinte. »Klar, natürlich mach ich's, Junior. Sechs-, siebenmal die Nacht. Ich werd verrückt davon. Kein hübsches Mädchen will mich mehr heiraten, und meine Kinder werden alle Idioten. Das kannst du deinem alten Herrn von mir ausrichten, wenn du ihm das nächste

Mal schreibst.« Ich schnappte mir mein Handtuch und marschierte in den Duschraum.

Tante Mame hätte sich nicht kooperativer zeigen können, als sie hörte, dass die Babcocks am Vater-und-Sohn-Tag im selben Hotel übernachten würden. Da keine ihrer Begegnungen mit Mr. Babcock auch nur im Entferntesten als angenehm bezeichnet werden konnte, war sie geneigt, jedes weitere Zusammentreffen zu vermeiden, besonders unter den gegenwärtigen Umständen. Auf der Stelle fing sie an, Pläne für einen ausgedehnten Tagesausflug zu schmieden, der am Vater-und-Sohn-Tag morgens um sechs Uhr losgehen und erst spät nach Einbruch der Dunkelheit enden sollte. Sie schickte mich nach Boston, um mehrere Bahnen Schleierstoff, Klappstühle und einen Sonnenschirm zu kaufen. Sie bat Mr. Pugh, sie zu begleiten, doch da am Vater-und-Sohn-Tag Anwesenheitspflicht bestand, lehnte er ab. »Und falls es regnet«, verkündete Tante Mame theatralisch, »dann bleiben wir eben im Auto sitzen. Für dich, mein lieber Kleiner, ist mir kein Opfer zu groß.«

Die arme Agnes war quengeliger als sonst. Ihr wurde regelmäßig übel beim Autofahren, sie hatte den Umfang einer Regentonne, und der Geburtshelfer in Boston hatte ihr gesagt, dass es jeden Augenblick so weit sein könnte … Tante Mame jedoch war fest entschlossen, den Babcocks jeden Anblick ihrer eigenen Person, ihres Autos und ihrer Entourage zu ersparen.

Am Abend vor dem Vater-und-Sohn-Tag wurde für den Ausflug gepackt, und es herrschte wahrer Aufruhr in Tante Mames Suite. Sechsmal ließ sie sich mit der Küche verbinden, um sicherzustellen, dass die Picknickkörbe auch in aller Frühe fertig waren, und dreimal rief sie an der Rezeption an, das erste Mal, um auszurichten, sie möchte um sechs Uhr geweckt werden, dann um fünf und schließlich um halb fünf. Sogar Agnes erlaubte sie nur widerwillig, ihren Tagesmarsch von vier Meilen zu absolvieren, doch Agnes und Mr. Pugh wollten unbedingt, deswegen blieb ich da und kümmerte mich darum, dass die Bücher und Schallplatten, die Sonnencreme und Sonnenbrille und alle anderen für Tante Mames Ausflüge wichtigen Utensilien eingepackt wurden. Gegen zwölf Uhr war Tante Mame bereits in Nachthemd und Bademantel, und ohne auch nur eine einzige vorherige Runde Bridge scheuchte sie Mr. Pugh und mich aus dem Zimmer. Ich ließ mich wie üblich an dem Seil herunter und musste dann noch lange im Gebüsch versteckt warten, bis Mr. Pugh endlich aus dem Old Coolidge House trat.

Das Wetter am Vater-und-Sohn-Tag war mild, viel zu gut, wie ich fand. Vom ersten Schlag der Morgenglocke an war ich nervös, aber während des Frühsports auf dem Spielfeld sah ich auf der Straße den Rolls Royce mit zwei verhüllten Gestalten auf dem Rücksitz vorbeifahren, und ich war erleichtert.

Gegen zehn Uhr trafen die Väter ein. Insbesondere Mr. Babcock machte eine lächerliche Figur in seinem alten Blazer und der weißen Baumwollhose. Ich freute mich riesig, als er beim Sackhüpfen der Länge nach hinfiel, und er ärgerte sich, als ich beim Seilklettern die anderen um Längen schlug. Junior gewann überhaupt keinen Preis, aber das war nichts Neues.

Mit Liedern und Reden, Predigten und Sketchen schleppte sich der Tag dahin. Es war fast acht Uhr, als wir die Schulhymne sangen:

Heil dir,
   Sankt Boniface!
   Wir halten dir ewig die Treu
   In Ehre und Ehrfurcht
  Die Farben Purpurrot und Blau

Ganz im Vertrauen hatte Mr. Pugh mir gestanden, dass das schlechte Lyrik war, doch Mr. Babcock war ganz aufgewühlt. Schließlich hatte er seine Gefühle wieder so weit unter Kontrolle, dass er uns in seinen LaSalle verlud und Richtung Stadt fuhr.

»Ein wunderbares, wunderbares Fest«, wiederholte er unentwegt. Dann fuhr er in gemäßigterem Ton fort: »Und jetzt auf ins Old Coolidge House zum Abendessen.«

Mir stockte der Atem. Dann sagte ich: »Vielleicht sollten wir lieber in das einfache Esslokal gehen, Mr. Babcock. Das ist viel preiswerter.«

»Nicht nötig, Patrick. Es werden keine Kosten gescheut, an so einem schönen Fest wie diesem. Außerdem wartet Eunice – ich meine, Mrs. Babcock – im Hotel auf uns.«

Eunice wartete tatsächlich, bereits etwas ungeduldig, im Foyer. Es wimmelte von St.-Boniface-Vätern und deren Söhnen, und im Türrahmen zum Speisesaal war eine Samtkordel gespannt. Ich war in heller Aufregung. Draußen war es bereits dunkel, und jeden Moment war mit Tante Mames Rückkehr zu rechnen. »Hier ist es so voll, Mr. Babcock, und vielleicht hat Mrs. Babcock schon Hunger. Sollen wir es nicht mal im Ye Olde Greene Shutters Sweete Shoppe versuchen?« Mrs. Babcock lächelte mich matt an, Mr. Babcock blieb streng.

»Nein, Patrick. Dann warten wir eben hier. Außerdem

muss ich gleich nach dem Essen in den Miles Standish Room zur Vorstandssitzung.« Also warteten wir.

Schließlich ergatterte er, indem er unnötig unfreundlich die Kellnerin anfuhr, einen Tisch gleich neben der Tür. Es gab viele Väter, die beschwipst waren, wie mir auffiel, und ihre Jungen zu Steak und sogar zu Wein einluden. Nicht so Mr. Babcock. Er bestellte vier Gemüseplatten mit pochierten Eiern und eine Runde Instantkaffee. Dann machte er sich daran, mich wegen der vielen Tadel und der rapiden Verschlechterung meiner Zensuren in den letzten Wochen ins Gebet zu nehmen. Ich enthielt mich lieber der Bemerkung, dass Junior noch nie eine bessere Note als Befriedigend bekommen hatte, in keinem Fach, außer in Betragen und Bespitzeln, und ertrug die Ausfälligkeiten des alten Langweilers mannhaft.

Zwischen zwei Gabeln erkundigte sich Mrs. Babcock nach Tante Mames Befinden. Mr. Babcock schauderte. Tante Mame war sein Hassobjekt. »Ich habe sie seit Weihnachten nicht mehr gesehen«, fing ich artig an, »aber …«

Draußen war ein Knall zu hören, dann eine schrille Stimme: »Ito, Sie haben den nagelneuen Cadillac gerammt!«

»Kein Caddy Lack, Missy, issie LaSalle-Auto.«

»Ich habe so ein komisches Gefühl«, klang jetzt Agnes' Stimme heraus. »Mir egal, was Sie sagen, Mrs. Burnside, aber ich glaube, es ist …«

Alle Farbe wich aus meinem Gesicht, doch dann, als ich Agnes' schweres Stampfen auf der Treppe hörte, nahm ich meine ganze Kraft zusammen. »Ja, Mr. Babcock«, brüllte ich, »Tante Mame habe ich seit Weihnachten nicht mehr gesehen. Sie ist verreist, ganz weit weg, nach Europa.«

»Nicht so laut, Patrick«, sagte Mr. Babcock.

»Machen Sie sich nicht lächerlich, Agnes«, tönte jetzt Tante Mames Stimme aus der Dunkelheit. »Das bilden Sie sich nur ein. Nach meiner Rechnung ist es nicht vor Dienstag fällig.« Ich hörte die Fliegengittertür ins Schloss fallen, und aus den Augenwinkeln sah ich Tante Mame, die wie eine Spionin des österreichisch-ungarischen Kaiserreiches zurechtgemacht war, ganz in Schwarz, mit wehendem Schleier.

»Aber, Mrs. Burn ...«

Mr. Babcock erbleichte und traf Anstalten, sich von seinem Stuhl zu erheben, wobei er die Serviette so krampfhaft festhielt, dass die Knöchel seiner Hand weiß hervortraten. »Ich könnte schwören, dass ich gerade die Stimme von ...«

In einer Eingebung verschüttete ich die Kanne Instantkaffee auf seinem Schoß. Ein Aufschrei, vor Wut und Schmerz, genau in dem Moment, als Tante Mame in den Speisesaal spähte und gleich danach die Treppe hinaufhastete, drei Stufen auf einmal nehmend, und die arme Agnes hinter sich herzog.

Mr. Babcock schimpfte wie ein Rohrspatz. Er sagte, ich sei ein ungehobelter, unverschämter, unaufmerksamer, dummer, rücksichtsloser Bengel, kein Wunder, bei der Erziehung könne man nichts anderes erwarten. Dann sagte er noch, er werde die Rechnung für eine neue Hose von meinem Treuhandvermögen abziehen. Von mir aus hätte er das Geld für eine ganze Garderobe abziehen können, wenn er nur aus Apathy abreiste, ohne vorher entdeckt zu haben, wer außer ihnen noch im selben Hotel abgestiegen war. Seine Wut steigerte sich, als er entdeckte, dass eine

Stoßstange an seinem nagelneuen Auto eine Beule hatte, und ich dankte Gott, dass von Ito und von Tante Mames Rolls Royce nichts zu sehen war. Sprachlos vor Wut fuhr Mr. Babcock Junior und mich zurück zur Schule. Als ich mich für den wunderschönen Tag bedankte, knurrte er zornig, dann fuhr er wieder ins Hotel, um rechtzeitig zur Vorstandssitzung da zu sein. Kaum war Mr. Babcock abgedüst, vernahmen Junior und ich das laute Dröhnen von Dr. Cheeveys altem Auto.

»Das ist der Nash, die alte Schrottmühle«, spöttelte ich. »Nach so viel Gesäusel und Gebuckel verdrückt sich Cheevey bestimmt in die Stadt, um eine Nummer zu schieben.«

»Er fährt zur Vorstandssitzung, in der auch Daddy ist«, sagte Junior selbstgerecht. »Hast du denn nichts anderes als Sex im Kopf?«

»In letzter Zeit nicht mehr«, sagte ich.

Nach der berauschenden Hektik des Vater-und-Sohn-Tages herrschte jetzt buntes Treiben im Wohnheim, und der arme Mr. Pugh versuchte auf seine ruhige, besonnene Art, die Jungen zu überreden, auf ihre Zimmer und ins Bett zu gehen. Er warf mir einen gehetzten, fragenden Blick zu, und ich erwiderte diesen mit einem, der besagte, dass noch nicht alles verloren sei. Dann klingelte das Telefon in seinem Zimmer, und er rannte los, um abzuheben.

Ich rechnete mir aus, dass Agnes heute wohl mehr als das nötige Quantum an Frischluft abbekommen hatte, und fing an, mich auszuziehen, da platzte Mr. Pugh in mein Zimmer. »Junior Babcock«, sagte er ganz außer Atem, »los, gehen Sie Zähne putzen.«

»Ich habe schon Zähne geputzt«, sagte Junior gereizt.

»Dann putzen Sie sie eben noch mal. Ihre Zähne sehen fürchterlich aus. Und jetzt ab, marsch, marsch!«

Kaum war Junior aus dem Zimmer, packte mich Mr. Pugh an den Armen. »Schnell«, sagte er, »ziehen Sie sich an. Wir müssen zum Hotel.«

»Zum Hotel? Heute Abend würde ich mich nicht mal in die Nähe des Hotels wagen. Mr. Babcock ist da, der alte Cheevey ist da, der komplette Schulvorstand ist da. Wollen Sie, dass ich so kurz vor dem Abschluss noch von der Schule fliege?«

»Tun Sie, was ich Ihnen sage, und beeilen Sie sich. Es geht um die arme Agnes, ich meine Mrs. Gooch. Ihre Tante hat angerufen. Irgendwas ist passiert, und sie kann den Arzt nicht erreichen. Beeilen Sie sich, Menschenskind, beeilen Sie sich!« Er nahm mich an die Hand, und wir rannten Hals über Kopf durch den Flur. Als wir an dem Stromkasten vorbeikamen, legte Mr. Pugh den Lichtschalter um, und Dunkelheit senkte sich über die Räume. »Bettruhe!«, rief er. Er hielt meine Hand noch fester umklammert, und wir liefen weiter durch das finstere Gebäude. Vor mir hörte ich die Tür zum Waschraum quietschen, und in dem Lichtstrahl, der von den Toiletten herüberschien, erkannte ich schemenhaft Junior, der sich seinen Weg vom Klo zum Zimmer ertastete. Es war zu spät, ich konnte es nicht mehr verhindern: Wir stießen in der Dunkelheit zusammen, und Junior landete mit einem Plumps auf dem Linoleumboden. »Können Sie nicht gucken, wo Sie hingehen, Babcock?«, brüllte Pugh ihn gereizt an. Sollte Junior geantwortet haben, dann habe ich es jedenfalls nicht mehr gehört. Mr. Pugh und ich waren längst draußen und liefen in die Stadt.

Mr. Pugh sah aus wie ein Strauß und lief auch wie einer. In kürzester Zeit waren wir am Old Coolidge House angelangt, und ich blieb stehen. »Kommen Sie«, rief er und ging zum Eingang.

»Nein«, sagte ich. »Nicht ums Verrecken. Der gesamte Schulvorstand ist da drin. Klettern Sie lieber mit mir am Seil hoch. Sie dürfen doch eigentlich auch nicht hier sein.«

»Seien Sie nicht albern. Die werden uns schon nicht entdecken. Es ist wichtig, was wir hier machen.«

»Mein Schulabschluss auch. Nehmen Sie die Treppe, ich klettere am Seil hoch.«

Er stieß durch die Eingangstür und war verschwunden. Ich rannte zur Rückseite des Hotels und pfiff. Es war gar nicht nötig, das Seil hing schon von Tante Mames Zimmer herab. Schnaufend fing ich an hochzuklettern. Vermutlich war ich doch erschöpfter, als ich dachte, denn auf halbem Weg musste ich anhalten, um Luft zu holen. Da, ein schrecklicher Schrei, unmittelbar vor mir. Dann ging das Licht an, und ich baumelte direkt vor Mrs. Babcock, angetan lediglich in Nachthemdchen und Lockenwicklern.

»Aaaah!«, schrie sie. »Hilfe! Dwight! Dwight! Ein Dieb!«

Ich ließ los und plumpste mit einem Knall ins Gebüsch. Im ganzen Old Coolidge House gingen jetzt Lichter an. Ich hechtete zum Eingang, im selben Moment trat der Empfangschef vor die Tür. Ich machte auf dem Absatz kehrt, lief einmal um das Hotel herum nach hinten, durchquerte, begleitet von Geschirrbruch, die Küche und flitzte die Hintertreppe hinauf. Alle möglichen Stimmen waren jetzt zu hören, am lautesten jedoch die von Mrs. Babcock. Ich lief über den Flur im ersten Stock, da sprang eine Tür vor mir auf, und zwanzig Männer in St.-Boniface-Blazern strömten heraus. »Da ist er!«, rief jemand. Ich erkannte die Stimme, es war Mr. Babcock, aber jede Lust auf ein Gespräch mit ihm war mir vergangen. Stattdessen stürzte ich die letzte Treppe hinauf, hinein in Tante Mames Zimmer.

»Darling! Mein Junge! Da bist du ja endlich!«, rief Tante Mame und verriegelte die Tür hinter mir.

»Wie geht's der guten Agnes?«, keuchte ich.

»Nicht gut, Darling, aber ich habe endlich den Arzt am Telefon erwischt. Er ist unterwegs.«

Draußen auf dem Flur herrschte große Aufregung. »Da ist er rein!«, rief eine Stimme. »Brecht die Tür ein!« Heftiges Stemmen und Schlagen. Gebannt beobachtete ich, wie die alte Tür nachgab. Die antiken Beschläge hielten nicht lange stand, und mit einem ohrenbetäubenden Krach fiel die Tür ins Zimmer, gefolgt von zwanzig alten Männern in St.-Boniface-Blazern, dem Empfangschef und Mrs. Babcock. Einmal eingebrochen, waren sie nicht mehr zu bremsen und stießen Tante Mames Bridgetisch und ihre Zimmerbar gleich mit um. Mrs. Babcock, die an dem Türeintreten gar nicht beteiligt gewesen war, stand als Einzige noch auf den Beinen, dennoch brachte sie es fertig, ins Grammophon zu torkeln, das daraufhin den »Empty Bed Blues« anhob.

»Ach, du meine Güte!«, japste Tante Mame. »Revuetänzer!«

Ich muss gestehen, die Vorstandsmitglieder, kostümiert in roten und blauen Blazern und weißen Baumwollhosen, hingestreckt auf dem Boden zwischen Spielkarten und Flaschen, sahen tatsächlich ein wenig aus wie eine seit Langem verkannte und vernachlässigte Tourneetruppe der *Floradora*. Ich musste unwillkürlich lachen, aber es war nicht der Zeitpunkt für Witzeleien.

»Da ist er!«, kreischte Mrs. Babcock. »Das ist der Junge! Diese Krawatte und die dunkle Brille würde ich jederzeit wiedererkennen!«

»Aber, Mrs. Babcock«, sagte ich, »ich wollte doch nur ...«

»Mein Gott«, sagte eine Stimme, »das ist ja dieser Rüpel Dennis. Der und seine schamlose Tante.« Sich aus dem Gewühl von Armen und Beinen befreiend, näherte sich bedrohlich Mr. Babcock. »Und du willst also diese Hexe seit Weihnachten nicht gesehen haben, was? In Europa, sagst du, soll sie sein, was? Ich will dir sagen, wo ihr beide hingehört ...«

»Dennis! Was hat das zu bedeuten?« Es war Dr. Cheevey, seine schwarzen Augen waren kleiner und fieser als sonst. »Was haben Sie zu dieser Nachtzeit außerhalb der Schule zu suchen? Wo ist Ihr Passierschein?«

»Ich habe keinen«, flüsterte ich.

»Wozu braucht der arme Junge einen Passierschein, wenn ich bei ihm bin, sein rechtmäßiger Vormund, der sich um ihn kümmert?«, fragte Tante Mame mit so viel Naivität in der Stimme, wie sie aufzubringen vermochte. »Ist heute nicht Muttertag oder so was?«

»Halt die Klappe, bitte«, murmelte ich.

»Dennis, Sie sind eine Schande für die Uniform«, fauchte Dr. Cheevey.

»Unsinn! Der Junge trägt ja überhaupt keine«, stellte Tante Mame in treuer Ergebenheit fest.

»Das macht gleich mal fünfzig Tadelpunkte!«, sagte Dr. Cheevey.

»Der wollte mich bestehlen«, heulte Mrs. Babcock. »Meine Opalbrosche lag offen auf meinem …«

»Du Schuft!«, sagte Mr. Babcock und trat noch näher.

»Fassen Sie dieses unschuldige Kind ein einziges Mal an, und ich rupfe Ihnen den Schädel kahl«, sagte Tante Mame und stellte sich zwischen uns. Dann korrigierte sie ihre Drohung. »Kahler, als er schon ist.« Löwenmutter war ihre Glanzrolle.

Dr. Cheevey trat wieder auf den Plan. »Nach Bettruhe außerhalb der Schule. Ohne Passierschein. Unkorrekte Kleidung. Versuchter Diebstahl. Eins allein reichte für einen sofortigen Rausschmiss. Ich würde sogar sagen …«

Ein lauter Schmerzensschrei von nebenan unterbrach ihn. »Mrs. Burnside, ich …« Es war Agnes. Ich verstand wenig von Schwangerschaft und Geburt, aber was hier bevorstand, war nicht zu übersehen, auch für mich nicht.

»Allmächtiger«, stöhnte Dr. Cheevey, »wer sind Sie denn?«

»Ich«, stellte Agnes mit schlichter Vornehmheit klar, »bin Mrs. Patrick Dennis.«

»Du lieber Gott«, flüsterte Mr. Babcock.

»Eine Junge von St. Boniface, verheiratet … und bald Vater?«, sagte eines der Vorstandsmitglieder. »Das ist ja widerlich. Gibt es denn keine Regel gegen so …«

»Ich wüsste nicht«, sagte Dr. Cheevey dümmlich. »Das ist ein Präzedenzfall.«

»Ich bin nicht mit Agnes verheiratet«, jammerte ich. »Wir sind nicht mal miteinander verlobt. Sie sagt einfach nur jedem, der es hören will …«

»Bedenke«, hob Dr. Cheevey unheilschwanger an. »Denke an den Ruf der Schule!«

»Und an meinen!«, klagte Agnes.

»Aufhören, alle miteinander«, rief eine Stimme. Mr. Pugh stellte sich wie ein Racheengel an Agnes' Seite. »Patrick ist unschuldig. Ich habe ihn genötigt, hierherzukommen. Und diese junge Frau – dieses Vorbild an befleckter Tugend – ist nicht seine Frau. Sie ist meine Frau, das heißt, wird in Kürze meine sein.«

»Ernest!«, überkam es Agnes, und sie schlang ihre Arme um ihn. Dann krümmte sie sich, weil sie etwas anderes überkam.

»Pugh, wir brauchen Sie in St. Boniface nicht mehr!«, polterte Dr. Cheevey. »Sie …«

»Da bin ich. Ich war bisher immer noch schneller als der Klapperstorch zur Stelle«, ertönte eine muntere Stimme von der Tür. »Jetzt aber los! Das wird ein Kopf-an-Kopf-Rennen zum Krankenhaus, Mrs. Dennis.«

»Miss Gooch, wenn ich bitten darf, Doktor«, sagte ich.

»Mrs. Pugh, wenn *ich* bitten dürfte«, sagte Mr. Pugh.

»Tut mir leid, meine Herren«, fuhr der Arzt energisch fort, »Sie müssen mich durchlassen. Ich muss diese Lady ins Krankenhaus bringen. Mein Auto steht vor der Tür.«

»Warte, ich komme mit«, sagte Mr. Pugh und schnappte sich Agnes' Tasche. Die drei liefen hinaus, und von Agnes hörte ich nur noch Schmerzensschreie.

»Nun zu Ihnen, junger Mann«, fing Dr. Cheevey an.

»Patrick!«, sagte Tante Mame plötzlich. »Die arme Agnes! Ich darf sie jetzt nicht allein lassen, wenn sie ihr Kind bekommt, nach allem, was wir gemeinsam durchgemacht haben. Wir müssen hinterherfahren!« Mit der einen Hand packte sie ihre Handtasche, mit der anderen ergriff sie mich am Arm und scheuchte mich aus dem Zimmer nach draußen in den Gang, die Treppe hinunter.

»Haltet den Bengel!«, schrie Mr. Babcock.

»Dennis! Ich befehle dir …« Den Rest von Dr. Cheeveys Rede bekam ich nicht mehr mit.

»Wo, wo ist dein Auto?«, hechelte ich, als wir auf die Straße traten.

»Ito hat es in Boston versteckt. Egal. Ich leihe mir diese alte Schrottmühle hier aus.«

Ehe ich mich versah, hockte ich auf dem Beifahrersitz eines mir völlig fremden Wagens, Tante Mame neben mir, über das Steuerrad gebeugt. Es gab ein donnerndes Dröhnen von sich, und die Kiste sprang an.

»Hurrah! Wir fahren!«, rief Tante Mame.

»Meine Güte! Von allen Autos in Apathy musstest du ausgerechnet den alten Nash klauen!«

Um es kurz zu machen: Agnes schenkte einem kleinen Mädchen das Leben, das sie auf den Namen Mame Patrick Dennis Burnside Pugh taufte. Noch im Krankenhaus, sobald er die Heiratserlaubnis erwirkt hatte, heiratete Mr. Pugh seine Agnes. Natürlich flog er von der Schule, aber Tante Mame verschaffte ihm eine viel bessere Stellung an einer viel besseren Schule. Heute ist er Direktor der Schule, und er soll dort sehr zufrieden sein.

Mit einer Anklage wegen Einbruchs durch ein Fenster und Diebstahls eines Autos im Rücken, hatte es keinen Zweck, nach St. Boniface zurückzukehren. Tante Mame sah das genauso. Aus der Luxuskabine der *Normandie* schrieb sie Dr. Cheevey einen kurzen, einfallsreichen Brief, in dem sie ihm mitteilte, wo sein Auto stand, beigefügt ein Scheck über eine große Summe, die Spende für eine neue Bibliothek, vorausgesetzt, man würde sie nicht nach ihr benennen – eine Klausel, die der Schulvorstand von St. Boniface liebend gerne erfüllte.

Ob ich je meinen Abschluss an der Schule gemacht habe, weiß ich gar nicht so genau. Die Aufnahmeprüfungen für das College hatte ich bereits absolviert, daher spielte es keine große Rolle. Aber da ich immer noch um Spenden für den Ehemaligenfonds von St. Boniface gebeten werde, nehme ich es an.

7

Tante Mame
an der Eliteuniversität

D em *Reader's Digest* zufolge legte die unvergessliche
Jungfer auch großen Wert auf Bildung. Sie selbst
hatte nicht viel Bildung abbekommen – erstaunlich, wie
ich finde –, aber sie entschied, dass ihr kleiner Waisenknabe
aufs College gehen sollte. Die Unvergessliche war dermaßen Feuer und Flamme für die akademische Ausbildung ihres Schützlings, dass sie sich selbst mit Begeisterung in das Leben auf dem Campus stürzte, nur damit
sie Anteil an seinen schulischen Interessen nehmen und
dafür sorgen konnte, dass seine Collegejahre reibungslos
verliefen.

Finden Sie das wirklich so toll? Tante Mame setzte noch
einen drauf – sogar zwei –, dabei hatte sie bereits ein College besucht.

Im Sommer des Jahres 1937 wurde ich achtzehn. Von
diesem Tag an blieb es ganz und gar mir überlassen, was
ich mit meiner Zeit, meinem Geld, meiner Ausbildung
und mit mir selbst anfing.

In seinem kleinen Büro bei der Knickerbocker Trust
Company besprachen Mr. Babcock und ich die vielen For-
malitäten. Er war sehr geschäftsmäßig, sehr unpersönlich.
Ich konnte ihm bei den technischen Details der Kapital-
anlagen nicht immer ganz folgen, aber so viel hatte ich

begriffen, dass ich mit achtzehn Jahren verhältnismäßig reich war. Die Knickerbocker Trust Company hatte jeden Cent meiner Erbschaft in solide und konservative Aktien und Wertpapiere angelegt, nichts Auffälliges, nichts Riskantes, und während der Weltwirtschaftskrise war mein kleines Häufchen sogar immer weiter angewachsen, bis es »fast ein Vermögen« geworden war, wie Mr. Babcock sich ausdrückte.

»Also gut«, sagte Mr. Babcock kühl, »ich hoffe, dass Sie nun in allen Einzelheiten im Bilde sind. Möchten Sie noch irgendetwas erklärt haben?«

»Nein, danke, Mr. Babcock.«

»Von dem Moment an, an dem Sie diese Dokumente unterzeichnen, sind Sie Ihr eigener Herr. Ich werde nicht mehr zuständig sein für Ihr Geld. Das ist ein erschreckender Gedanke. Ich hoffe – alle hier bei Knickerbocker Trust hoffen –, dass Ihr Geld in unserem Haus verbleiben wird. Sie werden zugeben müssen, dass wir gute Arbeit geleistet haben und uns anständig um Ihren Besitz gekümmert haben, trotz eines gewissen Herrn im Weißen Haus. Und ich persönlich habe mich bemüht, Ihnen, soweit Ihre Tante Mame mir das gestattet hat, in den schwierigen Jahren Ihrer Jugend zur Seite zu stehen. Ob ich auch diesbezüglich gute Arbeit geleistet habe, vermag ich nicht zu sagen. Ab jetzt können Sie frei über alles verfügen. Wie der Markt momentan aussieht«, fuhr er fort, »belaufen sich die Zinsen auf dieses Geld bei der jetzigen Anlage auf etwas über achttausend Dollar per annum. Das ist ein recht hübsches Sümmchen.«

»Das kann man wohl sagen«, räumte ich ein und gab mir keine Mühe, das Leuchten in meinen Augen zu verbergen.

»Und natürlich können Sie auf dieses Einkommen zurückgreifen.«

»Ich brauche also nur zu fragen?«

»Korrekt. Sie brauchen nur schriftlich darum zu bitten.«

Ich nahm den Notizblock von seinem Schreibtisch und schrieb: »Bitte geben Sie mir sofort 5000 Dollar. Hochachtungsvoll, Patrick Dennis.«

»Bitte schön, Mr. Babcock«, sagte ich und übergab ihm den Zettel.

Er ließ die Schultern hängen, und sein Gesicht war das Abbild der reinen Niederlage. »Oh Gott«, jammerte er, »was soll das für einen Zweck haben? Sie werden noch so enden wie Ihre verrückte, verschwenderische Tante. Aber jetzt ist es zu spät. Meine Mühe war umsonst. Ich gebe auf. Sie und diese Tante von Ihnen – da haben sich zwei gefunden! Sie werden noch mal als Schuldner im Gefängnis landen, und ich könnte nicht mal behaupten, dass mir das leidtäte. Der Kassenverwalter wird Ihnen das Geld geben. Gehen Sie jetzt. Möge Gott auf Sie aufpassen – es tut ja sonst keiner.«

Jetzt war ich also achtzehn, ich verfügte über mein eigenes Geld, ich hatte meine Freiheit und meine Jugend. Ich kaufte einen kleinen Sechszylinder-Packard-Cabrio, die damals nicht einmal tausend Dollar kosteten, ein neues Grammophon, viele Schallplatten, sehr viele Kleider, und alle drei Monate schickte die Trust Company einen Scheck über zweitausend Dollar, die ich, entgegen Mr. Babcocks finsteren Prophezeiungen, niemals in Gänze auszugeben vermochte. Im Herbst fing das College an.

Der typische St.-Boniface-Absolvent, der aufs College wechselte, hatte eine Leidenschaft für den Mannschaftssport, eine Vorliebe für Mädchen vom Bryn Mawr College und zeigte eine geradezu hündische Ergebenheit an die überlieferten schulischen Traditionen. Das war das Erkennungszeichen von St. B., und da ich die St. Boniface Academy eindeutig gegen meinen Willen besucht hatte, beschloss ich, mich so untypisch wie möglich zu geben. Andererseits sah ich mir die Studienanfänger an, die mit einem Lebensziel vor Augen herkamen – die Jungen, die unzusammenhängende Blankverschen an die prätentiösen literarischen Zeitschriften schickten; die Jungen, die eine Art neues Christentum verbreiteten; die Jungen, die mit erregter Stimme von dem Theaterklub verlangten, unbedingt Sophokles aufzuführen –, und sie erschienen mir damals genauso unreif und aufgeblasen und affektiert wie heute. Ich passte also in keine Kategorie, ich fühlte mich an nichts und niemanden gebunden.

Dennoch fand ich schon bald, gemeinsam mit vier anderen jungen Männern, die so waren wie ich, meinen Platz auf dem Campus. Wir hatten nicht den Geist, der an der Schule herrschte, verinnerlicht, wir hatten keine College-Wimpel an der Wand, keine Pokale, keine Reproduktionen von Cézanne oder Rouault. Wir hatten lediglich Möbel, Ginflaschen, Bierdosen, Schallplatten und unseren *New Yorker.* Das Footballteam konnte gewinnen, verlieren oder tot umfallen – uns war es egal. Übrigens verlor es in den vier Jahren drei Mal. Der Debattierklub mochte zum Thema Russland beschließen, was er wollte: ob Freund oder Feind – uns war das schnuppe. Die Theater-AG konnte *Elektra* aufführen, in modernen Kostümen, oder *Die Frauen,* von mir aus nackt – uns ließ das kalt. Die politisch Engagierten mochten alle möglichen Versammlungen einberufen, zu Studentenstreiks aufrufen, soviel sie wollten – uns betraf das nicht. Und die Frommen, sie konnten alle Seelen erretten, nur die unseren nicht. Wir kümmerten uns um ausreichende Zensuren, weil es sich empfahl – ansonsten lagen unsere Interessen außerhalb des Campus.

Unser Gott hieß Fred Astaire. Er war so, wie wir sein wollten: geschliffen, weltmännisch, lässig, mondän, intelligent, erwachsen, geistreich und klug. Wieder und wieder sahen wir uns seine Filme an, spielten seine Platten, bis sie abgenudelt und verkratzt waren, kleideten uns wie er, wenn wir uns trauten. Stellten sich irgendwelche Krisen in unserem jungen Leben ein, fragten wir uns, wie hätte Fred Astaire sich verhalten, und entsprechend verhielten wir uns. Wir hielten uns für tolle Kerle, dabei waren wir eigentlich nur jung.

Jedes Wochenende fuhr ich nach New York mit einer Ladung Fred-Astaire-Juniorausgaben, die sich bei meiner Tante in den Gästezimmern des großen Hauses am Washington Square einnisteten und sich ihrer Gastgeberin gegenüber in Mondänität übten. Tante Mame war entzückt. Sie hatte gerne Gesellschaft, und je jünger und ausgelassener, desto lieber. Sie brachte uns bei, wie man Drinks mixte, so wie Fred Astaire sie ihrer Meinung mixen würde, sie besorgte uns scharenweise Girls und erschlich Einladungen zu den angesagtesten Partys. Sie ergötzte uns mit witzigem Tratsch und belieferte uns mit einem nicht enden wollenden Strom ihrer berühmten Freunde, die für uns aufspielen durften. Die Jungen verehrten sie, und aufgrund dieser verschwenderischen Wochenenden bei Tante Mame gerieten wir an der Schule rasch in den

Ruf, geheimnisumwittert, reif, welterfahren und ziemlich leichtlebig zu sein.

Später traten wir alle in denselben Klub ein – nicht, weil wir den Klub mochten, und auch nicht, weil der Klub uns mochte, sondern weil unsere Familien, unsere Kleidung, unsere Verbindungen, unser Geld und unser schulisches Ansehen uns zu erwünschten Mitgliedern machten. Der Klub rollte uns daraufhin den roten Teppich aus und verfügte über einen direkten Draht zu den hübschesten Mädchen. Daher ergab sich eine gegenseitige Anziehung. So viel zur Reinheit jugendlicher Freundschaften.

Als mein erstes Studienjahr sich dem Ende zuneigte, hatte bei Tante Mame eine subtile Veränderung stattgefunden. An einem Wochenende war ich nach Boston gefahren, um dort eine Freundin zu besuchen, die ich kennengelernt hatte, und als ich, zurück am College, mein Zimmer betrat, wartete dort Tante Mame und ging wütend auf und ab. »Wie kannst du es wagen!«, sagte sie.

»Was?«

»Wie kannst du es wagen, nach Boston abzuhauen, ohne mir ein Wort davon zu sagen? Ich sitze Däumchen drehend zu Hause und warte auf dich und deine Freunde, und du besitzt nicht einmal den Anstand, mir wenigstens eine Postkarte zu schicken und zu sagen, dass du nicht kommst!«

»Aber ich gebe dir doch sonst auch nie vorher Bescheid, wenn ich nicht komme, nur, wenn ich komme.«

»Seit Monaten bist du mit deinen Freunden bei mir zu Gast. Ich musste also davon ausgehen, dass du kommst. Stattdessen sitze ich da, einsam und alleine, sorge mich halb zu Tode, habe eine ganze Meute interessanter Leute eingeladen, und dann kommst du nicht.«

»Aber, Tante Mame ...«

»Unterbrich mich nicht. Ich hatte nicht vor, ein Hotel für einen so jungen, undankbaren Menschen wie dich zu führen. Und ich hatte auch nicht vor, mein Privatleben aufzugeben, nur weil mein gedankenloser Herr Neffe meine Existenz als selbstverständlich hinnimmt, dem es aber sonst egal ist, ob ich tot oder lebendig bin. So. Für nächstes Wochenende habe ich eine wunderschöne Party geplant, und ich möchte, dass du mit all deinen Freunden kommst. Ohne Wenn und Aber, verstanden? Und glaube ja nicht, ich würde das hier gleich wieder vergessen!« Sie schritt aus meinem Zimmer und knallte hinter sich die Tür zu.

Es war ein seltsamer Auftritt für eine Frau, die ein so zwangloses Leben führte wie Tante Mame, doch nach und nach kam ich hinter die Geschichte. Sie betrachtete meine Freunde als ihre Freunde. Sie fand Gefallen an ihnen, sie wiederum schmeichelten ihr, amüsierten sie, gaben ihr das nötige Selbstvertrauen in den Glauben an ihre ewige Jugend. Mit der Zeit war sie abhängig von diesem Publikum geworden, vor dem sie mit ihrem sprühenden Geist, ihrem Charme, ihrem Reichtum und ihrem Aussehen glänzen konnte. Sie brauchten Tante Mame als Wirtin für Kost und Logis, Partys und Alkohol. Tante Mame jedoch brauchte sie noch für etwas darüber hinaus. Tante Mame brauchte sie, um sich zu vergewissern, dass sie noch immer jung, noch immer schön, noch immer begehrenswert war.

Danach verbrachten wir jedes Wochenende bei Tante Mame. Wenn wir nicht nach New York fuhren, kam sie zu uns. Sie kannte all die jungen klugen Intellektuellen unter den Lehrern, und sie war sehr gefragt. Wenn ich mal keine Lust hatte, nach Hause zu fahren, lud sie die anderen zu sich ein, ohne mich, und Biff oder Bill, Jack oder Alex verbrachten ausgelassene Wochenenden am Washington Square, lernten Tante Mames berühmte Freunde kennen, gaben sich lässig-elegant auf ihren Partys oder begleiteten sie zum Stork Club. Und Tante Mame, im Nerzmantel, mit Rolls Royce, extravagant gekleidet, war ein ebenso vertrauter und prächtiger Anblick wie das neue Stadion.

In meinem zweiten Studienjahr dann übte Tante Mame sich in erstaunlicher Zurückhaltung. Wenn sie über das Wochenende anreiste, machte sie jedem unmissverständlich klar, dass sie diesen Assistenten und seine Frau oder jenen Professor und Mrs. Soundso besuchte, und obwohl meine Freunde und ich sie häufig sahen, war es immer nur zum Lunch am Sonntag oder auf ein Glas.

In unserem dritten Studienjahr war sie immer noch eine Erscheinung auf dem Campus. Zwar verbrachte sie weniger Wochenenden mit diesem oder jenem Lehrer und seiner Frau, dafür lud sie meine Freunde immer häufiger zu sich nach New York ein.

Damals hatte ich gerade eine stürmische Affäre mit einer Kellnerin, die Bubbles hieß und mich in einem Imbiss in Newark hinter der Auslage mit Ananaskuchen verführt hatte, weswegen ich meine freie Zeit hauptsächlich mit Warten auf Bubbles im Robert Treat Hotel verbrachte. Infolge sah ich Tante Mame in diesem Jahr sehr viel seltener, und da meine lieben Kameraden so gut wie nie aus ihrem Blickfeld gerieten, schien es klüger, Bubbles vor den anderen nicht zu erwähnen.

»Darling«, sagte Tante Mame gegen Ende Februar, »man sieht dich ja kaum noch. Wo steckst du bloß immer an den Wochenenden? Ich habe alle deine Kommilitonen gefragt, aber sie wissen es auch nicht.«

»Ach, man kommt so rum«, sagte ich ausweichend. »Du weißt ja, wie das ist.«

»Nein«, sagte sie. »Ich weiß nicht, wie das ist. Sonst hätte ich nicht gefragt. Aber raten wird man doch wohl dürfen, oder? Bestimmt hast du eine Freundin.«

Ich lief rot an.

»Oh Darling, bring sie doch mal mit nach Hause! Ich würde sie liebend gerne kennenlernen. Wie heißt sie denn? Auf welche Schule geht sie? Hast du ein Foto von ihr?«

Ich hatte zwar ein Bild von ihr, aber es war keins, das man den lieben Verwandten zeigte. Überhaupt war Bubbles kein Mädchen, das man mit nach Hause nahm.

Im selben Moment entschied Tante Mame, doch lieber Alex Samba beizubringen, und das Gespräch wurde gnädigerweise unterbrochen.

Die Rendezvous mit Bubbles hielten mich in meinem dritten Studienjahr ganz schön auf Trab, aber wiederum nicht so, dass mir die weiteren Veränderungen, die mit Tante Mame und meinen Kameraden vor sich gingen, nicht aufgefallen wären. In den Frühjahrsferien brachte ich drei meiner Kommilitonen mit nach Hause, weil ich hoffte, sie würden Tante Mame ablenken, damit ich mich nach Newark und den geilen Reizen von Bubbles davonstehlen konnte. Das gelang ihnen auch, aber umso erstaunter war ich, als die Jungen einfach nur Mame statt Mrs. Burnside zu ihr sagten. Alex, ein paar Jahre älter als ich, sagte sogar Mame Darling zu ihr, und ich hätte schwören können, dass ihr Haar eine andere Farbe hatte als sonst.

Das war jedoch noch längst nicht alles. Während Biff und Bill jedem jungen Ding in New York hinterherliefen, trieb sich Alex nur im Haus am Washington Square herum. Er und Tante Mame waren so gut wie unzertrennlich. Sie tanzten zusammen, spielten Backgammon, gingen zusammen aus zum Lunch. Ein paar Mal erwischte ich sie dabei, wie sie in der Bibliothek miteinander flüsterten, und sie schauten mich beinahe unwillig an. Abends setzten sie sich regelmäßig ab – nur die beiden, ins Theater, ins Kino oder in einen Luxus-Nightclub – und ließen uns in dem höhlenartigen Haus allein.

Alex war der Astairehafteste von uns allen. Er war der Größte, der Älteste, der Reichste und der Kultivierteste. Aber er war nicht der Schneidigste, und ich konnte nicht ganz nachvollziehen, warum Tante Mame so viel ihrer wertvollen Zeit gerade ihm widmete. Sie war eine Frau, die viele Menschen um sich brauchte.

Bubbles jedoch bereitete mir genug Sorgen, dass ich mir nicht auch noch Tante Mames Probleme aufladen musste. Seit jener kalten Nacht im Januar, als ich ihren durchgehend geöffneten Imbiss betreten hatte, um eine Tasse Kaffee zu trinken, hatten wir ein Verhältnis miteinander. Damals war Bubbles voller Herzlichkeit und Zärtlichkeit gewesen, sie liebte mich, und sie liebte mich um meiner selbst willen. Wenn ich ihr kleine Geschenke mitbrachte, ein Fläschchen Parfum, ein schwarzes Nachthemd, ein Paar Strümpfe, eine Krokodilledertasche und passende Schuhe dazu, traten Tränen in ihre Augen. Doch als wir uns näher kennenlernten, wurde sie sich ihrer Macht bewusst, aufdringlich in ihren Forderungen. Um die plustrige Jacke aus Polarfuchsfell, die sie unbedingt haben wollte, bezahlen zu können, musste ich meine Manschettenknöpfe versetzen.

»Honey, ich brauche dringend so ein Zottelchen!« Als Nächstes behauptete sie, ihr Portemonnaie sei gestohlen worden, und ich musste ihr Geld geben, damit sie ihre Miete zahlen konnte. Um Ostern schließlich war keine Rede mehr von den Schnäppchen in den Lerner Shops, sondern mehr und mehr von den Kreationen einer Hattie Carnegie.

»Ganz ehrlich, Honey, manchmal denk ich, du schämst dich mit mir vor die vornehm Kumpels von die College. Iss nich so? Du schämste dich, sag schon, iss nich so?«

»Wirklich, lass mich damit in Ruhe. Du weißt genau, dass ich mich nicht für dich schäme, aber diese Fleischbeschauermeute würde dich nur langweilen. Es sind Kinder.«

»Dann biste also schon alt.«

Ich war gerade mal zwanzig, aber mit so einer wie Bubbles an der Seite alterte man schnell. »Ach Baby, vergiss es. Komm, wir gehen rüber ins Treat, und ich gebe dir einen aus.«

»Klar, klar, immer willste dein Vergnügn. Wir gehn ins Robert Treat, du gibs mir ein aus, dann gehn wir nach oben, gehm uns beide ein aus. Newark, Newark, immer nur Newark! Meine Fresse. Geboren in Newark, arbeiten in Newark, lieben in Newark. Wahrscheinlich sterbe ich noch in Newark. Und du, Mister Großherz, dir iss das scheißegal, iss dir das. Mir einladen nach New York kommt dir auch nich in Sinn. Kost nur fünf Cents mit die Fähre. Spendier ich dir, wenn du klamm bis. Ja, ja. Für Newark bin ich dir gut genug, aber mich mal in Stark Club ausführn oder mich mal der Tante von dir vorstellen, Mrs. Bunnyside, in diese schicke Villa von ihr – da habe ich Bilder von gesehn, kannste mir glauben, in *Harper's Bazar* warn die drin – am Washington Square, da iss Bubbles auf einmal nur das Betthäschen aus Jersey. Los komm, gibs zu! Du schämst dich für mich!«

Das Schlimme daran war, dass sie recht hatte. Ich schämte mich wirklich für sie. Ich schämte mich, dass ich mich mit ihr eingelassen hatte. Sie war eine billige, geldgeile kleine Nutte, die sich nur deswegen Kellnerin schimpfte, weil sie viel zu unaufrichtig war, um sich selbst als Nutte zu bezeichnen; und ich war ein billiger, versnobter, kleiner Schmarotzer, der sich Student schimpfte, weil ich viel zu unaufrichtig war, um mich selbst als Schmarotzer, und zu ehrlich, um die Nutte nicht als Mätresse zu bezeichnen. Denn nichts anderes war sie, eine Mätresse, und eine nervenaufreibende, herrische und teure obendrein.

»Na gut, dann gehst du eben nicht mit mir zu sonem schicken Schwof bei deine Tante. Führst du mich dann wenstigen zum Collegeball aus?«

Vor Schreck klappte mir die Kinnlade herunter.

»Nich verstanden? Der Studentenball für deine Jahrgang. Hab ich alles drüber in die Zeitung gelesen. Wenn du so stolz auf mich biss, warum gehst dann nicht mal mit mir zu die feine Partys und so? Na komm, Honey, ich war noch nie zu nem Studentenball war ich. Komm, Baby, bitte, bitte.«

»Baby, ich gehe nie zu diesen Partys an meiner Uni. Das sind Kindergeburtstage.«

»Du musst aber, Honey. Ich war noch nie auf so nem Studentenball. Hat sich nich ergehm nich. Als Papa tot ist und wir unser Import-Export-Business verlorn ham, musste ich von die Schule runter – meine Fahrkarte fürn richtigen Beruf.« Bubbles verstorbener Vater war mir bereits verschiedentlich als bedeutender Bankier, Anwalt, Chirurg, Börsenmakler und Unternehmer vorgestellt worden, aber ich war viel zu erschöpft, um sie darauf aufmerksam zu machen.

Bubbles hörte nicht auf, zu flehen, zu nörgeln, zu schmeicheln, zu drängen. Nach einer Stunde der Tränen und Drohungen gab ich auf.

»Also gut, wenn es denn sein muss, aber hör endlich auf zu weinen. Ich halte das nicht mehr aus! Ja! Ich nehme dich mit zu dem Studentenball!«

»Honey!«, strahlte sie durch den Tränenschleier hindurch.

Der Studentenball für unseren Jahrgang war das Ereignis des Jahres, selbst für Leute wie uns, die mit dem Geist der Schule nichts im Sinn hatten. Er fand am letzten Maiwochenende statt, und das ganze College putzte sich dafür heraus. Wenn man eine feste Freundin hatte, lud man sie übers Wochenende zu dem Ball ein, wenn man keine hatte, ging man eben mit dem Mädchen, das einem am meisten zusagte. Es war eine Tradition. Das ganze College öffnete seine Tore. Freitags gab jeder Club für seine Mitglieder und deren Freundinnen eine Abendgesellschaft mit Tanz, in den Räumen der Wohnheime wurde zu Cocktailpartys geladen. Samstags gab es verschwenderische Picknicks und Bier, soviel man trinken wollte, nachmittags für alle, die noch nüchtern genug waren, um zuzuschauen, ein erbittertes Bootrennen und Sonntagabend schließlich den Galaball.

Mit Fred Astaires »They Cant't Take That Away From Me« als sanfter Hintergrundmusik besprachen meine wählerischen Freunde den großen Studentenball, was für eine Party wir in unseren Zimmern veranstalten sollten und wer ausreichend ›Astaireoid‹ war, um eingeladen zu werden und wer nicht.

»Wieso findest du, dass Bugsy ein blöder Heini ist? Gut, er ist mal mit Brenda Frazier gegangen, mehr aber auch nicht«, sagte Biff.

»Das ist ihr Pech, nicht unseres«, entgegnete Jack gereizt. »Ich sage dir nur eins: Wenn der kommt, komme ich nicht.«

»Jetzt hört doch auf mit dem Scheiß«, schnauzte Bill die beiden an. »Was wir noch gar nicht geklärt haben, ist die Frage: Sollen wir Martini oder Scotch servieren, und wenn ja, wie viele Leute laden wir ein und wie viel kostet das. Pat, was meinst du?«

»Ich?«, sagte ich schamhaft. »Was soll ich sagen? Ich weiß gar nicht genau, ob ich überhaupt auf den Ball gehe oder nicht. Macht eure Pläne ruhig ohne mich.«

»Du weißt nicht, ob du auf den Ball gehst oder nicht?!«, kreischte Bill. »Meine Güte, willst du Astaire noch übertreffen?«

»Du weißt nicht, ob du auf den Ball gehst oder nicht?!«, wiederholte Bill ungläubig. »Seit wann das denn? Pass auf, Alter, wenn du Probleme hast, ein Mädchen zu finden – ich kann dich mit Mollies Cousine verkuppeln, Gloria Upson. Die geht noch auf Miss Chapin's Schule, aber Mann, oh Mann, hat die eine Figur!«

»Ihr könnt mir glauben«, sagte ich kühl, »eine Partnerin zu finden, ist nicht das Problem. Es ist nur so, dass ich an dem Wochenende nicht da sein werde.«

Ein seltsamer Ausdruck lag in Alex' Augen, als ich aus dem Zimmer schlenderte.

Um Bubbles vor dem Studentenball fernzuhalten, versuchte ich, feige wie alle Männer, die eine Frau loswerden wollen, jeden nur möglichen Trick, statt klipp und klar »Nein!« zu sagen. Ich versuchte es mit Anschweigen und ließ mich zehn Tage lang nicht in dem Diner in Newark blicken. Bubbles schien das nichts auszumachen. In einem schwachen Moment hatte ich ihr die Telefonnummer von meinem Zimmer gegeben, und am zehnten Tag rief sie an. Ich war ausweichend, bis sie sagte: »Was issen los, Honey? Biste krank oder was? He, Baby, ich mach mir Sorgen um dich. Willste herkomm oder soll ich zu dir komm, damit ich mich um dich kümmern kann?« Damit war die Sache klar. Noch in der Nacht fuhr ich nach Newark.

Danach versuchte ich, einen Streit mit ihr vom Zaun zu brechen. Ich war schwermütig und trübsinnig, verschlossen und schwierig, doch Bubbles, deren Hang zur Launenhaftigkeit legendär war, gab sich heiter gelassen wie die Mona Lisa. Sie redete von nichts anderem mehr als dem Studentenball, was sie anziehen würde, wer alles da sein würde und dass sie mit den wichtigsten Debütantinnen des Jahres verkehren würde. Mir schauderte. Ich wusste nicht, wie ich es bewerkstelligen sollte, aber eins stand fest: Auf keinen Fall würde Bubbles mit mir auf den Studentenball gehen!

Als die Woche anbrach, deren Ende von dem Ball gekrönt werden sollte, wusste ich, wie ich vorgehen würde. Ich würde Bubbles ein Telegramm schicken, ich läge auf der Krankenstation, etwas Hochansteckendes, und mich dann nach Philadelphia absetzen und abwarten, bis der Sturm vorüber war. Es war eine miese Masche, aber dafür hatte sie mir fast fünfhundert Dollar abgeluchst, nur um sich für ihr Debüt in den heiligen Hallen des Wissens einzukleiden.

Am Donnerstag, bevor die Festlichkeiten anhoben, war ich auf meinem Zimmer, hörte Fred Astaires Version von »Bojangles« und packte hastig ein paar Klamotten für meine Flucht zusammen. Alex lag auf dem Bett, trank ein Budweiser, da klingelte das Telefon. Es war Tante Mame. »Darling«, sagte sie, »kommst du am Wochenende nach Hause?«

»Nein, Tante Mame«, sagte ich, »du weißt doch, dass ich vorher immer eine Karte schicke, wenn ich komme.«

»Ach ja, wie konnte ich das nur vergessen. Aber wo fährst du denn eigentlich hin?«

»Du weißt doch, nach Philadelphia«, sagte ich deutlich.

»Bist du das ganze Wochenende über weg?«, fragte sie.

»Selbstverständlich. Warum fragst du?«

»Nur so, aus keinem besonderen Grund. Dann bist du also überhaupt nicht in der Schule?«

»Natürlich nicht.«

»Nicht vor Sonntagabend?«

»Nein, Tante Mame«, sagte ich, gereizt und verärgert, weil mein schuftiger Plan, mich abzuseilen, entdeckt worden war. »Was soll das Ganze?«

»Ach, gar nichts«, säuselte sie in ihrer gespielten Naivität, die mich regelmäßig misstrauisch machte. »Ich habe mich nur gefragt, was mein lieber kleiner Junge denn das ganze Wochenende so allein macht. Ich bleibe wahrscheinlich zu Hause, mit meinem Marcel Proust.«

»Dann richte ihm schöne Grüße aus«, sagte ich. »Ach, übrigens, Alex ist gerade hier. Willst du ihn sprechen?«

»Ach so, nein. Warum sollte ich? Grüß ihn von mir und sag ihm, wir würden uns bald wiedersehen. Und dir wünsche ich schöne Tage in Philadelphia, Darling.«

Es kam mir seltsam vor, dass Tante Mame anrief, aber sie war eben auch eine sehr seltsame Frau. Alex sah mich lange finster an und sagte dann, er würde jetzt ins Bett gehen.

»Mit wem gehst du eigentlich auf den Ball, Alex?«, fragte ich wie nebenbei und vorgeblich desinteressiert.

»Ach, irgend so eine Frau«, sagte er schnell und schloss die Tür.

Am nächsten Morgen war ich um acht Uhr auf. Das Telegramm, das ich mir ausgedacht hatte – *Mit Diphtherie im Krankenhaus. Untröstlich wegen Studentenball. Komm nicht. Darf keinen Besuch empfangen* – machte die Teilnahme am Seminar »Der englische Aufsatz« unnötig, und die Vorlesung über italienische Bildhauerei des vierzehnten, fünfzehnten und sechzehnten Jahrhunderts ließen sowieso immer alle ausfallen. Ich war entschlossen, allen dummen Fragen nach meinem Verbleib zuvorzukommen und dem Wochenendtamtam an der Schule zu entfliehen.

Die große rechteckige Uhr in der Schalterhalle der Western Union zeigte gerade halb zehn Uhr an, als ich das Telegramm an Bubbles mit der Bitte, mich wegen Krankheit zu entschuldigen, aufgesetzt hatte. Das hieß, dass ich in gemütlichem Tempo nach Philadelphia fahren konnte, wenn ich gegen Mittag da sein wollte. Ich pfiff die Melodie von »The Piccolino« vor mich hin, schlenderte nach draußen und schloss die Fahrertür meines Wagens auf. Mir erstarb die Melodie auf den Lippen. Auf dem Vordersitz hockte Bubbles.

»Über-raschung!«, kreischte sie. »Da bin ich, Honey! Wetten – hast mich nich so früh erwartet, was?«

»Na so was, Bubbles«, hauchte ich.

»Mensch, du siehs aus, als wär dir grade ein Geist begegnet. Na komm, krieg ich kein Schmatzerchen?«

Wie in Trance stieg ich ein.

»Iss nämlich so, Honey«, plapperte sie weiter, »der Koch, der sagt zu mir, ›man iss nur einmal jung‹, sagt er, ›kanns dir das ganze Wochenende freinehm.‹ Und da bin ich in aller Frühe aufgestanden und hab den ersten Zug genommen – war einklich ein regulärer Bummelzug – und dachte, überrasch ich dich mal.«

»Das ist dir gelungen«, sagte ich dumpf.

»Am Bahnhof habe ich kein Taxi gekriegt nich, marschierst du eben hierher, habe ich mir gesagt, und dann, ich denke, ich seh nich recht, steht da dein Auto, habe ich an der Nummer aus New York erkannt, und ich setz mich rein. Hoffentlich haste mir nicht ein teures Hotelzimmer und so räsaviert, ich wohn nämlich bei meine Freundin Mavis.«

»Mavis Hooper?«, fragte ich ungläubig nach.

Mavis Hooper war die stadtbekannte Hure – uneheliche Tochter der Dorfnutte – und ein Mädchen fast ohne jede Intelligenz, obwohl angeblich Woodrow Wilson ihr leiblicher Vater war.

Mit Magenkrämpfen fuhr ich Bubbles zu dem berüchtigten Fachwerkhaus am Stadtrand, wo Mavis wohnte, und schleppte das nagelneue taubenblaue Kofferset die von Generationen geisteswissenschaftlicher Studenten ausgetretenen Treppenstufen hinauf.

»Komm rein, Honey, leg die Beine hoch«, sagte Bubbles.

»Ich kann nicht«, stammelte ich. »Ich habe ein Seminar in Kunstgeschichte.«

»Na schönchen, Professerchen. Ich mach mich nur eben frisch, dann latsche ich rüber zum Campus und hol dich zum Lunch ab.«

»Nein, nein! Das brauchst du nicht, Bubbles! Es ist ein ziemlich weiter Weg. Ich komme vorbei. Punkt zwölf Uhr.«

»Klasse. Kann ich mir solange mal das Örtchen beschnuppern. Bis dann, Honey!«

Mir schwirrte der Kopf. Wie gelähmt setzte ich mich hinters Steuer und fuhr zurück zum Wohnheim. Sollte ich mich je eines Machiavellischen Geistes gerühmt haben, Bubbles übertraf mich in jeder Hinsicht. Ich befand mich in einer Zwickmühle: Wenn ich jetzt zurück auf mein Zimmer ging und mich das Wochenende über bedeckt hielt, würde ich das Bubbles niemals erklären können. Wenn ich die Stadt verließ, für die gesamte Zeit oder sogar noch länger, würde Bubbles, von Natur aus neugierig, den Weg zum Wohnheim finden und eine Szene machen, die sich gewaschen hatte. Wenn ich mich erschoss ... Nein, entschied ich: Das Beste war, mich unverzüglich zum Wohnheim zu begeben, ein paar Klamotten einzupacken und mir eine Touristenhütte zu mieten und Bubbles von der Schule fernzuhalten, so fern wie möglich.

An dem Tag fuhren wir zum Lunch in einem Howard

Johnson's dreißig Kilometer weit, und dann machte ich lauter Umwege, um Bubbles die Landschaft zu zeigen.

»Honey, guck mal, wie spät es iss! Ich muss nach Hause und mich umziehn für die ganzn Cocktailpartys. Und was iss mit die Dinner mit Tanz im Club?«

»Club? Was für ein Club? Ich gehöre keinem Club an.«

»Du hörst keinem Club an?«, kreischte Bubbles. »Ich könnte schwörn, du hass mir gesagt, du wärst Mitglied im …«

»Ach, den«, sagte ich. »Bin ich ausgetreten. Vor zwei Monaten. Lauter Snobs. Keine Demokratie. Hör zu, Bubbles – sollen wir nicht auswärts was Kleines zu Abend essen, nur wir beide?«

»Na gut«, sagte sie verdrießlich, »aber ich hab noch kein einzigen Collegestudenten gesehen, seit ich angekommen bin.«

»Dafür ist noch Zeit genug«, sagte ich. »Es ist ja erst Freitag.«

Bis zum späten Abend konnte ich Bubbles in Schach halten.

»Was iss nu mit die Fackelzug und die Debütanten aus New York?«, fragte sie fortwährend.

»Der Fackelzug, das sind bloß viele brennende Streichhölzer in der Dunkelheit, mehr nicht, und die Mädchen aus New York reisen nicht vor morgen früh an. Es ist doch ganz schön weit.«

»Ja, ja, anderthalb Stunden mit die Bummelzug«, sagte sie grimmig. »Dann zeig mir mal dein Zimmer. Bestimmt so ne richtige Junggesellenbude.«

»Mädchenbesuche sind auf den Zimmern nicht erlaubt«, erwiderte ich rasch.

»Mavis hat aber gesagt …«

»Die sind strenger geworden. Ab jetzt gibt es Strafen.«

Gegen halb zwei Uhr konnte ich mich loseisen und verbrachte eine elende Nacht in den Kosy Komfie Kabins, verfluchte den Tag, an dem ich zum ersten Mal von Newark gehört hatte.

Am nächsten Morgen holte ich Bubbles früh ab, bevor sie Gelegenheit hatte, die Stadt zu erkunden und möglicherweise jemandem über den Weg zu laufen, den ich kannte. Sie trippelte in einem grellgrünen Kostüm aus Organdygewebe und einem großen Strohhut auf dem Kopf die Treppe bei Mavis hinunter. »Gefällt es dir?«, fragte sie und drehte sich dabei kokett. »Ich hoffe sehr, Honey. Das Geld, das du mir für Kleider gegeben hass, hat nicht ganz gereicht, deswegen iss es auf Pump.«

»Sehr hübsch«, sagte ich nüchtern und dachte an Mr. Babcock und die Knickerbocker Trust Company.

»Und? Alles klar für das große Picknick?«

Die Frage hatte ich erwartet und mich mit einer Antwort gewappnet – einem Paket Mortadella-Sandwiches und einer Kiste gekühltes Ballantine's aus dem Feinkostgeschäft.

»Aber, Honey«, jammerte sie los, »wann kriegen wa denn endlich die Collegestudenten zu sehn?«

Unser Picknick war nicht gerade ein Bombenerfolg. Bubbles setzte sich in einen Ameisenhaufen, und ich – der ich den Öffner vergessen hatte –, verletzte mich schlimm an den Lippen, als ich aus dem gebrochenen Hals einer Bierflasche trank. Als es Zeit für die Regatta wurde, war Bubbles nicht mehr zu halten.

»Ich will aber das Bootrennen sehn«, sagte sie.

Ich war ratlos. Auf Regen brauchte ich mir keine Hoffnungen zu machen. Ich fuhr extra über ein paar Glasscherben, aber den Reifen geschah nichts. Wir erreichten das Flussufer genau in dem Moment, als die Menschenmenge am dichtesten war. Damals war gerade die Wasserpistole eine beliebte Neuheit, und Bubbles äußerte ihre Meinung über einige Spaßvögel von Wellesley und Vassar, die gleich in der ersten halben Stunde ihr Kleid versauten – eigentlich meins, genau genommen –, laut und unverblümt.

Bubbles, in ihrem triefnassen grünen Kleid, sah verächtlich auf die Mädchen herab, denen sie nacheifern wollte – sie trugen Pullover und Röcke, Dirndlkleider und Blusen, Jeans und Sweatshirts. »Nicht gerade schick, findesse nich?«, rümpfte sie die Nase. »Oh, guck mal, sollen wir nicht da drühm hin, die sehn doch ganz nett aus.«

Mein Blick folgte ihrem ausgestreckten Finger und landete auf Biff und Bill und Jack, die mit einem Schwarm hübscher Benington-Mädchen lässig Bier süppelten. »Ach die, die will ich dir lieber ersparen«, sagte ich schnell. »Eine Horde blöder Heinis. Ich kenne eine Stelle, von der aus hat man einen viel besseren Blick auf das Rennen.«

»Auf den Start oder das Ziel?«

»Den Start – das ist viel interessanter.«

»Wen interessiert schon der Anfang von das Rennen?«

»Das Ende kann man von da aus auch sehen. Komm.« Ich packte sie am Arm und zerrte sie von der Zuschauermenge fort. Im selben Moment raste der blaue Lincoln-Zephyr, Alex' ganzer Stolz und ganze Freude, an uns vorbei. Ein regelrechtes Sperrfeuer aus den Wasserpistolen setzte ein, und Bubbles und ich gerieten voll in die Schusslinien. Der Wagen war im Nu wieder außer Sicht, aber gerade noch eben hörte ich die unverkennbare, silberhelle Stimme rufen: »Oh Darling, das ist ja der absolute Wahnsinn! Ich komme mir vor wie ein Kind!«

Ich blieb wie angewurzelt stehen. »Nein. Unmöglich«, sprach die Stimme der Vernunft in mir.

»Hasste diese Park-Avenue-Schnitte gesehen, die ihre ganze Wasserwumme auf mir abgefeuert hat? Verfluchte Scheiße, am liebsten würde ich der …«

»Jetzt komm schon«, sagte ich und entzog sie den Blicken der anderen.

Der Abend, an dem der große Ball stattfinden sollte, war mondhell. Als ich Bubbles abholen wollte, war sie noch nicht fertig angezogen, und ich, in steifer, unbequemer Abendgarderobe, wartete im Foyer des Maison Hooper auf sie. Ein paar Erstsemester klingelten und fragten, ob Mavis da sei.

»Heute Abend nicht«, sagte Mrs. Hooper vergnügt.

Einer von ihnen erkannte mich durch die Fliegengittertür. »Hast du hier einen Job als Barpianist, Dennis?«, rief er. Ich zuckte zusammen.

»Ts, ts. Diese Kinder!«, gluckste Mrs. Hooper. »Früh übt sich, wie man so sagt. Meine Güte, ich kann mich noch daran erinnern, als Sie regelmäßig hier verkehrt haben.«

Nach sehr langer Zeit tauchte Bubbles endlich auf. Aufgefallen war sie bereits am Nachmittag zwischen den rosigen Collegegirls, jetzt stach sie förmlich hervor. Sie trug eng anliegenden Goldlamé mit Schlitzen aus rotem Samt, die Arme schwer behangen mit blechern klimpernden Armreifen. Die Kehle war mit einem Hundehalsband zugeschnürt, das mit grauen Perlen besetzt war, und das Haar zu einem Pompadour hochgesteckt, der allen Gesetzen der Schwerkraft widersprach. Auch mit dem Make-up war sie allzu großzügig umgegangen.

»Gefällts dir?«, sagte sie.

»Hier, Bubbles«, sagte Mrs. Hooper und kam in ihren Hauspantoffeln angeschlurft, »ich habe das Sträußchen für dich im Kühlschrank aufbewahrt.«

Brav steckte Bubbles ein meterlanges Band aus aufgereihten violetten Orchideen vorne an ihre ohnehin auffällige Garderobe. Am Ende des Monats stellte ich fest, dass der teuerste Blumenhändler der Stadt mein Konto damit belastet hatte, Wert sechsundfünfzig Dollar. Bubbles warf sich den weißen Fuchspelz über die Schultern und nahm eine mit angelaufenen Ziermünzen besetzte Handtasche. »Okaychen, Honey, heute Abend machen wir die Stadt unsicher. Wo gehen wir essn, Baby? The Inn?«

Nicht für eine Million Dollar bar auf die Hand wäre ich an diesem Abend auch nur in die Nähe des Inn gegangen. »Nein, nein, Bubbles, doch nicht in den Schuppen. Von dem Essen würde selbst ein Elefant die Krätze kriegen.«

»Du bissn Feigling!«, fauchte sie.

»Ich kenne da so ein kleines französisches Restaurant, da würde ich lieber hingehen. Intime Atmosphäre, wahnsinnig gutes Essen.« Das kleine französische Restaurant war ein schäbiges Straßenlokal, fast fünfundzwanzig Kilometer außerhalb der Stadt, in sicherer Entfernung also. Die Küche war ungenießbar, aber immerhin standen einige französisch klingende Gerichte auf der Speisekarte, zum Beispiel Kartoffeln Lyonnaise, Soupe du Jour, Filet Mignon aux Champignons, und immerhin hieß der Laden Louie's. Glücklicherweise war es sehr leer, als wir kamen.

Gleich als Erstes bestellte ich sechs Sidecars, bestellte

alles, was in Wein gekocht wurde, und sorgte während der gesamten Mahlzeit für einen steten Champagnerfluss. Vage hoffte ich, Bubbles, die noch nie viel Alkohol vertragen hatte, würde sich schon bald in einem Zustand befinden, in dem ihr der Studentenball absolut egal wäre, wenn sie ihn nicht sogar ganz vergessen hätte. Bubbles jedoch trank während des Essens mit eiserner Entschlossenheit und bestellte sogar noch eine dritte Flasche Champagner. »Ach, Honey«, sagte sie, »so stell ich mir das Lehm vor, obwohl, ma ganz unter uns, das Steak war nich mal mit ne Axt kleinzukriegn. Und jetzt komm, Baby, sons wird es noch zu spät wird es sonst noch. Wir müssen auf den Ball.«

»Oh, lass dir Zeit. Vor Mitternacht kreuzt da sowieso niemand auf.«

»Honey, iss ja jetzt schon nach zehn, und es spielt Glen Gray und seine Casa Loma Band, das hab ich in die Zeitung gelesen.«

»Der Abend ist noch jung«, sagte ich halbherzig. »Iss deine Tortoni. Das ist ein traditionelles französisches Gericht.«

»Von wegn französisch. Zufällig kenn ich die beiden Griechen in Newark, die das produziern, und wennde die Bude jemals von innen gesehn hast, würdste das nicht ma nem Hund anbieten.«

»Dann trink wenigstens einen Cognac.«

Ich konnte mir noch so viel Mühe geben, sie wurde einfach nicht betrunken. Der Studentenball beherrschte ihr Denken.

»Jetz komm endlich, Honey«, jammerte sie ununterbrochen.

Es war fast Mitternacht, als wir auf den Ball kamen.

Ich hielt mich ein Stück hinter Bubbles – sollte bloß niemand auf die Idee kommen, dass wir zusammengehörten.

»Eine Sekunde, Honey, muss eben noch nachtragn.«

Ich lief zur Herrentoilette und trank einen kräftigen Schluck aus meinem Flachmann, dann noch einen und noch einen und noch einen. Bubbles, in ihrer ganzen barbarischen Pracht, trommelte ungeduldig mit dem Fuß. »Liebe Güte, Honey, ich hab schon gedacht, du biss inne Kloschüssel gefalln. Wozu hasse die dunkle Brille aufgesetzt?«

»Meine Augen sind überanstrengt«, murmelte ich.

Bubbles war sofort die Sensation, kaum hatte sie den Ballsaal betreten. Ich versuchte, so weit entfernt wie möglich von der Riege der partnerlosen Herren zu tanzen, aber allem Anschein nach verfolgte uns die Riege. Es gab leise, lüsterne Pfiffe, aber sie klangen eher spöttisch als anerkennend.

»Ich wette fünf Dollar, dass das Pat Dennis ist«, hörte ich jemanden sagen, und ich wirbelte Bubbles herum, mitten ins Gewühl hinein. Gegen die weißen und pastellfarbenen sommerlichen Abendkleider der Mädchen sah Bubbles Kostümierung wie ein Restposten aus der Konfektionsabteilung von Minsky's aus.

»Tragn alle so einfache Kleider hier«, stellte Bubbles verächtlich fest. »Wennde mich fragst, geht nix über son richtig schickes Ballkleid.«

Durch meine Sonnenbrille wirkte der Raum angenehm verdunkelt, und mir wurde leicht schwindlig.

Nach einigen Schritten auf dem Parkett klopfte mir jemand auf die Schulter. Ich drehte mich um, und vor mir stand die Ratte Remington, der reichste Knabe an der Schule. »Darf ich?«, ölte er.

»Mit Vergnügen«, sagte ich.

»Biss später, Honey«, quäkte Bubbles, und die beiden schoben ab.

Endlich befreit, setzte ich die Brille ab und schaute mich erst mal im Ballsaal um. Es war wirklich picke-packevoll. Von der sicheren Warte der Herrenriege aus unterzog ich den Ort einer langen und ausführlichen Überprüfung. Bubbles sah vielleicht aus wie die Hure von Babylon, aber bei einem gewissen ordinären Teil der Studentenschaft fand sie ungeheuren Anklang. Abgesehen von gelegentlichen missratenen Redewendungen und spitzen Schreien hielt sich Bubbles eigentlich ganz tapfer, und wie gesagt, sie erhielt nicht wenig wohlwollende Aufmerksamkeit.

Eine Hand berührte unsanft meinen Ellbogen. Es war ein Erstsemesterzwerg, der alles darangesetzt hatte, in die Astaireclique aufgenommen zu werden.

»Hi«, sagte ich lustlos.

»Hi«, sagte er. »Ziemlich gut, die Party, nicht?«

»Einigermaßen«, stimmte ich kühl bei.

»Sag mal«, flötete er, »du kennst doch alle Leute hier. Wer ist eigentlich diese Schlange, an die sich alle ranschmeißen?«

Ich war schon wieder geladen. »Meinst du die da in Rot und Gold?«

»Ach was, das Flittchen doch nicht. Ich meine diese geheimnisvolle Frau in den luftigen, schwarzen Klamotten da drüben.«

Ich sah hinüber zu einer dichten Traube lebhafter junger

Männer und zu der Schönheit in ihrer Mitte, die herumalberte und mit allen flirtete. »Mein Gott«, murmelte ich. Es war Tante Mame, in einem trägerlosen Abendkleid, mit einem Fächer und allen Diamantringen, die sie besaß.

»Wer ist das?«, drängte er mich. »Sie ist mit deinem Freund gekommen, Alex. Sie hat seit gestern alles hier in Beschlag genommen, und die Polizei hat gesagt, wenn sie nicht aufhört, mit ihrer Wasserpistole zu schießen, würden sie ihr eine kalte Dusche verpassen. Eine tolle Schnitte, was? Weißt du, wie sie heißt?«

»Ich schwöre dir bei allem, was mir heilig ist«, sagte ich ruhig, »diese Frau habe ich noch nie in meinem Leben gesehen.«

Jetzt saß ich erst recht in der Klemme. Ich musste unbedingt Bubbles auftreiben und sie von hier wegbringen – so schnell wie möglich. Ich setzte meine Sonnenbrille auf und torkelte übers Parkett. Bubbles hatte sich mittlerweile bei der Eisenfresser- und Schweißmaukenfraktion eingeschmeichelt. Die halbe Riege aus der Sportabteilung hatte sich mit ihren ungeduschten Leibern an ihre rote, kalte Vorderseite gedrückt, und jetzt verlangten sie lautstark nach mehr. Wieder tanzte die Ratte Remington mit ihr. Ich schritt forsch dazwischen.

»Los komm, Bubbles«, sagte ich, »wir müssen gehen.«

»Wieso, Scheiße, verdammte?«, schrie sie mich an.

»Frag nicht so blöd. Jetzt komm schon.«

»Du kanns mich mal. Die ganz Woche laufe ich mit Jammermiene in diese verfluchte Stadt rum, und jetzt, wo ich endlich mal nen bisschen Freude habe, willsese mir gleich wieder verderm. Ich will aber nich. Ich will nich.

Ich will nich. Ich will nicht.« Sie war voll wie eine Strandhaubitze, und sie schrie aus Leibeskräften. Eine kleine
Truppe interessierter junger Aufreißer hatte sich um uns
geschart.

»Entweder kommst du jetzt mit mir, Bubbles, auf der
Stelle, oder sonst.«

»Was sonst? Du hass mich zu diese große Collegesache
hier eingelan, und was iss? Nich mal in die Nähe vom
Campus hasse mich gelassen. Keine Prommis, kein Fackelzug, kein Clubdinner, keine Cocktailpartys. Nich mal
alle meine Kompletten habbich tragen können. Und jetzt
habe ich meinen Spaß, und du kanns mich hier nich rum-
kommandiern. Wennde gehen wills, dann geh. Ich bleibe
hier. Mr. Remington wird sich wie ein echter Gentleman
um mich kümmern. Nich?«

»Da kannst du Gift drauf nehmen, Baby«, sagte er und
kniff sie in die Hüfte.

»Ist das dein Ernst, Bubbles? Ist das endgültig?«, sagte
ich und versuchte, meine Erleichterung nicht zum Ausdruck kommen zu lassen.

»Und ob ich das ernst meine!«

»Na dann, auf Wiedersehen.«

»Auf Nimmerwiedersehen«, sagte sie, und die Ratte Remington wirbelte sie herum.

Ich fühlte mich wie ein Mann, der dem elektrischen
Stuhl entkommen war, und verließ den Ball.

Ich war ein freier Mensch, Bubbles hatte sich von mir
verabschiedet, für immer. Niemand hatte mich mit ihr zusammen gesehen, und mein Ruf als mondäner, lässiger Astaireoid war immer noch intakt. Überglücklich beschloss
ich, direkt auf mein Zimmer zu gehen und den Rest des

Tages im eigenen Bett zu verbringen. Meine Klamotten in der Hütte konnte ich später abholen. Natürlich beschäftigte mich die Frage, was Tante Mame auf dem Ball zu suchen hatte, aber dafür gab es sicher eine einfache Erklärung. Wahrscheinlich war sie nur die Begleitperson von irgendeinem Professor und seiner Frau. Mich, oder gar Bubbles, hatte sie bestimmt nicht gesehen, das war das Entscheidende.

Noch immer ein wenig beschwipst, kam ich zurück auf mein Zimmer, schloss die Tür ab und zog mich aus. Es war still im Morgan House. Ich machte das Licht aus, und mit der Stimme unseres Idols, »The Way You Look Tonight«, dachte ich mit Freuden, jetzt, da sich Bubbles die Ratte Remington als Spendierhose ausgesucht hatte, an meine neue Freiheit und glitt hinüber in den Schlaf der Gerechten.

Um halb fünf wurde ich durch ein heftiges Pochen an der Tür aus meinen Träumen gerissen.

»Wer ist da?«, murmelte ich.

»Lass mich rein. Schnell, lass mich rein!«, vernahm ich eine flehentliche weibliche Stimme durch das dünne Türblatt.

»Mit uns beiden ist es aus, Bubbles«, sagte ich mit schwerer, verschlafener Stimme. »Jetzt komm nicht heulend wieder angekrochen. Du hast mir genug wehgetan.«

»Mein Gott, mach endlich die Tür auf! Ich bin's, Tante Mame. Lass mich rein!«

Ich sprang aus dem Bett, warf einen Stuhl um, machte das Licht an, blinzelte schwerfällig wie eine Eule und taumelte zur Tür. Ich machte die Tür auf und Tante Mame, noch immer in vollständiger Abendgarderobe, mit einem schief über die Schulter geworfenen Hermelinpelz, stürzte ins Zimmer. »Gott sei Dank«, keuchte sie und ließ sich gegen die geschlossene Tür fallen. »Schließ ab, bitte«, japste sie. »Hast du zufällig was zu trinken da?«

»Tante Mame!«, sagte ich mit schwerer Zunge. »Was machst du denn hier?«

»Erst brauche ich was zu trinken. Dann kann ich dir alles erklären. Schnell. Mir egal, was du da hast.«

Sie ließ sich aufs Sofa fallen, und ich goss ihr rasch ein Glas Scotch ein. »Danke, mein Lieber. Das tut gut. Ich hätte nicht gedacht, dass du schon so früh aus Philadelphia zurück bist – es war doch Philadelphia, oder? Ich bin einfach davon ausgegangen, dass deine Tür nicht verschlossen ist und ich mich hier ein wenig verstecken kann.«

»Verstecken?«, sagte ich und strich mir das Haar aus der Stirn. »Wovor?« Allmählich erlangte ich mein Bewusstsein wieder. Ich sah sie lange und streng an, aber sie wich meinem Blick aus. »Jetzt sag mal: Was machst du überhaupt hier? Marcel Proust lesen?«

Zum ersten Mal in all den Jahren schien Tante Mame in Verlegenheit zu sein. »Du hast aber wirklich ein hübsches Zimmer für einen Collegestudenten, Darling. Irgendwie friedlich.«

»X-mal bist du schon hier gewesen. Du bist doch nicht die ganze Strecke, dazu in diesem Aufzug, wegen der therapeutischen Wirkung meiner Zimmerfarben hergekommen. Ich habe dich nur gefragt, was du hier überhaupt machst, auf diesem Flur, in diesem Aufzug?«

Tante Mame wand sich und mied meinen Blick, aber immer noch steckte etwas von dem gewohnten, angriffslustigen Menschen in ihr. »Wo wir schon bei dem ach so beliebten Ratespielchen angelangt sind, möchte ich doch bemerken, dass dieses verdreckte Studentenzimmer auch nicht in Philadelphia, der Stadt der brüderlichen Liebe, liegt.«

»Ich bin eher als geplant zurückgekommen«, sagte ich ganz und gar aufrichtig. »Und auf das Risiko hin, mich wiederholen zu müssen, möchte ich dich noch einmal fragen, was du hier eigentlich machst?«

»Wenn das alles ist, was ich von meinem einzigen Angehörigen zur Begrüßung zu hören kriege«, sagte sie überheblich, »dann sollte ich vielleicht besser gehen.«

»Na dann«, sagte ich, zur Tür schlendernd, »gute Nacht.«

»Oh nein, bitte nicht!«, wimmerte sie und duckte sich auf dem Sofa.

Draußen auf dem Gang herrschte großer Tumult, schwere Schritte polterten die Treppe auf und ab, und man hörte, wie ein paar Türen weiter mit unsicheren Händen ein Nachschlüssel ins Schloss gesteckt wurde.

Ich sah Tante Mame kühl an. Ich war jetzt hellwach und vollkommen nüchtern, und ich fing an, die einzelnen Versatzstücke der zurückliegenden vergangenen drei Tage zu einem Mosaik zusammenzusetzen – Tante Mames komischer Anruf; die Stimme der Frau in Alex' Auto, die sich so über die Wasserpistole freute; die »geheimnisvolle Frau in luftigem Schwarz«, auf die sich auf dem Ball alle stürzten. »Und jetzt«, sagte ich in gleichmäßigem Tonfall, »besitzt du vielleicht doch die Güte, mir zu antworten, wenn ich dich zum vierten Mal frage, was du hier eigentlich machst, in voller Kriegsmontur, in einem Studentenwohnheim, morgens um halb fünf Uhr, nach dem rauschenden Studentenball im Jahr unseres Herrn neunzehnhundertvierzig.«

»Ich ... ich – schenk mir noch etwas zu trinken ein, Darling.«

»Erst wenn du mir eine Erklärung gegeben hast«, sagte ich. »Nun schieß endlich los. Was hast du hier verloren?«

»Wenn du es unbedingt wissen willst«, sagte sie. »Ich war zufällig in Alex' Zimmer und hörte mir Platten an, da brach dieser Aufstand aus. Anscheinend war die ganze Truppe Nachtwächter auf den Beinen und durchsuchte das Wohnheim ...«

»Wonach haben sie denn gesucht? Dem Schuh von Aschenputtel?«

»Wenn du mich mal zu Wort kommen lassen würdest, könnte ich dir bestimmt alles zu deiner vollsten Zufriedenheit erklären.«

»Daran habe ich keinen Zweifel. Red nur.«

»Anscheinend ist so eine dämliche Schlampe – ich meine diese ordinäre Woolworth-Puppe, ganz in Gold und Rot – zu irgendeinem Jungen ins Wohnheim gekrochen.« Mein Herz setzte einen Schlag lang aus. »Nun ja, nur der liebe Gott weiß, was sie getrieben haben, aber vorstellen kann man es sich. Plötzlich gab es ein fürchterliches Geschrei, eine schreckliche Gossensprache, und dann habe ich die Nachtwächter gehört, die das Heim regelrecht stürmten.«

»Ach ja?«

»Ich wollte natürlich nicht erwischt werden, schon gar nicht in Alex' Zimmer, zu dieser Nachtzeit ...«

»Natürlich nicht«, sagte ich eisig.

»Deswegen bin ich hier hereingeschlüpft, um zu warten, bis alles vorbei ist. Ich wusste – das heißt, ich dachte –, das Zimmer wäre leer. Und nun sei brav und gib mir was zu trinken.«

»Zu meiner vollsten Zufriedenheit hast du deine Anwesenheit hier im Wohnheim noch nicht erklärt. Was hast du hier verloren? In diesem Kleid, in diesem College, in dieser Stadt, in diesem Bundesstaat? Du – die sich doch eigentlich mit einem guten Buch übers Wochenende zurückziehen wollte.«

»Professor Townsend und seine Frau hatten mich noch kurz vorher eingeladen, sie zu besuchen, und zufällig ...«

»Zufällig bist du mit einem Jungen auf den Studentenball gegangen, der ohne Weiteres dein Sohn sein könnte.«

»Das stimmt nicht, es sei denn, du beziehst dich auf irgendeine unglückliche Laune der Natur, wie dieses kleine Mädchen in Peru. Immerhin bin ich nicht so wahnsinnig viel älter als du!«

»Es kann sich nur um zwanzig bis dreißig Jahre handeln!«, schrie ich. »Was für verdammte Spielchen spielst du hier eigentlich, Grandma Moses?«

»Hör auf!«

»Den Teufel werde ich tun! Erst wenn ich die ganze Geschichte kenne, in allen Einzelheiten, meine liebe Collegewitwe. Und jetzt fang an, aber bitte von vorne. Du hast mich am Donnerstag nur deswegen angerufen, weil du herausfinden wolltest, ob ich hier bin und möglicherweise sehen würde, wie du mit einer

Horde Jungen herumhüpfst, die halb so alt sind wie du. Stimmt's?«

»Das ist nicht wahr. Ich wollte wissen, ob es dir gut …«

»Ja oder nein? Du wolltest nur herkommen, wenn du dir sicher sein konntest, dass ich nicht dahinterkommen würde. Ja oder nein?«

»Ja, du kleines Ungeheuer, ja, ja, ja!«

»Alex hat dich dazu angestiftet, stimmt's? Stimmt's?«

»Ja«, flüsterte sie, die jegliche Schuld immer gerne auf andere abwälzte.

»Du und Alex beschnüffelt euch wohl schon länger, was?«

»Wenn du mich unbedingt so erniedrigen willst, Patrick, muss ich dein Zimmer verlassen.«

»Dann geh doch. Ich werde dich nicht aufhalten.« Nach dem Gerede und Gemenge draußen zu urteilen, hatten sich die Wächter Tür um Tür vorgearbeitet. Tante Mame traf keine Anstalten, zu gehen, deswegen fuhr ich fort: »Du und Alex verkehrt schon seit dem Frühjahr heimlich miteinander.«

»Das ist gemein und beleidigend. Mich interessiert nur sein Intellekt.«

»Quatsch! Alex hat keinen Intellekt, und er wäre der Letzte, der das abstreiten würde.«

»Also gut!«, heulte sie. »Kann sein, ich habe wirklich ein bisschen mit ihm geflirtet. Er hat mich amüsiert.«

»Und deswegen hast du dir gedacht, es wäre doch vielleicht besonders amüsant, herzukommen und mit den übrigen überdrehten Collegegirls auf dem Parkett herumzuhampeln.«

»Zufällig bin ich auch ein Collegegirl.«

»Und ob: Smith College, Northampton, Massachusetts, *Summa Cum Laude*, Jahrgang 1917.«

»Na und? Ich war eben sehr frühreif, praktisch noch ein Kind bei meinem Collegeabschluss.«

»Wie niedlich«, machte ich mich über sie lustig, »noch halb in den Windeln. Und da das Jahr, in dem du dein Collegediplom gemacht hast, zufällig mit dem Jahr zusammenfällt, in dem Alex auf die Welt gekommen ist, hast du dir gedacht, dass das ein gemeinsames Band zwischen euch schaffen würde – die beste Rechtfertigung, hier mal auf den Putz zu hauen und in der Stadt mit deiner Wasserpistole herumzuballern.«

»Ich habe keine Ahnung, wovon du redest«, sagte sie wenig überzeugend.

»Von dir – der Fanny Ward des armen Mannes – einem kleinen Mädchen von gerade einmal fünfundvierzig Jahren.«

»Vierundvierzig!«

»Ach so. Also ein Mädchen von vierundfünfzig Jahren, das von der Polizei festgenommen wird, weil sie den halben Campus mit ihrer Wasserpistole bespritzt.«

»Wie gern hätte ich jetzt die Wasserpistole dabei«, presste sie zwischen zusammengebissenen Zähnen hervor, »gefüllt mit Schwefelsäure.«

Gebieterisch klopfte es an der Tür. »Aufmachen. Machen Sie auf. Das ist eine Hausdurchsuchung!«

»Mein Gott«, hauchte Tante Mame.

»Lass dein Gequassel, Lillian Russel«, sagte ich mit ganzer Niedertracht. »Du bist und bleibst nur meine alte Tante, auch nach Bettruhe.« Ich öffnete die Tür. »Ja?«, sagte ich.

Old Casey, Nachtwächter seit unvordenklichen Zeiten, stand verlegen im Türrahmen. »Entschuldigen Se die Störung, Mister Dennis, aber wir sind angehaltn, die Zimmer gründlich zu durchsuchen. Befehl des Dekans.«

»Kommen Sie ruhig herein«, sagte ich. »Wie Sie sehen, habe ich tatsächlich eine Frau auf meinem Zimmer, aber das ist nur meine Tante Mame. Ich wurde ganz plötzlich krank heute Abend, da ist sie rübergekommen von Professor Townsend, um mich ein bisschen zu pflegen. Aber es geht mir schon wieder viel besser, wenn Sie das Zimmer also durchsuchen wollen, machen Sie ruhig.«

Old Casey spähte ins Zimmer, zog die buschigen weißen Augenbrauen hoch und wieder zusammen. Beim Anblick von Tante Mame strahlte sein Gesicht. »Da brat mir doch einer n Storch! Wenn das nich Miss Dennis ist! Habe Sie hier ja in den letzten zwei Jahren oft genug auf dem Schulgelände gesehen. Und davor natürlich auch.« Er gackelte erinnerungsträchtig. »Meine Herrn, wenn ich daran zurückdenke, als Sie noch ein kleines Mädchen warn und immer zu den Partys herkamen. Das muss so fünfzehn, sechzehn rum gewesen sein. Eine Bildhübsche war sie, und kein Kind von Traurigkeit.«

Tante Mame murmelte eine unverbindliche, unfreundliche Bemerkung.

»Herr im Himmel, Miss Mame, was waren das für Zeiten, nicht? Aber wir werden ja alle nicht jünger, habe ich nicht recht? Bestimmt haben Sie schon eigene Töchter, die heute auf die Studentenbälle gehen.«

Tante Mame schnappte laut nach Luft.

»Wo denken Sie hin, Casey«, antwortete ich rasch. »Beide Töchter von Mrs. Burnside sind längst verheiratet, haben sich in Akron, Ohio, niedergelassen und haben selbst auch schon wieder Töchter. Sie ist jetzt Großmutter, habe ich nicht recht, Tante Mame?«

Bekümmert nickte sie.

»Was Sie nicht sagen«, gackelte der komische Kauz. »Tja – das hält die Welt in Schwung. Das Älterwerden kommt ganz von alleine. Na, dann kann ja das leichte Mädchen, das ich suche, nicht in demselben Zimmer sein wie ne Dame der feinen Gesellschaft, die selbst schon Enkel hat. Trotzdem, wenn Ihnen so n junges Ding über den Weg läuft, die Bubbles heißt, dann sagen Sie mir bitte Bescheid. Wissen Sie, es ist jedes Jahr das Gleiche – irgendein dummer Junge lässt sich mit einem dieser Nuttenflittchen ein, entschuldigen Sie den Ausdruck, Ma'am, und am Ende ist der Teufel los. Man sollte meinen, die Jungen wären klüger, mit ihrer Collegeausbildung und so. Na ja, ich wünsche Ihnen noch gute Besserung. Gute Nacht, Ma'am, war mir ein Vergnügen, Sie nach all den Jahren mal wiederzusehen. Da fühlt man sich gleich wieder jünger.« Er trottete davon.

Ich hatte nicht den Mut, Tante Mame anzublicken. Dumpf saß sie auf dem Sofa, klammerte sich an das leere Glas. Ich zog mich rasch an und sagte: »Komm, ich fahre dich nach Hause.«

»Zurück ins Hotel?«

»Ach so. Dann wohnst du also gar nicht bei den Townsends.«

»Nein«, sagte sie leise.

»Eigentlich wollte ich dich nach Hause fahren, nach New York.«

»Und meine Kleider?«, sagte sie lustlos.

»Die hole ich Montag ab. Ich muss sowieso einiges in der Stadt erledigen.«

Ich legte ihr das Cape um die Schultern und hielt ihr die Tür auf. Leise stiegen wir die Treppe hinunter.

Im grellen Licht der Vorhalle stand Bubbles – der kunstvoll zusammengeklebte Haarturm war steif abgeknickt, das schreiend rotgoldene Kleid hing zerknittert und zerrissen an ihr herab – neben der Ratte Remington, die nur in T-Shirt und Turnschuhen angetan war, umringt von der Truppe der Wachmänner.

»… dieser asolut fremde Kerl hat mich praktisch entführt hat der mich. Ehrlich, ich wusste nich, wie mir geschah, der muss mir irgend ne Droge in mein Punch geschüttet ham. Und eh ich mich verseh, bin ich in sein Zimmer, und er macht mir Awangsen. Glauben Sie mir, ich bin nicht so eine.«

»Nun beruhigen Sie sich, junge Frau«, wiederholte Old Casey. »In den fünfzig Jahren, die ich hier nun arbeite, habe ich genügend von Ihrer Sorte gesehen. Und was Sie betrifft, Mister Remington, so hat der Dekan …«

»Wir verschwinden durch den Seiteneingang«, sagte ich kurz angebunden, nahm Tante Mames Arm und schritt aus. »Das ist näher.«

»Da ist er ja!«, schrie Bubbles. »Das ist der Gentleman, der mich hergebracht hat. Das ist er! Er heißt Dennis, Patrick Dennis. Pat, Honey, sag denen hier, dass du mich hergebracht hast. Honey, ich liebe dich. Tut mir leid, dass ich dich auf dem Ball so angerotzt habe. He, Baby, hörst du schlecht?«

»Jetzt halten Sie mal den Mund, Missy«, sagte Casey. »Sie wecken ja noch das ganze Heim auf. Was sollte schon so ein netter Junge wie Mister Dennis, hier mit seiner alten Tante, mit so einem Frischling wie Ihnen anfangen?«

»Honey!«, rief Bubbles. Die Tür hinter uns fiel ins Schloss.

»Also ...!«, sagte Tante Mame, und ihre Augen funkelten boshaft. »Also ...!«

»Du hältst deinen Mund. Ich halte meinen«, sagte ich leise.

Schweigend fuhren wir zurück nach New York.

8

Tante Mame
und meine geplatzte Verlobung

Unweigerlich kommt der Zeitpunkt im Leben der unvergesslichen Persönlichkeit, da verlässt der Findling die Schule, verliebt sich und heiratet. Was aber macht die alte Jungfer, die arme Frau? Natürlich war es ein heftiger Schmerz für sie, von dem Menschen, der ihr Ein und Alles war, fortgerissen zu werden, aber sie war ein tapferes kleines Frauchen. Wie immer dachte sie an sich selbst zuletzt, schluckte ihren Stolz hinunter, lächelte, auch wenn es ihr das Herz brach, und machte sich auf, um die Eltern des Mädchens kennenzulernen und dafür zu sorgen, dass alles seine Richtigkeit hat. Typisch, würden wir sagen, typisch für sie.

Tante Mame hatte auch etwas Typisches, ja allzu Typisches. Sie unternahm alle für eine Verlobung vorgeschriebenen Schritte, und sie unternahm sie mit einem Instinkt, der nicht nur mir unvergesslich geblieben ist. Ich finde, entweder macht man so etwas richtig oder gar nicht. Tante Mame machte alles sehr gründlich.

Mit Ende meines vierten Studienjahres war ich etwas erwachsener geworden. Fred Astaire war nicht länger mein Idol, ich war sogar Aspirant auf einen Abschluss mit Auszeichnung, und ich war verliebt.

Liebe, Jugend und Schönheit – das verkörperte Gloria

Upson für mich. Sie war sehr jung, gerade mal neunzehn Jahre. Sie war sehr schön, eine schlanke, kurvenreiche Strohblonde mit einer köstlich vorgeschobenen Unterlippe. Ich schrieb ihr jeden Tag, jeden Abend rief ich sie an, verbrachte jedes Wochenende mit ihr, am Tag der Zeugnisübergabe fragte ich sie, ob sie meine Frau werden wolle.

»Oh ja, mein Engel«, flüsterte sie und rekelte sich sanft im Polstersitz meines Autos. »Du weißt, wie gerne ich Ja sagen würde. Aber wie soll das werden? Wovon sollen wir leben? Du hast ja noch nicht mal Arbeit, und wenn du von der Schule gehst ...«

»Etwas Geld habe ich schon. Es ist kein großes Vermögen, aber es gäbe uns Sicherheit. Wir hätten etwas, wovon wir leben könnten, bis ich was gefunden habe.«

»Mein Engel«, seufzte sie, »das ist ja wunderbar. In dem Fall können wir es natürlich machen. Daddy ist bestimmt einverstanden, und vielleicht hilft er uns ja auch ein bisschen aus.«

»Wir brauchen keine Hilfe, von niemandem«, sagte ich.

»Ach, du Dummerchen. Wenn er es uns anbietet, wirst du schon nicht Nein sagen. Mir ist klar, dass Geld nicht alles bedeutet, andererseits will ich dir auch nicht zur Last fallen, mein Engel, bevor du eine richtige Arbeit gefunden hast.«

Und so wurde es beschlossen. Ich brauchte nur mein Collegediplom abzuholen, Upson *père* aufzusuchen, eine Heiratserlaubnis und einen Ring zu besorgen.

Das Gespräch mit Vater Upson wurde für einen milden Juniabend anberaumt. Ich dinierte mit Gloria und ihrer Familie in deren Wohnung in der reizlosen Schlucht aus abgestorbenem Gras, Kohlenmonoxid und schlechter Architektur, die Park Avenue genannt wird. Die Upsons lebten so, wie alle Familien in Amerika leben wollten – nicht reich, aber wohlhabend. Von allem besaßen sie zwei – zwei Adressen, die Wohnung in der Park Avenue und ein Haus in Connecticut; zwei Autos, eine Buick-Limousine und einen Ford Kombi; zwei Kinder, ein Junge und ein Mädchen; zwei Angestellte, einen Diener und ein Hausmädchen; sie waren Mitglieder in zwei Clubs, einem in der Stadt und einem auf dem Land, und sie hatten zwei Interessen, Geld und gesellschaftliche Stellung.

Mrs. Upson hatte zwei Pelzmäntel und ein Doppelkinn. Mr. Upson hatte auch ein Doppelkinn, zwei Leidenschaften – Golf und Business – und zwei Aversionen, Roosevelt und die Juden.

Wir aßen – klamm – zu Abend, an einem Pseudochippendale-Tisch, und dreimal sagte Mrs. Upson: »Normalerweise sind wir um diese Zeit in unserem Haus auf dem Land, aber dieses Jahr ist es dermaßen feucht, dass ich noch nicht so früh umziehen wollte.« Nach einem fettreichen und unverdaulichen Dessert – Obst, Brandy, Makronen, Nüsse, Eiskrem und heiße Karamellsoße – entschuldigte sich Mrs. Upson wortkarg, und Gloria sagte: »Ihr beiden Männer habt sicher was zu besprechen.«

»Darf ich Sie in mein Arbeitszimmer bitten, Dennis?«, sagte Mr. Upson.

Mir schauderte, ich räusperte mich und folgte ihm tapfer. Wir schritten durchs Wohnzimmer, wo Gloria und ihre Mutter vorgeblich interessiert in alten Ausgaben von *Town and Country* blätterten, marschierten in Mr. Upsons Höhle, und er schloss die Tür.

»Nun, Sir?«, sagte er, nachdem ich eine Zigarre abgelehnt hatte.

»Nun, Sir, ich kenne Gloria seit einem halben Jahr, wir lieben uns, und wir wollen heiraten. Das heißt, wenn Sie nichts dagegen haben.«

»Natürlich weiß ich nicht sehr viel über Sie, Dennis. Nach dem, was Gloria so erzählt, scheinen Sie ein aufrechter junger Bursche zu sein, voller Tatendrang, herausragende Noten, gute Manieren. Aber eine Frau kostet Geld, und Doris und ich haben Gloria in ihrer Erziehung mit dem Besten ausgestattet. Und für meine Tochter ist nur das Beste gut genug. Sie hat die besten Kleider, hat die besten Schulen besucht, pflegt Umgang mit den besten Leuten. Sie gehört in keine Einzimmerwohnung, wo sie selbst kochen und waschen muss, und mehr noch – wir sähen es auch nicht gern, wenn sie das nötig hätte. Es würde Doris das Herz brechen. Was für eine Arbeit machen Sie eigentlich genau?«

Das Gespräch drehte sich um Geld, die eher spirituellen Aspekte einer jungen Liebe, Geld, familiärer Hintergrund, Tante Mame, auf welchen Schulen ich gewesen war, Geld, meine religiösen und politischen Bindungen, Versicherungen und – Geld.

»Nun, Sir«, stellte er nach einer einstündigen Befragung fest, »ich kann aufrichtig sagen, was nur wenige Väter sagen können: Ich bin stolz und glücklich, Ihnen mein kleines Mädchen zur Frau zu geben. Sie sind ein feiner junger Mann, ein kluger Kopf, aus gutem Haus, mit guter Bildung und Privatvermögen – alles, was meine kleine Gloria vom Leben erwartet und was sie verdient hat.« Mit schwerer Hand schob er mich ins Wohnzimmer. Gloria flog mir verzückt in die Arme, und Mrs. Upson vergoss ein paar unschickliche Tränchen und gab mir einen feuchten Kuss. Fortan waren wir verlobt.

Besoffen von Liebe und Glückseligkeit ging ich den ganzen Weg von der Wohnung der Upsons zu Tante Mames Haus am Washington Square zu Fuß. Ich schwebte die Treppe hinauf zu Tante Mame, die in ihrem großen goldenen Bett lag und Nadeln in eine Militärkarte von Europa steckte.

»Bist du das, mein lieber Kleiner?«, rief sie.

»Ja, Tante Mame«, sagte ich und spähte ins Zimmer. »Bist du wach?«

»Natürlich nicht, Darling«, sagte sie. »Ich schlafe immer aufrecht sitzend im Bett, mit einer Landkarte auf dem Schoß, und bei voller Beleuchtung. Das hat was Napoleonisches.«

Auf Zehenspitzen schlich ich mich ins Zimmer und setzte mich auf die Bettkante. »Ich bin verlobt, Tante Mame. Ich werde heiraten.«

Sie ließ die Balkankarte sinken, und die große Hornlesebrille rutschte auf dem eingekremten Nasenrücken nach unten. »Heiraten!?«, rief sie. »Du? Du bist doch noch ein Kind!«

»Ich bin zweiundzwanzig«, sagte ich. »Ich habe das College abgeschlossen, ich habe mein eigenes Geld, und ich bin verliebt.«

»Es kommt nur ein bisschen plötzlich, Darling, das ist alles. Wer ist das Mädchen überhaupt? Doch nicht diese Miss Bubbles, oder?«, sagte sie gehässig.

»Ich habe sie Weihnachten kennengelernt. Sie heißt Gloria Upson.«

»Mich laust der Affe, Patrick. Du meinst es wirklich ernst, was, Darling?«

»Es war mir noch nie so ernst. Wir wollen sofort heiraten. Bevor ich eingezogen werde.«

»Wer ist sie denn nun, Darling? Warum hast du mir nicht von ihr erzählt? Wie ist sie? Hast du ein Bild von ihr?« Ich ging in mein Zimmer und holte das phantasielose Bachrach-Foto von ihr, das Gloria mir gegeben hatte. »Na, ist die eine Wucht!«, sagte Tante Mame. »Hmhm, die Lippen sind vielleicht ein bisschen streng …«

»Tante Mame, ich bitte dich!«

»Das macht bestimmt nur das Foto, Darling. Glaub mir, wenn du es wirklich ernst meinst, und wenn du sie wirklich liebst, dann will ich die glücklichste Frau der Welt sein – ehrlich. Ich hoffe nur, dass du dir ganz sicher bist.«

»So sicher, wie ich Patrick heiße«, sagte ich. »Es ist bereits alles geregelt. Heute Abend habe ich mit ihrem Vater gesprochen.«

»Du hättest mir Bescheid sagen sollen, Darling. Ich muss ihnen meine Aufwartung machen.«

»Warum?«

»Warum? Weil das so Sitte ist. Die Familie des jungen Mannes macht immer ihre Aufwartung bei der Familie des Mädchens. Und ich bin nun mal deine Familie.«

»Ach, das ist doch alles Quatsch«, sagte ich.

»Natürlich ist das alles Quatsch, Darling. Nie werde ich den steten Strom von Eltern junger Männer vergessen, die in der Zeit, als ich heiraten sollte, meinem armen Daddy ihre Aufwartung machten.«

»Bei uns ist das doch etwas anderes«, sagte ich gereizt.

»Sicher ist das bei uns anders, mein lieber Kleiner, aber

trotzdem werde ich meine Aufwartung machen. Du willst doch nicht, dass deine zukünftigen Schwiegereltern denken, du stammst von einer weltfremden alten Eigenbrötlerin ab, die nicht mal die simplen Höflichkeitsregeln der Verlobungszeit kennt. Bring mir die Schachtel Briefpapier da drüben, ich werde sofort ein paar Zeilen aufsetzen. Wie hieß das Mädchen doch gleich?«

Nicht, dass man sich schämen musste für Tante Mame, ich war nur ein klein wenig in Sorge, was ihr erstes Zusammentreffen mit den Upsons betraf. In den Nachmittagsstunden vor ihrem Besuch probierte sie ein Kleid nach dem anderen an. »Und jetzt, Darling«, sagte sie, »sei bitte offen und ehrlich zu mir. Für mich ist diese Rolle als Mutter des Bräutigams auch neu, und ich möchte, dass du stolz auf mich bist. Ich will nicht schäbig aussehen, andererseits wäre es ein grober Fauxpas, sich allzu modisch zu kleiden. Was ist diese Upjohn für eine Frau?«

»Upson«, verbesserte ich sie.

»Upson. Gut. Was für Sachen trägt sie?«

»Ach, Kleider eben«, sagte ich.

»Dass sie nicht mit einem knappen Schürzchen aus Bananenschalen daherkommt, hätte ich mir fast gedacht. Darling, bitte, du weißt, was ich meine. Ist sie elegant?«

»Einigermaßen«, sagte ich. »Ein bisschen verblasst. Sie hat nicht so eine gute Figur wie du.«

»Nanu. Darling!«, gurrte sie vergnüglich. »Ich hatte mir überlegt, diesen Schiaparelli-Kattun zu tragen, aber der ist vom letzten Jahr, der geht also nicht. Dann hätten wir da noch diesen Schleierstoff, aber der ist eine Idee zu jungmädchenhaft für meine Rolle als Mutter. Ich könnte noch diesen weißen Crèpe tragen, nur wird einem darunter immer heiß im Schritt.«

»Und bitte keine solchen Ausdrücke heute Abend!«, tobte ich.

»Patrick – hast du auch nur für eine Sekunde geglaubt, ich, die ich mich durch drei Papstaudienzen und eine Einführung am englischen Hof gequält habe, wüsste mich nicht anständig zu benehmen?«

»Entschuldige, aber die Upsons sind eben nicht unsereins.«

»Also, da wäre noch dieses schwarze durchsichtige Gewebe. Mit Schwarz ist man immer auf der sicheren Seite. Das ist ja gerade das Problematische. Oder soll ich doch lieber die blaue Seide ...«

Um neun Uhr nahm Tante Mame, ganz in Beigetönen, mit einem vorteilhaften, dennoch gediegenen Hut und einem herrlichen Perlenhalsband behutsam Platz in meinem Auto, und wir fuhren zu den Upsons. »Ich fühle mich, als würde ich gleich einen Basar eröffnen«, wiederholte sie andauernd.

Der Abend war kurz und ein voller Erfolg. Tante Mame saß sehr dekorativ auf einem Louis-XIV-Zweisitzer und redete über die Hitze, die Feuchtigkeit, dass sich das Klima in New York von Jahr zu Jahr verändere, wie hübsch Gloria sei, was für ein anständiger Junge ich sei und dass es ganz so aussähe, als werde Amerika in den Krieg eintreten.

Ich bedachte sie mit einem Blick, den sie zutreffend als Warnung interpretierte: Bitte keine Politik, und sie sagte, wie schade es doch sei, dass wir jetzt, wo ganz Europa Krieg führe, unsere Hochzeitsreise nicht ins Ausland machen könnten.

Mrs. Upson, fiel mir auf, taxierte Tante Mames Hut, Kleid und Schmuck mit einem beifälligen Seitenblick, und während Mrs. Upson das Zimmer verließ, um Fotos von Gloria als Baby zu holen, beobachtete ich Tante Mame dabei, wie sie mit den Augen den Park-Avenue-gemäßen, spießigen Salon überflog. Eine barock gerahmte Landschaft im Stil des 19. Jahrhunderts belächelte sie, über ein Ölgemälde von Mrs. Upson, ausgeführt um 1927, schüttelte sie leicht den Kopf, am Saum eines Lampenschirms spielte sie herum, und für die Tiffany-Uhr auf dem Kaminsims hatte sie nur ein müdes Kichern übrig. Ich räusperte mich vernehmlich. Sie zuckte zusammen und widmete dann ihre ganze gütige Aufmerksamkeit Mr. Upson, der gerade ausführte: »... ganz nett für einen Besuch, aber leben möchte ich dort nicht. Diese Franzosen erkennen einen Amerikaner sofort und rauben jeden bis aufs Hemd aus. Und was die Engländer betrifft, für diese Blässlinge würde ich keinen Finger krumm machen, wenn ...«

Tante Mame, eine fanatische Frankoanglophile, übte sich in bewundernswerter Zurückhaltung. Den ganzen Abend über bediente sie sich der Stimme der »gnädigen Frau« und geriet – wenn auch nur leicht – erst nach dem dritten Highball ins Schwanken. Sie zügelte ihr Mundwerk bemerkenswert, entspannte sich gerade so, dass es für einige witzige und behutsam zensierte Anekdoten reichte, und drängte den Upsons eine herzliche Einladung zu einem Diner mit ihr am Wochenende in ihrem Haus am Washington Square auf.

»Oje, dann sind wir mitten am Packen für den Umzug aufs Land«, jammerte Mrs. Upson, hin- und hergerissen zwischen ihrer Pflicht einerseits und der Gelegenheit, wohl eines der berühmtesten Häuser New Yorks zu besuchen, andererseits.

»Ein Grund mehr, zu mir zu kommen. Denken Sie doch nur daran, dass es viel einfacher sein wird für Ihr Personal« – dies begleitet von einer Geste, die auf Dutzende dienstbarer Geister deutete –, »wenn es sich nicht auch noch die Mühe machen muss, eine Mahlzeit für Sie drei zu kochen. Ich bitte Sie, kommen Sie«, sagte sie, den Kopf schief gelegt, mit einem gewinnenden Lächeln. »Es wird nichts Großartiges, das verspreche ich Ihnen. Nur ein kleines förmliches Mahl für die Familie. Sagen wir Donnerstag?« Sie erhob sich und tippelte geziert zur Tür.

»Patrick, mein lieber Junge, du brauchst mich nicht nach Hause zu bringen, wenn ihr zwei Turteltäubchen noch etwas vorhabt. Ich hätte mit dem Rolls herkommen sollen, aber ein Taxi für die Rückfahrt tut es auch.«

»Oh nein«, gackerte Mrs. Upson, ganz aus dem Häuschen, auch mal so sein zu dürfen wie die Greenwich Village Lady Vere de Vere, »ich werde Ihren Neffen hinausbeordern. Gloria soll morgen zum Fotografen – Bilder für die Zeitungen machen lassen –, und ich will nicht, dass sie darauf aussieht, als hätte sie die Nacht durchgemacht.«

»Ich finde deine Tante einfach traumhaft«, flüsterte Gloria mir zu, als wir zur Tür gingen. »Natürlich habe ich viel über sie gelesen, aber sie wirklich kennenzulernen und mit ihr zu reden. – Und erst dieser Smaragd!«

Die Mitglieder der Gesellschaft für gegenseitige Bauchpinselei nahmen herzlich voneinander Abschied.

»Und?«, sagte ich, als Tante Mame im Auto ihren Hut absetzte und ihren Hüftgürtel lockerte.

»Mein Gott, das ist aber auch eine Hitze. – Und?«, wiederholte sie meine Frage. »Nun ja, ein Hauch von B. Altman's, den teureren Etagen, immerhin. Aber sonst sind sie nett, Darling. Eigentlich ganz nett. Und Gloria ist wirklich sehr hübsch.« Sie war ungewöhnlich still während der Heimfahrt.

An dem Tag, an dem Tante Mame ihr »kleines Diner« geben wollte, aßen Gloria und ich gemeinsam zu Mittag und gingen anschließend zu Cartier. In einer knappen Viertelstunde erfuhr ich viel Wissenswertes über Diamanten. Blind und taub vor Liebe sah ich Gloria dabei zu, wie sie drei samtbeschlagene Tabletts mit Solitären zurückgehen ließ und verzückt ihre ausgestreckte Hand und den großen runden Diamanten, der an ihrem Ringfinger prangte, anstrahlte. »Ja«, sagte sie mit Bestimmtheit, »das ist der Richtige.«

Ich muss kaum bei Bewusstsein gewesen sein, als ich einen Scheck über mehr als die Hälfte meines nächsten Jahreseinkommens ausstellte. Gloria gab mir einen Kuss zum Abschied und trat, mit ihrem funkelnden Diamant am Finger, auf die Fifth Avenue.

Im Haus am Washington Square herrschte ungewöhnliche Aufregung. Der Ort hatte sich in eine Laube aus weißen Orchideen verwandelt, und Ito steckte gerade die letzten weißen Kerzen in die Lüster im Salon. Der lange venezianische Esstisch im Speisezimmer war für acht Personen gedeckt, und zwei fremde Männer in blauer Livree schritten verlegen einher.

Ich lief nach oben in Tante Mames Schlafzimmer, die im Bett lag und sich durch einen Stapel Edith-Wharton-Romane las.

»Was ist hier los, verdammt noch mal?«, sagte ich.

»Was meinst du damit, mein lieber Kleiner?«, fragte sie und lächelte.

»Was hier los ist, will ich wissen. Wer kommt noch zu diesem Essen, und wer sind diese beiden als Lakaien verkleideten Gestalten unten?«

»Was regst du dich so auf, Darling. Heute Abend kommen die Upsons. Das wirst du doch hoffentlich nicht vergessen haben?«

»Natürlich habe ich das nicht vergessen, aber wozu die zusätzlichen Gedecke, diese Grabgebinde und diese beiden Besenstiele im Frack?«

»Patrick, mein Lieber, ich will doch nur, dass es ein schöner Abend für dich wird. Diese Upsons sind immerhin wichtige Leute, da muss deine arme alte Tante Mame schließlich auch ihr Soll erfüllen, findest du nicht?«

»Spiel hier nicht die Unbedarfte. Sag schon, wer kommt noch?«

»Mit Grobheit bewirkst du bei mir gar nichts, mein Freundchen. Wie du wohl weißt, kann ich noch viel unangenehmer werden als du.«

»Was ich damit zum Ausdruck bringen wollte, *Victoria Regina:* Wen habt Ihr heute Abend noch geladen, das Brot mit uns zu brechen?«

»Danke für deine Höflichkeit, sie kommt verspätet«, sagte sie aufreizend. »Eingeladen sind meine liebste Freundin Vera Charles und der Ehrenwerte Basil Fitz-Hugh. Die Guggenheims konnte ich nicht überreden.«

»Die Guggenheims?«

»Ja. Nicht ganz unberühmt, die Familie. Dem Namen wirst du vor deinem Tod bestimmt noch einmal begegnen. Und was meine Person betrifft – wenn du keine Einwände dagegen hast, dass eine arme Witwe sich einen Dinner-partner aussucht –, so habe ich Prinz Henri-René de la Tour gebeten, zu kommen. Das heißt, falls es dir nichts ausmacht.«

»Und die Lakaien?«

»Zwei begabte junge Schauspieler, die in dem Stück aufgetreten sind, das Vera gerade abgespielt hat. Sie meinte, es sei doch irgendwie schrill, die beiden dabeizuhaben.«

»Siehst du – was für dich und Vera vielleicht nur schrill ist, ist für mich bitterer Ernst. Wenn ihr beide vorhabt, meine Verlobung zu versauen ...«

»Aber Patrick, mein lieber Junge«, sagte Tante Mame mit einem betörenden Lächeln. »Ich will doch nur dein Bestes. Und was die beiden jungen Männer betrifft, tue ich nur meine Pflicht und Schuldigkeit. Im Sommer ist es ziemlich schwierig für Schauspieler, Arbeit zu finden, und bei mir kriegen sie weitaus mehr als das Minimum, das die Schauspielergewerkschaft für einmalige Gastspiele vorschreibt. Ich bezahle sogar die Reinigung und das Bügeln ihrer Kostüme.«

»Nur eine einzige Gehässigkeit von dir, und ich ...«, murmelte ich.

»Bist du von allen guten Geistern verlassen, Darling? Warum sollte ich dir dein Glück verbauen? Ich will es vermehren. Offensichtlich sind sich die Upsons ihres Reichtums bewusst, und ich will ihnen nur demonstrieren, dass wir auch ein wenig auf der hohen Kante haben.«

Voller Sorge und geschlagen zog ich mich in mein Badezimmer zurück.

Es wurde ein denkwürdiger Abend. Außer den Upsons kamen alle ein bisschen früher, als hätten sie sich verabredet. Tante Mame sah hinreißend aus in dem blassen Blau, sie hatte fast alle Diamanten angelegt, und Vera, ganz in Weiß, wirkte vornehm und ließ sich über Ina Claire, Gertrude Lawrence und die Schuberts aus, bevor die Upsons eintrafen. Der Ehrenwerte Basil trug den Dienstanzug der Coldstream Guards, und Prinz de la Tour gab sich in der sommerlichen Dinnerkleidung rein gallisch. Erst später fiel mir ein, dass Mr. Upson sowohl Franzosen als auch Briten hasste. Auch die beiden Lakaien von der Schauspielergewerkschaft waren gleichermaßen bescheiden wie beeindruckend, und Mrs. Upson war im siebten Himmel, als sich herausstellte, dass ihre Lieblingsschauspielerin Vera – »Ich habe alle Ihre Stücke gesehen, Miss Charles, sogar zweimal!« – Tante Mames Busenfreundin war.

Mr. Upson sagte immer nur das Gleiche: »Hübsches Häuschen haben Sie da.«

Tante Mame servierte ausschließlich Champagner, und wenn ihr jemand wegen der trüffelgefüllten Täubchen Komplimente machte, errötete sie züchtig. »Nun übertreiben Sie nicht gleich, meine Liebe, eigentlich ist das hier doch bloß ein Picknick. Die halbe Dienerschaft hat heute Ausgang.«

Mir trieb es die Schamesröte ins Gesicht, aber ich war der Einzige.

Ein-, zweimal erwischte ich Mrs. Upson dabei, wie sie sich mit leuchtenden Augen umschaute. Ich war drauf und dran, ihr eine Führung durchs Haus anzubieten, als sich die Gesellschaft auflöste. Gloria, den glitzernden Diamant am Finger, gab mir einen Gutenachtkuss, mit mehr als dem üblichen Maß an Leidenschaft, während vorne an der Haustür, wo die Lakaien in strammer Habachtstellung standen, Mrs. Upson Tante Mame irgendwas über Connecticut ins Ohr flötete.

»Na«, seufzte Tante Mame, als wir wieder unter uns waren, »wie hat sich das alte Schlachtross geschlagen?«

»Du hast dich gut geschlagen, Tante Mame«, sagte ich aufrichtig, mit strahlenden Augen, »wirklich sehr gut.« Die Stammesriten waren also befolgt, und wir standen wieder auf freundschaftlichem Fuße.

Wenige Tage später brachen wir auf, das Wochenende mit den Upsons zu verbringen. Tante Mame, die jede noch so kurze Autofahrt antrat, als begäbe sie sich auf eine Weltreise, bewies erstaunliche Trägheit, als es ans Packen für das Wochenende in Connecticut ging. »Ich habe mir gedacht, eine Hutschachtel voll mit diesen niedlichen, sommerlichen Ginghamkleidern und vielleicht noch einen langen Rock im Landhausstil, das müsste reichen, mein lieber Kleiner«, sagte sie, mit Unschuldsmiene von ihrer Rand-McNally-Militärkarte der West-Sahara aufblickend. »Eins sage ich dir, Darling, dieser Rommel ist zwar ein Schwein, aber meine Anerkennung hat er.«

Ich riss ihr die Karte aus der Hand. »Jetzt hör mal zu, Molly Pitcher«, dröhnte ich, »ich weiß nicht, was du jetzt schon wieder im Schilde führst, aber eins sage ich dir, du fährst nicht mit einem Sack voller Bauernkostüme zu den Upsons.«

»Na gut, Darling, wenn du meinst, sie will mich hofieren, schmeißen wir den ganzen Krempel über Bord, und ich nehme den Rolls Royce, Ito, mein Hausmädchen und einen ganzen Koffer voller hübscher Kleider mit.«

»Ich habe nicht gesagt, die Upsons wollten dich zur Schau stellen. So sind sie nun auch wieder nicht.«

»Ach nein?«

»Pass auf«, zischte ich, »wenn du hier wieder eine von deinen fiesen Gemeinheiten planst, dann sagen wir die ganze Sache auf der Stelle ab.«

»Patrick, Darling«, sagte sie treuherzig, »du weißt genau, dass mir dein Glück von allergrößter Wichtigkeit ist. Für nichts anderes lebe ich. Wenn dieses Wochenende bei den Upsons nicht wäre – und dass ich hinfahre, tue ich nur für dich –, dann wäre ich jetzt draußen auf Fire Island, zusammen mit den kurzweiligsten jungen Männern der …«

»Fire Island würde ich an deiner Stelle lieber auch nicht vor den Upsons erwähnen.«

»Ja soll ich mich denn ganz verstellen, Darling?«

»Mit einem Wort: Ja.«

»Na dann, pack meine Federboa ein, bestell den Rolls, hol meinen Schmuckkasten, wirklich schade, dass der Zobel eingelagert ist …«

»Kannst du dich nie wie ein normaler Mensch benehmen? Verdammt noch mal!«

»Würdest du mich dann noch mögen?«

»Musst du denn immer in eine bestimmte Rolle schlüpfen? Musst du dich unbedingt entweder als Landpomeranze verkleiden, mit Strohhütchen und allem, was dazugehört, oder als die Königin von Saba, mit einem gepanzerten Wagen voller Diamanten? Kannst du nicht verstehen, dass ich einfach nur einen guten Eindruck auf Glorias Familie machen will?«

»Dass Glorias Familie es vielleicht ratsam fände, auf

mich einen guten Eindruck zu machen, ist dir wohl noch nicht in den Sinn gekommen.«

»Natürlich wollen sie dir das Gefühl geben, dass sie nette Menschen sind.«

»Das möchte ich erleben.«

»Damit das klar ist«, sagte ich. »Dieser Besuch ist wichtig für mich. Ich will Gloria heiraten, und ich habe die feste Absicht ...«

»Auch wenn sie nicht die Richtige für dich ist?«, fragte Tante Mame unbekümmert.

»Das entscheide ich. Ich will nur, dass du dich bei ihnen zu Hause wie ein normales menschliches Wesen aufführst. Gloria und ihre Familie mögen dich schon jetzt, nach den beiden Malen, die ihr euch getroffen habt, sehr ...«

»Wahrlich gesellschaftliche Höhepunkte in diesem Sommer!«

»... und wenn du dich so aufführen könntest wie bei diesen beiden Malen, dann ist alles in Ordnung. Aber sie brauchen ja nicht zu wissen, dass du früher mal als Revuetänzerin in *Chu Chin Chow* aufgetreten bist, und sie brauchen auch nicht zu wissen, dass du auf Fire Island viele schwule Freunde hast ...«

»Für die sexuellen Präferenzen meiner Bekannten kann ich nichts.«

»... und sie brauchen noch vieles andere nicht zu wissen, was Normalsterbliche nicht zu wissen brauchen!«

»Dürfen sie denn erfahren, dass aus dir der spießigste, bourgeoiseste, biestigste Snob der Ostküste geworden ist – oder kannst du das denen auch ohne meine Hilfe unmissverständlich klarmachen?« Sie nahm ihre Karte und knallte die Tür zu.

Die Fahrt nach Connecticut verlief weitgehend schweigsam. Tante Mame sah in ihrem Leinenkostüm ziemlich schick aus, und ich sagte es ihr.

»Danke, mein Lieber«, sagte sie bissig. »Eigentlich wollte ich mir ein marineblaues Kostüm kaufen, mit weißen Einsprengseln und einem Kirschsträußchen vorne auf der Brust, aber bei Best and Company war es furchtbar voll!«

»Tante Mame«, sagte ich gedämpft, »willst du eigentlich nicht, dass ich Gloria heirate, oder was ist los?«

»Ich weiß nicht«, sagte sie, stur geradeaus blickend. »Ich weiß es einfach nicht. Und jetzt sei still. Ich will sehen, was General Montgomery vorhat.« Demonstrativ raschelte sie mit ihrer *Time.* Mehr wurde nicht gesprochen auf unserer Fahrt nach Mountebank, Connecticut.

Nachdem wir ungefähr eine halbe Stunde lang auf falschen Highways und in Straßen mit kuriosen Namen herumgekurvt waren, fanden wir schließlich die Larkspur Lane.

»Hübsch hier, nicht?«, sagte ich im Plauderton.

»Zauberhaft«, sagte sie und schlug das *Time*-Heft zu.

Wir fuhren weiter und kamen an einen aus weißen Wagenrädern gezimmerten Zaun, und an einen Mast, an dem eine Sturmlaterne im Kolonialstil hing sowie ein Schild, das den Besitz der Upsons ankündigte. Wir bogen in die Kieseinfahrt.

Das Haus war ein niedriges, verschachteltes Feldsteingebilde, vorne ein Pfosten zum Pferdeanbinden, an der Haustür eine Kette mit Schlittenglöckchen, flankiert von zwei Kutscherlampen.

»Ist ja goldig«, säuselte Tante Mame. »Wie aus *Better*

Homes and Gardens.« Ihr Gesicht war vollkommen ausdruckslos.

»Huhu!«, rief Mrs. Upson und kam aus der Haustür gestürzt wie ein Hundertmeterläufer, der das Zielband durchtrennt.

»Hallöchen, meine Liebe!«, rief Tante Mame. »Ich habe mich gleich über beide Ohren verliebt in Ihr Haus. Das Hübscheste, was ich je gesehen habe!«

»Ja, wir sind sehr gerne hier draußen«, griente Mrs. Upson. »Der Hauptteil des Hauses stammt noch aus der Zeit vor der Revolution. Natürlich reichte der Platz nicht annähernd aus, deswegen mussten wir noch zwei Flügel anbauen, um die Kinder unterzubringen, aber jetzt, da Boyd verheiratet ist und Gloria so gut wie aus dem Haus, haben wir nur noch uns beide zur Unterhaltung.«

»Wie auch immer, ich finde es einfach süß«, sagte Tante Mame mit einem breiten gekünstelten Lächeln.

»Und Mountebank ist natürlich Sperrgebiet.«

»Für wen?«

»Sie wissen schon«, sagte Mrs. Upson schüchtern.

Der farbige Diener trug unser Gepäck ins Haus, und wir folgten Mrs. Upson in die Diele. Sie war in Grün gehalten, als Wandschmuck diente eine Banjo-Uhr und diverse Drucke von Currier & Ives, und auf dem Dielenboden lag ein geknüpfter Teppich.

»Oh!«, kreischte Tante Mame, als der Teppich unter ihren Füßen wegrutschte. Am Endpfosten des Treppengeländers hielt sie sich fest.

»Vorsicht!«, flötete Mrs. Upson. »Claude hat zum Glück eine private Haftpflichtversicherung, aber trotzdem, wir wollen doch nicht, dass Sie sich noch ein Bein brechen.«

»Sie sind wirklich sehr aufmerksam«, schleimte Tante Mame und drohte ihr mit dem Finger wie eine Soubrette.

»Ich werde Sie beide einfach mal im Gästeflügel verstauen«, sagte Mrs. Upson, während sie keuchend die schmale Stiege erklomm.

»Wie himmlisch!«, sagte Tante Mame. »Ohh!«, schrie sie, ich hatte ihr einen Stoß in den Rücken versetzt.

»Ist irgendwas, meine Liebe?«, fragte Mrs. Upson.

»Nein, nein, meine Liebe. Ich musste nur gerade an die vielen tapferen Generäle der Kolonialarmee denken, die mit ihren Stiefeln diese Stufen hinunter- und hinaufmarschiert sind.«

»Also, das ist Ihr Zimmer«, sagte Mrs. Upson, »und Sie, Patrick, habe ich hier untergebracht. Dazwischen liegt dieses kleine Wohnzimmer – für den Fall, dass Ihnen mal einsam werden sollte.« Sie kicherte.

»Du meine Güte«, kreischte Tante Mame, »mein Zimmer ist so feminin und Patricks so maskulin. Bestimmt war das Absicht von Ihnen!«

»Ja, ja. Ich habe dem Inneneinrichter von Altman's gesagt ...«

»Altman's? Also, ich hätte jetzt auf Sloane getippt. Sloane pur.«

»Was sind Sie doch für eine gescheite Frau, Mame! Darf ich Mame zu Ihnen sagen? Und Sie müssen Doris zu mir sagen. Im Erdgeschoss Sloane's, oben Altman's.«

»Sie können zu mir sagen, was Sie wollen, vorausgesetzt, Sie haben was zu sagen. Hahaha!«

Die beiden Damen fielen sich praktisch in die Arme vor lauter mädchenhafter Ausgelassenheit. Ich war milde entsetzt.

»Und jetzt machen Sie beide sich erst mal frisch, husch, husch. Claude und ich warten unten auf der Terrasse mit einem Daiquiri. Gloria ist noch mit ein paar jungen Leuten im Klub – Mädchen, natürlich –, aber sie kommt jeden Moment nach Hause. Also beeilen Sie sich. Keine förmliche Kleidung heute Abend, wir genießen das einfache Landleben.« Sie trippelte davon.

»Ach Darling«, sagte Tante Mame, »ist das nicht ein entzückendes Haus? Guck doch mal, allein mein Zimmer – französische Provence, jedes einzelne Stück. Und sie haben sogar Lektüre für mich ausgelegt, *Readers Digest, Das Lied der Bernadette,* das wollte ich immer schon mal lesen, und das März-Heft der *Vogue.*«

»Wenn du auch nur ein Wort …«

»Was du bloß immer hast, Darling. Mir gefällt es hier, und die gute Doris ist ein feiner Kerl. Es kann dir nicht entgangen sein, dass sie mich mag. Sie hat mich gebeten, sie beim Vornamen zu nennen. Ich werde mich als der perfekte Wochenendgast aufführen, und ich wette mit dir, dass mich Claude am Ende bitten wird, ihn auch mit Vornamen anzureden. Immerhin sind wir jetzt eine Familie, da redet man sich nun mal mit Vornamen an, du nicht?«

Ich war sprachlos vor Wut; auf der anderen Seite sah ich, dass Tante Mame ein voller Erfolg war. Sie führte sich anständig auf und verhielt sich so, wie ich es von ihr erbeten hatte – fast zu anständig.

Ich rasierte mich gerade, als Tante Mame lässig an die Tür klopfte und hereingeschlendert kam. »Gott steh mir bei«, flüsterte sie, »was hast du für ein viriles Badezimmer, mein lieber Kleiner. Ganz anders als meins. Schon diese rauen braunen Handtücher. Schade, dass nicht noch ER

eingestickt ist. Und erst diese Kupferstiche mit den Ent-
chen auf dem Türflügel. Also mein Badezimmer ist rosa,
und an der Wand hängt ein Tony-Icart-Druck von einem
Windhund ...«

»Aua!«, schrie ich.

»Oh, Darling, hast du dich jetzt wegen mir geschnitten?«

»Als was hast du dich denn verkleidet?«, tobte ich.
»Nimm sofort diese alberne Schleife aus deinem Haar!«

»Aber Patrick«, jammerte sie, »die gab's doch gratis zu
meiner Sonnencreme, und Doris trägt auch so eine im
Haar. Ich finde sie ganz hübsch zusammen mit dem ge-
musterten Musselin.« Sie trug ein bauschiges rosenrotes
Kleid, dazu viel mit Mondsteinen besetzten Schmuck,
und irgendwie sah es aus, als meinte sie das alles nicht
ganz ernst; wiederum war es nicht so daneben, dass es
eines Kommentars bedurft hätte.

»Ich bin doch richtig angezogen für Mountebank, oder
nicht, Darling?«

»Angemessen«, sagte ich und tupfte mein Kinn ab.

»Mein Herzblatt«, sagte sie und gab mir einen Kuss
auf den Hals, »beeil dich mit dem Rasieren. Ich bin im
Wohnzimmer, setze mich in einen der bequemen Gouver-
neur-Winthrop-Sessel und lese *Oliver Wiswell*. In diesem
schmucken Häuschen kommt man sich ja selbst vor wie
eine historische Gestalt.«

Das Erdgeschoss, die Abteilung Sloane des Upson'schen
Landsitzes, sah fast genauso aus wie der erste Stock – Typ
malerisches Landhaus im Kolonialstil. Es gab Kutscherlampen, Ratschenlampen, Lampen mit Emailfüßen und

Lampen aus Butterfässern, Kaffeemühlen und Apotheker- gläsern. An den Wänden hingen Bettwärmer, alte Blase- bälge, Messinguntersetzer und lustig gemeinte Sticktücher, ebenso Spy-Karikaturen, Jagdstiche, vergilbte Landkar- ten und spröde Daguerreotypien. Mrs. Upson saß unru- hig auf einem Ziereisenstuhl auf der Terrasse, und über Tante Mames Gezwitscher »Wie lieb ... wie malerisch ... wie reizend ...« hinweg hörte ich Mr. Upson Getränke in einem Shaker mixen und andere Gastgebergeräusche machen.

In seinem likörfarbenen Freizeitanzug und den dick be- sohlten mexikanischen Sandalen sah Mr. Upson eher wie ein Tanzbär aus und nicht wie ein menschliches Wesen. Er verbeugte sich tief, als Tante Mame ihm die Hand reichte, mir haute er mit seiner Pranke gönnerhaft auf die Schulter. »Da wären wir ja alle«, dröhnte er. »Und an so einem Tag geht doch nichts über einen richtigen Upson Daiquiri!«

»Hm, lecker!«, sagte Tante Mame.

»Jawoll!«, fuhr er fort. »Ich mixe ihn ja auch nicht, wie andere ihn mixen. Als Doris und ich im vergangenen Win- ter in Kuba waren, hat uns der Barkeeper von einem klei- nen Lokal, wo wir immer hingegangen sind – wie hieß das Lokal doch gleich, Doris, Casa Wan? Ja, genau, Casa Wan –, und dieser Barkeeper, Wan, der hat uns gesagt, man dürfte auf keinen Fall Zucker hinzutun. Wirklich, in einen richtig guten Daiquiri gehört kein bisschen Zucker.«

»Was Sie nicht sagen!«, rief Tante Mame aus.

»Nicht ein Körnchen. Soll ich Ihnen den Geheimtipp verraten, den Wan mir gegeben hat?«

»Oh ja, ich brenne darauf – wenn es kein Sicherheits- risiko ist.«

»Wan verwendet immer gefilterten Honig.«

»Nein! Gefilterten Honig? Das muss man sich mal vorstellen.«

»Ja, ja. Gefilterten Honig und ganz, ganz hellen Rum, und dann ...«

»Ich weiß auch nicht, warum Gloria heute so spät dran ist«, sagte Mrs. Upson und legte ihre Patschhand auf mein Knie. »Keine Sorge. Wir machen uns noch einen schönen ...«

»... und das Eis muss regelrecht abgeschabt werden ...«

»Das artet ja richtig in Arbeit aus, Mr. Upson.«

»Ach, Bertha«, rief Mrs. Upson, »würden Sie jetzt bitte die Cocktailhappen in den Ofen schieben? Aber nur die mit Chutney.«

»... und dann muss man den Shaker ordentlich schütteln. Nicht automatisch, mit diesen neumodischen Mixgeräten. Das ist was für Weicheier. Man muss schon Muskelkraft dabei einsetzen, schütteln, was das Zeug hält, wenn man einen guten Daiquiri haben will, Mrs. – da fällt mir ein, solange wir *ong famihl* sind, darf ich Mame zu Ihnen sagen, und Sie sagen Buster zu mir, ja?«

»Buster?«, kreischte Tante Mame. »Ich habe die ganze Zeit gedacht, Sie heißen Claude.«

»Oh, Doris nennt mich Claude, aber sonst sagen alle Buster zu mir, und Sie ab jetzt bitte auch.«

»Na gut, Buster«, sagte Tante Mame kokett, »aber nur, wenn Sie mich auch mit meinem Kosenamen anreden.«

»Und wie ist der?«, sagte er und schenkte ein.

»Cuddles.«

Schmusepuppe. Ich verschluckte mich an meinem Cocktail und musste mich entschuldigen.

Gloria kam, gebräunt, bezaubernd, und entschuldigte sich umständlich, dass sie sich noch so lange im Klub herumgetrieben habe. Um sieben Uhr stieß noch ein zweites Paar zu uns, Abbot oder Cabot oder Mabbit oder so ähnlich, ich habe mir den Namen nie richtig merken können. Er war bei irgendeiner Bank angestellt, und sie machte irgendwas in Familienplanung, beide liebten Paris und sprachen viel über ein Hotel, in dem sie untergekommen waren, offenbar das Crayon. Das Essen war deftig und lag schwer im Magen, und Tante Mame ergötzte die Gesellschaft mit Anekdoten über einen Ausflug, den sie mal mit ihrer Pfadfinderinnengruppe in den Yosemite Park unternommen hatte. Ich hatte diese Geschichten über ihre Pfadfinderinnen noch nie gehört – hatte überhaupt noch nie was von Pfadfinderinnen in ihrem Leben gehört, und ich nehme stark an, sie auch nicht –, stimmte aber in das Lachen der anderen Gäste ein. Sie war ein echter Knüller, und erst später, im Bett, fiel mir ein, dass sie zu der Zeit, als sie mit ihren Pfadfinderinnen angeblich im Yosemite Park war, in Wirklichkeit als Revuetänzerin aufgetreten war.

Am Samstag stand Tante Mame demonstrativ um sieben Uhr auf und verbrachte den Vormittag damit, mit gezierten Gesten einige Rosen im Garten zu schneiden – das heißt, eigentlich mehr Rosen, als die Upsons Vasen besaßen, um sie hineinzustecken. Ich kann nicht mit Überzeugung behaupten, dass sie das alles ernst meinte, aber obwohl sie eindeutig zu dick auftrug, kam dieser Hang zum Pastoralen bei ihren Gastgebern doch überaus gut an. Mr. und Mrs. Upson fraßen ihr praktisch aus der Hand. Beim Mittagessen sprach sie über ihre lustige Zeit als Debütantin in Buffalo, was sich wieder zufällig mit den Revueauftritten und den Pfadfinderinnen überschnitt, anschließend führten sie und Mrs. Upson ein ziemlich detailliertes Gespräch über Genealogie, in dessen Verlauf ich erstaunt zur Kenntnis nehmen durfte, dass ich in direkter Linie von Karl dem Großen abstammte.

In den Nachmittagsstunden ging jeder seiner Wege: Mr. Upson begab sich auf den Golfplatz, Mrs. Upson und Tante Mame – mittlerweile Doris und Cuddles – zu einer Auktion auf dem Land, und Gloria und ich trieben es miteinander in einem kleinen Waldstück.

»Ach Engelchen«, murmelte Gloria, ihre wunderschönen Augen unergründlicher und grüner als je zuvor, »ist das nicht herrlich hier draußen, weg von dem ganzen schmutzigen Pack in New York?«

Ich schlang meine Arme um sie und küsste sie lange.

»Engelchen«, sagte sie wieder und richtete sich auf, »siehst du das Land da, hinter der Steinmauer?«

»Hmhm.«

»Das steht alles zum Verkauf. Jeder Quadratzentimeter. Sechzig Morgen.«

»Wirklich? Gib mir noch einen Kuss.«

»Nein. Nicht. Das tut weh. Du musst dich bestimmt doppelt so oft rasieren wie andere Männer. Na gut – ich dachte nur gerade, wie traumhaft schön es wäre, wenn wir den ganzen Besitz kaufen und hier draußen wohnen würden. Ganz in der Nähe von Mami und Papi.«

»Und jeden Tag pendeln?«

»Nein, nein. In der Stadt mieten wir uns nur was Kleines, eine Zweizimmerwohnung. Aber eigentlich wohnen und leben würden wir hier draußen in Mountebank. Außerdem hat Papi Angst, dass irgendjemand Komisches das Nachbargrundstück kauft.«

»Jemand Komisches?«

»Du weißt, was ich meine, Engelchen. Jemand Unfeines.«

»Liebe Güte, Gloria, ich wette, die Grundstücke hier draußen kosten ein Vermögen.«

»Na ja, billig sind sie nicht gerade, aber die Luft ist hier so sauber, und es wohnt ein feiner Menschenschlag hier draußen. Guck dir nur deine Tante an, der gefällt es doch gut hier. Ich wette mit dir, wenn du sie ganz lieb fragst – oder wenn ich sie ganz lieb frage –, dann schenkt sie uns den sanften Hügel da drüben und vielleicht noch ein kleines Haus dazu, ganz aus Glas und sehr modern, zur Hochzeit.«

»Moment mal, Baby«, sagte ich und richtete mich jetzt ebenfalls auf, »ich will meine Tante nicht um so viel Kohle bitten. Sie ist schon mein Leben lang viel zu großzügig zu mir gewesen. Ich besitze eigenes Geld, und ich will nicht umherziehen und die Leute anbetteln.«

»Engelchen«, schmollte sie putzig, »wofür ist Geld denn sonst da? Deine Tante ist alleinstehend, hat niemanden auf der ganzen Welt, und du bist ja wohl der einzige Erbe.«

Rasch wechselte ich das Thema. »Besser, wir fangen an, uns nach einer Wohnung in der Stadt umzugucken, und wir sollten einen Termin festsetzen. Wie wäre es Mitte nächsten Monats?«

»Meinst du, nächsten Monat heiraten?«

»Klar. Was sonst?«

»Das kann ich nicht.«

»Warum nicht?«

»Ich habe gar keine Kleider.«

»Und das, was du gerade anhast, ist das kein Kleid?«

»Du weißt, was ich meine, Blödmann. Ich meine richtige Kleider. Unterwäsche, Röcke, Kostüme, Mäntel, Hüte – alles, was eine Braut eben haben muss.«

»Das höre ich aber zum ersten Mal. Was braucht eine Braut denn schon außer einem Mann und einem negativen Schwangerschaftstest.«

»Ach, hör auf! Wir könnten gar nicht heiraten. Jane ist in Maine, und Pammy ist auf Nantucket, und B. J. und Frannie sind beide in …«

»Ich will aber nicht Jane und Pammy, B. J. und Frannie heiraten. Dich will ich heiraten, da können sich die anderen von mir aus auf den Kopf stellen, das ist mir schnuppe. Können wir nicht irgendwohin abhauen und es hinter uns bringen?«

»Willst du meinem Vater das Herz brechen? Wenn ich das machen würde – Papi würde mir nie verzeihen. Und Mami – seit ich ein kleines Mädchen bin, träumt meine Mutter von einer wunder-wunderschönen Hochzeit in der Kirche zum Himmlischen Frieden, mit Brautjungfern und Brautführern und Boyds kleinem Mädchen – wenn du die kleine Deborah erst mal kennengelernt hast! Sie sieht aus wie eine richtige Putte – als Blumenmädchen, und anschließend einem großen Empfang im Klub, und dann …«

»Erwartest du etwa von mir, dass ich sechs Männer auftreiben und sie in gemietete Cuts stecken soll, die dann nicht richtig sitzen, sodass …«

»Das ist es doch gerade, was am Heiraten Spaß macht!«

»Ich dachte immer, der Spaß kommt hinterher.«

»Du weißt, was ich meine. Wer will schon heiraten, wenn es nicht die vielen Partys und Bälle und Geschenke und dein Bild in der Zeitung dazu gäbe? So machen es doch alle!«

»Alle?«

»Jedenfalls alle, die ich kenne. Nette Leute eben. Ich will auf keinen Fall nur schnell aufs Rathaus mit lauter Fremden und …«

»Wie lange, glaubst du, brauchst du für die Vorbereitung dieser Inszenierung?«

»Ich habe mir gedacht, dass wir es gleich Anfang September, wenn alle wieder von den Sommerferien zu Hause sind, in der Zeitung bekannt geben. Danach folgen die großen Partys, ununterbrochen, bis in die Weihnachtszeit, und dann, habe ich mir gedacht, könnten wir Anfang nächsten Jahres heiraten, und unsere Hochzeitsreise könnten wir nach Palm Beach oder so machen.«

»Ah ja«, sagte ich teilnahmslos.

»Nun reg dich nicht so auf, Engelchen. Es ist ja nicht für ewig. Außerdem wirst du genauso beschäftigt sein! Wir müssen eine Wohnung finden – und ich will nicht in irgendein Loch ziehen, ein bisschen Stil sollte es schon haben –, und wir brauchen Möbel und Teppiche und eine Hausangestellte. So etwas kann man nicht nebenher erledigen. So etwas muss man richtig machen oder gar nicht.«

»Ja, ja«, sagte ich und zündete mir eine Zigarette an.

»Jetzt schmoll doch nicht, mein kleiner Junge. Du wirst sehen, auf lange Sicht habe ich recht. Da fällt mir ein – es ist ja schon vier Uhr, und ich habe Mary Elizabeth versprochen, dass wir zum Tennis vorbeikommen. Beeil dich. Du musst dich noch umziehen!«

An diesem Abend luden die Upsons eine fröhliche Runde aus Jungen, Mittelalten, Ältlichen und den Ältesten von allen, den Frischvermählten, in den Country Club. Lange vor Sonnenuntergang kamen ganze Autoladungen Vorstädter in Abendgarderobe knirschend den Kiesweg hochgefahren, und Mr. Upson ging ganz darin auf, allen zu erklären, wie man einen richtigen zuckerfreien Daiquiri mixte. Er schien ein wenig verletzt zu sein, als Tante Mame um einen Whiskey pur bat. Die Nachricht von ihrem Charme hatte sich selbst bis zu den Sperrzonen von Mountebank herumgesprochen, und ich hatte das Gefühl, dass die Spaßbande jedes Wort von ihr aufsaugte. Sie war gut in Form und sprach liebevoll über die handgemalte Schale, in die bei Tisch Tee- oder Kaffereste gegossen werden können und die sie nachmittags auf der Auktion erstanden hatte. »Und Doris bringt mir bei, wie man daraus eine Lampe bastelt«, erzählte sie dem gebannten Publikum.

In den weißen, schleppenden Stoffbahnen und mit den Saphiren sah Tante Mame aber auch besonders hinreißend aus. Ich hatte den Eindruck, dass viele Männer, die seit Jahren nicht mehr das Tanzbein geschwungen hatten, heute Abend plötzlich munter wurden. Tante Mame zeigte sich von ihrer besten Seite und flog pirouettenartig von einem zum anderen, redete dabei über den Japankäfer, einen komplizierten Mashieschlag, die Ulmenfäule, Tagesschulen auf dem Land, Probleme mit den Dienstboten und – wenigstens so lange, bis ich ihren Blick erhaschte – wie klug es wäre, die Prostitution zu legalisieren.

Ungefähr zwei Dutzend Menschen süppelten Mr. Upsons Daiquiris, und ich ging verlegen umher und schnappte Gesprächsfetzen auf: »Absolut bezaubernd, und sie kann ja wohl nicht älter sein als …«

»Und da sagt dieser Wan zu mir, ›Si, Sinjor‹, so hat er immer gesagt, ›Sie nehmen gar keine Tsucker, sie nehmen Honig.‹ Und ich kann Ihnen sagen, das zergeht auf der Zunge …«

»*Mousseline de soie,* so heißt der Stoff, und wissen Sie, wie viel sie bei McCutcheon's für einen Meter haben wollen …«

»Aber ich wusste schon immer, dass Gloria eines Tages …«

»Und dann meint doch dieser Nigger-Caddie zu mir: ›Sör, ein Golfball in der Farbe, das habbich noch nich gesehn …!‹«

»Das ist ja ein wunderschöner Ring, Gloria! Ich habe schon zu deiner Mutter gesagt: ›Doris, immer daran denken, dass Sie keine Tochter verlieren, sondern einen Sohn hinzubekommen!‹ Und er ist wirklich ein sehr feiner junger Mann …«

»Das prächtigste Weibsstück, das wir je hier in Mountebank hatten, seit Queen Marie …«

»Ja, schon, aber bei einem *Büh-fee* gerate ich immer so ins Schlemmen …«

»Das ist das ganze Geheimnis. Wie wahnsinnig schütteln. Nicht mit diesen neumodischen …«

»Eine halbe Grapefrucht und ein Knäckebrot. Und zum Abendessen …«

»Natürlich sind die echt. In *Town and Country* stand ein langer Artikel über ihren Schmuck. Und sie kommt auf der ganzen Welt herum …«

»Die hießen Harris mit Nachnamen, und das kann entweder heißen, sie sind welche oder sie sind keine. Er sah ja noch völlig normal aus, aber als Alice dann die Frau zu Gesicht bekam, wusste sie gleich Bescheid und hat uns das Grundstück für genau die Hälfte von dem überlassen, was die Juden zu zahlen bereit gewesen wären ...«

»Und F. D. R. meint dazu nur: ›Aber Eleanor, woher soll ich wissen, ob du ...‹«

»Er redet nicht viel, aber seine Tante ist absolut ...«

Als die Party auf ihrem Höhepunkt war, sprang Tante Mame schwungvoll auf einen Stuhl und rief: »Ruhe! Ruhe bitte! Alle mal herhören!« Es herrschte Stille, und mir lief es heiß und kalt den Rücken herunter. »Natürlich wissen Sie alle längst, was diese beiden jungen Leute hier vorhaben, diese Neuigkeit brauche ich Ihnen also nicht mehr zu verkünden. Aber den Kopf habe ich mir darüber zerbrochen, was für ein Hochzeitsgeschenk zu einem so hübschen Mädchen wie Gloria passt, und ich glaube, jetzt weiß ich es.« Sie nahm das prunkvolle Saphirband von ihrem Hals, trat von dem Stuhl herunter und legte es Gloria um. »Hier, meine Liebe, das ist für Sie. So etwas dürfen nur junge Leute tragen.«

Ein Geraune und Gemurmel hob an, und Gloria war sprachlos vor Freude.

»Oh ... oh ...« Mehr brachte sie nicht hervor.

»Mame!«, kreischte Mrs. Upson. »Das geht nicht! Das dürfen Sie nicht! Oh, Mame, es ist wunderschön! – Gloria? Lass dir von Mami helfen. Ich binde es mit Zahnseide fest, so lange, bis Papi es versichert hat. Wäre doch schade drum, wenn du es verlieren würdest.«

Ich empfand tiefe Dankbarkeit und Stolz und war völlig

überwältigt – allerdings: Im Schein des gelbroten Sonnenuntergangs, auf Glorias grünem Kleid und bei ihren grünen Augen sahen die Saphire irgendwie, wie soll ich sagen, nicht ganz passend aus.

Es war ein durchschnittlicher Abend mit einem durchschnittlichen Essen, einer durchschnittlichen Band in einem durchschnittlichen Country Club. Nachdem ich die anderen Tischdamen abserviert hatte, tanzte ich die meiste Zeit mit Gloria, und sie klammerte sich an mich wie nie zuvor. »Das ist der schönste Tag in meinem Leben, ich war noch nie so glücklich«, flüsterte sie mir ins Ohr. Tante Mame war die gefragteste Tanzpartnerin des Abends, von halb zehn Uhr an tanzte sie ununterbrochen, bis ich sie von einem neuerlichen schwungvollen Schottischen mit meinem zukünftigen Schwiegervater erlöste.

»Darf ich?«, sagte ich.

»Dass das junge Gemüse aber auch immer nur das Beste kriegt, was, Cuddles?«, raunzte er vergnügt und kniff sie zum Abschied ein letztes Mal in den freien Rücken.

»Aua! Sie bringen mich noch um, Buster«, kreischte Tante Mame schrill.

»Was dagegen, wenn ich dich ablöse, Tante Mame?«, fragte ich.

»Was dagegen? Ich hätte mir das Bein amputieren lassen müssen, wenn du nicht gekommen wärst. Ich war noch nie auf einem Ball, wo auf der Tanzfläche Rugby gespielt wird. Willst du mir auch erzählen, wie man einen Daiquiri zubereitet? Man nimmt einfach Honig statt …«

»Bitte nicht, ich weiß es schon.« Ich lachte. »Aber amüsieren tust du dich prächtig, oder?«

»Bes-tens! Habe ich dir schon erzählt, wie Mr. Abbot mal beim vierzehnten Loch mit nur einem Schlag eingelocht hat? Vorgegeben sind drei Schläge. Also, er stand da mit seinem Caddy ...«

»Hör zu, Tante Mame. Ganz im Ernst: Ob du dich nun amüsierst oder nicht – du bist der wundervollste Mensch im ganzen Bundesstaat Connecticut ...«

»Wenn du mir nichts Nettes zu sagen hast, sag es lieber gar nicht.«

»Nein, ich meine es ernst. Du bist absolut wunderbar, und ich liebe dich umso mehr. Ich war in meinem ganzen Leben noch nie so stolz auf einen Menschen.«

»Aber das ist doch ein Kinderspiel, mein Lieber. Man nimmt einfach nur ein bisschen Honig und schüttelt wie verrückt. Oje, da kommt der blonde Ringer zur vierten Runde.«

»Darf ich?«, sagte Mr. Abbot-Habit-Cabot-Rabbit-Mabbit.

»Hoffentlich langweilen Sie sich heute nicht«, sagte Mrs. Upson am nächsten Morgen und reichte Tante Mame den Heim-und-Garten-Teil der *Herald Tribune*, »aber der Sonntag ist bei uns immer Familientag. Claude schlägt morgens seine achtzehn Löcher auf dem Golfplatz – ich sag ihm immer, er soll sonntagmorgens lieber in die Kirche gehen, aber er meint, Gott würde er draußen auf dem Platz oft genug zu Hilfe rufen. Ist er nicht schrecklich?«

»Schrecklich?«, sagte Tante Mame. »Meine Liebe, er ist ...«

»Aber wie gesagt, Mame, heute machen wir einen auf gemütlich. Wir bleiben zu Hause, auf unseren Zimmern, und meistens kommen Boyd – unser Junge – und Emily, und wir unterhalten uns und sitzen rum. Mögen Sie eigentlich gerne Gin?«

»Gerne? Drin baden könnte ich!«

»Na fein. Ich hole nur eben die Karten und den Punktzettel, und dann spielen wir erst mal eine Runde ...«

»Oh«, sagte Tante Mame geknickt.

»Manche Leute haben natürlich Vorbehalte gegen das Kartenspielen am Sonntag. Von wegen Visitenkarten des Teufels und so.«

»Vielleicht sollte ich mich doch lieber mit dem Heim-und-Garten-Teil begnügen. Ich möchte nicht allzu aufgeputscht sein, wenn Floyd nachher kommt.«

»Boyd.«

»Entschuldigung. Ja, Boyd und Emily.«

Der Sonntag zog sich träge dahin. Gloria schlief bis mittags, den Nachmittag verbrachte sie auf ihrem Zimmer und schrieb an ferne Freunde über ihr neues Glück. Mrs. Upson zog mit Tante Mame davon, um eine Frau zu besuchen, die die größte Milchgläsersammlung in Mountebank hatte, und ich hockte schwitzend und gelangweilt auf der Terrasse.

Um fünf Uhr versammelte sich alles auf der Terrasse, wo Mr. Upson, rot und proper vom Golfspiel, eine Runde Daiquiris mixte und uns von Neuem erzählte, wie es gemacht wurde. Diesmal war Tante Mame unerbittlich, was ihren Wunsch nach Whiskey pur betraf, und ich trank Bier. Gerade hatten wir uns niedergelassen, da wurden wir durch die Ankunft eines Ford Cabrio, in dem Boyd Upson, seine Frau Emily und ihre Tochter Deborah saßen, auch schon wieder aufgescheucht.

»Huhu!«, rief Mrs. Upson. »Huhu! Boydie-boy, Emily!«
Ungestümes Füßchengetrippel, und Deborah, ein ziemlich hübsches Kind von drei Jahren, kam auf die Terrasse gerast.

»Ach, mein Schätzchen! Komm zu Omilein, Debbie, Schätzchen. Gib Omilein ein Küsschen! Ist das nicht urkomisch«, sagte sie und lächelte affektiert Tante Mame an, »in meinem Alter schon Großmutter zu sein?«

»Komisch?«, sagte Tante Mame. »Ich finde es …«
Zum Glück gingen ihre Worte in dem Auftritt von Boyd Upson und seiner Frau Emily unter. Boyd war die ideale Verkörperung des Connecticuter Republikaners, groß, blond, gut aussehend, und alle Muskeln, die er je besessen, auf dem besten Weg, sich in Fett zu verwandeln. Seine Frau Emily verkörperte das Mädchen vom Land schlechthin, wie es auf jeder Veranda, in jedem Country Club von Bar Harbor bis Santa Barbara zu finden ist, eine große, unansehnliche Frau, die ihre Zähne hatte richten lassen, die Tanzstunden genommen hatte und eine mittelmäßige Ausbildung auf irgendeiner Spence-Chapin-Nightingale-Bamford-Hewitt-Schule, oder wie sie sonst heißen mögen, genossen hatte. Sie war die Luxusausführung dieses Modells, ausgestattet mit einem Ersatzreifen, denn sie war wieder schwanger.

»Na, mein Sohn, wie läuft's?«, sagte Vater Upson herzlich. »Emily, meine Liebe, wie geht's unserm Mütterlein?«

»Na prima, Dad«, brüllte Boyd. Im Verlauf des Nachmittags musste ich feststellen, dass seine Spracherziehung in Sachen Slang in den zwanziger Jahren ihren Anfang und auch ihr Ende gefunden haben musste. Jeder Äußerung ging ein »Donnerwetter« voraus, »prima«, »Mensch«, »dufte«, »Kacke«, »okay«, »oh Mann« oder »Baby«.

»Lass Omileins Perlen los, Debbie. Ist sie nicht ein Engel?«

»Himmlisch«, sagte Tante Mame und raffte ihr Kleid.

»Guten Tag«, sagte Emily und schüttelte schlaff meine Hand. »Deborah? Wenn du dich wie ein wild gewordener Indianer aufführst, kannst du gleich wieder nach Hause. – Boyd«, jammerte sie, »unternimm doch was. Sie hat heute Nachmittag kein NICKERCHEN gemacht, und sie ist etwas MÜDE.«

»Mensch, Süße«, dröhnte Boyd, »was soll ich schon mit ihr machen?«

»Na, ich kann sie ja wohl schlecht herumtragen in diesem ...«

»Hast du dich etwa wieder übergeben müssen, Emily, Liebe?«

»Nein, nein, aber wir haben uns wieder fürchterlich mit diesem BLÖDEN Hausmädchen herumgeärgert. Ehrlich, man könnte meinen, heutzutage arbeiten sie nicht mehr für dich, sondern du musst für sie arbeiten. Stellen Sie sich vor«, sagte sie, Tante Mame mit einem durchdringenden Blick fixierend, »diese Nigger verlangen nicht nur horrenden Lohn, sie bestehen auch noch auf einem Zehnstundentag, freien Sonntag und GOTT weiß was noch ...« Ihr Aufzählungseifer wurde unterbrochen.

»Psst«, warnte Mrs. Upson mit gedämpfter Stimme. »Sie können euch verstehen. Möchten Sie sie nicht mal nehmen?«

»Nicht unbe...«, seufzte Tante Mame, doch schon

wurde ihr die kleine Deborah auf den Schoß gesetzt. »Aua!«, krähte sie, als das Kind nach einem ihrer Ohrringe langte. »Loslassen, du kleiner Satansbra... Oh, die darfst du nicht anfassen«, ergänzte sie finster blickend.

»Hör zu, Deborah«, greinte Emily, »wenn du jetzt nicht brav bist, kannst du gleich wieder ... Boyd, jetzt mach doch endlich mal was!«

»Rot, rot!«, summte Klein Deborah und griff nach einer Rubinspange an Tante Mames Revers. »Haben!«

»Lass los, du kleines ... süßes Ding«, sagte Tante Mame.

»Sie hat Sie ins Herz geschlossen«, sagte Mrs. Upson. »Das sieht man gleich.«

Der Hund kam angeschnurrt. Deborah wurde auf den Boden gesetzt, damit sie mit ihm spielte, und hinterließ einen großen nassen Fleck auf Tante Mames Schoß.

»Boyd! Wehe, du lässt diesen VERDAMMTEN Setter wieder Deborahs Gesicht ablecken! Wer weiß, wo der sich wieder rumgetrieben hat!«, flehte Emily.

Mit vereinten Kräften sorgten die Sonne und das Bier dafür, dass ich Kopfschmerzen bekam, und ich kann mich nicht mehr an alles erinnern, worüber geredet wurde. Es war schrecklich laut, und alle redeten auf einmal über nichts und wieder nichts. Mir fiel auf, dass Tante Mame sehr viel Scotch trank, aber das konnte ich ihr weiß Gott nicht krummnehmen.

Um sieben Uhr schob der Hausmann einen schmiedeeisernen Wagen mit Koch- und Tischutensilien nach draußen, und Deborah wurde von vielen Seiten aufgefordert, ein feines Nickerchen auf Omileins Schoß zu machen. Klein Deborah hatte jedoch nichts dergleichen im Sinn, alles Überreden und Ermahnen und Drohen half nichts, und es artete in eine richtige Jagd aus, Klein Deborah kreischte und gluckste, und der Hund bellte hysterisch. Als Deborah an Tante Mames Stuhl vorbeilief, stolperte sie und landete mit einem dumpfen Schlag auf dem Rasenboden. Ich hätte schwören können, dass Tante Mame ihr ein Bein gestellt hatte, aber sie gab sich sehr besorgt, und Klein Deborah wurde für den Rest des Abends aufs Abstellgleis verfrachtet.

Als sich alles wieder beruhigt hatte, erschien Mr. Upson mit einer hohen Kochmütze auf dem Kopf und einer großen Baumwollschürze vorm Bauch, auf dem angeblich witzige Dinge standen. »Meisterkoch und Mädchen für alles«, »Cordon Bleu«, »Zum fettigen Bratenwender«, »Hier kocht der Chef persönlich«, »Eigener Herd ist Goldes wert«.

»Ist er nicht ein Prachtstück?«, kicherte Mrs. Upson.

»Die reinste Augenweide«, sagte Tante Mame.

»Sonntags übernimmt Claude die Küche, darauf besteht er. Ich habe ihm diesen Grillapparat bei Hammacher-Schlemmer gekauft, und er freut sich darüber wie ein kleines Kind.«

»Das sieht man.«

»Mann, Papi«, sagte Boyd, »ich würde zu gerne ein Foto von dir in dieser Montur machen, das gäbe doch mal eine tolle Weihnachtskarte ab.«

»Boyd, mein Junge, warte. Mach lieber gleich ein Bild von Cuddles und mir an der Bratröhre, denn sie hilft Buster beim Kochen – oder nicht, Cuddles?«

»Ich wüsste nicht«, sagte Tante Mame rundheraus.

»Das werden wir ja sehen, Cuddles. Ohne Sie kommt das Fleisch nicht auf den Tisch. Bringen Sie Ihr Glas mit und gewähren Sie mir unmoralischen Beistand an der Röhre. Hahaha!«

»Ich hoffe nur, Ihr Essen ist so gut wie Ihre Daiquiris«, sagte Tante Mame kokett und kippte einen doppelten Scotch hinunter.

»Möchten Sie Soda, Mame, meine Liebe?«, fragte Mrs. Upson besorgt.

»Nein, vielen Dank, Doris«, antwortete Tante Mame und trippelte die Rasenböschung hinunter zu Mr. Upson und dem Grillapparat. Es qualmte so heftig, dass man die beiden nicht erkennen konnte, ich hörte nur Tante Mame husten und beinahe ersticken. Einmal trat sie, mit tränenden Augen, aus dem Qualm hervor, um nachzuschenken, danach begab sie sich tapfer zurück zu der Brandstätte, zwei volle Gläser Whiskey pur balancierend.

Es dauerte endlos, Steaks »gerade durch« zu braten, wie Mr. Upson immer wieder hervorhob. »Gerade durch«, das bedeutete außen schwarz von Ruß und Asche und innen roh. Es gab ein Steak pro Person, und es kam mir wie eine sträfliche Vergeudung von gutem Rindfleisch im Wert von ungefähr zwanzig Dollar vor. Möglicherweise waren Mr. Upson der Qualm und der Scotch ein bisschen zu Kopf gestiegen.

Wir saßen an einem Tisch aus Eisen und Glas, mümmelten entschlossen an Mr. Upsons Steaks und murmelten gutturale Laute unaufrichtiger Anerkennung. Mr. Upson vertilgte noch mehr Scotch während der Mahlzeit, und ein-, zweimal hörte ich Mrs. Upson sagen: »Muss das sein, Claude?« Ansonsten wurde emsig schweigend gespeist. Emily erlitt während des Essens mehrere kleinere Anfälle von Magenverstimmung, die ich ihr nicht verübeln konnte, aber unterbrochen wurde der Friede und die Stille schließlich von Boyd, der die bedauernswerte Gewohnheit hatte, mit vollem Mund zu reden.

»Mann, Papi«, sagte er, »du kennst doch das Grundstück hier hinter uns. Am Freitag habe ich im Fünfuhrsieben-Zug Charlie Haddock getroffen, und der hat gesagt, es soll an Leute aus Summit, New Jersey, verkauft werden, die heißen Bernstein – *A-bra-ham* Bernstein.«

»Oh nein«, klagte Mrs. Upson.

Mr. Upson stieß die Gabel in den Tisch. »Bernstein!«

»Doch nicht die Familie Abraham Bernstein aus Summit?«, sagte Tante Mame. »Die kenne ich gut. Er ist Lektor, und sie ist eine Rimbaud-Expertin. Ein ganz reizendes Paar mit zwei Kindern, sie heißen …«

»Aufhören!«, befahl Mr. Upson. »Das ist kein Witz.«

»Das sollte kein Witz sein. Die Bernsteins sind befreundet mit Co…«

»Das ist doch nicht möglich, Boyd. Die ganze Gegend ist doch Sperrgebiet.«

»Hinter deinem Grundstück nicht mehr. Das gehört nicht zu Mountebank.«

»Oh Papi«, rief Gloria. »Das ist ja fürchterlich.«

»Das lasse ich nicht zu«, bellte Mr. Upson. »Wenn nötig, stehe ich mit einem Gewehr hier und vertreibe sie …«

»Buster«, sagte Tante Mame, »was ist denn in Sie gefahren? Das sind bezaubernde Leute. Sie hat schwarze Haare, ist sehr lebhaft und eine der besten Köchinnen in …«

»Dunkelhaarig und lebhaft – kann ich mir denken. Eine schmierige, kleine Person mit dicken Lippen und losem Mundwerk …«

»Aber nein, da liegen Sie ganz falsch. Silvia ist ein wunderbarer Mensch, ehrlich, und Abe war in Harvard in demselben Jahrgang wie Samuel ...«

»Soll das heißen, Sie kennen diese Leute alle persönlich?«, fragte Mr. Upson.

»Natürlich kenne ich sie persönlich. Er hat einen ausgezeichneten Job bei ...«

»Aber es sind doch Juden!«

»Ja, selbstverständlich sind sie Juden. Sie ist irgendwie mit Rabbi Wise verwandt, und er ...«

»Kriegen Sie das nicht in Ihren Dickschädel rein, dass sie Juden sind? Und dass sie sich direkt neben meinem Haus niederlassen wollen?«, sagte Mr. Upson.

»Claude, bitte«, ließ sich Mrs. Upson vernehmen.

»Ja, Buster, das habe ich schon gehört. Floyd – ich meine Boyd hat gesagt, dass sie sich hier was kaufen wollen. Sie werden die Bernsteins mögen. Ein sehr anregendes junges Paar, die beiden.«

»Nun mal langsam«, sagte Mr. Upson unterkühlt, »ich bin ja sehr für Witze zu haben, aber wenn Sie meinen, ich wollte hier solche Itzigs als Nachbarn, die ihren Müll auf meinen Rasen werfen ...«

»Buster, was reden Sie denn da? Wenn ich Ihnen doch sage, dass diese Leute Freunde von mir sind. Ich kenne keine anspruchsvolleren Menschen.«

»Halten Sie endlich den Mund!«

»Claude!«, sagte Mrs. Upson.

»Sir, mäßigen Sie sich«, sagte ich und war schon halb aufgestanden.

»Bitte«, flüsterte Gloria, »Papi hat nur eine von seinen Anwandlungen.«

»Mir egal, was er hat, so redet man nicht mit meiner Tante ...«

»Boyd«, dröhnte Mr. Upson, »wenn du und ich ein Aufgebot stellen, eine Bürgerwehr bilden, dann verwehren wir dieser dreckigen Judensau und seiner ganzen übrigen widerlichen stinkenden Rasse ...«

»Sie glauben doch wohl nicht im Ernst, dass die Juden eine Rasse sind«, sagte Tante Mame. »Wo doch heute jeder Anthropologe ...«

»Ersparen Sie mir Ihren vornehmen Anthropologenmist! Ich weiß nur: Solange Blut in meinen Adern pocht, werde ich gegen diese ganzen Steins und Sterns, die in das Territorium des weißen Mannes eindringen, antreten. Und eins schwöre ich Ihnen ...«

»Glauben Sie etwa«, sagte Tante Mame, »dass Connecticut Ihnen allein gehört? Dass Sie so etwas wie eine selbst ernannte, allmächtige Gottheit sind, die das Sagen hat, wer hier wann und wo welches Grundstück erwirbt?«

»Das Haus eines Mannes ist sein Ein und Alles, Mame. Das klingt vielleicht altmodisch, aber stimmen tut es trotzdem, und ich habe mich nicht all die Jahre meines Lebens für diese schöne Heimstatt krummgelegt, nur um es von einer Bande Spötter kaputtmachen zu lassen, die sich unter meiner Nase breit...«

»Claude«, sagte Tante Mame, die Augen halb geschlossen und mit eiskalter Stimme, »ich habe Ihnen schon dreimal gesagt, dass diese dreckigen Juden, über die Sie die ganze Zeit reden, Freunde von mir sind. Menschen, die ich seit Jahren kenne. Kluge, gebildete Leute. Sie sollten sich Ihr Urteil aufheben, bis Sie sie kennengelernt haben.«

»Ach ja? Sie haben gut reden, Sie, in Ihrem schicken Haus am Washington Square. Aber was würden Sie sagen, wenn die gleich neben Ihnen einziehen würden?«

»Wahrscheinlich würde ich sagen: Willkommen am Washington Square, und wenn Sie und Abe Lust haben, mal zum Abendessen zu kommen, solange Sie sich noch einrichten ...«

»Scheiße!«

»Claude!«, sagte Mrs. Upson.

»Verdammt noch mal, Doris«, brüllte er. »Ich meine es ernst!« Er wandte sich wieder an Tante Mame. »Sie sitzen hier rum und reden wie der *New Republic* oder ein Salonkommunist, und dabei wird ein anständiger Christenmensch bedroht ...«

»Ich wünschte, Sie würden das Wort Christenmensch nicht in den Mund nehmen, wenn es so offenkundig fehl am Platz ist«, sagte Tante Mame ausdruckslos.

»Also wirklich, Mame ...«, hob Mrs. Upson an.

»Bitte«, flehte Gloria, »können wir nicht das Thema wechseln?«

»Worüber möchtest du gerne reden, Gloria? Über Neger?«, sagte Tante Mame.

»Misch dich da nicht ein, mein Kind«, sagte Mr. Upson. »Wissen Sie«, jetzt wieder an Tante Mame gewandt, »ich war in Ihrem Haus und habe diese ganze europäische Pracht gesehen, und vielleicht bin ich ja nur ein dummer Versicherungsmakler, ohne den Franklin-Delano-Rosenfeld-Blick aufs Leben, aber als ich bei Ihnen zum Essen war, ist mir auch nicht aufgefallen, dass Sie sich mit irgendwelchem Hebräerpack umgeben. Nein, nein, Sie hatten einen englischen Adligen, einen französischen Prinzen und eine berühmte Schauspielerin zu Gast – kein Judenpack!«

»Es würde wohl Ihr Weltbild erschüttern, wenn ich Ihnen eröffne, dass die Vera Charles, der Sie und Doris eine so außerordentliche Bewunderung entgegenbringen, als Rachel Kollinsky zur Welt kam, Tochter eines zweitklassigen jüdischen Komikers.«

»Unmöglich!«, japste Mrs. Upson.

»Das geht mich nichts an!«, dröhnte er wieder. »Bei diesen Theaterleuten weiß man sowieso nie, wo man dran ist. Die sind eine andere Brut. Aber Juden im Nachbarhaus, praktisch in der eigenen Familie ...«

»Claude«, sagte Tante Mame leise, »ist Ihnen klar, dass in diesem Moment ein wahnsinniger Deutscher namens Adolf Hitler genau solche Reden schwingt wie Sie?«

»Jetzt bringen Sie hier keine Politik ins Spiel. Sie sind bestimmt eine ausgemachte Befürworterin des New Deal.«

»Ich habe Präsident Roosevelt immer bewundert.«

»Ich rede von den Juden, und was die angeht, so hat dieser Hitler eigentlich ganz vernünftige Ideen.«

»Das ist nicht Ihr Ernst«, sagte ich, »er schlachtet sie praktisch ab.«

»Ich habe nicht gesagt, dass sie abgeschlachtet werden sollen ...«

»Nach Ihrem Gerede von Waffen und Aufgeboten und Bürgerwehren zu urteilen, scheinen Sie so etwas im Sinn zu haben«, entgegnete Tante Mame kühl.

»Ja, verdammt, das würde ich wirklich machen!«

»Wie viele Juden kennen Sie eigentlich persönlich, Claude?«

»Einen zu viel«, kreischte er. »Autoritär, aufdringlich, aggressiv, laut ...«

»So laut wie Sie gerade?«

»Verflucht noch mal! Ich rede von einer Meute Juden, die hier einziehen wollen und die sich einschmeicheln wollen, bei freundlichen Leuten – anständigen Leuten!«

»Und Sie? Liefern Sie gerade ein Beispiel Ihrer Freundlichkeit? Ihrer Anständigkeit?« Tante Mame holte tief Luft, wie sie es immer tat, bevor sie Tacheles redete, und noch in meinem Unglück musste ich feststellen, dass ich zunehmend fasziniert von ihr war.

»Claude«, sagte sie, »ich habe sehr viele Juden in meinem Leben kennengelernt, und es gehört auch zu meinen traurigen Erfahrungen, dass ich eine ganze Menge Nichtjuden so über Juden habe reden hören wie Sie. Ich kenne die Attribute, alle. Juden, werden Sie sagen, sind gemein, autoritär, geizig, habsüchtig, laut, vulgär, protzig, aufdringlich. Aber bisher bin ich nicht einem einzigen begegnet, angefangen bei dem ärmsten Lumpensammler in der First Avenue bis hin zum reichsten Philanthropen in der Fifth Avenue, der Ihnen bei der Entfaltung all dieser Eigenschaften je das Wasser reichen könnte.«

»Mame!«, japste Mrs. Upson.

»Bei Gott, ich lasse mich nicht länger in meinem eigenen Haus beleidigen. Machen Sie, dass Sie rauskommen. Fahren Sie zurück nach New York, und schlafen Sie doch mit jedem miesen Judenlümmel, den Sie ...«

»Halten Sie Ihr dreckiges Mundwerk!«, sagte ich.

Mr. Upson fuhr glupschäugig zurück. Boyd, mir gegenüber, stand vom Tisch auf und stierte mich an, und von Gloria war ein leiser Schrei zu vernehmen.

»Nimm deinen Ring, und verschwinde von hier! Von mir aus heirate doch irgendeine dahergelaufene kleine Jüdin, wenn du die so gerne hast. Mit so einer wirst du bestimmt glücklicher. Du gehörst einfach nicht in unsere Klasse, und schlimmer noch, du wirst auch nie dazugehören!«

»Gloria …«

»Patrick kann es jetzt noch nicht wissen, Gloria«, sagte Tante Mame und erhob sich von ihrem Stuhl, »aber Sie haben ihm soeben das schönste Kompliment gemacht, das er je erhalten hat. Ich bedanke mich für ihn. Und jetzt dürfen Sie mich bitte entschuldigen. Patrick, kommst du mit, oder soll ich einen netten christlichen Taxifahrer rufen – vielleicht einen Arier aus Samaria.«

»Warte«, sagte ich, »ich komme mit dir.«

Wir fuhren schnell, unseren erhitzten Gesichtern schlug der kalte Wind entgegen. Nach einer geraumen Zeit sagte Tante Mame: »Du weißt doch, Patrick, dass ich jedes Jahr eine ziemlich große Summe für wohltätige Zwecke ausgebe. Ich habe doch so viel Geld.«

»Hmhm«, murmelte ich.

»Was hältst du davon, wenn ich Sylvias und Abes Kaufpreis für das Grundstück überbiete und ein Heim für jüdische Kriegsflüchtlinge darauf baue?«

»Eine wunderbare Idee.«

»Gut«, erwiderte sie, »ich hatte gehofft, dass du das sagst.«

Der große Diamant-Verlobungsring funkelte kalt in meiner Hand, während wir in rasendem Tempo die Slums von Connecticut hinter uns ließen.

9

Tante Mame an der Heimatfront

Im Herbst des Lebens steht die unvergessliche Jungfer mit ihrem Haus und ihrem Garten und ihrer Katze ziemlich allein da. Der Findling ist erwachsen und hat ein eigenes Heim, und alle sagen, sie habe Unglaubliches geleistet. Sie hat ihre Freunde und ihre Hobbys, sie tätigt ihre kleinen Geschäfte, und man sollte meinen, die alte Dame könnte zufrieden sein. Aber nein. Ihr fehlt das Getrappel von Kinderfüßen auf dem Parkett. Und was macht die Gute? Sie holt sich zwei Findelkinder ins Haus und fängt wieder ganz von vorne an.

Diese neuerliche Wendung in ihrem Leben soll den Leser offenbar mächtig beeindrucken. Mich überwältigt sie keineswegs. Auf so niedriges Niveau hätte sich Tante Mame niemals begeben. Sie nahm gleich ein halbes Dutzend Kinder auf und hatte fortan in der Tat was zu erzählen.

Nachdem Gloria mir den Verlobungsring zurückgegeben hatte, war mein Herz gebrochen – jedenfalls offiziell, denn heute habe ich meine Zweifel, dass es überhaupt auch nur einen Riss abbekommen hatte. Wenn man jedoch einen so drastischen Schritt unternimmt, eine Verlobung zu lösen, dann muss man, um des Ausgleichs willen, gleich etwas anderes machen, was ähnlich drastisch ist.

Ich zog in den Krieg. Europa steckte bereits mittendrin, und es schien nur noch eine Frage von Minuten, bis auch Amerika eintrat. An dem Tag, als ich den Ring zurück an Cartier schickte, meldete ich mich freiwillig beim American Field Service. Zwei Wochen später bestieg ich ein Schiff nach Nordafrika, während Tante Mame weinend zu Hause am Washington Square blieb.

Es schockiert sicher viele Menschen, wenn man sagt, man sei gern im Krieg gewesen. Mir jedenfalls hat es gefallen. Das Leben im Field Service bestand zu gleichen Teilen aus Langeweile und Aufregung. Ich sah viel Neues, lernte neue Orte und neue Menschen kennen. Wir brauchten nicht strammzustehen oder zu salutieren, und wirklich Angst habe ich auch nie gehabt. Wenn man arbeitete, arbeitete man hart, betrank sich und aß Schiffszwieback und Pökelfleisch. Wenn man spielte, spielte man mit harten Bandagen, ließ sich im Shepherd's Hotel nieder und flirtete im Klubhaus der Pferderennbahn mit Queen Farida.

Tante Mame schrieb fast täglich. Zuerst waren ihre Briefe lange Klagelieder darüber, wie einsam und nutzlos sie sich vorkam. Sie stimmten mich traurig, und ich fühlte mich ein bisschen schuldig. Im Dezember dann wurde Pearl Harbor angegriffen, und ihre Schreiben nahmen einen anderen Tonfall an. In aller Ausführlichkeit beschrieb sie ihre vielfältigen Aktivitäten, und ich entdeckte das Feuer einer neuen Leidenschaft in ihr – tatsächlich, Tante Mame wurde kriegslüsterner als Alexander der Große.

»Ich habe mehr Anleihen an den Mann gebracht als alle anderen, die bisher im El-Morocco-Hotel verkauft haben!«, schrieb sie. »Nächste Woche soll ich das Iridium-Room-Hotel übernehmen, eine Herausforderung. Die zahlungskräftigen Kunden sind geizige Anleihenzeichner, aber ich erpresse sie mit einem Appell an ihren Patriotismus.« Oder: »Gestern Abend, bei der Verdunklung, bin ich zum ersten Mal Streife gelaufen am Washington Square. Stell dir vor, mein Lieber, wenn alle Lichter aus sind, sieht man doch tatsächlich Sterne über New York!« Oder: »Gerade habe ich den Rekord im Verbandanlegen gebrochen, da kann ich den Job auch getrost drangeben. Es gibt Wichtigeres zu tun. Die freiwillige Frauen-Hilfsorganisation will nämlich, dass ich die Leitung eines neuen Komitees übernehme.« Oder: »Ich bin gekränkt und mutlos, ich könnte heulen. Der Frauen-Armeekorps hat mich ausgemustert! Die Sergeantin in dem Rekrutierungsbüro meinte, ich sei zu alt! Ich bring niemanden gern an den Galgen, die stramme Lesbe war gerade mal achtzehn.«

Sie hatte mehr Uniformen als ein Viersternegeneral, ihr Haus war ein inoffizielles Büro zur Betreuung der Angehörigen der Streitkräfte, und in jedem Amazonen-Komitee von New York nahm sie einen hohen Rang ein. Dennoch fand sie Zeit, alles Mögliche für mich einzukaufen. Ob in Afrika oder Italien, überallhin wurden mir Delikatessen nachgeschickt: Plätzchen, Kaviar, Pralinen, Pasteten, Dosen mit Hühnerfleisch und Hummer, Krabben- und Schildkrötenfleisch. Und wie um zu beweisen, dass Tante Mame es mit ihrem Realitätssinn nicht übertreiben wollte, enthielt ein Päckchen mit in Spezialgläsern eingemachten Erdbeeren die Verzehranleitung: »In Champagner und hauchdünnen Limonenscheiben marinieren und im Kühlschrank aufbewahren. Köstlich mit Pfauenfleisch.« In einer Schachtel befanden sich nur Arzneifläschchen mit den Etiketten: »Ein Esslöffel vor jeder Mahlzeit«, und

»Anwendung bei Reizzustand, Einnahme vor dem Schlafengehen«. Ich stand vor einem Rätsel, bis ich daran roch und feststellte, dass jedes Fläschchen unverzollten Bourbon enthielt, den Tante Mame in einem schlauen Versuch, die amerikanischen Postbestimmungen zu umgehen, in Apothekerfläschchen gefüllt hatte.

Der Krieg zog sich hin, und mir fiel auf, dass meine arme Tante ein bisschen rastlos wurde. 1944 erreichte mich in unserem Lager im ausgetrockneten Flussbett unterhalb des Monte Cassino ein Brief:

Mein lieber Patrick,
ich weiß auch nicht, warum, aber in letzter Zeit bin ich oft traurig. Das leere Haus, die schreckliche Einsamkeit inmitten von Menschenmengen. Natürlich bin ich sehr mit meiner Arbeit beschäftigt, wenn sie nur nicht so unpersönlich wäre. Ich weiß, dass die Frau in erster Linie für die Mutterschaft bestimmt ist, und …

Hier endete meine Lektüre. Es gab einen fürchterlichen, rasenden Lärm und dann einen Einschlag. Als Nächstes wachte ich im britischen Lazarett in Caserta auf, über mich beugte sich ein nachdenklicher Sanitäter. »Gut, dass wir Ihr Bein noch retten konnten, Kamerad«, sagte der Tommy. »Das war ganze Arbeit. Wie wär's mit einer schönen Tasse Ovaltine?«

Es war Mai, als das Hospitalschiff in New York anlegte. Ich bedankte mich bei den Marineärzten und -schwestern, verzichtete auf die Dienste eines Rote-Kreuz-Krankenwagens und verließ humpelnd die Mole. Indem ich stärker hinkte, als es eigentlich nötig war, gelang es mir, ein kriegsgeschädigtes Taxi anzuhalten, und wir tuckerten davon zum Washington Square.

Ich fuhr an der großen Haustür vor, und heraus trat im selben Moment Tante Mame, die in ihrem grauen Kostüm des amerikanischen Roten Kreuzes angemessen entrückt aussah.

»Darling!«, kreischte sie. »Darling! Mein Junge!« Sie warf ihre Arme um mich und brach in Tränen aus. Sie zerrte mich in ihren leeren Salon und mixte uns zwei starke kubanische Gin-Cocktails. »Hallelujah!«, rief sie und schleuderte einen Stendhal-Roman durchs Zimmer. »Gerade war ich auf dem Weg ins Krankenhaus und wollte den Jungs *La Chartreuse de Parme* vorlesen. Aber jetzt, wo du wieder da bist, mein lieber Junge, wo du wieder zu Hause bist, habe ich das Gefühl, dass du mir die nötige Kraft geben wirst, mich der schönsten Herausforderung zu stellen, die sich je in meinem Leben ergeben hat. Oh Darling, das ist ein Wink des Schicksals. Mit dir – trotz des lahmen Beins – an meiner Seite, könnte ich endlich aus dem Randgeschehen des Krieges heraustreten und mich mitten ins Gewühl stürzen.«

»Wovon redest du überhaupt? Willst du dich freiwillig melden?«

»Oh Patrick, mein Liebster, es ist etwas ganz Wunderbares passiert. Das heißt, eigentlich etwas Schreckliches, aber für mich ist es wunderbar. Von wegen, in allem steckt etwas Gutes und so. Es ist das Los, für das jede Tochter Evas geschaffen wurde, und jetzt, mit dir an meiner Seite, kann ich mich ihm stellen.«

»Was ist es denn nun?«, fragte ich.

»Ich habe die Neuigkeit gerade erst heute Morgen er-

fahren. Eine gewisse Mrs. Armbruster in Southampton
– Witwe, so, wie ich, aber um einiges älter – hat sechs ganz
entzückende kleine, englische Kriegsflüchtlinge aufgenommen. Und heute hat mich meine Einheitsführerin in
der freiwilligen Frauen-Hilfsorganisation angerufen und
gesagt, dass die arme Mrs. Armbruster ganz plötzlich gestorben sei. Ist das nicht fabelhaft?«

»Großartig«, sagte ich. »Was hattest du gegen die Frau?«

»Überhaupt nichts, Darling. Sie war praktisch eine Heilige. Es ist nur so, Patrick: Meine Führerin hat mich gefragt, ob ich eines, vielleicht auch zwei von den Kindern
aufnehmen könnte. Ich hätte so gerne zugesagt, aber irgendwas hat mich davon abgehalten. Doch jetzt, wo du da
bist« – ihre glänzenden Augen fixierten mich –, »weiß ich,
dass ich ihnen eine Mutter und einen Vater stellen kann –
allen sechs.«

»Warte mal ...«, fing ich an. Es war zu spät, sie telefo-
nierte bereits.

Wenn sie wollte, konnte Tante Mame schnell handeln,
und innerhalb von zehn Tagen hatte sie ein großes Haus
auf Long Island gemietet, hatte ihre gesamte Dienerschaft
bei der Firma Sperry Gyroscope untergebracht, um ihren
Beitrag zum Wohl der Nation zu leisten – ausgenommen
Ito, der als Japaner verdächtig war –, hatte das Haus in
der Stadt verschlossen und jede Menge Kleidung für einen
Aufenthalt auf dem Land sowie, für das Doppelte seines
Neuwerts, einen gebrauchten Kombiwagen gekauft. Dann
trat sie von allen ihren Ämtern in den militärnahen Orga-
nisationen zurück, um sich voll und ganz ihrer Aufgabe
als Mutter zu widmen. Ich kam überhaupt nicht dazu, ihr
zu sagen, dass ich nicht das geringste Interesse daran hatte,

sechs Kinder großzuziehen, da bog Ito den Wagen bereits in die Einfahrt des Hauses, das für die Zeit des Krieges unser Heim werden sollte.

Tante Mame ließ sich nie auf halbe Sachen ein, und ich muss gestehen, dass das Haus, das sie angemietet hatte, mich sehr beeindruckte. Bescheiden nannte es sich Peabody's Tavern. Doch es handelte sich um ein Haus aus der Zeit vor der Revolution, mit ungefähr zwanzig Zimmern. Es strahlte förmlich Atmosphäre aus. Fünf Plaketten neben der Haustür gaben Auskunft über die zahllosen Verträge, die hier geschlossen worden waren, über das erstaunliche Alter und den Erhalt der Bausubstanz und über andere historisch interessante Dinge. Es war umgeben von einem herrlich angelegten Garten, und der Rasen sah aus wie ein riesiger Golfplatz.

Miss Peabody, die uns viermal mitteilte, ihre Familie lebe bereits in der zehnten Generation hier, begrüßte uns am Hausportal. Sie war eine spindeldürre alte Schachtel und ein fürchterlicher Snob. Keine Minute war vergangen, da hatte sie uns bereits eröffnet, sie könne sich einer langen Familiengeschichte rühmen und stamme sogar von den allerersten Pilgervätern ab, die auf der Mayflower nach Amerika gekommen waren. Sie rekapitulierte die wichtigsten historischen Ereignisse, die sich in den vergangenen zwei-, dreihundert Jahren in der Tavern zugetragen hatten, schilderte, wie viele Geschichtsinteressierte jedes Jahr im Frühjahr dorthinpilgerten, und zog ein überbordendes Sammelalbum hervor, angefüllt mit Fotos der Räume, die in *Antiques, House and Garden, County Life* und anderen Hochglanzmagazinen erschienen waren.

Miss Peabody servierte uns einen sehr leichten und sehr schlechten Lunch auf Lowestoft-Geschirr, führte uns anschließend durchs Haus und machte uns auf die original Revere-Tapete, die original Windsor-Stühle, die original Copley-Porträts dahingeschiedener Peabodys, die original roh gezimmerten Tragebalken und gedübelten Dielenböden aufmerksam. Jede Wärmpfanne, jeden Zinnkrug, jeden Wandteppich berührte sie, als wäre es eine Reliquie des Heiligen Kreuzes. Tante Mame, ganz Landadlige, in Tweed und mit Jagdstuhl, unterdrückte mehrmals krampfhaft ein Gähnen und brachte ihre geheuchelte Faszination von dem Haus zum Ausdruck.

Nachdem sie zwei geschlagene Stunden schwer Eindruck bei uns geschunden hatte, übergab uns Miss Peabody eine Inventarliste, die den Wert der Möbel auf knapp einhundertsiebzigtausend Dollar bezifferte, sagte zum vierten Mal, nie im Traum hätte sie daran gedacht, dass sie das Haus einmal vermieten würde, aber bei Tante Mame, einer richtigen Dame, bei dem Krieg und bei den hohen Steuern heutzutage würde sie eine Ausnahme machen. Außerdem knöpfte sie Tante Mame fünfhundert Dollar Miete monatlich ab.

»Ist die Einrichtung nicht ein bisschen zu kostbar für kleine Kinder?«, wollte ich wissen.

Tante Mame warf mir einen finsteren Blick zu, der »halt die Klappe« besagen sollte. Miss Peabody war jedoch so sehr in die Betrachtung der mundgeblasenen Glaslünette vertieft, dass sie mich gar nicht gehört hatte. »Na gut, Mrs. Burnside«, sagte Miss Peabody und streifte sich ihre Handschuhe über, »ich muss jetzt los. Ich kann Ihnen gar nicht sagen, wie sehr es mich freut, zwei echten

Connaisseurs wie Ihnen mal die Gelegenheit verschaffen zu können, hier zu wohnen. Wiedersehen!« Sie stieg in ihr Auto und fuhr davon.

Tante Mame entledigte sich des Tweedjacketts, wischte sich über die Stirn, machte uns was Starkes zu trinken und huschte durch die riesigen Räume des Hauses. »Oh Darling, muss man dieses kuriose alte Gemäuer nicht einfach bewundern! Nicht so kurios wie das der Upsons, aber dafür wirklich alt und echt und heimelig. Ich kann es kaum erwarten, in den nächsten Haushaltswarenladen zu gehen und eimerweise Farbe zu kaufen, in himmlisch sanften Tönen, und dieses Haus von oben bis unten zu streichen. Du weißt, wie sehr sich Psychologen heutzutage für die Farbtherapie interessieren. Das wird Balsam sein für die kriegsgebeutelten Seelen dieser armen, kleinen, verschleppten Schätzchen, wenn sie in diesen friedlichen alten Räumen herumtollen können.«

»Was meint denn Miss Peabody zu deinen Renovierungsplänen für ihr Haus?«

»Oh, das weiß ich nicht«, sagte Tante Mame und schnippte ihre Asche in eine Worcester-Schale. »Ich habe es ihr noch nicht gesagt.«

»Wäre es nicht besser, du würdest sie vorher fragen?«

»Ich habe mir gedacht, es würde mehr Spaß machen, sie damit zu überraschen, Darling.«

»Vielleicht versteht Miss Peabody keinen Spaß.«

»Ach, Patrick, stell dich nicht so an. Wie ich sehe, hat dich der Krieg nicht nachsichtiger gemacht.«

»Das bewirkt er selten bei Menschen.«

»Wenn du willst … Ach, du liebe Güte«, sagte sie und schaute auf die Uhr, »wir müssen uns sputen, wenn wir nach Southampton wollen, um die Kleinen abzuholen. Ich habe Miss Pringle versprochen, wir wären um Punkt drei Uhr da. Sie sagte, sie hätte dann alles gepackt, und die Kinder auch. Dann wären wir rechtzeitig zum Tee wieder hier. Wir müssen uns unbedingt an eine regelmäßige Teestunde gewöhnen. Es ist überaus wichtig für diese kleinen Briten, völlig entwurzelt, wie diese armen Streuner vom Krieg sind, dass sie sich der Sitten ihres Landes bewusst werden. Psychologisch gesehen ist es sehr schlecht, wenn das Verhaltensmuster während der Entwicklungsjahre unterbrochen wird.«

Vier Uhr war bereits durch, als wir im Trauerhaus der verstorbenen Mrs. Armbruster ankamen. Es war einer der üblichen Prachtbauten, wie man sie kennt, doch als wir näher traten, kam es mir auf einmal ziemlich schäbig und marode vor. Es erstaunte mich, dass diese moderne Heilige und sozial Engagierte ihr Haus hatte verkommen lassen, aber ich schrieb es der kriegsbedingten Mangelwirtschaft zu. Auf dem Rasen spielten viele Kinder Fangen, und eine Frau mit wildem Blick und gehetztem Gesichtsausdruck schritt unruhig die Einfahrt auf und ab.

»Hallo! Hallo!«, rief Tante Mame munter. »Sind Sie Miss Pringle? Ich komme wegen der Kinder.«

»Gott sei Dank!«, sagte Miss Pringle. »Es wird das Paradies für mich sein, wenn ich endlich von hier wegkomme!«

»Das kann ich mir vorstellen, meine Liebe. Es muss schrecklich für die Kleinen gewesen sein, plötzlich in einem Trauerhaus zu leben, nachdem die arme Mrs. Armbruster, äh, dahin war.«

»Sie hatte verdammtes Schwein«, sagte Miss Pringle, aber Tante Mame hörte nicht hin. »Na dann, sammle ich sie mal ein. He, Kinder«, rief sie, »kommt her, und beeilt euch.« Die Kinder ignorierten sie einfach. »Meine Güte«, fauchte sie, »wenigstens einmal im Leben könnten die Gören gehorchen, wenn ich sie rufe. He, Edmund! Lass den Unfug! Treib die Bande zusammen, nun mach schon. Albert, pass auf Margaret Rose auf. Ich habe nicht gesagt, du sollst sie schubsen, ich habe gesagt, du sollst auf sie … Gladys! Das ist doch die Höhe!«

»Offenbar«, flüsterte Tante Mame, »haben wir es mit einer Frau zu tun, die für kleine Menschen weder Liebe noch Verständnis hat. Wahrlich, ein trauriger Anblick. Ich muss sie unbedingt in den Grundlagen der Kinderpsychologie unterweisen.«

»Vielleicht wartest du mit der Unterweisung so lange, bis sie die Kinder ins Auto geschafft hat«, sagte ich.

»Ach, was für niedliche Engelchen«, flötete Tante Mame. »Schon dieses Rosa und dieses Gold der britischen Hautfarbe! Wie von Yardley!«

Tante Mame war kurzsichtig, und sie war zu eitel, um ihre Brille aufzusetzen, aber meine kleinen Augen waren scharf genug, um zu erkennen, dass Yardley schon vor Generationen pleitegegangen wäre, wenn man davon solche Haut bekommen hätte. Ihre gedrungene Gestalt, die knorpeligen Knie und die vorstehenden Rippen zeichneten die Kinder als waschechte Cockneys aus, wie man sie in den Londoner Slums sieht, und die fünf Jahre mit der frommen Mrs. Armbruster hatten nichts dazu beigetragen, sie zu verfeinern.

Schließlich und endlich gelang es Miss Pringle, die sechs in einer Reihe vor dem Auto antreten zu lassen. Tante Mame lächelte glückselig und sprach in ihrer besten feenhaften Patentantenmanier zu ihnen. »Ich wünsche euch einen schönen Nachmittag, meine lieben englischen Vettern und Cousinen. Ich bin Mrs. Burnside, aber ihr müsst alle Tante Mame zu mir sagen.«

»Ich fressn Besn«, sagte der Älteste. Die übrigen brachen in schallendes Gelächter aus.

Tante Mame stutzte im ersten Moment, aber auch sie musste lachen. »Lachen«, sagte sie mit einem Seitenblick auf mich, »ist die beste Medizin. Und das hier«, fuhr sie mit einer schwungvollen Geste in meine Richtung fort, »ist mein Neffe, der im Krieg verwundet wurde und gerade aus einem Lazarett der britischen Streitkräfte heimgekehrt ist.«

Jemand machte ein unflätiges Geräusch.

»Und nun«, fuhr Tante Mame fort, »da wir ja nun alle zusammenwohnen werden – bis auf der ganzen Welt wieder die Lichter angehen …«

»Ah, nee, nich scho wieder diese alte Leier!«, kreischte das älteste Mädchen.

»Wie gesagt«, hob Tante Mame erneut an, diesmal etwas lauter, »da wir alle eine Zeit lang zusammenleben werden, möchte ich gerne eure Namen erfahren. Von dir zuerst«, sagte sie aufmunternd zu dem größten Jungen.

»Se können Jack the Rippah zu mir sagen, Baby«, brüllte er und präsentierte dabei seine ungepflegten Zähne. Die anderen schüttelten sich.

»Guten Tag, Jack«, sagte Tante Mame.

»Das sagen Sie auf keinen Fall zu ihm«, fauchte Miss Pringle. »Sein Name ist Edmund Jenkins, und er ist der hundsgemeinste Kerl, der je auf die Welt gekommen ist.«

»Ob Jack oder Edmund, ich mag dich so, wie du bist«,

strahlte Tante Mame ihn an. »Und wie heißt du?«, sagte sie und nickte einem frühreifen jungen Mädchen zu.

»Ich bin Lady Eiriss Mauntbattink, Eure Oheit«, feixte sie.

Miss Pringle verlor die Fassung. Sie trat vor und gab dem Mädchen einen Klaps. »Gladys Martin, du unverschämte kleine Schlampe, benimm dich!«

»Bitte, Miss Pringle«, sagte Tante Mame. »Wenn sie gerne Iris heißen möchte, dann tun wir ihr eben den Gefallen. Und du?«, fragte sie die Nächste.

»Sag deinen Namen, und red keinen Quatsch«, knurrte Miss Pringle.

»Enid Little, Tante«, sagte das Kind.

»Das war sehr lieb, Enid. Du bist eine höfliche junge Dame.«

Gladys / Iris schnaubte gehässig.

»Ich heiß Albert, Tante«, verkündete ein zierliches Stimmchen. »Albert Andrews. Und das hier, das is meine kleine Schwesta, Margret Rose.« Albert war ein verhutzeltes Balg mit entzündeten Mandeln, und seine Schwester, die Jüngste der Bande, war ein hübsches sechsjähriges Kind mit großen Augen.

»Ich freue mich auf euch beide«, sagte Tante Mame huldvoll. »Und ich weiß schon jetzt, dass Margaret Rose unsere kleine Prinzessin sein wird.«

»Niederträchtiges Biest«, ließ sich eine Stimme vernehmen.

Tante Mame wandte sich an den Sprecher. »Was ist mit dir – kleiner Junge mit den hübschen roten Haaren –, magst du unsere kleine Prinzessin Margaret Rose nicht?«

»Nöö.«

»Willst du mir nicht deinen Namen sagen?«

»Nöö.«

»Ginger heißt der«, sagte Albert affektiert.

»Angenehm, Ginger. Hand drauf?«, sagte Tante Mame und hielt ihm die ihre hin.

»Nöö.«

»Na gut, wenn du unbedingt nicht willst. Sollen wir jetzt zu unserem neuen Haus fahren und unseren Tee einnehmen?«

Allgemeiner Tumult brach aus, aber schließlich hatten die Kinder ihr Gepäck im Laderaum verstaut und sich selbst im Kombi. Miss Pringle setzte sich nach vorne zu Tante Mame, ich nach hinten, zu Gladys / Iris, die übrigen Kinder quetschten sich neben uns. Ich könnte schwören, dass Gladys während der gesamten Heimfahrt versuchte, mit mir zu füßeln.

Als wir durch Quogue fuhren, entbrannte ein Streit, aber Tante Mame verhinderte eine offene Fehde, indem sie ausrief: »Singt, Kinderlein, singt! Was sollen wir singen?«

»Ich will ›Dicke Titten, Schweine ficken‹ singen«, dröhnte Edmund. Miss Pringle drohte ihm mit erhobenen Fäusten, doch Tante Mame gelang es zu schlichten, indem sie sagte: »Ich glaube, das Lied kenne ich nicht, Edmund.«

»Ich aber«, sagte ich.

Am Ende sangen wir alle den Cole-Porter-Song »Begin the Beguine.« Es war Gladys Wahl, und zwischendurch flüsterte sie: »Ich wird da imma so leidenschaftlich, bei das Lied.«

Um sechs Uhr kamen wir wieder an der Peabody's Tavern an. Ito hatte japanische Blumenarrangements in alle Vasen gestellt, aber kaum waren die Kinder eine Viertel-

stunde im Haus, da war klar, dass seine Mühe reine Zeit-
verschwendung war.

»Also, Kinder«, sagte Tante Mame mit nervöser Ge-
reiztheit in der Stimme, »zuerst müssen wir entscheiden,
wer welches Zimmer bekommt. Es gibt viele Zimmer in
diesem wunderschönen alten Haus. Findet ihr das Haus
nicht auch wunderschön?«

»Nöö«, sagte Ginger.

»Na, Ginger«, fuhr Tante Mame diplomatisch geschickt
fort, »vielleicht wirst du es ja noch lieb gewinnen. Es war
mal ein berühmtes altes Gasthaus, früher, als unser Land
sich im Krieg befand mit den … Jedenfalls war es ein
berühmtes altes Gasthaus. Und jetzt suchen wir uns die
Zimmer aus.« Forsch schritt sie die Treppe hoch, die Kinder donnernd hinter ihr her. »Die Damen zuerst. Gladys,
wo möchtest du schlafen?«

»Bei ihm«, sagte Gladys kichernd und wies auf mich.

»Oh«, sagte Tante Mame. »In Patricks Zimmer steht
aber nur ein Bett.«

»Umso besser«, sagte Gladys und zwinkerte mir zu.

Nach einiger Zeit waren die Zimmer im ersten und zweiten Stock vergeben. »Und jetzt«, ordnete Tante Mame an,
»wird ausgepackt und sich gewaschen, alle. Danach gibt es
Tee in der Bibliothek. Komm, Patrick. Kommen Sie, Miss
Pringle. Lassen wir die lieben Kleinen allein, damit sie
Gelegenheit haben, sich zu akklimatisieren.« Wir folgten
ihr die Treppe hinunter. »Für Sie, Miss Pringle, habe ich
ein hübsches Wohn- und Schlafzimmer im Erdgeschoss
reserviert, damit Sie gelegentlich auch mal von den Kindern wegkommen. Sie haben ja gar nicht Ihr Gepäck mitgebracht, Miss Pringle.«

»Selbstverständlich nicht.«

»Aber, Miss Pringle, ich begreife nicht ganz …«

»Hören Sie, Mrs. Burnside, ich habe Sie so verstanden, dass Sie die Kinder von nun an allein übernehmen sollen. Ich gehe nämlich nach New York.«

»Aber, Miss Pringle«, sagte Tante Mame, »ich war im Glauben, dass Sie als Aufsichtsperson für die Kinder mit hierher kommen, so wie bei Mrs. Armbruster. Ihr Gehalt beträgt …«

»Meine Liebste, nicht eine Nacht mehr möchte ich mit diesen verwahrlosten Kindern unter einem Dach verbringen. Nicht für eine Million Dollar.«

»Bitte, Miss Pringle«, sagte Tante Mame einigermaßen verwirrt, »wer soll die Kinder denn baden und anziehen und all die anderen Sachen machen? Ich habe damit gerechnet, dass Sie …«

»Und ich habe eben nicht damit gerechnet, Mrs. Burnside. Ich kann ja Ihren Standpunkt verstehen. Das ist sehr patriotisch von Ihnen, selbstlos, wir müssen zusammenhalten – all dieses ganze Gerede. So habe ich vor einem Jahr auch gedacht. Ich hatte gerade mein Diplom am Hunter College gemacht, Hauptfach Psychologie, mit einundzwanzig Jahren. Und gucken Sie mich jetzt an. Graue Haare! Ich bin die siebzehnte Frau auf diesem Posten innerhalb von fünf Jahren. Das Mädchen vor mir hat einen totalen Nervenzusammenbruch erlitten. Die hätten Sie mal sehen sollen. Acht Monate mit diesen Gören reichen mir! Sie brauchen sich nicht die Mühe zu machen und mich zum Bahnhof bringen. Sie haben mir gutes Gehalt bezahlt, vielen Dank. Sie wussten nicht, auf was Sie sich einlassen, und es tut mir leid – wirklich. Aber ich gehe heute Abend nach New York, wenn es sein muss, zu Fuß. Ich würde sogar nach Frisco latschen, nur um von denen da wegzukommen« – sie wies mit dem Daumen zur Treppe. »Auf Wiedersehen, und viel Glück. Ich kann nur hoffen, dass Sie nicht auch im Leichenschauhaus enden wie Mrs. Armbruster.« Mit diesen Abschiedsworten marschierte sie aus dem Haus.

Somit waren wir also allein, Tante Mame, ich und Ito, mit diesen sechs kleinen Wilden, die sich die Seele aus dem Leib brüllten. Die Kinder hassten Tee – »ich saufe dieses Drecksgesöff nicht« – sagte Edmund und bestand auf Cola. Der Küchenherd, ebenfalls ein antikes Stück, hatte umgehend eine Aversion gegen Ito und Tante Mame entwickelt, und sie verbrannte sich schlimm. Die Suppe ließ sie auch anbrennen, und beim Sandwichzubereiten schnitt sie sich in den Finger. Die Apfelsinen, die sie den Kindern gegeben hatte, waren ein schrecklicher Fehlgriff, denn von den original Balken in Mrs. Peabodys Speisezimmer tropfte tagelang Obstsaft. Ito hatte schreckliche Angst vor den Kindern und nahm Zuflucht in der Küche, viel zu erledigt, um am ersten Abend von Nutzen zu sein, weswegen Tante Mame und ich das Geschirr spülen mussten.

»Geht hübsch ins andere Zimmer und spielt, meine Lieben«, sagte Tante Mame mit falscher Munterkeit, »eine Stunde noch, und dann ab in die Heia mit euch.«

»Glaubst du im Ernst, die lassen sich auf diesen Kuhhandel ein?«, fragte ich streng, während ich Miss Peabodys kostbares Lowestoft-Geschirr abtrocknete.

»Aber natürlich, mein lieber Kleiner, mit deiner Hilfe wird es schon gehen. Ehrlich gesagt, bin ich ganz froh, dass diese Pringle weg ist. Sie versteht nichts, aber auch gar nichts von Kindern. Kinder muss man gewähren lassen, nicht ermahnen. Immerhin haben diese Kindlein schlimme traumatische Erfahrungen hinter sich. Die Bomben, die Angst, die Unsicherheit – vertrieben aus ihren Nestern und in ein fremdes Land verschickt. Und dann auch noch herumgestoßen von Leuten wie Miss Pringle – die nur das Gehalt interessiert, sonst nichts. Du wirst sehen. Mein liebendes Verständnis und meine sanfte Führung werden Wunder bewirken. Und natürlich brauche ich einen Mann im Haus«, fügte sie hastig hinzu. »Besonders einen, der bei der britischen Armee war und zu dem sie als Held aufblicken können. Übrigens habe ich ein hervorragendes Buch über die pädagogisch richtige Betreuung von Kindern. Ich möchte, dass du es heute Abend liest. Wir dürfen keine Zeit verlieren.«

Recht hatte sie. Im Wohnzimmer spielten die Kinder ihr Lieblingsspiel. In wenigen Tagen lernte ich: Ist es leise, wenn Kinder spielen, droht Gefahr. Auf Zehenspitzen gingen wir ins Zimmer und sahen die Mädchen aufgereiht an der Wand stehen, die Hände in die Hüften gestemmt, sich obszön wiegend, während die Jungen an ihnen vorbeischlenderten und sie eindringlich musterten.

»Albert, mein Herzchen, wie heißt das Spiel, das ihr da spielt?«, fragte Tante Mame.

»Waterloo Bridge«, zierte sich Albert.

»Wie geht das Spiel, mein Herzchen?«

»Die Mädchen sin Prostitierte, und wir schleppense ab.«

Tante Mame fiel die Kinnlade runter.

»Wie wär's mit ner kleinen Nummer gleich hier im Stehn, Mame, altes Haus?«, sagte Edmund und grinste schleimig.

»Dir werd ich's zeigen!«, drohte ich.

»Patrick, bitte! Denk an die neurotische Verfassung der Kleinen«, sagte Tante Mame. »Ich glaube, es reicht jetzt mit diesem Spiel, meine Lieben. Es ist Schlafenszeit, und wir müssen uns stärken für die Freuden, die der morgige Tag uns bringt. Patrick und ich werden euch ausziehen und ins Bett bringen.«

»Die Kinder sind alt genug, die können sich allein ausziehen«, brummte ich.

»Es ist wichtig am ersten Abend«, flüsterte Tante Mame. »Es schafft die Intimität der Vater- und Mutterbindung.«

Oben, im ersten Stock herrschte leichte Verwirrung, wer denn nun wen ausziehen sollte. Edmund, der mit seinen fünfzehn Jahren frühreifer war als wünschenswert, wollte Tante Mame für sich und Gladys wollte unbedingt mich. Wir losten aus. Ich fing mit Albert an. Ich glaube, Albert hasste ich am meisten, obwohl das schwer zu entscheiden war. Jedenfalls konnte man mit ihm am leichtesten fertig werden. Er war ein Langfinger und Speichellecker, ein Spitzel und Feigling und von daher viel zu sehr darauf erpicht, sich als gefällig zu erweisen. Als ich Albert in die Badewanne verfrachtet hatte, widmete ich mich Ginger, dem mürrischsten, arglistigsten, abweisendsten Kind, das ich je erlebt hatte. Dann kam Edmund dran.

»Fassense mich einmal an, und ich brüll das Haus zusamm«, grummelte er.

»Ist mir recht«, sagte ich. »Geh allein ins Bett.«

»Vielleicht, vielleicht auch nich.«

»Und ob du gehst«, sagte ich und packte ihn an den Schultern.

»Nehmse Ihre dreckigen Pfoten weg. Könn mich ma am Arsch lecken«, sagte er und bückte sich.

»Schon verstanden, Edmund«, sagte ich. »Guck, ich fasse dich auch nicht an.« Ich holte Anlauf und versetzte ihm einen Tritt in den Hintern, dass er durchs Zimmer flog. Ich hatte mit dem kranken Bein zugelangt, und es tat höllisch weh, aber es hatte sich gelohnt. Edmund versank unter der Bettdecke.

Um Mitternacht kam ich endlich selbst ins Bett und versuchte noch etwas in *Das Kind des zwanzigsten Jahrhunderts* zu lesen. Gerade war ich an ein lehrreiches Kapitel gelangt – »Masturbation: Sünde oder Symptom?« –, da vernahm ich ein leises Rascheln an meiner Tür.

»Wer ist das?«, rief ich.

»Ich bin's, Gladys.«

»Was willst du?«

»Mir iss kalt.«

»In deinem Kleiderschrank ist noch eine Decke.«

»Nu komm schon, großa, dunkla, hübscha Mann, nimm mich in dein Bett und knabber an mich rum«, gluckste sie wenig verlockend durchs Türblatt.

»Geh zurück auf dein Zimmer«, brüllte ich, »sonst versohl ich dir den Hintern, dass du zwischen heiß und kalt nicht mehr unterscheiden kannst.«

»Sadist, Sie«, kicherte sie und schlich auf Zehenspitzen davon.

Noch nie in meinem Leben hatte ich so einen Sommer erlebt. Die sechs kleinen Briten hätten gereicht, um Winston Churchill Partei für Hitler ergreifen zu lassen. Gladys war mit ihren dreizehn Jahren eine wollüstige kleine Nymphomanin. Edmund, fünfzehn, war ein ausgemachter Gangster mit Mundgeruch und ein schwerer Fall von krankhaftem Geschlechtstrieb. Warum nicht er und Gladys sich gegenseitig Erleichterung verschafften, war mir ein Rätsel, aber das wäre wohl allzu rücksichtsvoll von ihnen gewesen. Edmund verzehrte sich nach Tante Mame, Gladys hatte es auf mich abgesehen.

Der elfjährige Enid war ein Kleptomane, und immer, wenn irgendwo etwas fehlte, brauchte man nur in Enids Zimmer danach zu suchen. Ginger war ein uneheliches Kind, das die alte Theorie entkräftete, in Liebe gezeugte Kinder seien immer die liebsten. Ich habe ihn nicht einmal das Wörtchen »Ja« sagen hören. Albert, mit seinen zehn Jahren, konnte man einfach nur verachten, und seine kleine Schwester Margaret Rose, obwohl noch die Beste der ganzen Bande, war eine chronische Bettnässerin und kein Gewinn.

Tante Mame ließ sich nicht beirren und blieb bei ihrer Psychologie. Beharrlich behauptete sie, das Verhalten der Kinder würde sich verbessern; mich ließ das kalt. Die Schätze in Miss Peabodys Haus verschwanden schneller, als man hingucken konnte. Das Porträtbild von Sully, Colonel Peabody darstellend, diente als Zielscheibe beim Dartspiel. Einem anderen Bild eines frühen Meisters, das eine gewisse Chastity Peabody zeigte, wuchsen erst ein buschiger Schnauzer, dann ein Vollbart. Jeden Tag hakte ich einen weiteren zu Bruch gegangenen Posten der Inventarliste ab. An ihren besten Tagen schafften die Kinder es auf Schadenswerte bis zu vierzigtausend Dollar, an nicht so guten auf lächerliche dreihundert. So reich Tante Mame auch war, mich packte die kalte Wut. Ihre Ansätze zu einer Farbtherapie waren ebenfalls wenig erfolgreich. Die original Tapeten wurden in jenem Sommer über ein Dutzend Mal überstrichen. Anfangs versuchte Tante Mame, die Kinder für Schönheit zu begeistern, und überließ ihnen die Wahl, in welchen Farben die Wände gestrichen werden sollten. Zum Schluss erwies sich, dass es eigentlich egal war. Als die Wände in hellen Farben leuchteten, kritzelten die Kinder mit Bleistift obszöne Dinge darauf, als sie dunkel waren, bemalten sie sie mit Kreide. Sie schlitzten die Reifen des Kombiwagens mit einem Messer auf, und Tante Mame, die in ihrem Patriotismus alles, was irgendwie nach Schwarzmarkt roch, ablehnte, war hilflos und musste für eine komplett neue Bereifung ein Vermögen ausgeben. Miss Peabodys herrlicher Garten wurde quasi dem Erdboden gleichgemacht. Die mundgeblasenen Glastafeln in den Fensterscheiben verschwanden eine nach der anderen. Die Chippendale-Stühle, die Bänke aus Ulmenholz, die Himmelbetten – alles löste sich auf, wie durch Hexerei. In dem Versuch, Gladys von ihren Filmmelodien wegzubringen und ihr etwas von »bleibenderem Wert« zu vermitteln, schickte Tante Mame sie zum Klavierunterricht, doch an dem Abend, als sie sich spontan dazu entschloss, uns etwas vorzuspielen, schlug sie die ersten Takte von »That Old Black Magic« auf Miss Peabodys Cembalo mit solcher Wucht an, dass das Instrument in seine Einzelteile zerfiel. Gladys kehrte wieder zu ihren Filmmelodien zurück.

Der schlimmste Verlust jedoch betraf Ito. Da die Kinder die Nazis bewunderten, erkannten sie in dem sanftmütigen, einfältigen Ito ihren Erzfeind. Sie nannten ihn Tojo und machten ihm das Leben zur Hölle. Einmal fand ich ihn angekettet in der alten Mädchenkammer über der Küche, ein anderes Mal entdeckten die Kinder im Werkzeugschuppen einen Beutel Zement und schütteten ihn in Itos Sukiyaki. Den Rest gab unserem einzigen Diener allerdings der Tag, an dem die Kinder die Hintertreppe mit Margarine einschmierten. Ito erlitt einen dreifachen Beinbruch. Ich setzte mich ans Steuer des Kombiwagens und raste zum Krankenhaus nach Port Jefferson, während hinten auf dem Rücksitz Ito und Tante Mame wimmerten. Es dauerte ein halbes Jahr, bis er wieder bei uns war. Danach gaben sich die Hausmädchen die Klinke in die Hand. Ich erinnere mich an eine Ophelia, eine Delia, eine Celia; Jessie, Bessie und Tessie kamen und gingen gleich wieder; Mary, Margaret, Maude, Madeleine und Maureen schritten durch Peabodys Tor und machten auf der Stelle kehrt. Die Letzte, Anna, hielt es eine ganze Woche aus. Beim Abschied gab sie Tante Mame einen freundlichen Rat. »Sperren Sie die Kinder in die Küche, drehen Sie den Gashahn auf, und gehen Sie raus.« Danach fuhr ich sie zum Bahnhof.

Es war nur normal, dass Tante Mame bei der Sommerkolonie auf Long Island sehr willkommen war. Und im Laufe des Monats Juli wurden wir beide häufig zum Essen eingeladen. Eine nette *grande dame* erwirkte für uns sogar den Zutritt zum örtlichen Beach Club; nach nur einem Tag mit den Kindern am Strand jedoch erhielt Tante Mame ein Schreiben der Stadtverwaltung: »Sie und Ihr Neffe«, fing der Brief an, »sind jederzeit gern gesehen. Was aber die Kinder betrifft …« Wir ließen uns nie wieder blicken im Beach Club. Einige junge Mütter schickten ihre Sprösslinge sogar zu uns, damit sie mit unserer Brut spielten – es blieb bei einem Mal. Von Juli an waren Tante Mame und ich Parias, berüchtigt im ganzen County.

Die Stadtbücherei widerrief alle Ausleihrechte nach einer Woche. Fortan gaben sich die Kinder damit zufrieden, die in Kalbsleder gebundenen historischen Werke in Miss Peabodys Bibliothek zu zerfetzen. Aus Lesen machten sie sich sowieso nicht viel. Was Tante Mame »thespische Erbauung« ihrer Schützlinge nannte, war ebenfalls vergebliche Liebesmüh. Eines Abends schickte sie die ganze Bande los, um sich in der Freilichtbühne eine Aufführung von *What a Life* anzusehen, aber sie waren vor Ende des ersten Akts wieder zu Hause, mit Platzverweis. Der örtliche Drugstore rief zu einem Boykott gegen unsere Sechserbande auf, ebenso die Eisdiele, das Howard Johnson's, der Spielplatz, die Pizzeria und der Puff. Gern gingen die Kinder ins Kino, aber das Kino mochte die Kinder nicht gern. Als der Kinobesitzer den Gegenwert der Sitze erstattet haben wollte, sagte er zu mir: »Ich weiß, was Sie und Ihre Tante da auf sich geladen haben – und glauben Sie ja nicht, ich würde das nicht bewundern –, aber ich muss auch von etwas leben. Jetzt sehen Sie sich an, was Ihre kleinen Banditen meinen Kinositzen angetan haben: Sie haben sie zerfetzt. Woher soll ich Ersatz kriegen? Wir haben Krieg, wie Sie wissen.«

Außer für Unterbringung und Verpflegung, Kleidung und die dauernden Bruchschäden kam Tante Mame auch für die weit teureren Arztrechnungen der Kinder auf. Sie wollte unbedingt, dass die Kinder in einem gesundheitlich tadellosen Zustand nach England zurückkehrten, und sie ließ deshalb jeden Sonntag extra einen Arzt aus Stony Brook herüberfahren, um ihre Schützlinge zu untersuchen. Der Arzt hieß Potter, und seine Einstellung, die Kinder betreffend, war wesentlich realistischer als die von Tante Mame. »Verflucht«, wiederholte er ständig, »den Kindern fehlt nichts, was man nicht in einer Todeskammer kurieren könnte.«

Auch in ihre hässlichen kleinen Mundhöhlen investierte Tante Mame einige tausend Dollar, und es war eine angenehme Pflicht, die Kinder zum Zahnarzt zu begleiten und hämisch ihre Schmerzensschreie hören zu dürfen. Ihre Zähne wurden saniert, der Zahnarzt jedoch machte anschließend die Praxis dicht, mit einundvierzig Jahren ein wund gebissener, geschlagener alter Mann.

Auf den ersten Schultag freute ich mich wie auf eine zweite Ankunft Christi. Endlich dämmerte der ersehnte Morgen herauf. Fünf Tage die Woche, sieben Stunden täglich garantierter Friede und Ruhe – wenn nicht gerade eines der Kinder mit einer Erkältung daniederlag oder wegen irgendeiner schrecklichen Gräueltat vom Unterricht ausgeschlossen war. An solchen sorgenfreien Tagen durften wir nur die Kinder wecken, das Frühstück kochen, das Mittagessen einpacken, das Frühstücksgeschirr abwaschen, die Betten machen, die Badezimmer schrubben, die neuesten Lästerungen von den Wänden entfernen, Staub wischen und Staub saugen, Lebensmittel bestellen, beim Metzger lieb Kind machen, die Wäsche aufhängen – und faulenzen. In der kalten Jahreszeit durfte ich außerdem noch den Ofen, ein antikes Stück, anheizen, die Asche wegwerfen, die insgesamt zwölf Kamine beschicken, den Schnee schippen, Miss Peabodys Möbel reparieren, soweit das möglich war – und faulenzen. Ich redete mir ein, dass ich es noch nie in meinem Leben so gut gehabt hatte, aber das glaubte ich selbst nicht.

Und so ging der Winter vorbei. Ginger wurde dreimal von der Schule verwiesen, Enid einmal von einem Polizisten nach Hause gebracht, nachdem sie auf frischer Tat beim Ladendiebstahl im Woolworth erwischt worden war. Margaret Rose entwickelte einen schweren Leberschaden. Albert bekam aus lauter Mitgefühl eine Mandelentzündung, und es war uns ein Vergnügen, die beiden ins Krankenhaus zu bringen, wo Alberts Mandeln und Polypen entfernt wurden – was nur zu einer leichten Verbesserung führte. Dann entwendete Enid eine von Tante Mames Nagelscheren und stach damit auf Ginger ein – es war nicht tödlich. Gegen Gladys hatte eine Bürgervereinigung Anzeige erstattet, wegen öffentlicher Prostitution auf der Main Street, hieß es. Tante Mame widersprach heftig, aber ich glaubte der Vereinigung aufs Wort. Edmund brachte im März ein Mädchen aus dem Ort in andere Umstände, und ihr Vater drohte damit, ihn zu töten. Ich war dafür, den verständlichen Emotionen des Vaters freien Lauf zu lassen, doch Tante Mame zahlte und zahlte und zahlte.

Heute weiß ich, dass alle Kinder Arbeit machen, und ich glaube, Tante Mame und mir hätte es nicht gar so viel ausgemacht, wenn eines der Kinder auch nur eine einzige liebenswerte Eigenschaft besessen hätte. Sie hatten keine. Tante Mame sorgte sich um sie, rieb sich auf und bewahrte den schönen Schein inniger Zuneigung. Ich nicht. Ich hasste die Kinder wie die Pest, und es war mir egal, ob es jemand merkte oder nicht. Wir waren buchstäblich Gefangene in unserem eigenen Haus, und nach einem halben Jahr fingen Tante Mame und ich an, uns ohne jeden Grund anzuschnauzen und anzugiften.

Ostersonntag lag Frühling in der Luft, und im Haus roch es widerlich nach Lilien, Geleebonbons und Gören. Die Kinder hatten ihre höllische Freude daran, sich ausgelassen mit Ostereiern zu bewerfen, und Albert hatte endlich auch das letzte Stück von Miss Peabodys Lowestoft-Geschirr zerdeppert. Doc Potter machte seine übliche Sonntagsvisite und blieb zum Abendessen. Tante Mame hatte sich zu einer tüchtigen Köchin gemausert, und es war ein köstliches Essen – besser gesagt, wäre eins gewesen, wenn Margaret Rose nicht während des Nachtisches gekotzt hätte.

Doc Potter sah sich Margaret Rose noch einmal genauer an und brachte sie ins Bett. »Wahrscheinlich nichts Schlimmes«, sagte er, »aber lassen Sie sie ein, zwei Tage liegen. Mir gefällt ihr Rachen nicht. Eigentlich gefällt mir alles an ihr nicht, wenn ich sie mir so anschaue. Falls es ihr schlechter geht, rufen Sie mich an, und ich verabreiche ihr eine Dosis Zyanid.« Dann sah er Tante Mame mit einem höchst besorgten Gesichtsausdruck an. »Eigentlich sind Sie diejenige, die ich untersuchen sollte, Mrs. Burnside, nicht die Kinder. Sie sehen schrecklich aus – dünn, unruhig, erschöpft, untergewichtig. Passen Sie nur auf, dass die Kinder Sie nicht umbringen.«

Nachdem Margaret Rose ins Bett verfrachtet, das Geschirr abgewaschen und die Kinder nach oben geschickt worden waren, um sich so leise wie möglich zu vergnügen, saßen Tante Mame, Doc und ich im Wohnzimmer und tranken, vollkommen glückselig, unseren Whiskeyverschnitt.

»Wird denn dieser Hitler niemals kapitulieren, Dr. Potter?«, seufzte Tante Mame. »Wenn ich bloß einen Ausweg aus dieser, dieser ... Mutterrolle wüsste, würde es mir wohl nicht so viel ausmachen, glaube ich. Es mag sich abscheulich und roh von mir anhören, aber so viel Mühe ich mir auch gegeben habe, den Kindern Liebe entgegenzubringen – ich bin gescheitert. Wenn doch bloß etwas ...«

Eine Explosion erschütterte das Haus. Ich wurde vom Stuhl geschleudert, und wir drei landeten auf einem Haufen in der Mitte des Wohnzimmers.

»Mein Gott!«, schrie Tante Mame. »Die Kinder!« Sie sprang auf und rannte zur Treppe, Doc und ich hinterher.

Das große Spielzimmer im ersten Stock war ein Trümmerhaufen. Alle Fenster waren zerborsten, die Decke hing zu grotesk verformten Stalaktiten herunter, und eine Wand war vollkommen weggerissen. »Oh nein!«, flüsterte Tante Mame. »Die Kinder! Schnell! Helft mir! Sie müssen unter dem Schutt begraben liegen.« Sie stürzte sich in das Chaos und fing an, sich einen Weg durch den Schutt auf dem Boden zu bahnen. Gerade hatte ich einen großen Brocken heruntergefallenen Stuck beiseitegeräumt, da hörte ich ein Kichern. Ich drehte mich rasch um und sah alle sechs Kinder, sicher und wohlauf, sich vor Lachen die Bäuche halten.

Ich warf mich auf Edmund, aber Doc hatte ihn schon am Kragen.

»Was ist los hier, verdammt noch mal?«, brüllte Doc. Keine Antwort. »Was habt ihr gemacht? Los, sonst breche ich dir sämtliche Knochen.« Immer noch keine Antwort.

»Ich sags, wennse mir verprechn, es nich an mir auszulassn.« Es war Albert, wer sonst. Ich packte ihn an den Schultern und schüttelte ihn.

»Gar nichts versprech ich dir. Du sagst es mir jetzt, sofort, bevor ich dich windelweich schlage.«

»Aua! Se tun mir weh«, wimmerte Albert.

»Es tut noch zehnmal so weh, wenn du mir nicht sagst, wie das passiert ist«, schrie ich.

»Wir hamm nur ne Raketembombe gebastelt«, sagte Albert.

»Eine Raketenbombe. Woraus?«

»Ach, aus so Zeug, das wa in Werkzeugschuppen gefundn hamm.«

»Dynamit? Sprengstoff? Solches Zeug?«

»Es war nich meine Idee«, jammerte Albert. »Die andern hamm damit angefang, un ich hab noch gesacht, ich sach ...«

Tante Mame, bedeckt mit Dreck und Ruß und Putz, stand inmitten des Trümmerhaufens, und auf einmal fing sie an zu lachen. Sie lachte und lachte und lachte, bis Tränen ihr die Wangen hinunterliefen. »Ich halte es nicht mehr ... es ist einfach so komisch ... dabei ist es nicht einmal mein Zimmer, sondern das von Miss Peabody und den Vorfahren und ... das Komischste, das ich je ...« Sie bog sich vor Lachen. »Ist doch zum Schießen, dass wir ... wir beinahe alle ... alle in die Luft geflogen wären ... ins Jenseits befördert.« Sie krümmte sich und schlug sich auf die Schenkel.

Die Kinder glucksten nervös.

»Haltet den Mund«, brummte ich. »Geht auf eure Zimmer. Euch knöpfe ich mir später vor.« Sie hatten viel zu viel Angst, um einen Streit vom Zaun zu brechen.

»Aber meine Lieben, seht ihr denn nicht ...« Tante Mames Gesichtszüge waren von der irren Belustigung ganz verzerrt. »Seht ihr denn nicht, dass das zum Totlachen ist ... *Totlachen,* auch so ein Wort!« Sie schaukelte vor und zurück und hielt sich den Bauch.

Entsetzt starrte ich sie an.

»Aufhören!«, bellte Doc. »Hören Sie sofort damit auf!« Er ging auf sie zu und gab ihr eine Ohrfeige. Im ersten Moment stutzte sie, dann fing sie an zu weinen, als hätte ihr jemand das Herz gebrochen.

Doc trug sie auf ihr Zimmer und brachte sie zu Bett. Während er seine Injektionsnadel sterilisierte, flößte ich ihr einen doppelten Brandy ein. »Es tut mir leid«, flüsterte sie. »Es tut mir leid, aber ich kann es nicht mehr länger ertragen. Ich wünschte, die Bombe hätte mich getötet.«

»Tante Mame!«

»Nun bleiben Sie mal auf dem Teppich, Eleanora Duse. In Wirklichkeit wollen Sie das doch gar nicht. Ich jedenfalls will es nicht. Dazu sind Sie eine viel zu einträgliche Patientin«, sagte Doc und streichelte ihre Hand. »Sie haben eben mehr durchgemacht, als ein normaler Mensch verkraften kann.«

»Ich hatte gedacht, ich wäre eine gute Mutter. Aber ich bin gescheitert. Gescheitert. Gescheitert.«

»Sie müssen die Kinder loswerden«, sagte Doc. »Das ist mein Ernst. Sie sind krank.«

»Das kann ich nicht. Wo sollen die Kleinen denn hin?«

»Ich schlage eine Besserungsanstalt vor«, sagte ich.

»Und dann gibt es immer noch das Bellevue«, ergänzte Doc.

»Nein. Das kommt nicht infrage«, seufzte Tante Mame. »Es geht nicht. Ich habe gesagt, ich würde mich um sie kümmern, und deswegen ...«

»Deswegen kommen Sie noch zu Tode. Von Wollen kann keine Rede mehr sein, nur noch von Müssen. Sie müssen die Kinder loswerden. Das verordne ich Ihnen als Arzt«, sagte Doc ernsthaft. »Sie haben mehr als das Menschenmögliche für diese kleinen Wechselbälger getan. Sie haben fast ein ganzes Jahr Ihres Lebens mit ihnen zugebracht, haben Tausende von Dollar in sie hineingepumpt. Das Haus, das Essen, die Kleidung, die Schule. Allein meine Rechnung beläuft sich auf über zwei Riesen. Aber irgendwann hört der Spaß auf. Sie müssen die Kinder loswerden – bevor die Kinder Sie loswerden.«

»Aber wer ist schon so blöd, sie aufzunehmen?«, fragte Tante Mame. »Sie sind ja jetzt schon bekannt wie ein bunter Hund.«

»Trotzdem, sie müssen von hier weg«, sagte Doc streng.

»Edmunds Alter könnten wir verheimlichen und ihn in die Armee stecken«, schlug Tante Mame vor.

»Und Gladys als Soldatenliebchen gleich mit«, sagte Doc.

»Pass auf, Tante Mame«, sagte ich, »ich fahre einfach morgen in die Stadt zu der Agentur. Wir brauchen ja nicht alle sechs Kinder auf einmal anzubieten. Die Gruppe sollte aufgeteilt werden. Edmund könnte man auf eine Farm schicken, da kann er sich bei der Feldarbeit abreagieren.«

»Bloß darauf achten, dass keine Schafe in der Nähe sind«, sagte Doc.

»... und Gladys könnte man auf eine Nonnenschule geben ...«

»Möglichst in ein Kloster«, sagte Doc.

»Was Albert und Margaret Rose betrifft«, fuhr ich fort,

»so müssten die beiden zusammenbleiben, als Bruder und Schwester. Allerdings benehmen sich die beiden auch am besten von allen.«

»Albert ist ein feiger, kleiner Jammerlappen«, sagte Tante Mame.

»Trotzdem, er und Rose führen sich noch besser auf als die anderen.«

»Ich stifte auch gerne eine Gummiunterlage für die kleine Prinzessin«, sagte Doc.

»Für Enid und Ginger finden wir schon noch zwei Trottel.«

»Ja«, sagte Tante Mame zweifelnd, »ich glaube, so könnte es gehen.«

»Könnte? Es muss gehen«, sagte Doc. »Aber jetzt sollten Sie sich erst mal ausruhen. Pat und ich kümmern uns um die Kinder.«

Auf dem Rasen unten hatte sich eine regelrechte kleine Menschenmenge versammelt und starrte das gähnende Loch in Miss Peabody's Tavern an. »Nur keine Aufregung, Leute«, rief Doc ihnen durch eines der zerborstenen Fenster zu. »Sie wissen doch, wie trickreich diese neumodischen Dampfkochtöpfe sind.« Er zog die Vorhänge zu, und wir waren allein.

An diesem Abend bekamen die Kinder ein Glas Milch, einen Zwieback und eine Strafpredigt. Sie schienen nicht sonderlich beeindruckt von ihrer Tat zu sein. Doc musste Margaret Rose dreimal zurück ins Bett zerren. »Und da bleibst du jetzt liegen«, knurrte er. »Wir wollen kein krankes Mädchen mit uns herumschleppen. Das können wir jetzt am wenigsten gebrauchen.«

»Das habbich ihr auch schon gesacht«, tat Albert geziert.

»Ich sach, Mahgrit, sach ich, Doctah Pottah schimpft dich bestimmt widda aus ...«

»Halt die Klappe, Muttersöhnchen«, blaffte Doc ihn an. Er ging zu seinem Wagen und fuhr nach Hause.

Am nächsten Morgen stand ich früh auf. Ich war gut gelaunt und zog meinen britischen Feldanzug an, dazu den Trenchcoat und die Orden, damit ich bei den Angestellten des englischen Kinderverschickungsprogramms auch einen richtig guten Eindruck machte. Tante Mame hatte sich erstaunlich gut erholt und fluchte auf den schmählichen alten Ofen, als ich nach unten in die Küche kam.

»Guten Morgen, mein lieber Kleiner«, sang sie. »Ist heute der Tag X?«

»Heute ist der große Tag«, sagte ich. »Unabhängigkeitstag, Nationalfeiertag, Guy Fawkes Tag, May Day!«

»Darling«, seufzte sie, »ich kann es kaum erwarten.«

Gladys schlurfte ins Esszimmer, Strickjacke und karierter Rock in schrillem Kontrast zu dem panchromatischen Make-up, den getuschten Wimpern, dem mit getönten Strähnen durchzogenen Haar. »Mann!«, sagte sie, als sie mich erkannte. »In volla Montur! Habse noch nie in Uniform gesehn. Wie das Ebenbild von David Niven!«

Wir überhörten sie geflissentlich. »Soll ich dir schnell ein paar Eier braten?«, sagte Tante Mame zu mir.

»Nein, danke, nur Toast und Kaffee. Ich werde heute die Agenturen abklappern, und ich will früh da sein.«

»Agenturn?«, fragte Gladys und hob ihre gezupften Augenbrauen. »Se wolln doch nich noch mehr Pesonal anstelln. Se wissen doch, die bleibm nie lang. Hier doch nich.«

»Iss dein Frühstück, Gladys«, sagte Tante Mame arrogant. »Patrick und ich sind nicht gewillt, auch nur ein Wort mit euch zu sprechen. Ihr könnt euch denken, warum.«

Gladys zuckte unverschämt mit den Schultern und schwirrte davon. Ich stürzte den letzten Schluck Kaffee herunter, setzte meine Schirmmütze auf und begab mich zur Haustür. »Gegen fünf bin ich mit den Entlassungspapieren wieder da. Drück mir die Daumen.«

»Darling!«, sagte Tante Mame, dann fing sie an, das Frühstück für Margaret Rose zu bereiten.

Es war schrecklich in New York, den ganzen Tag über ging ich von einer Agentur zur anderen, von einem Büro zum anderen, von einer Abteilung zur anderen. Offenbar wussten alle Bescheid über Tante Mames Brut – jedenfalls schien der Ruf weit gedrungen zu sein. »Verdorben, durch und durch«, stellte eine Frau finster fest. »Dreckiges Pack«, sagte eine Jungfer in der Fifty-seventh Street. »Verrohte kleine Biester«, sagte ein Mann zu mir, völlig unnötig. Es war bereits vier Uhr, als ich endlich auf den Richtigen traf, eine abgebrühte ältere Frau mit Igelschnitt und Regimentskrawatte.

»Ach die«, presste sie aus dem Mundwinkel hervor. »Wir haben hier alle schon gewettet, wie lange Ihre Tante durchhält. Eine Bekannte von mir, die geschmissen hat, hat mich eingeweiht. Baut Ihre Tante jetzt also auch ab? Kein Wunder.«

»Meine Tante hat einen starken Durchhaltewillen«, sagte ich, loyal, wie ich bin.

»Das kann man laut sagen, Bruder, das kann man laut sagen. Aber Sie dürfen sich freuen: Hier habe ich eine brandheiße Liste mit absoluten Neulingen – Leuten, die man noch nicht angezapft hat. Und alle lechzen danach, in ihrem Haus kleine Kinderfüßchen trippeln zu hören. So was soll es geben. Setzen Sie sich, ich rufe nur schnell ein paar Leute an. Ich habe fünf zu eins auf Ihre Tante gewettet und so viel Geld gewonnen, fast habe ich das Gefühl, ich schulde Ihnen etwas.«

Ich saß angespannt da, während sie eine Reihe Telefonate führte. Es dauerte keine halbe Stunde, da hatte sie auch das letzte Kind untergebracht. »Damit wäre das erledigt«, sagte sie. »Wie lange dauert es, bis die Kinder gepackt haben und reisefertig sind?«

»Wenn ich mal Ihr Telefon benutzen darf«, sagte ich, »stehen sie in einer Stunde abfahrbereit in der Einfahrt.«

»So dringend ist es auch wieder nicht. Wir haben viel Zeit.«

»Wir nicht«, sagte ich.

»Na gut. Soll ich Ihnen morgen ein paar Jungs von der motorisierten Truppe vorbeischicken?«

»Das wäre wunderbar!«, sagte ich. Mir kamen die Tränen.

Auf jedem Meter der Strecke nach Long Island übertrat ich die Geschwindigkeitsbegrenzung. Frei! Endlich frei von Edmund und Gladys, Enid und Albert, Ginger und Margaret Rose. Keine Haushaltspflichten mehr, kein Geschrei, keine Streits, kein zerdeppertes Geschirr, kein Chaos mehr.

Feiner Kies wirbelte auf, als der Wagen in die Einfahrt kurvte. Ich sprang aus dem Wagen, als hätte mein Bein damals nur ein Papiergeschoss getroffen, und lief auf die Tür zu. Gehämmer war zu hören. »Ah«, sagte ich mir, »bestimmt Arbeiter, die schon die Schäden reparieren.«

Ein Einheimischer, noch immer den Hammer schwingend, kam die Einfahrt entlanggeschlurft.

»Guten Abend«, rief ich ihm freundlich zu.

»N'Abend, Sör«, sagte er.

»Fleißig am Ausbessern?«, fragte ich in meinem vornehmsten Plauderton.

»Verriegelt und verrammelt«, sagte er.

»Jetzt schon? Das ist ja großartig.«

»Für Sie vielleicht, mein Freund, aber nicht so für die arme Frau, die die nächsten sechs Wochen mit den kleinen Teufeln in dem Haus eingeschlossen ist.«

»Was reden Sie denn da?«, fragte ich.

»Haben Sie denn das Schild nicht gesehen, das ich gerade an die Haustür genagelt habe?«

»Schild? An der Haustür?«

»Lesen Sie sich das mal durch, Sör. Ich an Ihrer Stelle würde nicht da reingehen, wenn Sie nicht sehr, sehr lange bleiben wollen.«

Ich lief zur Eingangstür. Ein rot-weißes Schild war dort angenagelt.

Quarantäne
Betreten verboten
Scharlach
Alle Personen, die das Grundstück betreten …

Mehr brauchte ich nicht zu lesen. In dem Lilienbeet auf dem Rasen brach ich zusammen.

10

Tante Mames
goldener Sommer

Die letzten Jahre des unvergesslichen Menschen sind so herrlich wie all die Jahre ihres Lebens zuvor. Sie wohnt in ihrem adretten Häuschen, umgeben von Freunden, die sie bewundern, und gibt jedem, der bereit ist zuzuhören, Liebenswürdigkeit, Zuversicht und eine gepfefferte Portion New-England-Weisheiten auf den Weg. Der Autor nennt diese Zeit den Goldenen Sommer ihres Lebens, ein treffender Ausdruck. Mich erinnert es an Tante Mames Goldenen Sommer, denn mit genau diesen Worten hat sie ihn beschrieben. Und zwei Goldene Sommerwochen mit Tante Mame in *ihrem* Haus, umgeben von *ihren* Freunden waren eine so wertvolle Erfahrung für mich, dass mein Leben eine gänzlich andere Wendung nahm.

Gleich nach dem Sieg der Alliierten über Japan meldete sich Tante Mame bei Elizabeth Arden an und ließ sich verwöhnen. Abgesehen von einer echten grauen Strähne zwischen den Locken sah sie um zehn Jahre verjüngt aus, als sie wieder nach Hause kam. Das Grau war echt, aber für das dunkle Haar drum herum hätte ich nicht gebürgt. Sie bekannte sich »ungeschminkt als Vierzigerin«, obwohl sie in Wirklichkeit fünfzig war, und sprach von der fruchtbaren Zeit weiblicher Reife.

»Ich bin eine reife Frau, mein lieber Kleiner«, sagte

sie, zum x-ten mal die graue Strähne bewundernd. »Das sind meine kostbarsten Jahre, und ich werde sie in vollen Zügen genießen. Ich habe vor, das Leben gelassener anzugehen, überhaupt intensiver zu leben – auf einem höheren spirituellen und intellektuellen Niveau, damit ich den niedlichen lockigen Babys, die du und deine Frau mir bringen werdet, eine angemessene Großmutter sein kann.«

Ich stellte mein Bier ab. »Was sollen ich und wer noch dir bringen?«

»Babys, Darling. Du hast ein Alter erreicht, in dem man ans Heiraten denken sollte. Du bevorzugst doch nicht etwa junge Männer, oder?«

»Nur zum Spielen«, sagte ich. »Aber Mädchen mag ich auch nicht – jedenfalls keine so sehr, dass ich sie ehelichen würde.«

»Keine Sorge, Darling. Ich kümmere mich darum.«

»Das ist wirklich verdammt anständig von dir.«

»Ich muss mich nur erst in meinem neuen Lebensstil zurechtfinden, dann widme ich mich dir.«

Tante Mame fand sich sehr rasch in ihrem neuen Lebensstil zurecht. Sie kaufte jede Menge neue Kleider im New-Look-Stil – »viel eleganter und würdevoller als diese engen Apachenkleidchen, die wir während der Kriegsjahre trugen« – und belegte unzählige Kurse an der New School for Social Research – »damit ich deinen lieben Kindlein auch intellektuellen Anreiz bieten kann.« Ich zuckte zusammen.

Im Herbst bekam ich eine Stelle in einer kleinen Werbeagentur und textete für achtzig Dollar die Woche Werbesprüche für den Elektroherd Itsa-Daisy. Tante Mame fand, das reiche nicht, um Frau und Kinder zu ernähren, aber wenigstens sei ein Anfang gemacht. Ich bezog auch eine eigene Wohnung – ein Zimmer mit Nasszelle am University Plaza –, und Tante Mame fand wieder, das reiche bei Weitem nicht, um Frau und Kinder unterzubringen, aber wenigstens sei ein Anfang gemacht. Obwohl ich nicht mehr unter einem Dach mit ihr lebte – ich hätte sie nicht viel öfter gesehen, wenn wir auch noch das Bett geteilt hätten. Im Durchschnitt fünfmal die Woche lud sie mich zum Abendessen ein, und jedes Mal gab es viele, leicht aphrodisische Gerichte, auf denen, mit Spritztüte geschrieben, »Amour« stand, und als Zugabe ein hübsches, alleinstehendes Mädchen, das Tante Mame für mich ausgewählt hatte. Tante Mame sprach ausnahmslos über die Themen Ehe und Kinder, füllte mich mit Champagner und Brandy ab, schlich sich dann wegen einer angeblichen Verabredung davon und ließ mich mit ihrer jeweils neuesten Kandidatin für das Brautsofa allein. Sie war aufdringlich wie die Madam eines Freudenhauses, aber irgendwie war keines der Mädchen die Richtige.

Der Herbst brachte eine verwirrende Abfolge betörend schöner Frauen. Zum Beispiel Vivian, Tante Mames Meinung nach, ein »perfektes Prachtweib, wie geschaffen fürs Kinderkriegen – sieh dir nur diese Hüften an!« Vivian allerdings konnte über nichts anderes reden als Tennis und Reiten und Harpunenfischen, und bei unserem letzten Rendezvous schwärmte sie so von Jujitsu, dass sie mich aufs Kreuz legte und ich die nächsten zwei Wochen in einem Stützkorsett herumlaufen und zum Chiropraktiker humpeln musste.

Als Nächste kam Elaine. Sie war ein eher dunkler Ostküstentyp und hatte nur Politik im Kopf, und an dem Abend, als ich ihre Hand hielt und sie fragte, ob sie gerne die Nacht über bleiben würde, sah sie mir mit schmachtendem Blick in die Augen und sagte: »Warum lässt du dich nicht als Kandidat auf die liberale Liste setzen, als symbolischen Protest gegen Tammany Hall.« Damit war der Fall erledigt.

Es folgte Carolyn, die weder rauchte noch trank und die versuchte, mich zur Kirche der Christlichen Wissenschaft zu bekehren. Helena war attraktiv und intelligent, aber so steif und effizient, als würde man mit einer Maschine schmusen. Mary und ich wurden ganz kirre bei dem Versuch, das Doppelrätsel in der *Saturday Review* zu lösen, aber unsere Affäre fand ein schnelles Ende, als ich sie in einem Taxi küsste und sie mich fragte: »Hinduistischer Philosoph, um achthundert, acht Buchstaben.« Dotty war für meinen Geschmack viel zu energisch. Fran kehrte zu sehr die Südstaatlerin heraus. Isabelle war zu geheimnisumwittert. Mit anderen Worten, aus dem Ganzen wurde nichts.

Tante Mame war stinkwütend. »Du solltest dir Hormone spritzen lassen oder zum Psychiater gehen, was weiß ich. Was ist los mit dir? Ich ziehe lauter hübsche Mädchen für dich an Land, und was passiert – du schnüffelst wie ein kastrierter Kater an ihnen rum und stakst davon. Ist ja widerlich!«

»Warum lässt du mich nicht endlich in Ruhe? Ich heirate, wen und wann es mir passt.«

Gegen Ende des Jahres wurde Tante Mame die Rolle der Kupplerin leid und sie begab sich ins sonnige Mexiko. Dort blieb sie und blieb und blieb. Und, sie brachte die Psychologie, die sie in der New School gelernt hatte, zur praktischen Anwendung. Regelmäßig schrieb sie mir Briefe, und jedem legte sie ein, zwei Fotos von sich und drei der exquisitesten Mädchen, die ich je gesehen hatte, bei. Die Mädchen waren alle drei hinreißende Brünette und von einer Schönheit und Eleganz, die regelrecht verboten waren. Sofort war mein Interesse geweckt, und ich schrieb Tante Mame wiederholt und fragte sie, wer ihre Freundinnen seien. Sie jedoch wich dieser Frage immer aus und schickte weiter bloß allgemein gehaltene, schwatzhafte Briefe und noch mehr Fotos von sich und den drei Schönheiten. Bald plagte mich die Neugier, aber es nutzte nichts. Sie ging nicht auf meine Frage ein und schrieb immer nur von sich.

Im April, ich platzte beinahe vor Neugier, erwähnte sie beiläufig hier und da mal einen anderen Namen als den eigenen – »Margot hat gesagt …«, »Melissa erzählte neulich …«, »Miranda und ich …« –, aber noch immer kein Hinweis, wer diese drei Grazien waren. Meine konkreten und unterstrichenen Fragen ignorierte sie konsequent. Mittlerweile schickte sie nur noch Fotos von den drei Schönheiten (und ihrem eigenen Schatten), mit der Unterschrift »Meine Freundinnen«.

Im Juni verzehrte mich die Neugier dermaßen, dass ich ein Ferngespräch nach Cuernavaca anmeldete – lang, teuer und es war kaum etwas zu verstehen –, um herauszufinden, wer Tante Mames ständige Begleiterinnen waren. Es brachte nicht viel. Das Rauschen in der Leitung war heftig, und dauernd mischten sich Brooklyn-Englisch-, Südstaatendialekt und Spanisch sprechende Telefonistinnen ein. Soweit ich mir zusammenreimen konnte, waren die drei Geschwister, sie hießen Murdock oder Medoc, und Tante Mame hegte keine Pläne, nach New York zurückzukehren. Schließlich wurde die Leitung unterbrochen. Darauf folgte eine lange Phase des Schweigens. All meine Briefe kamen, versehen mit dem auf Spanisch hingekritzelten Vermerk: »Empfänger nicht erreichbar. Keine Nachsendeadresse«, an mich zurück.

In New York herrschte gerade eine Hitzewelle, als mich ein neuerlicher Brief von Tante Mame erreichte. Er war voller Banalitäten, im Stil von: »schlafe jeden Abend unter einer Decke.« Der Umschlag trug einen Poststempel von Maddox Island, Maine, und beigelegt war ein Foto der drei Schönheiten im Badeanzug. In einem etwas schwammigen Postskriptum schrieb sie außerdem, sie habe das alte Maddox-Haus auf Maddox Island gemietet, von den drei netten Maddox-Schwestern – »Freundinnen, die ich zufällig letzten Winter in Mexiko kennengelernt und dir gegenüber vielleicht mal erwähnt habe« –, und dass sie alle »den ganzen goldenen Sommer lang« dort verbringen wollten. Es folgte so etwas wie eine spontane Einladung, meinen Urlaub dort zu verbringen.

Ich hatte angebissen. Psychologie eben.

Nach Maddox Island zu gelangen, war gar nicht so einfach. Man fuhr mit dem Flugzeug nach Bangor, mit dem Bus nach Eastport, mit der Fähre zu der nächsten größeren Insel, mit einem Sammeltaxi zum anderen Ende der Insel und dann mit einem Ausflugsboot nach Maddox Island. Ich war hundemüde, als Maddox Island endlich vor mir auftauchte, aber der Anblick von Tante Mame an der Mole weckte meine Lebensgeister wieder.

Sie gab mir einen flüchtigen geschäftsmäßigen Kuss, warf mein Gepäck in einen Handkarren – es gab keine Autos auf der Insel – und führte mich über eine staubige Straße ins Dorf. Sie redete wie ein Wasserfall, doch was die drei Maddox-Schwestern betraf, hielt sie sich bedeckt, zum Verrücktwerden.

Zum Glück hatte ich selbst ein bisschen recherchiert: Die drei waren so hübsch, dass alle Hochglanzmagazine ganzseitige Fotos von ihnen brachten. Sie stammten aus einer alten New-England-Familie, und in ihren Adern floss dünnes blaues Blut. Nicht nur gesellschaftlich waren sie makellos, sie waren außerdem intelligent, künstlerisch begabt, kreativ und, wie schon gesagt, umwerfend schön. Und Tante Mame? Erwähnte sie sie auch nur mit einem Wort? Nein. Jede meiner Fragen tat sie mit einem »Hmhm« oder »Oh ja« oder ohne überhaupt eine Antwort zu geben ab.

Der Ort Maddox sah aus wie eine Western-Kulisse. Es gab eine Gemischtwarenhandlung, eine Apotheke, eine Kirche, ein Rathaus, in dem an Wochenenden Filme zur Aufführung kamen, und es gab Mickey the Mick's Saloon and Hotel. Vor dem Hotel blieb Tante Mame stehen.

»Da wären wir!«, sagte sie.

»Haben dir die Mädchen eine Kneipe verkauft?«, fragte ich verständnislos.

»Aber nein, mein Lieber. Wir wohnen alle in dem alten Maddox-Haus. Du wohnst hier.«

»Ich soll hier wohnen? Ist denn da, wo du wohnst, kein Platz für mich?«

»Mein Lieber, das Maddox-Haus verfügt über mehr als zwei Dutzend Schlafzimmer, aber du hast doch wohl nicht geglaubt, ich würde dich da wohnen lassen. Doch nicht mit drei unverheirateten Mädchen unter einem Dach! Immerhin sind sie den Sommer über meine Gäste – sozusagen –, und die Aufsicht über sie obliegt mir«, sagte sie gouvernantenhaft.

»Für wen hältst du dich eigentlich«, fragte ich sie wütend.

»Aber Patrick, mein lieber Kleiner«, sagte sie und verdrehte die Augen zum Himmel von Maine, »was hat dich die Arbeit in der Werbeagentur doch verhärtet! Wo bleibt dein Zartgefühl? Da hat man sich Mühe gegeben, dich in deiner Erziehung mit Menschen vornehmer Herkunft zusammenzubringen, dir Gespür für die wichtigen Dinge beizubringen, die für Damen und Herren mit Format und Familienhintergrund eine Rolle spielen, und dann …«

»Hör sofort auf mit dem Scheiß«, brummte ich. »Du hast mich mit allem möglichen Pöbel zusammengebracht, den du …«

»Oh Darling«, sagte sie mit einem lässigen Blick auf die Uhr. »Ich muss dringend los! Wir essen heute Abend bei den Saltonstalls. Tut mir leid, für dich konnte ich leider keine Einladung herausschlagen, aber komm doch morgen zum Lunch vorbei. Das Maddox-Anwesen ist nicht zu übersehen. Gleich hinter Mickey the Mick's biegst du links ab und gehst bis zum Ende der Insel. Da wohnen wir. Sagen wir, so gegen eins?« Noch ehe ich sie richtig heruntermachen konnte, war sie wieder weg.

Mickey the Mick's sah aus wie jeder andere Saloon auch, öde und kahl in dem kalten fluoreszierenden Licht, ausgestattet mit einer Jukebox, Bildern der Miss-Rhein-

gold-Kandidatinnen von 1947 und Werbung von Schnaps-
dynastien – Schilder aus Neon, in denen es zischte, oder
Glasröhren, in denen Blasen aufstiegen. Das einzig Nen-
nenswerte war Mickeys Tochter, Pegeen. Pegeen war ein
Rotschopf, mit einer statuenhaften Figur, die einen heiß
machte, und einer Art, die einer kalten Dusche gleichkam.
Was sage ich, das Mädchen war ein Gletscher.

»Ich – ich heiße Dennis«, sagte ich, als der erste Schock
überwunden war.

»Ach so, ja« sagte sie forsch, »Sie sind der neue Mad-
dox-Kandidat. Kommen Sie, hier geht's lang.«

Bevor ich richtig begriff, was sie gesagt hatte, war ich
bereits oben, über dem Saloon, in einem Zimmer, das auf
die einzige Straße von Maddox Island hinausging. »Da
wären wir«, sagte sie. »Wenn Ihnen das Zimmer nicht gefällt, sagen Sie es mir bitte unbedingt, denn wir haben nur
dieses eine Zimmer, und Pop kann es dann an jemand anders vermieten. Hier ist Ihr Badezimmer. Zu Abend können Sie essen, wann Sie wollen und was Sie wollen, ich
möchte es nur jetzt gleich wissen.«

Mittlerweile kochte ich vor Wut. Na gut, Großmaul,
dachte ich bei mir, jetzt bin ich am Zuge. »Danke«, sagte
ich. »Ich speise hier in meinem Zimmer, und ich hätte
gern Entrecôte à la Bordelaise, Pommes Soufflées, Feld-
salat, Crème Brulée und einen Espresso. Um acht Uhr,
pünktlich«, fügte ich noch gemeinerweise hinzu. Zu meiner Überraschung notierte sie sich alles auf einen Zettel.
»Bitte«, sagte ich und hielt ihr ein Fünfzigcentstück
hin.

»Nein, danke«, sagte sie. »Wenn Sie unbedingt Trinkgeld geben wollen, dann stecken Sie es unten in die Büchse

an der Bar. Das ist eine Spendenbüchse, die Pop und ich für Seemannswitwen aufgestellt haben.« Und mit diesen Worten war sie auch schon wieder weg.

Ich war drauf und dran, die Brocken zu schmeißen. Es reichte mir schon, raus nach Maddox Island fahren zu müssen, aber auch noch in Mickey the Mick's Saloon und Hotel abgeschoben, eine ganze Nacht in diesem Geisterhaus allein gelassen, von Tante Mame bevormundet und dann auch noch von Pegeen abgefertigt zu werden, das war zu viel des Guten. Ich suchte nach etwas, was sich an dem Zimmer aussetzen ließ, fand jedoch nichts. Das Zimmer war schlicht, aber makellos sauber, auf dem Bett lag echte irische Wäsche. Auch das angrenzende Bad war tadellos. Wütend legte ich mich aufs Bett und schlief sofort ein.

Punkt acht Uhr wurde meine Bestellung geliefert.

»Hier ist Ihr Abendessen«, weckte mich Pegeen. »Essen Sie, solange es heiß ist. Und noch etwas: Würden Sie sich bitte nicht mit den Schuhen aufs Bett legen. Wir sind hier nicht im Mills Hotel.« Mit diesen Worten ließ sie mich mit dem vorzüglichsten Essen, das ich je zu mir genommen habe, allein – und es war genau, was ich bestellt hatte. Es bewirkte, dass ich mich schämte, wie ich mich noch nie in meinem Leben geschämt hatte, und es machte mich noch mal so wütend.

Verzweifelt ging ich später nach unten an die Bar, um etwas zu trinken, teilweise aus Einsamkeit, teilweise, um mein Verhalten wieder gutzumachen. Pegeen und ihr Vater waren da, ebenso einige versprengte Gäste, aber immer, wenn ich ein Gespräch anfangen wollte, ließen sie mich auflaufen. Vor Wut schäumend verzog ich mich um zehn

Uhr ins Bett und musste feststellen, dass die kurze Mittagsruhe jetzt jeden Schlaf verhinderte.

Am nächsten Morgen stand ich auf, badete und rasierte mich ausgiebig und warf mich für das Mittagessen mit den Maddox-Schwestern in Schale. Ich schaute auf die Uhr, es war elf. Ich setzte mich wieder hin und las die neueste Ausgabe der *Life* von vorne bis hinten durch – einschließlich der Werbeanzeigen. Dann las ich die Zeitschrift noch mal. Um Viertel vor eins machte ich mich auf den Weg.

Maddox Island setzte sich zusammen aus etwa fünfzig Einwohnern, die das ganze Jahr über dort lebten, und aus ungefähr hundert Familien, die dort große, weitläufige Holzhäuser besaßen, die sie während der Sommermonate bewohnten. Am äußersten Ende befand sich ein großes eindrucksvolles Anwesen, an dessen Türpfosten am Eingang bescheiden »Maddox« zu lesen war. Ein Schandflecken im General-Grant-Stil, mit Türmchen und Terrassen, Kanzeln und Kuppen, Blitzableitern und Balkonen. Es war mit der Zeit ein wenig schäbig geworden, aber in seiner Jugend musste es wohl ein beachtlicher Palast gewesen sein.

Ich trottete die Einfahrt entlang, und als ich mich der Haustür näherte, erschien Tante Mame. »Darling, mein Junge! Da bist du ja endlich!« Sie war angetan mit einem Voilehemd und einer Kniebundhose, die nur an einem einzelnen Träger hing, wodurch sie wie ein weiblicher Transvestit in der Rolle von Huckleberry Finn aussah. »Ich war oben auf meiner Witwenkanzel und habe dich mit meinem Glas beobachtet.«

»Glas?«, fragte ich scharf.

»Ach so, ja, die Getränke. Ich sage Ito Bescheid.« Mit

diesen Worten verschwand sie und blieb die nächste halbe Stunde über unsichtbar, während ich gereizt in einer Hängematte saß und versuchte, mir einen Reim auf eine Ausgabe der *Botteghe Oscure* zu machen. Innerlich kochte ich, als sie endlich wieder auftauchte, gekleidet wie für eine Gardenparty der Royals, ein Silbertablett mit einer Karaffe Sherry und zwei Gläsern vor sich hertragend.

Wir tranken einen Sherry, zwei Sherry, drei Sherry. Tante Mame schnatterte ungezwungen über dies und das, die Cabots und Lodges, die Saltonstalls und Faneuils, und ich brütete still vor mich hin. Endlich brachte Ito das Mittagessen. Als ich sah, dass der Tisch nur für zwei Personen gedeckt war, platzte mir der Kragen. »Wo stecken denn diese Maddox-Mädchen, verdammt noch mal?«, schrie ich sie an.

»Oh«, sagte Tante Mame wie beiläufig, »die essen heute bei den Lowells. Ich musste mich entschuldigen, weil du ja ...«

»Wann lerne ich sie denn nun endlich kennen?«, blaffte ich sie über den langen Tisch hinweg an.

»Wozu die Eile, mein lieber Kleiner? Die interessieren sich sowieso nicht für dich.« Mäuschenhaft sah sie hinab auf ihr Mousse, und das Gespräch war beendet.

Wenn einen Mann je etwas in den Wahnsinn treiben sollte, dann Tante Mame in der Rolle als New-England-Edle. Sie ließ mich allein am Tisch sitzen, mit Portwein, einer abgestandenen Zigarre und einer Fliege – und sie »zog sich zurück« in den Salon. Als ich ihr – ungefähr drei Minuten später – hinterherkam, gab sie mir *Walden* zu lesen, während sie sich einer Stickerei widmete! Es gab absolut keinen Draht zwischen uns, bis zu dem Moment, als sie sich in den Finger stach und ein wenig damenhaftes Wort in den Mund nahm. Ich legte mein Buch beiseite und wollte ihr gerade die Leviten lesen, da waren von der Veranda drei liebliche Stimmchen zu hören.

Was immer ich Tante Mame hatte sagen wollen, es war verflogen, als die drei Maddox-Schwestern den Raum betraten. Sie blieben im Türrahmen stehen, in ihren weißen Kleidern, als erwarteten sie, dass Sargent sie gleich auf die Leinwand bannte. Eigentlich treten die drei Schwestern in meiner Erinnerung an diesen Sommer nie als einzelne Personen, sondern immer als Gruppe auf, genauso wie auf allen Fotos von ihnen. Die Fotos, so großartig sie auch waren, fingen jedoch nie ihre ganze Schönheit ein. Das blauschwarze Haar, die schwarzblauen Augen, die Rühr-mich-nicht-an-Perfektion ihrer Haut und Glieder, all das blieb der Kameralinse verborgen.

»Ah, da seid ihr ja, meine Schätzchen«, sagte Tante Mame leichthin, während ich mich mühsam hochrappelte. »Margot, Miranda, Melissa – mein Neffe Patrick.« Ich versuchte, etwas zu sagen, doch im selben Moment machten die drei einen tiefen Knicks in meine Richtung, als wäre ich Charles II. Die Geschmeidigkeit und Grazie dieser wundervoll anachronistischen Geste überwältigten mich dermaßen, dass ich rückwärts in meinen Sessel kippte.

»Betrunken!«, murmelte Tante Mame und verwickelte die drei Schönheiten umgehend in eine New-England-typische Konversation.

Glücklicherweise war der Hofstaat an dem Abend nicht zum Diner bei Gouverneur Winthrop oder John Alden oder Boss Curley eingeladen, deswegen bat Tante Mame mich, zum Abendessen zu bleiben – aber nur, wenn ich vorher einen Smoking anziehen würde. Als ich bei Mickey the Mick's in Abendgarderobe die Treppe heruntergeschritten kam, warf mir Pegeen einen mitleidigen Blick zu, und die Einwohner pfiffen hinter mir her, als ich bei helllichtem Tag in Lackschuhen die staubige Straße entlangging. Mir sollte es egal sein. Mich hielt allein der Gedanke aufrecht, zu Tante Mame und ihrer Klosterschule für Göttinnen zurückzukehren.

Wieder wurde ich an diesem Abend nach dem Portwein allein gelassen, während Tante Mame ihre Schwäne in den Salon scheuchte, und um zehn Uhr wurde ich sozusagen fristlos entlassen, nicht jedoch ohne vorher entdeckt zu haben, dass jedes der Maddox-Mädchen nicht nur Schönheit und Klugheit besaß, sondern auch ein Individuum für sich war. Margot war die Literaturinteressierte, und sie sprach sehr gepflegt und eloquent über Kafka. Miranda malte Bilder und machte Fotos. Melissa kannte sich hervorragend mit Musik aus. Ich war nicht betrunken – mit dem Zeug, das Tante Mame in jenem Sommer servierte, war das schlecht möglich –, aber ich fühlte mich trunken, als ich in meinem Zimmer bei Mickey the Mick's ins Bett sackte. Margot, Miranda, Melissa, dachte ich; Melissa, Miranda und Margot. Mit Bildern dieser drei Sirenen, die mir im Kopf herumschwirrten, schlief ich ein.

Nachdem das Eis gebrochen war, gestattete man mir, regelmäßig ins Haus der Maddox zurückzukehren, doch Tante Mame gerierte sich als strenge Anstandsdame, und die drei Schwestern waren unter den Sprösslingen der wichtigen Bostoner Familien, die auf Maddox Island den Sommer verbrachten, offenbar sehr gefragt. Wurde ich dennoch mal ins Haus gebeten, stand ich unter dauernder Beaufsichtigung von Tante Mame. Die Mädchen waren aufgefordert – auch wenn sie nicht der Aufforderung bedurften –, sich jeden Morgen ihren Studien zu widmen. Das Leben im Haus der Maddox verlief in festen Bahnen. Den Tag verbrachte man am Strand, unterhielt sich über intellektuelle Themen, wie zum Beispiel das japanische Theater, englische Madrigale, die Skulpturen von Henry Moore, die Bedeutung metallischer Garne in modernen Textilgeweben, die unveröffentlichten Werke von Morton Gould, die interessanten Muster, die sich durch Batik ergeben, die wilde Schönheit der Stimmen schwindsüchtiger Mexikaner, Katina Paxinou *Elektra* rezitierend, die Kostümentwürfe einer Zehnjährigen aus einer Erziehungsanstalt in Rhode Island. Ferner lobte man gegenseitig seine Begabungen. Miranda malte im Stil von Eugene Berman, »Mame am Mausoleum«, »Margot melancholisch«, und machte Fotos im Stil von Cecil Beaton, »Mame zwischen Kerzen«, »Melissa Morte« und »Mame und Margot als Wassernymphen«. (Nachdem das Bild, das auch noch schlecht war, im Kasten steckte, stank Tante Mames Haar tagelang nach Seetang.) Miranda bat mich, ausstaffiert mit Schnittware und Haarteilen, die sie beim Stöbern in irgendeiner Rumpelkammer gefunden hatte, als schlafender Faun, als florentinischer Page, als spartanischer Läufer und in noch anderen Posen, die mir allesamt peinlich waren, für sie Modell zu stehen.

Eines Morgens, als wir allein am Strand waren, schenkte Miranda meinem Körper, der sich, wenn ich das sagen darf, bis heute ganz gut gehalten hat, einen auffordernden Blick.

»Fänden Sie es sehr impertinent von mir«, sagte sie, »wenn ich Sie darum bäte, nackt für mich Modell zu stehen? Ich kann mir nämlich nie ein richtiges Modell leisten ...«

Ich war wie vor den Kopf geschlagen, und der Puls in meinem Zwerchfell schlug so stark, dass ich keinen Ton herausbekam, als ich völlig verwirrt in Mirandas himmlisches Gesicht blickte. Gerade wollte ich das Zugband meiner Badehose lösen, da tauchte Tante Mames Gesicht hinter den Dünen auf, Wange an Wange mit Margot und Melissa.

»Aber das tut er doch gerne, Darling!«, rief Tante Mame. »Mach schon, mein lieber Kleiner, runter mit den Shorts! Du bist hübsch und schlank, und für Miranda zu posieren ist vollkommen in Ordnung – solange wir dabei sind und zusehen.«

Ein Blitzstrahl hätte mich nicht schlimmer treffen können. Beinahe erstickt vor Wut und Verlegenheit stürmte ich los und zog mich wieder vollständig an, während Tante Mame sich laut und vernehmlich über die Schönheit des menschlichen Körpers ausließ.

Melissa komponierte Musik, sehr moderne, atonale Musik – obwohl der alte Bechstein-Flügel im Musikzimmer dermaßen verstimmt war, dass man nie ganz sicher sein konnte. Eines Abends, nachdem ich es unerträglich lang mit meinem Portwein ausgehalten hatte, hörte ich das Klavier im Musikzimmer rumpeln und wummern, und ich ging dorthin statt in den Salon. Melissa saß alleine vor der Tastatur, malerisch im Kerzenschein. Sie war so wunderschön, dass ich hörbar nach Luft schnappte. Sie schaute auf und bot mir ein hinreißendes Lächeln dar. »Das habe ich heute rausgehauen«, sagte sie in ihrer himmlischen, heiseren Stimme. »Könnten Sie bitte umblättern, wenn ich spiele?«

Wie ein Zombie durchquerte ich das Zimmer. Die Musik klang, als wäre sie für das Kabuki-Theater geschrieben, aber von mir aus, der ich Melissas herrliche Schultern anstarrte, ihre Arme, ihr *poitrine* – von mir aus hätte sie auch *Jingle Bells* spielen können.

»Jetzt, bitte«, flüsterte sie.

Zitternd beugte ich mich vor, ihren lieblichen Hals zu bestürmen, da flog die Tür auf. »Hier seid ihr!«, rief Tante Mame, flankiert von Margot und Miranda. »Wunderbar! Gerade rechtzeitig für ein kleines Konzert. Spielen Sie ruhig weiter, Melissa!« Die Lichter erstrahlten, und ich war ans Klavier gefesselt, blätterte Noten für sie um bis spät in die Nacht.

Margot konnte lesen und schreiben. Sie wusste alles über den Existenzialismus, über Sartre und Kafka. Ich verzehrte mich vor Verlangen nach ihr und beobachtete sie immer, wenn sie in einem wehenden weißen Kleid – die Mädchen trugen nur weiße Kleider – zur Weinlaube schwebte, unterm Arm einen Stapel, in gelbe Umschläge gebundene französische Bücher, gelbes Notizpapier und gelbe Bleistifte. Meine Bewunderung für sie ließ mein Herz höherschlagen. Aber wehe, man versuchte, sie mal alleine zu erwischen!

Eines Abends gelang es mir. Tante Mame war in der Küche, ich hörte sie gerade ihre Meinung über irgendeine Soße abgeben. Melissa und Miranda zogen sich noch um. Und ich, förmlich sabbernd, ging Margot in die Weinlaube hinterher.

»Oh!«, sagte sie mit ihrem wundervollen Stimmchen. »Haben Sie mich aber erschreckt!«

Kein bisschen erschreckt hörte sie sich an, daher fasste ich Mut. »Schreiben Sie gerade?«, fragte ich idiotischerweise.

»Nein, nein, eigentlich nicht«, sagte Margot mit einem Blick, der mich zusammenknicken ließ. »Ich sitze nur gerade an einer blöden kleinen Monographie über Kafka, aber es ist nicht so einfach, weil ich sie auf Französisch schreibe, und in Villanellen.« Nicht möglich, dachte ich. »Aber dafür findet sich bestimmt kein Verleger«, fügte sie traurig hinzu.

»So ein Zufall aber auch«, sagte ich. »Ich kenne da nämlich jemanden, mit dem ich zusammen zur Schule gegangen bin, der arbeitet bei der Harbinger Press – ziemlich vornehm, wie Sie wissen.« Ich schindete Zeit. »Lassen Sie mich mal sehen. Mein Französisch ist nicht das Beste, aber vielleicht könnten Sie und ich – natürlich mit meinem alten Freund – mal zusammen Mittag essen gehen, und …« Ich drängte mich an sie heran und schlang einen Arm um ihre Schultern. Nachdem ich eine ganze Woche lang von jeder dieser wundervollen Verführerinnen auf Distanz gehalten worden war, war ich so verzweifelt, dass ich bereit war, auf den plumpesten Annäherungsversuch zurückzugreifen, den alle bei der armen Sal probierten, die vom Raymond College in unsere Werbeagentur gekommen war und mit dem Chefredakteur, zwei Kunden, einem Bildhauer in der Jane Street, ihrem Verlobten, mir und dem stehenden Heer ins Bett ging.

Ich musste mich gehörig zwingen, an mich zu halten. »Hören Sie, Margot … Aua!« Ich erschlug einen Moskito.

»Da wären wir! Gerade rechtzeitig!« Tante Mame, bewaffnet mit einer Wasserpistole und flankiert von Miranda und Melissa, marschierte in die Weinlaube ein. Sie spritzte so heftig, dass sie beinahe mich damit umbrachte. Dann schmiss sie sich in einen Sessel, und ich musste in meinem St.-Boniface-Französisch laut aus Margots Manuskript vorlesen.

So enttäuscht ich selbst und so enttäuschend diese Begegnungen mit den Maddox-Schwestern auch waren, es war mir ohnehin nie gestattet, viel Zeit auf dem Anwesen, das Tante Mame von ihnen gemietet hatte, zu verbringen. Es gab zahlreiche Vormittage, Nachmittage und Abende, an denen Tante Mame mir zu verstehen gab, dass die Schwestern eingeladen worden waren, um weit illustere Männer kennenzulernen, und dass ich meine Zeit nach meinem eigenen Gusto vertrödeln könne. Das machte mich wahnsinnig. Es machte mich wahnsinnig, weil es bedeutete, dass mir nichts anderes übrig blieb, als mich in Mickey the Mick's Saloon und Hotel aufzuhalten und das ausgezeichnete Essen zu mir zu nehmen, das Pegeen kochte und servierte.

Zu den Mahlzeiten versuchte ich jedes Mal, einen Streit mit Pegeen vom Zaun zu brechen, sie jedoch machte nur eine wunderbare vernichtende Bemerkung und verließ das Zimmer, und ich war um eine Antwort verlegen. Im Laufe des Abends, wenn ich die Fassung wiedererlangt hatte, ging ich nach unten an die Bar und versuchte, ein Gespräch mit Pegeen oder ihrem Vater anzufangen. Es war nichts zu machen. Mr. und Miss Ryan blieben unter sich. Noch später, von Leidenschaft nach einer der Maddox-Schwestern verzehrt, ging ich an den Strand und versuchte, mich in den Fluten von Maine, die eiskalt waren, abzukühlen. Das allerdings brachte mir nur Frostbeulen ein und eine ernste Verwarnung von dem örtlichen Wachmeister, wegen unsittlicher Entblößung.

Am zehnten Tag war ich mit meinem Latein am Ende. Um sechs Uhr stand ich auf, kaute auf den Fingernägeln, bis ich mir einigermaßen sicher sein konnte, dass Tante Mame wach war. Um sieben Uhr verschaffte ich mir gewaltsam Zutritt zu ihrem Schlafzimmer, riss ihr die Schlafbinde von den Augen und schüttelte sie, bis sie bei Bewusstsein war.

»Patrick, mein lieber Kleiner«, sagte sie und blinzelte. »Du darfst hier nicht rein. Die Mädchen ...«

»Die Mädchen sind mit ihrem blöden Segelboot unterwegs«, sagte ich. »Glaubst du vielleicht, ich säße hier in deinem Zimmer, wenn eines der Mädchen zu Hause wäre?«

»Schmeichler!«

»Hör zu, Tante Mame, das Ganze macht mich verrückt. Müsst ihr immer alle wie eine Phalanx auftreten? Kann sich nicht mal eine von euch lange genug loseisen, damit ein Mann zum Zuge kommen ...«

»Wovon redest du überhaupt, Darling?«

»Du weißt ganz genau, wovon ich rede, verdammt noch mal. Seit du nach Mexiko gefahren bist, hockst du wie eine Glucke auf Margot, Miranda und Melissa. Du bist doch diejenige, die sich diesen ganzen Ehezirkus ausgedacht hat, und wenn ich dann mal eine von den Schwestern alleine erwische, kommst du mit den restlichen der vier apokalyptischen Reiter angeprescht und ...«

»Ehezirkus?«, sagte Tante Mame, begleitet von heftigem

Wimperngeklimper und aufgerissenen Augen. »Wer hat dir denn den Floh ins Ohr …«

»Jetzt hör schon auf, du fette Henne! Wann kriege ich endlich eine Chance, mit einem der Mädchen mal alleine zu sein?«

»Ach, wie schade, Darling. Wenn ich gewusst hätte, dass du näher an ihnen interessiert bist, hätten wir dich zum Mittagessen eingeladen. Leider gehen die Mädchen nachher alle zu dem Picknick bei den Sears. Wirklich schade! Ich dachte, du kennst die Sears-Jungen. Sie …«

»Nicht eine Menschenseele kenne ich auf dieser Insel, das weißt du genau.«

»Ach, mein Lieber, das kommt alles sehr überraschend für mich. Ich hatte ja keine Ahnung, dass du zu Gefühlen fähig bist – ganz zu schweigen von so tiefen Gefühlen wie …«

»Halt die Klappe!«

Sie fixierte mich mit stechendem Blick. »Wen?«

Im ersten Moment war ich so verdutzt, dass ich eine Maddox nicht mehr von der anderen unterscheiden konnte. »Margot«, sagte ich und schluckte.

»Also gut, Darling«, sagte sie forsch. »Ich werde noch heute Nachmittag eine kleine Unterredung zwischen euch beiden einfädeln. Um wie viel Uhr?«

»Gleich nach dem Picknick bei den Lodges.«

»Bei den Cabots, Darling. Sagen wir halb drei?«

Ich war so perplex, dass ich nur nicken konnte.

Pünktlich um zwei Uhr traf ich bei den Maddox' ein. Munter über Hummertöpfe und die Suche nach vergrabenen Schätzen plaudernd, setzten Tante Mame, Melissa und Miranda ihre großen mexikanischen Strohhüte auf und machten sich auf einen Spaziergang. Die Stille, nachdem die drei gegangen waren, war beachtlich. Ich warf Kieselsteine an Margots Fenster in einem der Türme, und sehr schnell öffnete sie es und lächelte zu mir herab. »Sind Sie das, Patrick? Ich bin gerade mitten in einem höchst interessanten Artikel über Sartre. Anscheinend hat er ...«

»Können Sie Sartre nicht mal in Ruhe lassen und zu mir runterkommen?«

»Also gut«, sagte sie und verschwand. In wenigen Minuten stand sie unten, die Lippen frisch geschminkt, und sie sah wunderhübsch aus in ihrem weißen Kleid. »Wo sind Mame und die Mädchen?«

»Ach, die sind weggegangen«, sagte ich.

»Ohne uns zu fragen?«, sagte Margot. »Die haben vielleicht Nerven!«

»Wir können doch selbst einen Spaziergang machen«, sagte ich. »Hätten Sie Lust zu segeln?«

»Natürlich hätte ich Lust, aber ich verstehe nicht, warum meine Schwestern einfach so gegangen sind, ohne mir Bescheid zu geben. Wir machen alles zusammen – schon immer.«

»Mein Gott, Sie waren doch gerade erst alle drei zusammen bei diesem Picknick. Kann denn nicht mal eine von Ihnen ...«

»Ich war seit Jahren nicht mehr auf einem Picknick«, sagte sie. »Wir haben gehofft, dass Sie kommen, und ...«

Mehr brauchte es nicht. Ich legte meinen Arm um sie und küsste sie so fest auf die Lippen, dass sie gar nicht anders konnte, als aufhören zu reden. Als ich fertig war, sagte ich: »Wissen Sie, dass wir zum ersten Mal allein sind, seit ich hier bin?«

»Ja, ja, das mag wohl sein …«, setzte sie an. Dann hörte ich Ito aus der Küche kichern. Ich packte Margot am Arm und zerrte sie hinunter zum Strand. Ohne unsere Aufpasser war es ein Kinderspiel für mich. Ein halbe Stunde später, und alles war geregelt.

So verblüfft war ich, dass Margot auf meine Frage, ob sie meine Frau werden wolle, mit Ja geantwortet hatte, dass ich mich kaum aufrecht halten konnte. Dass ein so hübsches, so intelligentes, so begehrtes Mädchen sich aus der Ferne nach mir gesehnt hatte, so, wie ich mich nach ihr gesehnt hatte, kam mir völlig unwirklich vor. Andererseits kam mir der ganze Urlaub völlig unwirklich vor.

»Willst du es ihnen jetzt gleich sagen?«, fragte ich sie, als wir Hand in Hand über den Rasen schlenderten.

»Miranda und Melissa können es sich bestimmt schon denken«, sagte Margot mit ihrer hübschen Stimme, »aber offiziell werde ich es beim Abendessen bekannt geben. Das wird den beiden gefallen, und deiner Tante sowieso, das weiß ich.« Letzteres klang nicht gut in meinen Ohren.

Den beiden gefiel es tatsächlich. Miranda gab mir einen Kuss, Melissa gab mir einen Kuss, Tante Mame gab mir einen Kuss. Dann küsste jeder jeden. Tante Mame bat Ito, sechs Flaschen Champagner zu öffnen, und wir sprachen Trinksprüche auf jede nur erdenkliche Person und Sache aus.

Ich war nicht nachtragend, und als es Zeit wurde, sich zu verabschieden, ging mir das Herz über vor Familienglück. »Morgen Abend«, verkündete ich, »werde zur Abwechslung ich eine Party geben. Ein Abendessen. Es gibt eine Terrasse, eine Veranda auf der Rückseite von Mickey the Mick's, und Pegeen ist eine wunderbare Köchin.«

»Zauberhafte Idee!«, sagte Tante Mame.

Die Mädchen sahen etwas betreten drein.

»Sollen wir wirklich da hinkommen und mit den Einheimischen verkehren, Darling?«, sagte Margot.

»Oh, es wird himmlisch!«, sagte Tante Mame.

»Eure Freunde sind auch eingeladen«, sagte ich großzügig. »Ihr könnt die Sears-Brüder mitbringen oder die Lodges, wen ihr wollt, dann wären wir zu acht.«

Die Schwestern sahen mich verständnislos an.

»Ach, wisst ihr«, erwiderte Tante Mame hastig, »ich fände es viel schöner, wenn es eine reine Familienangelegenheit wäre. Nur wir fünf.«

Ich wollte nichts dagegen einwenden. »Bringst du mich noch zur Tür?«, fragte ich Margot und drückte liebevoll ihre Hand.

»Natürlich, Darling.«

Ich legte meinen Arm um sie, als wir die Einfahrt entlangschritten, aber ich spürte, dass wir nicht allein waren. Miranda und Melissa und Tante Mame waren bei uns.

Am nächsten Morgen konnte ich es kaum erwarten, aufzustehen, nach unten zu laufen, an die Bar zu treten und bei Pegeen ein üppiges Mahl zu bestellen. Sie war allein in der Spülküche und wusch Gläser ab.

»Sie dürfen mir gratulieren, Pegeen«, sagte ich. »Ich werde bald heiraten.«

»Nicht möglich«, sagte sie aufreizend. »Wer von den Großwildjägerinnen hat Sie denn eingefangen? Miranda?«

»Nein«, sagte ich verstimmt. »Margot.«

»Komisch. Die ist meistens für die älteren Herrschaften reserviert.«

»Was meinen Sie damit?«

»Also, wollen wir mal sehen«, erwiderte sie, meine Frage überhörend. »Sie planen also ein schönes Essen, und zwar hier, natürlich hinten auf der Veranda, heute Abend. Und Sie hatten an Filet mignon und Brokkoli mit Sauce Hollandaise gedacht, dazu …«

Mir fiel die Kinnlade herunter. »Woher wissen Sie das?«

»Das hat der jeweilige Glückspilz bis jetzt noch immer bestellt – außer in den Zeiten der Rationierung, da gab es Huhn. Also, da hätten wir Sie und die Maddox-Mädchen und Ihre Tante. Insgesamt also fünf. Mal was Neues zur Abwechslung. Sonst waren es immer nur der Verlobte und die drei Schwestern.«

»Ich habe mir gedacht, noch ein paar Männer einzuladen, die Sears und die Cabots und die …«

»Die müssten Sie aber vorher erst noch exhumieren. Von denen hat sich keiner auf Maddox Island blicken lassen, seit ich ein kleines Mädchen bin. Aber zurück zu Ihrem Essen: Bisher war es Sitte, mit der kalten Vichyssoise anzufangen, dann das Filet, dann …«

»Das gibt es heute Abend auf keinen Fall!«, tobte ich. »Es werden einfache Gerichte aus der Küstenregion von Maine serviert – weichschalige Krabben und Hummer und …«

»Ganz wie Sie wollen«, sagte Pegeen. »Vielleicht schlägt Margots Glück danach ja um.« Mit diesen Worten verschwand sie in der Küche.

Samstagabend war Hochbetrieb bei Mickey the Mick's. Meine kleine Feier sollte ihren Teil noch dazutun. Als die Abordnung der Maddox' hereingerauscht kam, war die Bar voller Einheimischer. Auch ein paar Stiernacken von einem Schiff der Küstenwache waren darunter, das hier angelegt hatte. Wie üblich trugen die Schwestern Weiß, Abendkleider, und Tante Mame passenderweise Schwarz. Bei Durchschreiten des Schankraums gab es viele anerkennende Pfiffe, aber die vier blieben damenhaft bis zum Schluss – obwohl ich hätte schwören können, dass Tante Mame einem großen blonden Offizier der Küstenwache einen aufmunternden Blick zuwarf.

Wenn Ebbe herrschte, roch es auf der hinteren Terrasse von Mickey the Mick's nach alten Krebsen. Es herrschte Ebbe, und die Maddox-Schwestern rümpften leicht angewidert die Nase, sagten aber keinen Ton. Tante Mame, mit jeder Faser die Mutter Oberin von Beacon Hill, wedelte nutzlos mit einem parfümierten Spitzentaschentuch vor der Nase.

»Ich muss doch sehr bitten!«, sagte Melissa. »Diese Einheimischen, die uns alle hinterherpfeifen!«

»*Noblesse oblige,* Darling«, sagte Miranda.

Ein glucksendes Lachen war zu hören, und Pegeen stand im Türrahmen, bereit, die Getränkebestellungen entgegenzunehmen.

»Guten Abend, Pegeen«, begrüßte Margot sie in reizendem Ton.

»Guten Abend, Miss Maddox«, sagte Pegeen und deutete einen Knicks an. Eine Verlegenheitspause folgte.

»Was möchtet ihr trinken?«, fragte ich vergnügt.

Viel Wirbel wurde um die Bestellung gemacht, besonders Miranda war unentschlossen, aber schließlich bestellte sie auf Französisch. Pegeen erwiderte ebenfalls auf Französisch.

»Ist sie Frankokanadierin?«, erkundigte ich mich, nachdem Pegeen gegangen war.

»Ach, wo denkst du hin?«, sagte Margot. »Sie ist bloß eine Einheimische.«

»Genau wie alle anderen auch«, sagte Melissa.

»Aber sie ist von einer gewissen betörenden präraphaelitischen Schönheit ...«, sagte Miranda.

»Bitte, wenn du etwas dermaßen Zurschaugestelltes magst«, warf Miranda ein.

»Seit Jahren bitte ich sie, mal Modell für mich zu stehen, aber ...«

»Das wird sie natürlich niemals tun«, sagte Margot. »Die Einheimischen sind doch alle so klassenbewusst, und ...«

»Und da wir nun mal Maddoxes sind«, fuhr Melissa fort, »fühlt sich Pegeen gleich ...«

»Still jetzt, bitte«, sagte Tante Mame. »Sie kann euch hören.«

Pegeen kam mit den Getränken, und ich achtete darauf, dass auch jeder zwei Gläser trank, bevor wir mit dem Abendessen anfingen.

Noch nie hatte ich die drei Maddox-Schönheiten außerhalb ihrer häuslichen Umgebung erlebt, und irgendwie hatte ich den Eindruck – wenn auch nur ganz flüchtig –, dass ich den falschen Tag gewählt hatte, den falschen Ort, das falsche Essen, das falsche Getränk. Ich hatte gehofft, der Wein würde die Stimmung ein wenig heben, aber das geschah nicht. Gerade löffelten wir Pegeens köstliche kalte Krebssuppe, da hielt sich Melissa ihren reizenden

Kopf mit den reizenden Händen. »Oh, oh, oh! Nicht diese ordinäre – wie heißt diese Box doch gleich?«

»Jukebox«, sagte Pegeen, die ihre frisch aufgebackenen heißen Brötchen brachte.

»Genau. Schon den ganzen Tag versuche ich, mir die passende stimmungsvolle atonale Musik für ein Ballet nach Kafkas *Prozess* auszudenken, aber bei diesem Gejaule im Hintergrund – wer singt da eigentlich, Pegeen?«

»Jo Stafford.«

»Der hat aber eine sehr hohe Stimme«, beklagte sich Melissa.

»Das machen die Hormone«, sagte Pegeen. Tante Mame kicherte und fiel dann wieder in ihre Rolle als reiche Dame aus Boston.

»Könnten Sie die Leute nicht bitten, die Musik abzustellen, Pegeen? Es stört mein kompositorisches Empfinden und …«

»Leider gibt es keinen Musiktitel zur Auswahl, der ›Stille‹ heißt, Miss Maddox«, sagte Pegeen und eilte geschäftig davon.

»Also wirklich, Darling …«, fing Margot an.

»Noch jemand Wein?«, fragte ich.

»Ein ekelhafter Wein, übrigens«, sagte Miranda und hielt ihr Glas hoch. »Aber als wir letztes Jahr die Chalfontes in Chantilly besucht haben, ich kann euch sagen, da …«

»Unsinn, meine Liebe«, sagte Tante Mame und stupste sie mit ihrem Fächer an, »das ist ein sehr hübscher, frecher, kleiner Wein.«

»Bitte, Miranda«, sagte Margot beunruhigt.

»Ach, ich finde es hier nicht zum Aushalten. Alles ist

so ärmlich und erbärmlich«, sagte Miranda und leerte ihr Glas. Für jemanden, der Wein verabscheute, war sie keine schlechte Trinkerin. »Etwas mehr von *mon belle France*.«

»*Ma belle*«, sagte eine fast unhörbare Stimme. Es war Pegeen, die mit einer riesigen Platte voller Hummer in zerlassener Butter eintrat.

»*Ma belle* – ja«, sagte Miranda, nicht wissend, von wem die Korrektur kam. »France, France, France, wo ich malen kann, malen, malen, malen!« Sie breitete die Arme aus, als wollte sie ganz Frankreich umschlingen. Stattdessen stieß sie Pegeen am Ellbogen an. Ein ohrenbetäubender Krach, und ich saß wie gebannt da, während Miranda und Melissa überschwemmt wurden von Hummern, Krabben, Backkartoffeln, Salatblättern und literweise Buttersoße. Der Anblick war so atemberaubend, dass ich wie gelähmt hinschaute.

Nicht so Melissa und Miranda.

Miranda sprang von ihrem Stuhl auf und sah Pegeen wütend an. »Sie ungeschicktes irisches Rindvieh. Jetzt sehen Sie sich an, was Sie mit mir gemacht haben!«

»Sieh dir an, was sie mit dir gemacht hat!«, kreischte Melissa. »Und was sie mit mir gemacht hat. Und sie hat es absichtlich gemacht. Diese Einheimischen sind doch alle ...«

»Moment mal«, sagte ich. »Es war doch nur ein Missgeschick. Du hast sie gestoßen ...«

»Miranda«, sagte Margot schnippisch. »Vergiss nicht, wer wir sind!«

»Ich weiß, wer wir sind, und sie weiß es auch. Deswegen hat sie es ja getan, weil wir Maddoxes sind, und sie ist nur eine Dahergelau...«

»Miss Miranda«, sagte Pegeen, die vor Zorn rot anlief, »es tut mir leid, aber Sie haben mich am Arm gestoßen, als ich gerade …«

»Sie ordinäre kleine Inselschlampe!«, schrie Melissa und schüttelte ihren Lockenkopf. Viel faszinierender waren die Hummer, die zu beiden Seiten ihres Kopfes hingen und wie ein Paar von Tante Mames ausladenden Ohrringen hin- und herschwangen. »Sie …«

»Melissa!«, sagte Margot. »Hör sofort auf! Es gibt keinen Grund, sich auf ihr Niveau zu begeben …«

»Mädchen!«, rief Tante Mame und erhob sich. »Bitte. Niemand hat Schuld. Es war bloß …«

»Halten Sie sich da raus!«, schrie Miranda. »Sie kennen die Einheimischen und ihre Tricks nicht. Sie hat es absichtlich gemacht, um uns zu demütigen, und dafür wird sie büßen …«

»Darf ich Ihnen eben diesen Rest Kartoffelmatsch von der Schulter wischen, Miss Miranda«, presste Pegeen zwischen zusammengebissenen Zähnen hervor und ging mit einer Papierserviette auf sie zu.

»Nehmen Sie Ihre dreckigen Hände von mir!«, brüllte Miranda. Dann schlug sie Pegeen ins Gesicht.

»Das würde ich an Ihrer Stelle nicht noch einmal machen, Miss Miranda«, sagte Pegeen ruhig. Sie holte aus und versetzte Miranda einen Schlag, der sie umhaute.

Das reichte. Melissa warf sich in die Rauferei, und für Sekunden sah ich nur durch die Luft fliegende rote Hummer und Pegeens roten Haarschopf.

»Aufhören, bitte, aufhören!«, schrie Margot. »Ihr macht doch alles kaputt, seht ihr das nicht. Ich …«

»Mädchen!«, schrie Tante Mame, verängstigt und verärgert, dennoch ganz die Anstandsdame, »wenn Sie nicht auf der Stelle damit aufhören, werde ich die …«

Es blieb ihr erspart, das zu tun, was sie zu tun gedachte, denn auf der Bühne erschien Mickey the Mick. Brüllend betrat er die Veranda, und ohne selbst Hand anzulegen, schaffte er es, Tante Mame, Margot, Miranda und Melissa durch den Schankraum hindurch nach draußen zu scheuchen. Dann kehrte er zurück und geleitete mich, nicht ganz so sanft, den gleichen Weg vorbei an den Einheimischen, den Sommergästen und den Soldaten der Küstenwache nach draußen auf die Straße.

Eisig schweigend begleitete ich die vier zu Fuß zum Haus der Maddox'. Schweigen musste ich ohnehin, denn zwischen dem Geplapper der Schwestern und dem Geschluchze von Tante Mame hätte ich kein Wort mehr unterbringen können. Nicht mal, wenn ich etwas hätte sagen wollen. Am Tor verabschiedete ich mich von ihnen. Als ich zurückkam, war bei Mickey the Mick alles dunkel und verschlossen. Meine Koffer, ordentlich gepackt, standen vor der Haustür, dazu ein Zettel, auf dem stand: »Betrachten Sie sich nicht weiter als Gast des Hauses.«

Die Nacht verbrachte ich frierend in meiner sommerlichen Smokingjacke am Kai.

Am nächsten Morgen wachte ich stocksteif auf und fühlte mich elend. Was am Abend zuvor geschehen war, erschien mir wie ein Albtraum, aber beim Anblick der Kaimauer, meines Koffers und der Entenmuscheln, die sich an mir festgesetzt hatten, merkte ich, dass es nur allzu wahr war. Zitternd zog ich mir anständigere Kleider an und begab mich auf den schmerzlichen Weg zurück zu Mickey the

Mick's. Offiziell war der Laden geschlossen, aber die Tür stand auf. Es war schummrig und kalt und verlassen, nur Pegeen stand hinter der Theke und spülte Gläser.

»Guten Morgen«, sagte ich.

»Wir haben sonntags geschlossen«, sagte Pegeen. »Außerdem kommt Pop jeden Augenblick zurück, und ich möchte nicht belangt werden für das, was er Ihnen antun wird.«

»Ich bin nur hergekommen, um die Rechnung von gestern Abend zu bezahlen.«

»Das können Sie sich abschminken. Pop ist großzügig gegenüber Herumtreibern.«

»Und um mich zu entschuldigen für die Art, mit der …«

»Seit wann entschuldigt sich ein Maddox bei einem Ryan? Das hat's ja noch nie gegeben!«

»Ich bin kein Maddox«, betonte ich ein bisschen zu stark.

»Sie könnten gut einer sein.«

»Kommen Sie von Ihrem hohen Ross herunter und geben Sie mir ein Bier, bitte.«

»Ja, Mr. Maddox! Aber gerne doch, Mr. Maddox! Immer zu Diensten, Mr. Maddox. Ein Wort genügt, Mr. Maddox! Wir sind ja nur Einheimische, und sonntags haben wir Ruhetag.«

»Pegeen, bitte, jetzt hören Sie schon auf damit. Ich habe Ihnen gesagt, dass ich mich entschuldigen will. Für Miranda und Melissa bin ich nicht verantwortlich.«

»Ach ja, richtig. Tut mir leid, das hatte ich vergessen«, sagte sie. »Es ist immer schwierig zu unterscheiden, wer zu wem gehört, welcher Herr zu welcher Maddox-Dame.«

»Die Stichelei können Sie sich sparen. Was haben Sie eigentlich gegen Margot? War sie nicht immer anständig zu Ihnen?«

»Entzückend ist sie! Nichts lieber, als jedes Jahr im Sommer von ihr herumkommandiert zu werden. Ja, Miss Maddox! Nein, Miss Maddox. Wie schön, dass Sie wieder bei uns sind, Miss Maddox. Die Pest wünsche ich Ihnen an den Hals, Miss Maddox.«

»Warum ständig dieses Maddox hier, Maddox da? Reden Sie sie nicht mit Margot an?«

»Niemals. Wir Einheimischen verkehren nicht mit den Sommergästen – schon gar nicht mit den Maddoxes, denen die Insel gehört, jedenfalls früher, bevor sie Pleite machten. Mein Großvater war immerhin Gärtner bei ihrem Großvater. Das muss sie Ihnen doch erzählt haben.«

»Das hat sie nie erwähnt«, sagte ich wütend. »Wie auch immer, das ist drei Generationen her. Die Zeiten haben sich geändert.«

»Nicht so die Maddoxes. Die sind nur ärmer geworden, während die Ryans reicher geworden sind. Aber immer noch führen sie sich auf wie die Aristokraten, und wir sind bloß die Einheimischen. Früher hat meine Mutter von mir verlangt, dass ich einen Knicks mache, wenn ich irgendwo eine Maddox sah. Dazu waren Einheimische auf der Welt.«

»Sie hören sich an wie ein Kommunist!«, sagte ich. »Was soll dieses ganze Getue um die Einheimischen? Wozu muss man unbedingt ein Einheimischer sein?«

»Man ist da Einheimischer, wo man auf die Welt gekommen ist«, stellte sie klar. »Ich bin hier auf die Welt gekommen, ergo bin ich eine Einheimische.«

»Ergo reden Sie ziemlich eingebildet daher für eine, die von einfachen Fischerleuten abstammt.«

»Ach, das feine Gequatsche schwappt vom Festland zu uns herüber. Aber auf dem College war ich auch – Stipendium, maßgeschneiderte Kleidung, alles, was so dazugehört. Wenigstens habe ich meine Abschlussprüfung bestanden.«

»Bestehen kann man viel«, sagte ich affektiert.

»Margot nicht. Sie hat Bennington nach dem vierten Semester geschmissen. Aber natürlich ist Bennington eine viel schönere Schule als die, auf der ich war, und Margot war bereits so kultiviert und vorgebildet, dass ihr diese kleinen, unbedeutenden Schulmeisterchen nicht mehr viel beibringen konnten.«

»Ich glaube, Sie können Margot einfach nicht leiden«, sagte ich.

»Sie lernen schnell«, sagte sie. »Aber Spaß beiseite. Verdrücken Sie sich lieber. Pop wird ziemlich sauer sein, wenn er Sie hier sieht. Es herrscht ein strenger Verhaltenskodex, was einheimische Mädchen und männliche Sommergäste betrifft.«

»Ich verstehe bloß nicht …«, fing ich an.

»Sie verstehen offenbar eine Menge nicht.«

»Ich meine, was haben Sie von der ganzen Bildung, wenn Sie bloß hier …«

»Hinterm Tresen stehen, Sir?«

»Legen Sie mir nicht dauernd irgendwas in den Mund! Ich wollte sagen: Sind Sie immer nur das ganze Jahr über auf der Insel und helfen Ihrem Vater?«

»Nein, den Winter über bin ich nicht da. Ich unterrichte Französisch an einer Schule in New York. Nehmen Sie es

mir bitte nicht übel, aber Miranda könnte ein paar Nach-
hilfestunden vertragen. Im Sommer komme ich immer
hierher. Ich bin Pops Ein und Alles, und außerdem weiß
ich dann wieder, wo mein Platz ist.«

»Habe ich Ihnen und Ihren affektierten Freundinnen
nicht deutlich zu verstehen gegeben, dass ich Sie hier nicht
mehr sehen will …« Mickey the Mick stand brüllend im
Türrahmen.

»Beruhige dich, Pop«, sagte Pegeen. »Er wollte gerade
gehen.«

»Hier«, sagte ich verlegen. »Wie viel schulde ich …«

»Geht aufs Haus«, sagte Pegeen.

Ich schlich mich nach draußen, in die Hitze, auf die
Straße. Zum Haus der Maddox' zurückzukehren hatte ich
keine Lust, deswegen lungerte ich vor dem Schaufenster
des Drugstores herum, betrachtete die verstaubte Auslage
mit den Wärmflaschen und fühlte mich hundeelend. Ich
weiß nicht, wie lange ich dort so stand und ins Fenster
starrte, jedenfalls riss mich Pegeen Ryan aus meinen Be-
trachtungen heraus. Sie trug Hut und Handschuhe und
kam forschen Schrittes die Straße entlang. »Na, Groß-
stadtpflanze? Nicht so, wie die Schaufenster von Bonwit,
was?«, sagte sie und ging einfach weiter.

»He, wo wollen Sie hin?«

»Ins Kino.«

»Allein?«

»Allein. In Die besten Jahre unseres Lebens.«

»Darf ich mitkommen?«

»Ich kann Sie nicht daran hindern. Es ist ein öffentliches
Gebäude.«

»Darf ich mich neben Sie setzen?«

»Die Plätze sind nicht reserviert – nicht mal für die Maddoxes und ihre Freunde. Wenn Sie nur während der Vorstellung bitte nicht reden würden. Und betreten Sie das Kino nicht mit mir zusammen. Ich will nicht, dass die anderen Einheimischen denken, ich hätte meine Jungfräulichkeit an einen Sommergast verloren.«

»Darf ich Sie zu dem Kinobesuch einladen?«

»Auf gar keinen Fall. Und machen Sie sich bloß keine falschen Hoffnungen. Auf Maddox-Gelände zu wildern würde mir nicht im Traum einfallen.« Sie knallte das Geld für die Eintrittskarte auf den Schalter und ging in den Vorführraum. Ich folgte ihr in angemessenem Abstand.

Am Ende des Films gingen wir. »Na dann, bis dahin«, sagte sie.

»Kann ich Sie noch zu einem Glas einladen?«

»Nein. Der einzige Ort auf der Insel, wo man was trinken kann, ist bei Pop. Und der hat sonntags geschlossen. Gehen Sie hübsch brav zurück zu den Maddoxes.«

»Wenn das *so* ist«, sagte ich. »Auf Wiedersehen.«

»Da müssten Sie sich ganz schön beeilen. Ich setze heute Abend mit der Fähre über – *Petit Larousse, Candide, Le Malade Imaginaire* und Heath' Bildwörterbuch im Gepäck. Die Schule fängt wieder an.«

»Ach je«, sagte ich. »aber dann könnten wir uns ja alle in New York vielleicht mal wiedersehen.«

»Meinen Sie eine richtige Verabredung – Sie und Margot und Miranda und Melissa und ich und Ihre Tante als Anstandsdame? Lieber nicht. Trotzdem vielen Dank, und alles Gute.« Mit diesen Worten war sie verschwunden.

Gemächlichen Schrittes spazierte ich zurück zu den

Maddoxes. Aus irgendeinem Grund hatte ich es nicht sonderlich eilig. Margot lag in Tante Mames Hängematte und las den *Circle 6*. Sie legte die Zeitschrift beiseite und sah mich mit weit aufgerissenen Augen sorgenvoll an. »Wo warst du bloß, mein Liebster? Wir haben uns alle fürchterliche Sorgen gemacht. Miranda wollte uns die Kostümentwürfe für *Amerika* zeigen, das vielleicht von einer sehr talentierten experimentellen Theatertruppe aufgeführt wird. Jetzt zeigt sie sie oben Tante Mame.«

»Oben? Was hat Tante Mame denn – außer, dass sie sich Mirandas Entwürfe angucken muss?«

»Eine schwere Erkältung. Wo warst du den ganzen Tag?«

»Im Kino.«

»Im Kino? Du machst Witze!« Sie lachte perlend. »Hier läuft doch nie was Wertvolles im Kino, was man sich ansehen wollte, nur Zeug für die Einheimischen.«

»Das stimmt nicht. Es war etwas höchst Interessantes. Eine Experimentaltruppe aus Minnehaha Falls hat die Geschichte von Leda und dem Schwan neu verfilmt, mit Gedichten von Gertrude Stein und Musik von Virgil Thomson und Bix Beiderbecke.«

»Nicht möglich! Warum hast du mir das nicht gesagt? Wir hätten alle was davon haben können …«

»Leda wird von einer buckligen Dreizehnjährigen gespielt, und dann treten noch auf Laurel und Hardy und die Ritz Brothers und Bela Lugosi und Buster Keaton. Das Bühnenbild war von Salvador Dalí und die Kostüme von Christian Bérard.«

»Wirklich? Bérard hätte ich dafür nicht genommen, aber … Ach, du! Du willst mich nur veräppeln!«

»Hör zu, Margot«, sagte ich. »Ich muss mit dir reden, und zwar ernsthaft – allein und jetzt sofort.«

»Gut. Ich will auch mit dir reden. Ich habe mit Melissa und Miranda über unsere Pläne gesprochen.«

»Darüber müssen wir uns mal unterhalten«, sagte ich.

»… draußen beim Segeln. Und da hatten wir eine phantastische Idee …«

»Findest du nicht, dass du *unsere* Pläne mit *mir* machen solltest?«, fragte ich.

»… das beträfe dich und mich und Melissa und Miranda und sollte uns allen ein wertvolles, interessantes und kultiviertes Leben ermöglichen …«

»Eigentlich empfinde ich mein Leben – jedenfalls so, wie ich es führe – auch jetzt schon als wertvoll und interessant und kultiviert«, sagte ich. Margot hatte anscheinend kein Wort gehört, was ich gesagt hatte. Unbeirrt fuhr sie fort.

»Ich habe mir gedacht, dass wir Ende September heiraten, so, wie wir geplant haben. Dann fahren wir nach Europa …«

»Ich glaube nicht, dass ich einfach so aus dem Büro wegkann.«

»… und nachdem wir vier in Europa waren, könnten wir uns niederlassen …«

»Margot! Hörst du mir überhaupt zu?«

»Wieso? Natürlich, mein Liebster. Also, Melissa hat Capri vorgeschlagen, aber da treibt sich solch ein Gesindel rum, dass wir dort niemals kreativ arbeiten könnten, deswegen habe ich mir überlegt, dass Mame sich ein Haus auf der Insel Ischia kaufen könnte …«

»Wovon redest du eigentlich?«

»Über uns natürlich«, sagte sie gelangweilt.

»Über mich und dich?«

»Klar – dich und mich und Melissa und Miranda.«

»Ich glaube, meine Werbeagentur hat keine Niederlassung auf Ischia – auch nicht auf Capri«, sagte ich. »Die gibt es nur in New York. Es ist eine ziemlich kleine Agentur.«

»Das ist vollkommen unwichtig, mein Liebster.«

»Ich verdiene damit mein Geld«, sagte ich. »Es ist meine Arbeit.«

»Arbeit! Hältst du das für Arbeit, sich irgendeine Allerweltsweisheit über ein Schnellgericht aus den Rippen zu schneiden?«

»Es beschäftigt mich, jedenfalls die meiste Zeit«, sagte ich schwerfällig.

»Was das Geldverdienen betrifft – das brauchst du nicht. Du besitzt reichlich Geld. Und Mame hat auch haufenweise Geld.«

»Na und?«

»Na ja, Patrick – warum soll man denen Arbeit wegnehmen, die sie wirklich brauchen?« Sie sagte das ohne einen Hauch Ironie. »Und wie schon gesagt, ist das sowieso keine passende Arbeit für einen intelligenten Menschen.«

»Und als was würdest du deine Arbeit bezeichnen, Margot?«

»Meine Arbeit? Ich bin den ganzen Tag beschäftigt.«

»Womit?«

»Ich lese viel. Da sind die Sprachen, die Kunst, die Musik, neue Gedanken. Ich habe einen unersättlichen Wissensdurst ...«

»Haben sie dich deswegen aus Bennington rausgeworfen?«

»... und ich betrachte das menschliche Leben gern als Komödie ... Wer hat dir das erzählt?« Es war das erste Mal, dass ich Margot fassungslos erlebte, und der Anblick war keineswegs angenehm.

»Pegeen Ryan.«

»Pegeen Ryan? Glaubst du etwa dieser blöden kleinen irischen Kellnerin? Die ist doch bloß eine Einheimische!«

»Eine Einheimische, die das College geschafft hat«, sagte ich.

»College? Die University of Maine! Wenn man das als College bezeichnen will!«

»Ich schon«, sagte ich.

»So einem Collegeabschluss wird viel zu viel Bedeutung beigemessen. Das Leben lehrt einen auch so ... Also wirklich, die hat vielleicht Nerven, diese ordinäre kleine Rothaarige. Dabei war ihr Großvater Gärtner bei meinem Großvater!«

»Das hat sie mir auch gesagt.«

»Wie konntest du dich bloß hinter meinem Rücken zu dieser kleinen Schlampe schleichen und ...«

»Ich bin zu ihr gegangen, um mich für die Szene, die deine Schwestern gestern Abend veranstaltet haben, zu entschuldigen. Und um die Rechnung zu bezahlen.«

»Du hast dich bei einer Ryan für eine Maddox entschuldigt? Hahahaha! Das muss ja ein Bild gewesen sein!«

»Allerdings, Margot. Besonders deswegen, weil es für die schlechten Manieren der Maddox' eigentlich keine angemessene Entschuldigung gibt. Die Ryans haben die Entschuldigung nicht akzeptiert – und das Geld auch nicht.«

»Was hast du da gerade über Manieren gesagt?«

»Du hast mich genau verstanden, Margot. Jetzt rede

zur Abwechslung mal ich, und du hörst mir zu. Ich liebe dich, Margot. Ich liebe dich trotz deines intellektuellen Dünkels, und obwohl du dich in der Öffentlichkeit wie eine Herzoginwitwe und im Schoß der Familie wie eine Klosterschülerin aufführst.« Urplötzlich sah ich mich mit der traurigen Tatsache konfrontiert, dass ich Margot eigentlich doch nicht liebte – sie nicht mal gern hatte.

»Wie kannst du es wagen …«

»Ich habe gesagt, jetzt rede ich – nur dieses eine Mal. Trotz des infantilen, theatralischen dekadenten Gehabes in der letzten Zeit, das in deinem herablassenden Benehmen gestern gipfelte, will ich dich immer noch heiraten. Aber dich will ich heiraten – nicht Melissa, nicht Miranda, nicht Kafka. Eigentlich gar nichts von dem, was ich hier ertragen musste. Es ist unsere Hochzeit, unsere Ehe. Es wird kein gemeinschaftliches Leben mit anderen geben, kein kreatives Arbeiten auf irgendeiner Insel, außer Manhattan Island. Ich bin morgens um neun Uhr im Büro und komme kurz vor sechs Uhr wieder nach Hause. Deine intellektuellen Sehnsüchte kannst du von mir aus befriedigen, wenn ich …«

»Du redest wie ein spießiger, kleiner Buchhalter mit Ärmelschonern!«, spottete Margot.

»Genau! Wie ein spießiger, kleiner Buchhalter, nur dass ich von Zahlen nicht viel verstehe. Ein kleiner Buchhalter mit Kindern und einem normalen Leben. Tante Mame kann für sich allein sorgen. Das hat sie immer gekonnt. Und Miranda und Melissa werden das ebenfalls können.«

»Für sich selbst sorgen!«, explodierte sie. »Wie soll ich sie an passende Ehemänner verheiraten, wenn sie so ein jämmerliches Leben führen sollen? Ich muss ihnen eine

Umgebung ermöglichen, wo sie Männer kennenlernen können, die ...« Sie rang nach Worten. »... intelligent sind, weltgewandt, vornehm ...«

»Meinst du reich?«, fragte ich sie.

»Ja, auch. Eine Maddox heiratet nicht irgendeinen Dahergelaufenen. Bei dir ist das etwas anderes. Du besitzt eigenes Geld. Du bist der Alleinerbe einer vermögenden Frau. Du weißt nicht, wie das ist, wenn man mal alles gehabt hat und dann mitansehen muss, wie der eigene Vater abserviert wird. Wir sind nicht wie andere Menschen. Wir können uns nicht anpassen an ...«

»Wann ist denn das Vermögen verloren gegangen, Margot?«

»Neunundzwanzig. Wir hatten drei Gouvernanten und Diener und ...«

»Damals warst du acht Jahre alt. Deine Schwestern waren sogar noch jünger. Ich finde, in fünfzehn Jahren hättest du dich an ein normales Leben gewöhnen können. Je früher ihr drei euren Größenwahn überwindet – die Fehleinschätzung, ihr wäret dazu auserkoren, führend in Kunst und Gesellschaft zu sein – und lernt, zu kochen und andere Menschen wie Menschen zu behandeln und nicht wie Leibeigene des untergegangenen Maddox-Imperiums, desto besser ...«

»Halt deinen Mund!«, kreischte sie. »Seit zehn Generationen ist die Familie Maddox führend in allen Bereichen in Salem – und manchmal in Boston – gesellschaftlich, künstlerisch, intellektuell! Alle in unseren Kreisen sagen ...«

»Wer genau gehört zu euren Kreisen, Margot?«

»Von denen kennst du sowieso niemand.«

»Da bin ich mir sicher! Aber wenn zu euren Kreisen

drei reiche Männer gehören, dann greif zu. Ich habe mein ganzes Leben mit Menschen verbracht, die Talent und Manieren hatten, aber du und deine Schwestern reichen nicht an die heran, weder so noch so. Und wenn du glaubst, ich würde dich heiraten und den Rest meines Lebens damit verbringen, deine gemeinen kleinen Schwestern zu verkuppeln, dann hast du dich …«

»Mich heiraten! Du kleiner aufgeblasener Madison-Avenue-Flegel und diese strohdumme Neureiche, die sich als deine Tante ausgibt und versucht, sich in eine echte begabte, aristokratische Familie einzuschmeicheln!«

»Moment mal …«

»Um nichts in der Welt würde ich dich heiraten! Und wenn es das Einzige ist, was ich je zustande brächte, aber meine Schwestern und mich werde ich an die Spitze der intellektuellen Bewegung führen.«

»Es wird das Einzige bleiben.«

»Raus hier, verdammt noch mal! Verschwinde sofort von meinem Besitz!«

»Also gut, Margot, ich gehe. Nur noch eins, zur Klarstellung – das ist nicht dein Besitz. Es ist Tante Mames Besitz, bis einschließlich Labor Day.«

»Dieser Besitz gehört mir, so, wie mir die Insel gehört! Ich bin eine Maddox, und eine Maddox ist …«

»Alles Gute, Margot. Und meine herzlichsten Grüße an die Leute auf Ischia.«

Ich rannte über den Rasen, nur weg von den Maddoxes. Als ich am Haus vorbeikam, flog Tante Mames Fenster auf. »Patrick! Warte!«, rief sie heiser.

Im nächsten Augenblick kam sie, eingehüllt in Schals und Decken, über den Rasen gelaufen.

»Lady Macbeth?«, fragte ich.

»Ach, mein lieber Kleiner. Tante Mame fühlt sich ganz elend. Nach der grässlichen Szene gestern Abend ist mein Nervenkostüm ruiniert. Außerdem habe ich mich erkältet, und … Ach, übrigens, wo warst du eigentlich? Und wo willst du in dieser Aufmachung hin …«

»Ich war mal wieder im Wunderland mit dir, wie üblich. Und jetzt fahre ich mit dem nächsten Schiff zurück nach New York.«

»Und was ist mit dir und Margot, Darling? Euren Hochzeitsplänen? Sie war den ganzen Nachmittag oben bei mir und hat mir von der niedlichen kleinen Villa vorgeschwärmt, die ich euch als Hochzeitsgeschenk kaufen soll – Platz für zwei verliebte Turteltauben, zwei jüngere Schwestern und eine senile Tante. Es klang alles so lustig, und sie sprach auch noch von einem *pied à terre* in Paris und einem Haus auf …«

Sie hatte etwas Unechtes an sich, das mir nicht gefiel. »Margot und ich – das hat sich in Luft aufgelöst«, sagte ich.

»Was habt ihr?«

»Es ist aus und vorbei mit uns.«

»Vorbei? Aber Patrick – was wird nun aus meinen Plänen für dich? Meinem goldenen Sommer? Meinen Enkeln? Ein halbes Jahr lang belege ich diese wunderschönen, intellektuellen vornehmen Mädchen mit Beschlag. Ich werfe dich in ihre Mitte. Ich gebe dir jede Gelegenheit, das Urteil des Paris noch mal durchzuspielen, und du …«

»Paris hätte besseren Geschmack bewiesen.«

»Mein Psychologielehrer hat mir ausdrücklich gesagt, dass …«

»Dein Psychologielehrer hat nicht damit gerechnet, dass du in einem Schlangennest landen würdest. Ich hätte ihm gleich sagen können, dass von allen zerstreuten, vertrottelten, weichherzigen Menschen nur du allein dich wie eine Gans ausnehmen lässt von diesen verlogenen, geldgierigen, reaktionären Patriziern, die nicht den Anstand haben ...«

»Na ja, ich sehe ein, dass ihr Wortwechsel mit dieser hübschen Rothaarigen gestern Abend grauenvoll war, aber diese alteingesessenen Aristokraten sind eben ...«

»Grauenvoll, da hast du allerdings recht. Es war das schäbigste, lauteste Gekeife, was ich je gehört habe. So was würde man eher von einer Horde Nutten in einem Puff in Barcelona erwarten, aber nicht ...«

»Du hast vollkommen recht, Darling«, sagte sie mit einer Ruhe, die einen zur Weißglut treiben konnte.

»Warum gestehst du nicht auch gleich, dass die Maddox-Schwestern, seit du sie kennengelernt hast, auf deine Kosten leben?«

»Sie sind keine, wie man in der Gastronomie sagt, Zechpreller, wenn du das meinst.«

»Und du weißt so gut wie ich, dass sie keinen Deut mehr Talent haben als ich. Margot könnte Kafka nicht von Elinor Glynn unterscheiden, und was Mirandas Plagiat betrifft ...«

»Ach, ist dir auch aufgefallen, mein lieber Kleiner, dass Melissas Fuge in D eigentlich die Melodie von ›Ramona‹ ist, rückwärts gespielt und in C – der einzigen Tonart, die sie beherrscht?« Ihre Zurückhaltung ging mir auf die Nerven.

»Und es gibt auch keine geeigneten Männer, die hinter ihnen her sind. Du hast das nur erfunden, um ...«

»Nicht alle Männer sind der zerstreute, vertrottelte, weichherzige Typ, der du anscheinend bist – Eigenschaften, die in unserer Familie angelegt sind, so, wie die Familie Maddox Selbstgefälligkeit, Habgier, Snobismus und Anmaßung im Blut hat.«

»Und du wolltest, dass ich eine von diesen Blutsaugern heirate?«, blaffte ich sie an.

»Ich habe dich nicht gebeten, Margot zu heiraten. Ich habe dich nicht gebeten, überhaupt irgendeine von denen zu heiraten. Ich finde, sie sind die langweiligsten jungen Plappergänse, die auf eine Geldheirat aus sind – und ohne die nötige Freigebigkeit, um den körperlichen Lohn zu gewähren, den man erwartet von einer …«

»Mein Gott.« Ich hielt den Atem an. »Das hast du alles gewusst, und dann schaust du zu, wie mich diese Hyänen angeln? Du hättest dich tatsächlich in Schale geschmissen und bei der Hochzeit geweint? Du hättest …«

»Darling, mein Psychologielehrer hat mir gesagt, dass …«

»Du kannst deinem Psychologielehrer von mir ausrichten, dass ich mich das nächste Mal, wenn ich mich verliebe, auf die Biologie verlasse und nicht auf die Psychologie – und auf dich schon gar nicht.«

»Gut!«, sagte Tante Mame knapp. »Genau das wollte ich hören.«

»Wovon redest du?«, hauchte ich. »Du bist doch diejenige, die …«

»Ich bin diejenige, die dir immer aus der Patsche helfen muss, in die du dich wieder und wieder begibst – allerdings gestehe ich, dass du ein-, zweimal auch mir geholfen hast, mich aus gewissen Unannehmlichkeiten, die mir das Schicksal beschert hat, zu befreien – wie zum Beispiel die Sache mit dieser schrecklichen Upson-Kuh oder dieser Bubbles, oder wie diese Kreatur hieß. Aber jetzt bist du ein erwachsener Mann. Du gehst auf die dreißig zu. Es wird Zeit, dass du dich, um einen glänzenden Verleger aus meinem Bekanntenkreis zu zitieren, aus deinem Panzer der Lethargie befreist und dich ins offene Meer der Mannhaftigkeit stürzt.«

»Hast du das wirklich alles geplant, Tante Mame? Hast du …?«

»Fliege in die Freiheit, kleiner Vogel, weltgewandter nach all den Jahren in meinem vergoldeten Käfig!«, sagte sie und schlug flügelartig die Arme.

»Da kannst du Gift drauf nehmen, dass ich die Fliege mache. Auf der Stelle.«

»Ausgezeichnet, Darling. Warte auf mich, ich muss nur rasch ein paar Sachen in meine Tasche tun. Ich bin in einer Sekunde wieder da. Diese Gruft hier ist grässlich. Ich brauche nur zehn, fünfzehn …« Ich hörte die Schiffshupe am anderen Ende von Maddox Island.

»Tut mir leid, Tante Mame«, sagte ich. »Das Schiff wartet keine zehn oder fünfzehn Minuten. Leb wohl. Halt dein Geld zusammen. Und vielen Dank.« Ich bückte mich, umarmte sie und gab ihr einen Kuss.

»Immer mit der Ruhe, junger Mann«, sagte sie indigniert. »Du wirst mich doch nicht mit den drei Furien hier allein lassen – nach allem, was ich für dich getan habe.«

»Ich befreie mich aus meinem Panzer der Lethargie und stürze mich ins offene Meer der Mannhaftigkeit, um den glänzenden Verleger aus deinem Bekanntenkreis zu zitieren. Und zwar sofort, bevor ich noch eine Nacht am Kai verbringen muss.«

»Patrick! Lass mich in diesem furchtbaren Haus nicht allein!«, weinte sie.

»Das hast du dir selbst eingebrockt«, sagte ich, »jetzt sieh zu, wie du da wieder herauskommst – mit psychologischen Tricks natürlich. Auf Wiedersehen und vielen Dank.« Mit diesen Worten entfernte ich mich.

Als ich an das Tor kam, trat Melissa aus dem Schatten hervor. Sie war sehr blass und sah wild entschlossen aus, und sie trug etwas Rotes, tief Ausgeschnittenes. Was für ein Anblick.

»Bleib stehen, Patrick«, sagte sie mit unheimlicher Stimme. »Ich habe mit angehört, was du zu Margot gesagt hast. Du hast recht. Margot ist schrecklich. Sie ist geldgierig. Sie weiß absolut gar nichts über Kafka. Aber ich bin nicht wie sie und Miranda. Nimm mich mit dir, und ich verspreche dir, du wirst die beiden nie wiedersehen. Wir könnten zusammen nach Rom gehen, und ich könnte mit meiner Musik weitermachen und bei dir bleiben.« Wieder hörte ich den melancholischen Ruf der Schiffssirene. »Ich könnte dich sehr glücklich machen. Ich habe nichts gegen Werbung und Durchschnittsmenschen und …«

Der Rest ihres Antrags prallte an mir ab. Ich setzte zu einem Spurt an und rannte die staubige Straße entlang, die Maddox Island in zwei Hälften teilt.

In dem Moment, als das Schiff ablegte, erreichte ich das Hafenbecken. Es war ein gewagter Sprung, aber ich schaffte es. Ich mischte mich unter die Wochenendgäste, meinen Koffer hinter mir herziehend, bis ich auf ein wunderschönes Mädchen in einem steifen Reisekostüm stieß. Sie hatte herrliches rotes Haar, das am Hinterkopf auf und ab wippte. Es war Pegeen Ryan. »Uff«, sagte ich.

»Oh. Sie«, sagte sie.

»Ja, ich Stadtmensch, du Einheimische.«

»Ich krieg mich nicht mehr ein vor Lachen. Sie wären bestimmt ein toller Komiker fürs Fernsehen.«

»Nur nicht übertreiben.«

»Unterwegs, um einen Ehering für Margot zu kaufen?«

»Nein, um eine Fahrkarte nach Hause zu kaufen – wo ich hingehöre.«

»Oh?«, sagte sie erstaunt.

»Oh«, erwiderte ich.

Wir schwiegen eine Weile.

»Was dagegen, wenn ich mich neben Sie setze, Pegeen?«

»Das ist eine öffentliche Fähre«, sagte sie.

»Was dagegen, wenn ich mich in dem Sammeltaxi auf der nächsten Insel neben Sie setze?«, fragte ich.

»Das ist ein öffentlicher Bus.«

»Und auf der Fähre nach Eastport?«

»Das ist eine öffentliche Fähre.«

»Dann wäre da noch der öffentliche Bus nach Bangor, Pegeen, und dann das Flugzeug nach New York und der Buszubringer zum Flughafengelände und …«

»Alles öffentliche Verkehrsmittel, oder?«, sagte sie. Aber sie schmunzelte.

»Man könnte mal zusammen essen gehen – wie wär's mit heute Abend? Selbstverständlich nur in einem öffentlichen Restaurant.«

»Das könnte man machen«, sagte sie.

Ich legte meinen Arm um sie und sah zu, wie Maddox Island im Dämmerlicht verschwand.

II

Tante Mame:
Auf ein Neues

Die Lektüre über den Menschen, den man nicht vergisst, war dermaßen fesselnd, dass ich einnickte. Es war vier Uhr, als mich Telefongeläut weckte. Ich stand auf, um abzuheben, aber Pegeen war mir zuvorgekommen.

»Es ist für dich«, sagte sie, die Sprechmuschel mit der Hand bedeckend. »Deine verrückte Tante.«

»Unmöglich«, flüsterte ich. »Die ist doch in Indien.«

»Dafür ist die Verbindung erstaunlich gut. Hier.«

»Hallo?«, sagte ich vorsichtig.

»Darling! Darling, mein Junge! Da bin ich!«, sang Tante Mame.

»Wo?«

»Im St. Regis. Ich bin erst heute Morgen gelandet, und ich bleibe nur einen Tag oder so. Habe ich dir nicht geschrieben, dass ich komme?«

»Nein«, sagte ich.

»Aber vor hatte ich es wenigstens.«

»Und? Wie war es in Indien?«, erkundigte ich mich lustlos.

»Himmlisch, Darling! Ich kann es kaum erwarten, dir von meiner wichtigen Arbeit dort zu berichten. Nehru meint, ich hätte mehr dazu beigetragen, Indien vom Kommunismus abzubringen, als jeder andere …«

»Wahrscheinlich sind sie auch gut mit Pakistan ausge-
kommen, während du da warst«, witzelte ich.

»Was hast du gesagt, Darling?«

»Ach nichts.«

»Also, Darling. Ich möchte dich gerne sehen. Dich und
Pegeen und dein süßes kleines Baby. Da setzt du einen
hübschen Knaben in die Welt, und ich habe ihn noch nicht
in Augenschein genommen, nur weil ich all die Jahre erst
noch in Europa und Asien aufräumen musste. Könntest
du ihn nicht in einen Korb stecken und mit ihm herkommen?«

»Tante Mame«, sagte ich. »er ist sieben Jahre alt. Er ist
so groß, der könnte beinahe mich einstecken, und …«

»Großer Gott, wie die Zeit vergeht, wenn man so viel zu
tun hat. Aber kommt trotzdem. Ich gönne mir eine kleine
Begrüßungsparty.«

»Wann?«

»Sobald ihr hier seid natürlich. Es kommen einige sehr
interessante Leute, wirklich. Beeilt euch, Darling. Ich
kann es kaum erwarten, euch drei wiederzusehen.«

»Noch ein bisschen Geduld. Wir sind in einer Stunde
da.«

»À bientôt, mein Lieber!« Sie legte auf.

»Und was jetzt?«, fragte Pegeen.

»Das war Tante Mame.«

»Das habe ich mir fast gedacht.«

»Sie ist im Regis abgestiegen. Sie ist gerade zurückge-
kehrt. Sie will, dass wir gleich zu ihr kommen.«

»Ich hab's gewusst. Es konnte nicht länger gut gehen«,
sagte Pegeen. »Die letzten sieben oder acht Jahre waren
so friedlich.«

»Na, komm. Setz deinen Hut auf. Gehen wir. Das Kind will sie auch sehen.«

»Willst du etwa in diesem alten Bademantel im St. Regis aufkreuzen?«, fragte Pegeen.

»Das habe ich ganz vergessen! Kümmere du dich um das Kind, und wenn ihr fertig seid, bin ich auch angezogen.«

»Aber bitte, denk dran«, sagte Pegeen und sah mich ungewöhnlich ernst dabei an. »Sie mag ja eine echte Persönlichkeit sein, ein Unterhaltungskünstler, ein Charmeur und was sonst noch, aber mein Kind bekommt sie nicht in die Finger. Sie darf ihn sehen und Guck-Guck sagen und, ach, bist du aber gewachsen, und wie sehr er nach dir kommt, alles, was Tanten sonst noch so von sich geben, aber auf keinen Fall darf sie …«

»Ach Pegeen, das will sie doch überhaupt nicht. Sie hat jetzt schon genug andere Dinge um die Ohren, da will sie sich nicht auch noch ein Kind aufhalsen.«

Als wir vor der Tür zu Tante Mames Hotelsuite standen, wiederholte Pegeen noch einmal: »Denk daran, was ich dir gesagt habe.« Ich drückte die Klingel, und die Tür wurde geöffnet. Ito erschien mit einem Wickelturban auf dem Kopf und verbeugte sich zum Gruß.

»Ito!«, sagte ich und ergriff seine Hand. Das Haar, das unter dem Turban hervorlugte, war ergraut, aber Ito kicherte hocherfreut, und ich sah, dass sich nur die Kostümierung verändert hatte.

»Kommen Sie herein. Madame machen viel Wirbel. Madame sehr neugierig auf kleinen Jungen.«

Unserem kleinen Sohn gingen fast die Augen über. Er zerrte an meiner Hand. »Ist der so einer wie Punjab in *Little Orphan Annie*?«

»Nein, Mike«, sagte ich. »Der arbeitet nur für deine Tante.«

Dafür, dass sie nur kurze Zeit in der Stadt weilte, hatte Tante Mame eine beträchtliche Anzahl Zimmer gemietet, und es drängte sich so eine Art UN-Delegation in den Räumen: sehr viele Inder in Straßenanzügen und mit Turban und indische Frauen in wehenden Saris. So etwas hatte Mike noch nie zuvor in seinem Leben gesehen.

Als Erstes lief mir Vera über den Weg, das Haar aufdringlich strohblond gefärbt. An ihrem sechzigsten Geburtstag hatte sie beschlossen, dass ihre Zeit als »Naive« nun vorüber war, jetzt spielte sie »würdige Damen« im Alter von fünfunddreißig Jahren, und noch immer rannten die Zuschauer in ihre Vorstellungen. Der Tod hatte in der Familie Fitz-Hugh seinen Tribut gefordert, und aus dem Ehrenwerten Basil war ein richtiger Graf mit Schärpe geworden, und Vera ließ deutlich die Lady heraushängen. Da sie ja nun waschechte Britin war, hatte sie ihre Einsprengsel in die Sprache zu einer neuen Kunstform erhoben. »Pittrick, Dalling«, sagte sie und streckte die Hand aus, »wie schöhön, dich nach alle den Jaharen hier wiederzusehen. Aber, was bist du alt geworden, mein lieber Juhunge.«

»Hi, Vera«, sagte ich. »Hast du Tante Mame irgendwo gesehen?«

»Aber jaha, Dalling. Und was siehiet sie hinreißend aus. Wie guhut sie ihre Jahare verbirgt.«

»Aber wo …«

Auf mich zu trat ein Phantasiebild, das nur Tante Mame sein konnte. Sie trug einen kunstvoll gearbeiteten Sari, höchst extravagant drapiert, um ihre noch immer schlanke

Figur im günstigsten Licht erscheinen zu lassen. Das Haar, eigentlich vollkommen ergraut, war zartblau gefärbt. Um die Augen hatte sie viel Tusche aufgetragen, und auf der Stirn prangte ein Kastenzeichen.

»Hallo, Fatima«, sagte ich.

»Patrick! Darling. Darling, mein Junge!« Sie warf sich an meine Brust und bedeckte mein Gesicht mit Küssen. »Und Pegeen!« Sie und Pegeen, deren Beziehung nur kurz und kaum mehr als höflich distanziert gewesen war, tauschten einen keuschen Kuss aus. »Und? Wo ist das Baby? Ich habe den Kleinen ja ewig nicht mehr gesehen.«

»Hier«, sagte ich und legte eine Hand auf Mikes roten Haarschopf.

»Darling!«, rief sie theatralisch. »Ich bin deine Tante Mame!« Sie schlang die Arme um ihn und küsste ihn.

»Deine Großtante Mame«, korrigierte Pegeen.

»Er heißt Michael, nach dem Erzengel Michael!«, trällerte Tante Mame.

»Nein«, sagte Pegeen trocken, »nach meinem Vater Mickey the Mick.«

»Ach Patrick, was für ein göttlicher Knabe. Er sieht genauso aus wie du als kleiner Junge, nur die schönen, wunderschönen Haare, die hat er von Pegeen. Ich finde, eigentlich sind sie noch schöner als Pegeens.« Sie drückte ihre Nase an Mikes Nase und sah ihm in die Augen. »Noch nie habe ich so eine Haarfarbe wie deine gesehen, mein lieber Kleiner. Was für ein Rot!«

»So eine Haarfarbe wie deine habe ich auch noch nie gesehen«, sagte Mike. »Es ist … das ist ja blau!«

Tante Mame lachte silberhell. »Was für eine gute Beobachtungsgabe du doch hast, junger Mann.«

»Was hast du gesagt?«, fragte Mike und sah sie mit großen Augen an.

»Ich sagte, was für ein guter Beobachter du doch bist.«

»Ich weiß leider nicht, was das bedeutet.«

»Liebe Güte, Kind. Hat dir denn dein Vater keinen
Wortschatz beigebracht?«

»Was soll er mir beibringen?«

»Einen Wortschatz. Damit sind die Wörter gemeint, die
Menschen beim Sprechen benutzen. Ein großer und an-
passungsfähiger Wortschatz ist das Merkmal eines jeden
wahrhaft kultivierten Menschen, mein Darling.«

»Ich verstehe diese großen, langen Wörter nicht.«

»Natürlich nicht, mein lieber Kleiner. Wie solltest du
auch, wenn man dir keine Gelegenheit gibt, sie zu benutzen. Ich werde dir ein Vokabelheft geben, so, wie ich früher
deinem Vater auch eins gegeben habe, und jedes Mal, wenn
du ein Wort aufschnappst, das du nicht verstehst, notierst
du es dir, und ich sage dir dann, was es bedeutet und wie
man es verwendet. Das macht riesigen Spaß, oder nicht?«

»Ich – ich glaube, ja«, sagte Mike.

»Hör mal, Tante Mame«, sagte ich, beunruhigt, »wenn
du dich sowieso gleich wieder aus dem Staub machst,
bleibt dir nicht viel Zeit, Mikes Wortschatz zu erweitern
oder sonst ...«

»Wer weiß? Ich werde zwar in Indien gebraucht, aber
Blut ist bekanntlich dicker als Wasser, und ... Oh Michael,
Darling, hast du schon mal von Indien gehört? Weißt du,
wo es liegt?«

»Ungefähr«, sagte Mike.

»Ach, mein lieber Kleiner, wie gerne würde ich es dir
zeigen – die Farben, der Überfluss, die Geheimnisse.«

»Ich mag Geheimnisse.«

»Ich auch, mein Lieber. Und das alles mit deinen jungen blauen Augen zu sehen … Weißt du, dass es da Dschungelwälder gibt, mit Leoparden und Löwen, und dass mitten auf der Straße Elefanten herumlaufen?«

»Wie im Zirkus, Tante Mame?«, fragte Mike strahlend.

»Ja, Darling, wie im Zirkus. Nur viel besser, weil man sie anfassen kann und weil man auf ihnen reiten kann.«

»Auf Elefanten reiten?!«, kreischte Mike.

»Aber ja doch, Darling. Als ich bei dem Maharadscha von Ghitagodpur wohnte, sind wir überall mit Elefanten hingeritten. Ich hatte die ganze Zeit, während meines Besuchs bei ihm, einen eigenen Elefanten.«

»Einen eigenen Elefanten?«

»Natürlich, Darling. Das würde dir bestimmt auch gefallen, oder?«

»Oh, und wie! Wenn du wieder in Indien bist, könnte ich ja vielleicht mit dem Zug fahren und dich besuchen kommen. Ich bin schon mal alleine Zug gefahren. Den ganzen Weg von Verdant Greens bis Grand Central Station, zum Lunch mit Daddy, und dann waren wir noch im Theater.«

»Natürlich könntest du mich besuchen kommen, mein lieber Kleiner. Allerdings fliege ich meistens, wenn ich nach Indien reise.«

»Mit einem Flugzeug?«

»Auf einem Besenstiel«, murmelte Pegeen.

»Mensch, ich könnte eigentlich schon recht bald kommen. Die Schule ist jetzt zu Ende, und …«

»Mike«, sagte ich, »hör auf, deiner Tante etwas abzuluchsen.«

»Entschuldige, Tante Mame«, sagte er. Dann fügte er noch hinzu: »Das ist ein sehr hübsches Kleid.«

»Danke, Darling! Was für ein kleiner Kavalier! Ja, der Sari ist das kleidsamste Stück, das eine Frau tragen kann. In meinem Koffer habe ich noch Dutzende davon … und, wie mir einfällt, noch etwas anderes. Etwas, an dem ein kleiner Junge wie du vielleicht seine Freude hat.«

»Was ist es, Tante Mame?«, sagte Mike.

»Ein Krummsäbel, Darling.«

»Was ist das?«

»Nun ja, so eine Art krummes Schwert. Ich habe es auf einem Basar entdeckt. Eigentlich ist es eine Waffe der Moslems, nicht der Hindu, aber das Flechtwerk des Griffs hat mich so fasziniert, dass ich …«

Mike verstand nicht viel von dem, was Tante Mame von sich gab, aber kaum hatte er das Wort Säbel gehört, konnte er kaum mehr an sich halten.

»Möchtest du ihn gerne haben, Darling?«

»Ob ich ihn gerne hätte!?«

»Findest du nicht, so etwas könnte ein bisschen gefährlich sein für ein Kind von gerade mal …«, protestierte Pegeen.

»Ach, meine Liebe, der ist so stumpf, der taugt nicht mal als Käsemesser. Aber einen gewissen Glanz strahlt er schon aus. Wie wär's – ihr beide mischt euch unter die Leute, während ich diesen reizenden Knaben in mein Zimmer entführe und …« Bevor wir noch etwas erwidern konnten, waren Tante Mame und Mike verschwunden.

»Jetzt hör mir mal zu«, sagte Pegeen. »Familienzusammenkunft gut und schön, aber diese verrückte Frau soll ihre Hände von Mike lassen. Er ist ein völlig normaler, gewöhnlicher kleiner Junge – auch wenn sein Intelligenzquotient hoch ist –, und ich will, dass er so bleibt. Sie soll ihn mir nicht verderben mit ihrem ganzen ...«

»Ich verstehe nicht ganz, was du mit verderben meinst«, sagte ich mit einiger Empörung. »Mich hat sie auch erzogen, oder etwa nicht? Verhalte ich mich vielleicht irgendwie exzentrisch? Mir scheint, wir führen ein absolut glückliches, durchschnittliches Leben ...«

»Haargenau. Und ich möchte, dass es so bleibt.«

Wir gesellten uns zu Tante Mames Freunden aus alten New Yorker Tagen und den neuen aus Bombayer Nächten. Es war ein Fest im großen Stil, das sehr an Tante Mames enge Stehpartys Ende der zwanziger Jahre erinnerte. Alle waren sie da, und ich muss gestehen: Verglichen mit den Standard-Cocktailpartys und Dinnerabenden in Verdant Greens war das hier geradezu glänzend. Mich überkam gar ein Anflug von Sehnsucht nach den Zeiten am Beekman Place, dem geschmuggelten Gin, den eleganten Räumen in Tante Mames Haus am Washington Square – das seitdem längst abgerissen ist. Sogar Pegeen war beeindruckt, trotz ihres finsteren Misstrauens gegen Tante Mame.

»Na, Pegeen«, sagte ich, »du kannst sagen, was du willst, aber die alte Dame versteht es immer noch, Leute anzuziehen.«

»Sie könnte selbst Vögel von den Bäumen locken«, sagte Pegeen. »Das ist ja gerade das Problem. Ich mag sie gern, ich mag sie wirklich gern, aber ... Mein Gott!«

Ich folgte ihrem entsetzten Blick und sah Mike und Tante Mame gemeinsam aus ihrem Schlafzimmer treten. Sein Kopf war in einen weißen Turban gewickelt und hinter sich her schleppte er einen riesigen Krummsäbel.

»Seht her, meine Lieben! Seht euch meinen kleinen indischen Jungen an! Und jetzt begrüße sie mit einem Salam, Michael, wie Tante Mame es dir beigebracht hat.«

Mike verbeugte sich. Alle indischen Herren erwiderten sogleich die Verbeugung, und die indischen Damen kicherten schrill und wedelten mit ihren Saris. »Natürlich sind wir Parsen«, sagte eine zu mir, »und wir sind seit fünf Generationen getauft, aber der kleine amerikanische Junge mit der freundlichen Miss Mame ist so ...«

»Es ist alles geregelt!«, sagte Tante Mame sachlich, als sie auf uns zukam.

»Was ist geregelt?«, fragte ich.

»Unsere gemeinsame Reise zurück nach Indien. Er braucht nur noch einige Impfungen, dann könnten wir Ende der Woche aufbrechen. Ich muss sagen, er ist ein allerliebstes Kind. Du hast wirklich hervorragende Arbeit geleistet, Pegeen. Ein allerliebstes ...«

»Was für eine Reise nach Indien?«, wetterte ich.

»Es stimmt, Daddy. Tante Mame und ich fliegen in einem Flugzeug und besuchen einen König, der Elefanten hat und Tiger erschießt und Polo spielt, und ich lerne auch so einen religiösen Mann kennen, der Tante Mame beibringt, wie man atmet und sich konzentriert – das ist ein neues Wort –, und mir bringt er auch bei, wie man ... Wie hast du den Mann noch mal genannt, Tante Mame?«

»Yogi, Darling. Aber damit würde ich deinen Vater jetzt lieber nicht behelligen ...«

»Genau, ein Yogi, und wir haben vor ...«

»Das werdet ihr schön bleiben lassen«, sagte ich gefasst.

Er hätte nicht verletzter blicken können, wenn ich ihm eine Ohrfeige gegeben hätte. »Aber, aber, Daddy ...«

»Mike, mein Lieber, das kommt überhaupt nicht infrage«, sagte Pegeen. »Allein die Entfernung, die Gefahren. Ich würde meines Lebens nicht mehr froh, wenn du weg wärst.«

»Letzten Sommer warst du froh, als ich weg war«, sagte Mike. »Du hast gesagt, du könntest es kaum erwarten, dass du mich los bist und in das blöde Sommerlager schicken kannst. Du hast gesagt …«

»Das gehört sich nicht, Mike«, sagte ich.

»Aber, aber, Daddy …«

»Patrick, Darling, wie kannst du dem Kind so ein Abenteuer vorenthalten?«, sagte Tante Mame. »Das ist, als würdest du ihm die Tür des Wissens vor der Nase zuschlagen. Da erhält er die absolut einmalige Gelegenheit, eines der interessantesten Länder der Erde kennenzulernen – voller Farben, Geschichte, Geheimnisse und politischer Unruhe –, es quasi mal von einer Seite zu erleben, wie es kein Tourist je zu sehen bekommt, und dann kommst du und willst ihm …«

»Tante Mame«, fing ich an, »er ist einfach noch zu jung und …«

»Es ist schrecklich nett von dir«, sagte Pegeen. »Wirklich, das ist ein sehr großzügiges Angebot, aber …«

»Mutter«, sagte Mike. Seine Unterlippe bebte und seine Augen waren blauer als Tante Mames Haar. »Kann ich nicht mitfahren? Bitte, bitte. Ich war noch nie so weit weg, außer auf den Bermudas und Maddox Island und in dem Sommerlager. Bitte. Kann ich nicht mitfahren?« Mike hatte die Gabe, einen mit einem einzigen Blick weichzuklopfen.

»Mike, ich – ich … Das muss ich erst mit Daddy besprechen.«

»Großartige Idee«, sagte Tante Mame forsch. »Ehepaare sollten Probleme immer gemeinsam besprechen. Sie auf den Tisch legen und sich fair und ehrlich mit ihnen auseinandersetzen. Wenn das jeder täte, gäbe es längst nicht so viel Streit und nicht so viele Scheidungen. Geht nur ruhig in mein Schlafzimmer und tragt es aus.« Sie schob uns ab in ihr Zimmer und schloss die Tür.

»Und?«, sagte ich.

»Ich weiß nicht«, sagte Pegeen. »Einerseits fallen mir sofort tausend berechtigte Einwände gegen dieses phantastische Projekt ein. Deine Tante ist leichtsinnig und zerstreut, sie ist besitzergreifend und dominant, und Mike ist ein leicht zu beeindruckender kleiner Junge …«

»Außerdem lauern in Indien überall Gefahren«, sagte ich. »Ich glaube, es gibt dort sogar giftige Insekten und Schlangen. Aber ich selbst war noch nie da, und ich muss gestehen, es klingt alles …«

»Natürlich wäre das eine einmalige Gelegenheit für Mike. Ich wäre die Letzte, die das verneinen würde. Es wäre eine Erfahrung, von der er sein Leben lang zehren würde. Aber trotzdem …«

»Ich weiß nur, dass er bestimmt nicht in irgendwelche gefährlichen Situationen geraten würde. Tante Mame ist zuverlässig, auf ihre ganz eigene Art. Wenn es nur nicht so weit weg wäre …«

»Das bereitet mir die geringste Sorge, Pat. Es ist nur so, dass … Wenn ich Nein sage und dabei bleibe, käme ich mir vor wie der letzte Dreck. Und sein ganzes Leben wird er mir vorhalten können …«

»Wenn überhaupt jemand Nein sagt«, unterbrach ich, »dann schon du. Aber ich glaube, es würde ihm das Herz brechen. Er mag Tante Mame wirklich gern, und natürlich ist er ...«

»Also gut«, seufzte Pegeen. »Sie hat uns einfach in der Hand. Wir sagen ihr Folgendes: Er darf mitfahren, aber nur unter der einen Bedingung, dass er am Labor Day wieder zu Hause ist. Ich will nicht, dass er viel Unterricht versäumt, während sie ...«

»Und Yoga soll er auch nicht lernen«, sagte ich. »Damit das klar ist.«

»Kein Yoga, kein bisschen«, sagte Pegeen. »Ich weiß, es ist verrückt, aber ...«

Die Tür öffnete sich, und die beiden standen vor uns – Mike in seinem Turban und Tante Mame in ihrem Sari. Mike bestach uns mit einem Blick aus großen blauen Augen. »Kann ich mitfahren?«, fragte er. Ich wusste, dass die beiden an der Tür gelauscht hatten, aber ich wollte Tante Mame nicht den Gefallen tun, sie damit zu konfrontieren.

»Ja, du darfst mitfahren.«

»Wie schön!« Mike sprang uns vor Freude an, küsste Pegeen und mich ab.

»Ich will nur ein paar Dinge ganz deutlich machen, Tante Mame«, sagte ich.

»Ja, Darling?«, sagte sie mit naiver Unschuldsmiene.

»Er muss rechtzeitig zum Schulbeginn am Labor Day wieder zu Hause sein ...«

»Aber ja, natürlich, Patrick. Labor Day war in den Vorstädten schon immer ein besonders vergnüglicher Festtag!«

»... und bring ihn bloß nicht zu irgend so einem verrückten Yogi-Spinner ...«

»Ich werde ihn jeden Sonntagmorgen zu einer netten

kleinen Episkopalgemeinde schicken. Ihm allerdings die Chance zu verwehren, einen so klugen Kopf wie meinen Guru kennenzulernen, und ihm zu verbieten, Kraft und Weisheit zu ziehen aus …«

»Und nicht zuletzt: Benimm dich anständig bei Mike.«

»Anständig benehmen? Ich? Eine Frau jenseits der vierzig. Was meinst du eigentlich …«

»Du weißt genau, was ich meine. Keine Mätzchen. Bring ihn nach Indien, und bring ihn wieder zurück, keine Ausflüge ins malerische Tibet oder in irgendwelche Opiumhöhlen oder …«

»Ganz der Vater, mein lieber Patrick. Manchmal denke ich, ich habe überhaupt nichts erreicht bei dir.«

»Genau das soll mit Mike auch so sein – du sollst nichts bei ihm erreichen. Er lebt ein ruhiges, beschauliches Leben. Er geht auf eine gute, konservative Schule und …«

»Kann ich mir gut vorstellen. Könnt ihr es so einrichten, dass er Freitag abreisen kann?«, fragte Tante Mame Pegeen.

»Freitag? Na ja, ich …«

»Prima! Wir fliegen mit der Maschine um zwölf.«

»Darf ich ganz wirklich mitfahren?«, sagte Mike.

»Ja, aber nur den Sommer über. Deine Tante Mame weiß, dass du zu Schulbeginn wieder da sein musst.«

Tante Mame nahm Mike an die Hand und schaute ihm verführerisch in die Augen. »Sag mal, mein lieber Kleiner, gefällt dir die Schule, auf die du gehst?«

»Nein«, sagte Mike.

»Es ist gerade ein sehr interessanter Mann aus Madras bei mir zu Besuch. Er hat ein ganz neues Erziehungskonzept entwickelt, Michael. Eine Schule für Jungen und

Mädchen aller Hautfarben und Nationalitäten. Gelernt wird draußen in der freien Natur, und statt Bücher gibt es ...«

»Ich habe dir gesagt, dass er vor Labor Day wieder zu Hause sein soll!«, fauchte ich.

»Der Mann ist zufällig auch hier auf meiner Party, mein lieber Kleiner«, sagte sie zu Mike, »und er würde dich bestimmt gerne kennenlernen. Komm, wir suchen ihn. Viel Spaß noch, meine Lieben«, rief sie uns noch über die Schulter hinweg zu.

»Mein Gott«, staunte Pegeen, »die ist ja wie der Rattenfänger.«

Mit Mike an der Hand und wehendem Sari tauchte Tante Mame in der Menge unter.

Paul Rudnick

Patrick Dennis

Patrick Dennis kann einen Menschen in die Pubertät stoßen. Als ich in einer Stadtbücherei in New Jersey zum ersten Mal auf seine Romane stieß, war ich elf oder zwölf Jahre alt, und seine Geschichten aus dem Leben der feinen Leute weckten in mir den sehnlichen Wunsch, endlich erwachsen zu werden, oder wenigstens den nach einem starken Cocktail und einer zwanzig Zentimeter langen Zigarettenspitze. Zweifelsohne ist *Tante Mame* Mr. Dennis' bestes Buch. Seine Titelheldin ist längst zu einer Symbolfigur geworden: Denn Tante Mame ist Amerikas diabolische Antwort auf Mary Poppins.

Ursprünglich war der Roman als eine lose Folge von kurzen Geschichten, die sich um Mame rankten, geplant. Doch ein geschickter Lektor schlug vor, eine Art Klammer einzuführen, die die einzelnen Texte miteinander verbindet, und griff dafür auf eine Idee zurück, die er einem der gediegensten und kleinbürgerlichsten aller Druck-Erzeugnisse, dem *Reader's Digest,* geklaut hatte. Im *Digest* gab es eine Rubrik, in der sich der Autor an einen »Menschen, den man nicht vergisst« erinnert, für gewöhnlich eine geliebte alte Jungfer, die ihre geheimen Tricks beim Pfirsicheinmachen verriet, oder ein strenger, aber fürsorglicher Lateinlehrer, der seinen Schülern die Freude an Catull nahebrachte. Dieses harmlose Format mischte Patrick Dennis mit Schadenfreude und Boshaftigkeit auf. Denn der »Mensch, den er nicht vergisst«, ist Mame Dennis, eine brillante, kettenrauchende, nicht selten berauschte Gesellschaftsdame aus Manhattan, für die neun Uhr morgens »mitten in der Nacht« ist. Die Geschichte wird von Patrick Dennis persönlich erzählt, der als Waise im Alter von zehn Jahren zu Tante Mame in ihre heillos überladene Maisonettewohnung am Beekman Place gesteckt wird und mitten in die geschwätzige Gesellschaft einer Cocktailparty hineinplatzt, zu deren Gästen auch folgendes Paar zählt: »Der Mann sah aus wie eine Frau, und die Frau war, abgesehen von ihrem Tweedrock, fast das Ebenbild von Ramon Novarro.« Nach einiger schwindelerregender Verwirrung berichtet der junge Patrick über seine Tante: »Sie schlang ihre Arme um mich und küsste mich, und ich wusste, ich war gut aufgehoben.«

Der beträchtliche Charme von *Tante Mame* liegt zum Teil in der unbekümmerten Respektlosigkeit gegenüber der Familienfalle: Patrick beklagt an keiner Stelle sein Waisendasein, und Psychotherapie wird als Modetrend betrachtet, so wie Ikebana und der Bubikopf. Tante Mame steht für die Wunscheltern eines unartigen Kindes: Sie ist reich, hat ein loses Mundwerk, verbreitet Glamour. Sie kommt daher wie eine burschikose, Rollschuh fahrende Glinda, braucht nur mit dem Finger zu schnippen, und schon sind Hausdiener da, Seidenlaken und gelegentlich auch ein Rolls Royce. Mame führt sich auf wie eine Schauspielerin, die über ein unerschöpfliches Repertoire von Rollen verfügt, womit sie die Masse betören kann. Im Verlauf des Romans ist Mame, abgesehen von vielen anderen Beschäftigungen, denen sie nachgeht, mal eine knicksende Südstaatenschönheit, mal eine Lodencape tragende Schriftstellerin unbestimmter anglo-irischer Herkunft, mal eine Sari behangene Yoga-Anhängerin. Der ständige Wechsel von Charakter, Dialekt und Beruf hat weitgehend damit zu tun, dass sie leidenschaftlich gern in eine neue Rolle und damit in neue Kleider schlüpft. Allein Hüte sind für Mame schicksalsträchtig. Mame sonnt sich in der Erfindung ihrer selbst. Damit beflügelt sie aber nicht nur die Phantasie eines Kindes, das macht sie auch zu einem Vorbild für die Fummeltrienen dieser Welt. Mame verkörpert den Triumph des Fummels für jede sexuelle Orientierung: Die Aussicht auf eine neue Haarfarbe, ein neues Diadem oder auf ein Paar neue Reithosen kann als Zeichen der Hoffnung gelten.

Als *Tante Mame* 1955 erschien, wurde das Buch sofort zu einem Bestseller, noch ehe die fast einhellig hymnischen Rezensionen eintrudelten. Für die apathische Donna-Reed-Ära muss das Buch ein ideales Tonikum gewesen sein. Während die fünfziger Jahre die amerikanischen Vorstädte als eine Art Familienparadies ausweisen, pries *Tante Mame* das aufrührerische Manhattan, schicke Penthäuser und Menschen wie Mames beste Freundin Vera Charles, »eine berühmte Schauspielerin aus Pittsburgh, die sich mit solch ausgeprägter Mayfair-Eleganz ausdrückte, dass man kaum ein Wort verstand«.

Mame Dennis, eingehüllt in Chanel-Chiffon, »mit einem Hauch von Zobel«, war das berauschend parfümierte Gegengift zu Mamie Eisenhower in ihren schäbigen Hemdblusen und der züchtigen Ponyfrisur. Wenn Tante Mame einen Feind hat, dann die aggressiv dumpfen Durchschnittsbürger, Leute wie die Upsons, ein Clan, mit dem sie kurzzeitig verbunden ist. »Die Upsons lebten so, wie alle Familien in Amerika leben wollten – nicht reich, aber wohlhabend. Von allem besaßen sie zwei – zwei Adressen, die Wohnung in der Park Avenue und ein Haus in Connecticut; zwei Autos, eine Buick-Limousine und einen Ford Kombi; zwei Kinder, ein Junge und ein Mädchen; zwei Angestellte, einen Diener und ein Hausmädchen; sie waren Mitglieder in zwei Clubs, einem in der Stadt und einem auf dem Land, und sie hatten zwei Interessen, Geld und gesellschaftliche Stellung.«

Wenn Mame ein Anliegen hat, dann ist es ihr entschiedenes Eintreten für das Vergnügen und gegen den Dünkel. Zu Patricks gelegentlichem Kummer nimmt sie verbal immer wieder Snobs und Heuchler auseinander. Sie ist die klassische Figur der linken Aktivistin, die Diamanten und Dior trägt. Während im Buch Seitenhiebe gegen Antisemiten und Rassisten ausgeteilt werden, bleiben die wahren Gehässigkeiten den Verbrechen am guten Geschmack vorbehalten; das Haus der Upsons zählt sich zum »Typ malerisches Landhaus im Kolonialstil. Es gab Kutscherlampen, Ratschenlampen, Lampen mit Emailfüßen und Lampen aus Butterfässern, Kaffeemühlen und Apothekergläsern.« Mame toleriert alles, ausgenommen »Bettwärmer, alte Blasebälge, Messinguntersetzer und lustig gemeinte Sticktücher, ebenso Spy-Karikaturen, Jagdstiche, vergilbte Landkarten und spröde Daguerreotypien«. Für Mame sind konventionelles Denken und historischer amerikanischer Dekor ein Gefängnis; sie spricht sich für totale sexuelle Freizügigkeit, für das Sammeln von Erfahrung durch Weltreisen und »die fiebrige Spannung eines kreativen Berufes« aus. Mame ist der Ansicht, das Leben müsse Kunst sein, und die ganze Welt sei ihr Publikum.

Als kluger Satiriker verschont *Tante Mames* Autor seine Hauptfigur nicht: Mame wird belächelt und bewundert, für ihre eigene Affektiertheit und für ihren bühnenreifen Irrsinn. Sie ist eitel, sie hat Angst vorm Altern, sie schäkert mit jüngeren Hochstaplern, und beim großen Börsenkrach verliert sie ein Vermögen. Nachdem sie es erst zaghaft mit Erwerbstätigkeit versucht, stattet ihr Schöpfer sie flugs mit einem sie anbetenden, millionenschweren Ehemann und nachfolgender vergoldeter Witwenschaft aus. Der Autor Patrick Dennis liebt Mame, aber nie beharrt er darauf, dass wir sie allzu ernst nehmen. Sie ist ein kunstvolles Stück Konfekt, ein prachtvoll gearbeitetes Stück Nippes. Diese Sorte lässig leichter Sittenstücke gehört zu den gefürchtetsten Genres in der Literatur; himmlische Geschöpfe können rasch ermüden. Mr. Dennis obsiegt kraft seines Tempos und einer eleganten Rohheit. *Tante Mame* ist ein trunkenes Märchen, und Mame ist Schneewittchen, mit vielen Prinzen und eigenem Einkommen.

Im Laufe der Jahre wurde *Tante Mame* mehrfach bearbeitet, für einen Broadwayhit, einen ebenso erfolgreichen Hollywoodfilm, ein Bühnenmusical, das alle Rekorde schlug, und für einen höchst peinlichen Musicalfilm mit einer bereits abgetakelten Lucille Ball in der Hauptrolle. Diese letzte desaströse »Mame« veranschaulicht eine gefährliche Verflachung des Romans. Lucy spielt Mame als eine Figur von anregender Erbauung, als strahlende

Lady von wohlwollender Güte, mit genau dem Maß an Unschärfe, das sogar eine Loretta Young zufriedenstellt. In dem früheren, nicht als Musical gedrehten Film wird Mame von Rosalind Russell gespielt, und selbst sie ist eine Spur scheinheilig. Niemals sollte Tante Mame zu einer weichherzigen »Urmutter« verkommen, die tapfer ihren ängstlichen Neffen formt und verstohlen eine Träne zerdrückt, wenn er sich das erste Paar lange Hosen kauft. Diese Bearbeitungen machen aus dem Roman ein Rührstück und aus Mame eine schlichte, geschlechtslose *Reader's Digest*-Heldin.

Patrick Dennis ist das Gegenteil eines »tränendrüsigen« Autors. Seine nachfolgenden Romane, auch darunter wieder viele Bestseller, entwerfen ein schaurig-schönes, zersetzendes Panorama der amerikanischen Gesellschaft, von den Gin getränkten zwanziger bis zu den in Schafwollwesten gepackten sechziger Jahren. Zu meinen Lieblingswerken gehören *Genius*, das vielschichtige Porträt eines hochtrabenden, visionären, durchgeknallten Filmregisseurs, einer Gestalt vom Format eines Orson Welles, der in Mexiko Bankrott macht und aus reiner Wut einen unabhängig finanzierten »kunstvollen« Film dreht. Mir gefällt auch der Roman *Tony* sehr, ein kalter Blick auf einen gesellschaftlichen Aufsteiger, und *How Firm a Foundation*, eine prächtige Entzauberung eines den Kennedys ähnlichen, in Finanznöte geratenen Familienclans. Allen Romanen von Mr. Dennis ist eine faszinierende, moralische Ambivalenz eigen; zu mächtigen Persönlichkeiten fühlt er sich ohnmächtig hingezogen, deren Wahnsinn dennoch nicht verkennend. Viele seiner Bücher sind nach dem Muster von *Tante Mame* verfertigt, die Sicht eines gelasseneren, umsichtigeren Außenseiters auf die extravagante Diva.

Patrick Dennis führte ein Doppelleben, als hingebungsvoller Ehemann und Familienvater und als sexueller Abenteurer, als verwegener Romanschriftsteller und – erstaunlich, nach den Jahren des Erfolgs – als anonymer Butler, unter anderem auf dem Anwesen von Ray Kroc, dem Gründer von McDonald's. Mr. Dennis ist der Künstler als Concierge; er genoss den Zugang zu den Reichen und Berühmten, hielt aber geschickt Distanz. In erster Linie ist er ein glänzender gesellschaftlicher Beobachter, und er ist detailversessen, im Sinn einer Tradition, die von Edith Wharton bis Tom Wolfe reicht. An einer Stelle charakterisiert Mame eine Familie mit den Worten, »ein Hauch von B. Altman's, den teureren Etagen, immerhin«, und im Zweiten Weltkrieg erklärt sie: »Ich habe mehr Anleihen an den Mann gebracht als alle anderen, die bisher im El-Morocco-Hotel verkauft haben!« Als ich diese Sätze zum ersten Mal las, hatte ich keine Ahnung, was B. Altman's oder El Morocco bedeutete, aber ich hatte instinktiv begriffen, worauf es ankam: Patrick Dennis ist leidenschaftlich genau, sowohl was den Inhalt eines bürgerlichen Picknickkorbs betrifft als auch die Ausdrucksweise eines Langweilers aus den Südstaaten. Seine Begeisterung ist seine Kunst.

Als Jugendlicher in New Jersey beeindruckte mich sehr, dass Patrick Dennis so großen Wert auf Stil legt. Kaum wechselt der Patrick in *Tante Mame* aufs College, schließt er sich einem Freundeskreis an, den die inbrünstige Verehrung für Fred Astaire, seinen Charme, seine Lässigkeit und seine spitzen Schuhe eint. Sobald sich eines der Mitglieder einer heiklen Situation ausgesetzt sieht, fragt es sich: »Was würde Fred Astaire jetzt wohl machen?« Persönlichkeit – so etwas war in New Jersey anrüchig, und schmissiger Stepptanz wäre als höchst suspekt angesehen worden. Es herrschte Eintönigkeit vor, und Patrick Dennis war eine Lichtgestalt, die mich zur erhofften Lasterhaftigkeit Manhattans führte. Zu diesem Zeitpunkt, in den siebziger Jahren, waren Patrick Dennis' Bücher bereits fast vergriffen. Seine Werke galten als hoffnungslos veraltet, seicht und erledigt. Mir war das egal, und ich sollte recht behalten: Fabelhafte Komödienliteratur wird immer Bestand haben, und als reine Sozialreportage wird der Roman noch an Bedeutung gewinnen.

Wie die meisten Dennis-Jünger – Dennisianer? – fühlte ich mich jahrelang verkannt und allein. Als ich aufs College kam, wurde mir jedoch sogleich bewusst, dass ich nur einer unter vielen Unterwürfigen war. Menschen, von denen man es am wenigsten erwartet hätte, entpuppten sich als Anhänger, klammerten sich an ihre arg mitgenommenen Taschenbuchausgaben von *The Joyous Season* oder *Love and Mrs. Sergeant*. Eine unbeschädigte Ausgabe von *Little Me*, Mr. Dennis' Maßstäbe setzende Fotobiographie einer fiktiven talentlosen Filmschauspielerin namens Belle Poitrine, war wohl der behütetste Schatz. Eine Patrick-Dennis-Renaissance ist seit Langem überfällig.

Hoffentlich führt diese frische Ausgabe zu einer nachhaltigen Begegnung der Lesenovizen mit dem Meister. *Tante Mame* ist ein Klassiker, doch auch die übrigen Titel auf dem Dennis-Regal verdienen Beachtung. Ich halte

Mame für die sprühendste Gastgeberin, die alle Leser willkommen heißt, die sich in der ergötzlichen Welt des Patrick Dennis umtun wollen. Was sagt doch gleich ihr Neffe über seine Beziehung zu dieser unmöglichen, unwiderstehlichen Frau: »Es war Liebe, und meine Erlebnisse mit ihr waren einzigartig.«

Michael Tanner

Nachwort

Meinen herzlichen Glückwunsch! Sie haben soeben das Meisterwerk meines verstorbenen Vaters Edward Everett Tanner, alias Patrick Dennis, zu Ende gelesen. Zu viel versprochen?

Denen, die das Buch nicht gelesen haben – nichts für ungut.

Blättern Sie doch noch mal zurück, und lesen Sie die schönsten drei Seiten, die Dad je geschrieben hat: Erstes Kapitel, die Partyszene im Haus am Beekman Place, als der zehnjährige Patrick zum ersten Mal auf Tante Mame trifft, die sich gerade auf dem Höhepunkt ihrer japanischen Phase befindet. *Tante Mame* ist eine Liebesgeschichte über zwei Menschen, die anfänglich nicht erkennen, wie sehr sie füreinander geschaffen sind:

In das Foyer kam jetzt eine japanische Puppenfrau geschlendert. Sie trug einen sehr kurzen Pony mit senkrecht heruntergekämmten Fransen oberhalb der schrägen Augenbrauen; ein langes Kleid aus bestickter goldener Seide lief hinten in einer Schärpe aus. Die Füße steckten in winzigen, mit Juwelen besetzten Pantöffelchen, an den Armen klapperten Reifen aus Jade und Elfenbein. Sie hatte die längsten Fingernägel, die ich je gesehen hatte, jeder in einem zarten Grün lackiert. Zwischen

ihren hellroten Lippen hing träge eine schier endlose Zi-
garettenspitze aus Bambus. Irgendwie kam mir die Frau
bekannt vor.

Die Party tobt weiter, voller Anspielungen auf Tod, Mord, Harakiri und Prostitution (Kinder- und herkömmliche). Patricks Kindermädchen Norah kommt zu dem Schluss, dass Mame ein Bordell beziehungsweise eine Opiumhöhle betreibt und dass sie und Patrick in die Sklaverei verkauft wurden. Mame hat keine Ahnung, wer die beiden sind. Die Situation spitzt sich zu:

Das Lamettalachen erstarb. »Das ist doch lächerlich! Das
weiß doch jedes Kind: Dreißig Tage zählt der September,
der April, der Juni und der … Meine Güte!« Für einen
Moment herrschte Schweigen. »Ach, mein Darling!!«,
rief sie theatralisch. »Ich bin deine Tante Mame!« Sie
schlang ihre Arme um mich und küsste mich, und ich
wusste, ich war gut aufgehoben.

Nach all den Jahren kann ich noch immer keinen Satz daraus lesen, ohne zu weinen. Schon deswegen – und weil wir einmal gebeten wurden, ein Kino zu verlassen, weil das Geheule meines Vaters die anderen Zuschauer störte –, muss ich Paul Rudnick widersprechen. In seinen exzellenten Ausführungen über meinen Vater schreibt er: »Patrick Dennis ist das Gegenteil eines tränendrüsigen Autors.« An vielen Stellen seines Werks bemüht sich Dad nach Kräften, beim Leser alle zwölf Schleusen der Tränenkanäle zu öffnen, und das ist wohl auch der Sinn seines Vorwortes zur Bühnenversion:

*Jerome Lawrence und Robert E. Lee ... haben die herz-
zerreißenden Momente in* Tante Mame *herausgear-
beitet – besser, als ich es je vermocht hätte – und sie so
überzeugend in Szene gesetzt, dass manche Zuschauer –
zwischen schallendem Gelächter und stillem Gekicher –
bei jeder Aufführung auch hörbar zu Schluchzern und
sichtbar zu Tränen gerührt waren. Das wollte ich mit
dem Roman ebenfalls erreichen, bin aber, wie ich eingestehen muss, gescheitert. Für mich misst sich eine Komödie nicht nur am Lacherfolg, sondern auch an den Tränen. Bei jeder Bauchlandung muss auch das Herz leiden.
Das ist in diesem Stück gelungen, und wenn ich heute
im Broadhurst Theatre vorbeischaue, weine ich immer
noch so heftig wie damals, als das Stück in Wilmington
gezeigt wurde.*

Mein Vater war die Gegensätzlichkeit in Person, Mister
Yin / Yang, und er hatte viel gemein mit seinen bekann-
testen Figuren. Er konnte »warm wie ein Bunsenbrenner
und gelegentlich auch kälter als Trockeneis sein«, wie er
Mame einmal beschrieb. Wenn Mame »tief Luft holt, bevor sie Tacheles redet« und Patrick deutlich ihre Meinung
sagt, dann höre ich seine Stimme, die spricht:

*»Dürfen sie denn erfahren, dass aus dir der spießigste,
bourgeoiseste, biestigste Snob der Ostküste geworden
ist – oder kannst du das denen auch ohne meine Hilfe
unmissverständlich klar machen?«*

Er war zwitterhaft, in dem Sinne, dass er Eigenschaften
von beiden Geschlechtern besaß. Vier Romane erschienen

unter dem Pseudonym Virginia Rowans; bei *Guestward Ho!* und *The Pink Hotel* standen ihm Mitarbeiterinnen zur Seite, und aus der Sicht einer Frau schrieb er seinen anderen großen Erfolgsroman *Little Me: The Intimate Memoirs of That Great Star of Stage, Screen and Television, Belle Poitrine, as told to Patrick Dennis.*

Er war zwanghaft großzügig, übernahm Restaurantrechnungen und drängte jedem Geld auf – so, wie er Mames Ehemann Beau charakterisierte:

> *Abgesehen von der Freude, die es anderen bereiten konnte, bedeutete Geld ihm selbst wenig. Er war Liebling aller Wohltätigkeitsorganisationen des Landes … und leichtes Opfer für jeden, der, mit einer einigermaßen glaubwürdigen Geschichte von einem angeblich schweren Schicksal im Gepäck, ihn anpumpte.*

Dennoch schrieb er seiner Tante Marion (die ihn zu einem Viertel zu der Figur der Tante Mame inspirierte) nach einem Streit diese Worte:

> *Wahrscheinlich ist es sinnlos, dich noch einmal daran zu erinnern, dass ich ein für alle Mal fertig mit dir bin und dass du mit deinem ständigen Gequengel nach Geld nur dir und mir die Zeit stiehlst.*

Er war zwanghaft kreativ. Fernsehdirektor Kirk Browning, Dads Kamerad vom American Field Service im Geschützfeuer von 1944, erzählte Eric Myers für dessen wunderbare Biographie *Uncle Mame* (St. Martin's Press, 2000) folgende Anekdote:

*Pats Methode, mit dem Krieg fertig zu werden, bestand
darin, herumzuspintisieren und Bedingungen zu schaffen, die seine Phantasie ansprachen, aber irreal waren ...
Er stand morgens auf, und plötzlich waren alle, die zufällig anwesend waren, eine Familie in einem Haus in
einer Vorstadt: Er machte den Vater, jemand anders war
seine Frau, wieder andere spielten seine Kinder; er erfand ein ganzes Szenario.*

Das Leben war lustig bis zu dem Tag, an dem Dad nicht
mehr aus den Vorstädten seiner Phantasiewelten gerissen
werden konnte und – unehrenhaft entlassen – nach Hause
in die Vereinigten Staaten geschickt wurde.

Genau wie Mame erfand er sich dauernd neu. 1974 mit
den wohl dramatischsten Folgen, als er nämlich nach West
Palm Beach zog und die erste von später insgesamt drei
Stellen als Butler antrat. Nach sechzehn Romanen kün-
digte er seine Laufbahn als Schriftsteller mit den Worten
auf: »Ich bin aus der Mode, und was ich zu sagen hatte,
habe ich gesagt. Zweimal.«

Verhasst waren ihm Snobs, Langweiler, Intoleranz, die
Vorstädte, Antisemiten, Knauserei und Menschen, die von
sich selbst eingenommen waren – mit einem Wort, die
Upsons. Er mochte Großzügigkeit, Demokraten, Leute
vom Theater, New York City und Menschen, die rauchen
und trinken.

Patrick besticht durch das, was Tom Wolfe einmal »die
Lebenssituation aufzeichnen« genannt hat.

*Gemeint ist die Aufzeichnung alltäglicher Gesten, Ge-
wohnheiten, Umgangsformen, Sitten, Möbel-, Klei-*

dungs- und Einrichtungsstile, Arten des Reisens, des Essens, der Haushaltung, Verhalten gegenüber Kindern, Dienern, Vorgesetzten, Untergebenen, Gleichgestellten, dazu das Aussehen, die verschiedenen Blicke, Posen, Gangarten und andere symbolische Details, die eine Szene ausmachen ... Die Aufzeichnung solcher Details ist nicht allein Ausschmückung in Prosa, sie ist ebenso zentral für die Kraft des Realismus wie jeder andere Kunstgriff in der Literatur auch.

Das meint Mr. Rudnick, wenn er sagt, Patrick sei »detailversessen«. In *Tante Mame* wird die untergegangene Welt der Jugendjahre meines Vaters – Melachrino-Zigaretten, der Hotsy Totsy Club, der Sells-Floto-Circus – geräuschvoll zu neuem Leben erweckt. Es gibt so viele unverständliche Anspielungen, dass ich Andrew Corbin, Herausgeber dieser schönen Ausgabe, sogar vorgeschlagen habe, eine kommentierte Version zu machen, vergleichbar meiner Studienausgabe von *Moby Dick*:

MELVILLE:

Frisch und fröhlich? Gott steh uns bei, wenn's derart fröhlich wird! Ritsch, ratsch! Das war das Klüverstag! Krawumm! Allmächtiger! Duck dich tiefer, Pip, da kommt die Royalrah!

(Royalrah: Von Deck aus das dritte, an einem Balken, quer zum Mast hängendes, rechteckiges Segel.)

DENNIS:

Ein finsteres Paar schlenderte durchs Foyer. Der Mann sah aus wie eine Frau, und die Frau, abgesehen von ih-

rem Tweedrock, war fast das Ebenbild von Ramon Novarro.

(Ramon Novarro, *1899–1968*, Mexikaner, Schauspieler,
bevorzugt im Fach jugendlicher Liebhaber, Hauptdar-
steller in Hollywoodfilmen der zwanziger Jahre, spielte
den Rupert in *Der Gefangene von Zenda*.)

(Mal ehrlich: Welche Ausgabe würden Sie lieber lesen?)

Vielen Menschen sei dafür gedankt, dass sie die Figur
der Mame so populär gemacht haben:

»Die miserabelsten Maschinenschreiberinnen von New
York«, denen das Buch gewidmet ist, meine Tanten Vivian
Weaver Kardaris und Elaine Polakis Adam, haben mehr
geleistet, als nur das Manuskript abgetippt. Sie hielten
gleich schriftlich fest, was aus berufenem Mund tönte,
während der Meister in ihrer Wohnung in der Eighty-
second-Street auf und ab ging und, mit einem Ballantine
in der Hand, wie wahnsinnig diktierte und dauernd fragte:
»Taugt das überhaupt etwas?«

Julian Muller, seinerzeit bei der Vanguard Press, hatte
die Idee mit dem »Menschen, den man nicht vergisst«,
der Rahmengeschichte, die alle Episoden zusammenhält.
Wichtiger aber war die Tatsache, dass er sich bereit erklärte,
das Buch zu veröffentlichen, das, so unglaublich es klingt,
von über einem Dutzend Verlage abgelehnt worden war.

Lawrence und Lee, die *Tante Mame* für die Bühne übertragen haben, haben überdies die traurigen Passagen ge-
schröpft und das Ganze gestrafft:

Im ersten Akt bewahrt Patrick Tante Mame vor der
Falle des Hedonismus und dem Abschaum der zwanzi-

ger Jahre und gibt ihrem Leben einen Mittelpunkt. Im
zweiten Akt kehrt sich das Ganze um, und Tante Mame
bewahrt Patrick davor, in die Falle des Spießertums zu
tappen. (Robert E. Lee, in Richard Tyler Jordan But
Darling, I'm Your Auntie Mame, *Capra Press, 1998)*

Die beiden haben die Figur der Vera Charles weiterent-
wickelt, die seitdem zu einem Leitbild der Comedy her-
angewachsen ist: Alkoholikerin und beste Freundin der
Heldin. Von ihnen stammt auch die unsterbliche Zeile:
»Das Leben ist ein Festmahl, und die meisten armen Teufel hungern sich zu Tode! Lebe!« Es wurde das Motto von
Tante Mame und, was mich besonders freut, vieler Leser
und Zuschauer.

Das Buch hatte einen großen Einfluss auf mein Leben.
Auch wenn ich nie mit meiner Großtante nach Indien ge-
reist bin, ein Festmahl war mein Leben allemal. Die Eu-
phorie nach der Veröffentlichung des Buches an meinem
ersten Geburtstag im Januar 1955 hat mich geprägt. Das
Klappern von zwei Schreibmaschinen und das Anschlags-
läuten eines zurückfahrenden Schreibmaschinenwagens
schnürt mir noch heute die Kehle zu. (Dads graue Royal
hatte immer einen Vorsprung vor der blauen Olivetti meiner Mutter.) *Tante Mame* hat mir auch zu Studienzeiten
geholfen, wenn es um Frauen ging (und um die Quästur).
Seit Patricks Tod 1976, er starb im Bett meiner Mutter
Louise (meine Eltern hatten sich nie scheiden lassen), lässt
das Buch ihn wieder für mich auferstehen, als säße er im
Zimmer und rauchte wie gewohnt eine Salem. Dad hätte
sich gefreut, dass ich zufrieden war mit meinem »absolut
glücklichen, durchschnittlichen Leben«, nach dem er sich

immer gesehnt hatte, das zu führen er jedoch – obwohl er mich, Louise und meine Schwester Betsy sehr geliebt hat – nicht in der Lage war.

Und so hat *Tante Mame*, trotz der strukturellen Schwächen, die Pat bereitwillig eingestand, bis ins einundzwanzigste Jahrhundert überlebt:

> *Eigentlich ist* Tante Mame *gar kein richtiger Roman. Vielmehr handelt es sich um eine Sammlung von etwa einem Dutzend Episoden, die in einem Zeitraum von etwa einem Dutzend Jahren an etwa einem Dutzend Orten spielen ... Sowohl der Roman als auch das Theaterstück sind also gewissermaßen Missgeburten, aber so populäre Missgeburten, dass ihre übertriebenen Verschrobenheiten nicht unbedingt verachtenswert erscheinen.*

Camille Paglia bezeichnete es als »Amerikas *Alice im Wunderland* ... interessanter und wichtiger als jeder andere ernst zu nehmende Roman nach dem Zweiten Weltkrieg«. Hat das Buch die Kraft, weitere fünfzig Jahre zu überdauern?

Kürzlich sah ich an einem herrlichen Sommerabend im Bryant Park eine Freiluftaufführung des Films mit Rosalind Russell in der Rolle als Tante Mame. Auf der Decke neben mir lagerte eine Gruppe fortgeschrittener Mame-Liebhaber, die sich Reaktionen auf die Spielhandlung ausgedacht und dazu einige Requisiten mitgebracht hatten: Zigarettenspitzen, Dr.-Pepper-Flaschen für die Szenen mit Agnes Gooch usw. Ich war zu schüchtern, um etwas zu sagen ... aber wenn einer von Ihnen mich bitte im

Bellevue Hospital anrufen würde, fände ich das sehr nett. Den ganzen Rummel um die *Rocky Horror Picture Show* damals habe ich nämlich verpasst, aber hierbei würde ich gerne mitmachen.

Patrick Dennis

Edward Everett Tanner III. (1921–1976), alias Patrick Dennis, zählte in den fünfziger und sechziger Jahren zu den meistgelesenen Autoren Amerikas. Er veröffentlichte sechzehn Romane, darunter zahlreiche Bestseller. Sein größter Erfolg war *Tante Mame*, eines der meistverkauften us-amerikanischen Bücher des 20. Jahrhunderts, das allerdings zunächst von fünfzehn Verlagen abgelehnt wurde. Dennis' exzentrische Heldin wurde als Gegenentwurf zum konservativen Frauenbild seiner Zeit gefeiert; der Roman diente als Vorlage für ein Theaterstück, wurde verfilmt und als Musical am Broadway inszeniert. In den siebziger Jahren geriet Patrick Dennis in Vergessenheit und arbeitete bis zu seinem Lebensende als Butler (u.a. für McDonald's-CEO Ray Croc) – ohne dass seine Arbeitgeber wussten, wen sie da vor sich hatten. *Tante Mame* liest sich wie eine Autobiographie – Pseudonym des Autors und Name der Hauptfigur sind identisch –, ist aber rein fiktiv.

OKTOPUS VERLAG

Veronika Peters
Das Herz von Paris

Roman

Willkommen in Odéonia ...
der freien Republik der Bücherliebenden,
dem wahren Herzen von Paris!

Paris im Frühling 1925. Die junge Berlinerin Ann-Sophie
von Schoeller ist gerade in die französische Hauptstadt gezogen, wo ihr Ehemann in der renommierten Anwaltskanzlei
seines Onkels einer vielversprechenden Karriere entgegen-
sieht. Ann-Sophie hingegen spaziert gelangweilt durch die
Straßen. Eines Tages landet sie in der Rue de l'Odéon vor
einer Buchhandlung namens Shakespeare and Company,
in deren Eingang eine rauchende Frau in Männerkleidung
steht: die Buchhändlerin und Verlegerin Sylvia Beach. Als
Ann-Sophie den Laden betritt, ist sie augenblicklich fasziniert, auch von den Frauen, denen sie dort begegnet. Sie
fängt als Aushilfe an und wird Teil dieser »Company« aus
Literatinnen, Künstlerinnen und Freigeistern. Bald erkennt
sie, dass sie mehr will vom Leben – und auch in der Liebe.
Ann-Sophie muss sich entscheiden zwischen bürgerlicher
Sicherheit und dem Wagnis eines selbstbestimmten Lebens.

»Veronika Peters schafft mit ihren Worten
betörend schöne Unterhaltung, die
jedes Leserherz im Sturm erobert.«
Literaturmarkt.info